KB043045

너의 별에 닻을 내리면

너의 별에 닻을 내리면 2

1판 1쇄 찍음 2020년 11월 5일
1판 1쇄 펴냄 2020년 11월 12일

지은이 | 현민예
펴낸이 | 고운숙
펴낸곳 | 봄 미디어

기획 · 편집 | 김민지, 박나영, 이조은, 최수향
표지 디자인 | 우물

출판등록 | 2014년 08월 25일 (제387-2014-000040호)
주소 | 경기도 부천시 길주로 64, 1303(굿모닝 오피스텔)
영업부 | 070-5015-0818 편집부 | 070-5015-0817 팩스 | 032-712-2815
E-mail | bommedia@naver.com
소식창 | http://blog.naver.com/bommedia

값 9,000원

ISBN 979-11-6632-059-0 04810
     979-11-6632-057-6 04810(세트)

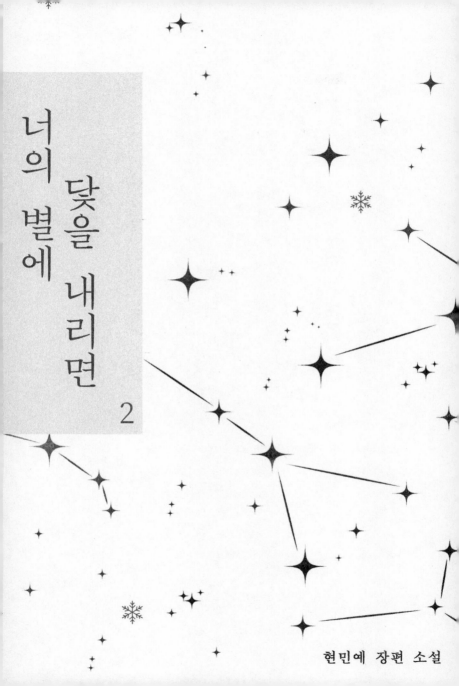

너의 별에 닻을 내리면

2

현민예 장편 소설

목차

04

+

우 리 는 블 루

엘리의 집은 필사적이었다. 거실에 깔린 러그에도, 부엌의 아일랜드에도 그 필사적인 몸부림이 묻어났다. 그가 어떻게든 '이전처럼' 살아 보려고 노력한 흔적이었다.

먼지 하나 없고 삐뚤어짐 하나 없는, 생활감이 없는 생활의 공간. 그래서 이 집은 마치 죽은 이를 위해 꾸며진 관 속 같았다.

물고기는 물 안이 자유롭다.

하지만 뭍에 사는 것들은 물에서 살아남기 위해 아등바등 헤엄쳐야 한다.

엘리에게 이 세상에서 살아가는 일이란 헤엄 같은 것이었다. 이 집에 온 지 며칠 만에 나는 남들에겐 자연스러운 일들이 그에게는 모두 필사적인 노력이라는 걸 알게 되었다. 잠시라도 발버둥을 멈추면 가라앉아 버릴 것처럼.

세 개의 방과 두 개의 욕실, 거실과 부엌으로 이루어진 오래된 아파트.

넓은 공간 구석구석 그 발버둥의 자취가 남아 있다.

눈을 뜨자마자 습관적으로 휴대폰을 확인했다. 금요일이었다. 집에서 도망친 것도 금요일이었으니 딱 일주일이 지난 것이다.

나빈과 대화를 나눈 이후로도 나는 주로 방에 박혀 지냈다. 스트레스 때문인지 예정일보다 빨리 생리도 시작되어 더 정신을 차릴 수가 없었다. 외출은 생리대를 사러 혼자 잠깐 나갔다 온 게 다였다. 그때도 혹시 부모님을 마주치지 않을까 해서 도망치듯 돌아왔다.

연락은 점점 뜸해졌다. 드디어 어제부터는 전화도 메시지도 없었다. 휴대폰을 끄지 못한 것은 단 한 가지 이유 때문이었다. 휴대폰마저 꺼 버리면 정말 그 사람들이 무슨 짓을 할지 예측할 수 없었던 것이다.

부모님이 이젠 나를 포기하지 않았을까. 제발 그래 주길 간절히 바랐다. 그냥 처음부터 나 같은 건 태어나지도 않았다고 생각해 줬으면 좋겠다. 키워 준 은혜도 모르는 후레자식이라 욕해도 좋으니 날 찾지만 않으면 좋겠다.

한참 만지작거리던 휴대폰을 내려놓고 침대에서 몸을 일으켰다.

아직 시각은 아침 7시였다. 이 집에 온 후 이렇게 일찍 일어난 적은 처음이었다. 생리가 끝나면서 컨디션도 돌아온 것 같았다.

그동안은 항상 10시나 되어 느지막이 잠에서 깼다. 씻고 싶어 나가면 나빈은 언제나 거실 소파에서 무언가를 읽고 있었다. 그는 내게 줄곧 식사를 권했지만 먹고 싶지 않았다. 마지못해 우유나 한잔 마시고 다시 방으로 와 침대에 쓰러지곤 했다. 한 번은 그가 너무 걱정하는 것 같아서 샌드위치 한 조각을 억지로 먹은 적도 있었지만 곧바로 토해 버렸다.

매일 아침 쌓여 있는 부재중 통화와 메시지를 볼 때마다 숨이 턱턱 막혔다. 배는 아팠고 빈혈 때문에 머리는 어지러웠다. 다 쓴 생리대를 처리하는 일만으로도 벅찼다. 나빈이 불편한 상대는 아니었지만, 그렇다고 이런 일을 공유할 정도의 상대도 아니었다.

결국 애인이 아닌 남자란 어느 정도 불편할 수밖에 없는 상대였다. 다행히 나빈은 내 쓰레기는 내가 처리하고 싶다는 말에, 더 묻지 않고 종량제 봉투와 쓰레기통을 방에 갖다 주었다.

피가 묻지 않은 생리대를 떼서 쓰레기통에 버린 후 종량제 봉투를 꽉 묶었다. 옷은 처음에는 나빈의 것을 빌려 입었지만, 며칠이 지나자 그가 넉넉한 사이즈의 반팔과 바지 몇 벌을 사다 주었다. 쇼핑백에서 새 티셔츠와 긴 트레이닝복 바지를 꺼내 입었다.

방을 나가니 집 안은 고요했다. 아무도 없는 것 같았다.

"선배?"

답이 없었다. 이른 시각부터 나빈은 어딘가로 나간 모양이었다. 샤워부터 해야겠다는 생각에 욕실로 들어갔다. 나빈은 사용하지 않던 욕실이라고 했는데, 그래서인지 휑하고 추운 느낌이 들었다. 샤워기를 틀자 으슬으슬하던 욕실에 증기가 가득 찼다.

물을 맞으며 생각했다.

계속 이렇게 지낼 수는 없어. 앞으로를 생각해 둬야 해.

당장은 가진 것도 없었고 할 수 있는 것도 없었다. 김 변호사의 말마따나 나는 남들보다 좋은 집에 태어났다는 것 말고는 아무것도 없는 멍청이였던 것이다. 그런데도 그 좋은 집으로는 돌아가고 싶지 않았다.

엘리의 집에는 이미 너무 긴 신세를 져 버렸다. 선배가 이젠 그만 나가 줬으면 한다고 말하면 나는 어디로 가야 하는 걸까.

막막한 기분으로 샤워기를 껐다. 타일 바닥에 물방울이 똑똑 떨어지는 걸 한참 바라보고 있었다.

수건으로 머리를 말리며 빈집을 천천히 둘러봤다. 거실의 통유리창 너머로 바깥 풍경이 보였다. 얼어붙은 한강과 긴 다리, 그리고 여의도가 눈에 들어왔다. 내가 인생의 절반 정도를 살았던 그곳이 이제는 영영 남의 동네 같았다.

이렇게 도망칠 수 있단 걸 몰랐다. 어딜 가더라도 부모님이 당장 나를 찾아내서 끌고 들어갈 거라 생각했다.

아니었다. 나는 도망칠 수 있었던 거였다. 처음에는 나빈이 문을 두드리는 소리에도 흠칫흠칫 떨었지만, 이제는 그런 일도 없어졌다.

적어도 저기로는 돌아가지 말자. 여의도를 바라보며 생각했다. 내가 어디로 가야 할지는 모르겠지만, 돌아가지는 말자.

만약 돌아간다면 아빠는 날 죽일 거다.

순간 등줄기에 소름이 쫙 돋았다. 나는 얼른 유리창으로부터 등을 돌려 버렸다.

전자 피아노 위에 낡은 나무 액자가 눈에 띄었다. 오래된 사

진이었다. 나빈이 처음 그의 부모님을 만났을 때 찍었다는 사진
인 것을 쉽게 알 수 있었다. 사진 속 젊은 부부는 어린아이를 가
운데 두고 환하게 웃고 있었다. 아이는 긴장한 와중에도 카메라
를 똑바로 응시했다.

전자 피아노 뚜껑을 열어 건반을 눌러 보았다. 건반은 삐걱대
기만 했을 뿐 소리가 나지 않았다. 전원을 꺼 둔 모양이었다.

전원을 어떻게 연결해야 하는지 찾는 도중에 현관문이 열리
는 소리가 들렸다. 나는 반사적으로 자리에서 일어났다.

곧 나빈이 들어왔다. 그의 상의는 한겨울인데도 땀으로 젖어
있었다. 그는 나를 보고 놀란 듯했다.

"오늘 일찍 일어났네요. 잘 잤어요?"

"선배는 아침부터 어디 다녀오시는 거예요?"

아직 아침 8시도 되기 전이었다.

"아, 아침마다 운동하거든요."

"무슨 운동이요?"

"그냥 이 앞에 뛰어요. 한 시간 정도."

"매일요?"

"네."

매일같이 방에서 잠만 잤으니 나빈이 나간다는 사실도 몰랐
다.

"안 힘들어요?"

"해야 하니까 하는 거죠."

나빈의 시선이 전자 피아노로 향했다. 나는 열어 두었던 뚜껑
을 얼른 닫았다.

"죄송해요. 멋대로 만져서."

"아니에요. 그거 고쳐 둘게요. 지금은 고장 나서 소리가 안 날 거예요."

"안 그러셔도 되는데……."

"고장 난 채로 두는 것도 의미 없잖아요. 고치긴 해야죠. 아무튼 씻고 나와서 바로 아침 준비할게요. 편하게 있어요. 아, 마실 건 냉장고 안에 있어요."

나빈이 욕실로 들어간 후 나는 부엌을 기웃거렸다. 부엌 역시 깔끔했지만, 식기 대부분은 사용되지 않고 정리만 해 둔 지 오래된 것 같았다. 냉장고를 열었다. 생수와 우유, 사과 주스, 달걀, 잎채소, 토마토 같은 것들이 깔끔하게 정렬되어 있었다. 반면 밑반찬이라고 할 만한 것은 보이지 않았다.

냉동실에는 얼려 둔 고기와 새우, 블루베리, 그리고 맛없어 보이는 잉글리시 머핀이 전부였다.

찬장에는 커피 메이커와 그라인더도 있었지만 사용하지 않는 듯했고, 대신 아일랜드 위에 인스턴트커피 병이 놓여 있었다.

"다혜 씨?"

커피 메이커를 올려다보고 있는데 뒤에서 나빈의 음성이 들렸다.

"아, 커피 메이커가 있어서요."

어쩐지 남의 집을 몰래 훔쳐보다 들킨 기분이 들어, 어물쩍 변명을 하며 돌아섰다. 나빈은 샤워를 마치고 티셔츠와 청바지로 갈아입은 모습이었다. 머리칼은 아직 절반쯤 젖어 있었고, 피부 역시 물기를 머금고 있었다. 그 모습을 보고 있으니, 어쩐지 거미줄에 맺힌 맑은 이슬이 떠올랐다.

"근데 커피 메이커는 안 쓰시나 봐요."

"혼자서 커피를 내리고 있으면 뭔가 쓸쓸해져서요. 요리나 설거지는 괜찮은데, 혼자 커피 향이 퍼지는 걸 가만히 맡고 있으면 기분이 좀 그래요."

나빈이 내 곁으로 다가왔다.

"앉아 있어요. 아침 금방 만들게요. 드실 거죠?"

매번 입맛이 없어 사양했지만, 오늘은 작게 고개를 끄덕였다. 나빈의 입가에 걷잡을 수 없는 미소가 번졌다.

"제가 도와드릴 건 없어요?"

"음, 물컵 갖다 두면 좋을 것 같아요."

나는 유리잔 두 개를 챙겨 아일랜드 식탁 앞에 앉았다. 4인용 식탁은 그가 혼자 사용하기엔 넓어 보였다. 여기서 공부를 하기도 하는 모양인지 러시아어 문법책이 식탁 구석에 놓여 있었다.

심심해서 문법책을 뒤적이고 있는데 나빈이 아침을 가져왔다. 구운 잉글리시 머핀과 볶은 채소, 그리고 달걀프라이였다. 야채에서 올라오는 고소한 냄새가 좋았다.

나빈은 유리잔에 사과 주스를 따라 주었다.

"잘 먹겠습니다."

머핀을 한 입 베어 물었다. 놀라울 것 없는 맛이었지만 먹을 만했다. 나빈은 내가 먹는 모습을 긴장된 눈빛으로 바라보고 있었다. 별문제 없이 머핀 하나를 다 먹어 치웠다.

"집에 뭘 좀 더 사다 놓을 걸 그랬나 봐요. 재료가 별로 없네요."

나빈이 말했다. 나는 괜찮다는 의미로 고개를 가로저었다. 잉글리시 머핀은 공장제 빵 맛이긴 했지만 겉이 바삭했고, 채소는 싱겁긴 해도 달짝지근했다. 달걀프라이야 어지간하면 맛있는 음식이니 평할 필요도 없었다.

"맛은 괜찮아요?"

"네. 아침을 이렇게 많이 먹어 본 건 처음이에요."

보통은 마지못해 몇 입 먹고 집을 도망치듯 나와 버리곤 했다. 어린 시절부터의 습관이었다.

"다행이네요."

나빈은 아침 식사 내내 행복해 보였다. 내가 한 일이라곤 예전처럼 식사한 것뿐인데. 이런 걸로도 누군가를 행복하게 해 줄 수 있다는 건 처음 알았다.

식사를 마친 후 나빈은 인스턴트커피를 한 잔 타 주었다. 헤이즐넛 향이 달콤하게 코끝을 적셨다.

"그나저나 다혜 씨, 앞으로 어떻게 할지 생각해 봤어요?"

"앞으로요?"

나는 곧바로 대답하지 못하고 망설였다. 시간이 너무 지나긴 했다. 나빈도 내가 여기 머무는 게 슬슬 불편할지도 모른다. 이미 단순한 학과 후배에게 베풀 수 있는 호의의 수준을 지난지 한참이었다.

"사실은 진작 부모님이 절 찾아낼 줄 알았어요."

그래서 하루하루 아무 일도 없길 기도하는 것 외에 앞일을 생각해 보지 못했다. 이불을 뒤집어쓴 채 작은 소음에도 움찔움찔 몸을 떨었다.

"찾아내더라도 별수 없어요. 다혜 씨를 억지로 끌고 갈 수는 없잖아요. 다혜 씨는 성인인데."

나빈이 당연하다는 듯 대꾸했다. 그 말이 내게는 아주 낯설게 들렸다.

"찾아내도요?"

"당연한 거 아닌가요? 다혜 씨가 스스로 돌아가지만 않는다면요."

이제껏 내 머릿속에는 막연한 영상이 있었다. 내가 어디로 도망가든 우리 부모님이 내 머리채를 잡고 집으로 끌고 돌아오는 영상이었다. 나빈의 집까지 오긴 했지만 분명 그런 끔찍한 일이 머지않아 일어나리라 생각했었다.

하지만 그런 일은 일주일이 지나도록 일어나지 않았다.

그러니까, 아직까지는.

"그치만, 부모님이 언제 끌고 갈지 모르잖아요."

"어떻게요?"

"억지로…… 힘으로라도요."

여전히 나는 불안을 완전히 떨쳐 낼 수가 없었다. 당장이라도 아빠가 현관문을 박차고 들어올 것만 같았다. 다른 사람들은 이해하지 못하겠지만, 이 공포는 내게 너무도 실제적인 것이었다.

나빈이 손을 뻗어 그날처럼 내 손등을 가볍게 덮었다. 고개를 드니 그의 입가에 어렴풋한 미소가 걸려 있었다.

"누가 됐든 이 집에 함부로 들어올 수는 없어요. 그건 다혜 씨 부모님도 잘 아실 거예요."

그의 음성에서는 단단한 여유가 느껴졌다.

"걱정하지 마세요. 내가 다혜 씨 절대로 못 데리고 가게 할 테니까."

그렇구나. 여긴 나빈의 집이다. 부모님이 마음대로 들어올 수 있는 곳이 아니다. 동물적인 안도감이 순간적으로 공포를 잠재웠다. 신기할 정도로 마음이 놓였다.

"그리고 제 생각에 다혜 씨는 거기로 돌아가면 안 될 것 같아요."

나도 거기까지는 그의 생각에 동의했다. 하지만 나빈의 다음 말에는 당황할 수밖에 없었다.

"그동안 다혜 씨가 너무 힘들어 보여서 말을 못 했는데…….
혹시 경찰에 신고할 생각은 없어요?"

"그건 안 돼요."

생각보다 답이 먼저 나왔다.

"왜요?"

나빈이 물었다. 막상 그 이유를 찾기에는 조금 시간이 걸렸다.

"선배, 우리 아빠는…… 국회의원이에요."

나빈은 눈을 깜빡이더니 곧 이상하다는 듯 물었다.

"그런데요?"

"엄마는 변호사고요."

"그런 사람들은 법 밖에 있나요?"

"선배는 아직 세상을 잘 몰라요. 경찰은 절 도와주지 않을 거예요. 엄마 밑엔 대단한 변호사들도 많고요."

그건 사실 비겁한 핑계였다. 다행히 나빈은 내 비겁함을 꼬집지 않았다.

"저는 싸우기 싫어요."

내가 그 사람들을 이길 수 있을 리가 없다. 항상 지기만 해왔으니까. 도망치는 것도 벅찬데, 마주 선다는 건 불가능했다.
상상만으로도 숨이 막히고 손에 땀이 찼다.

"그냥 이제 그 사람들이랑은 되도록 마주치지 않으면 좋겠어요. 그거면 돼요."

나빈은 휴대폰을 만지작거리다 이내 고개를 끄덕였다.

"그래요. 이건 다혜 씨의 의사가 더 중요한 일이긴 하죠. 과정이 더 괴로울 수도 있고……. 그럼 당장은 어떻게 하고 싶어요?"

"저는……."

나는 다음 말을 주저했다. 내가 마땅히 갈 곳이 없다고 말한다면, 나빈은 기꺼이 이곳에 머물게 해 줄 것 같았다. 그래서 더 솔직하게 말할 수가 없었다. 짐이 되기는 싫었다.

여길 나가면 어디로 가야 할까? 내가 가지고 나온 건 휴대폰, 그리고 바지 주머니에 들어 있던 조금의 돈이 전부였다. 그 돈도 생리대를 살 때 거의 다 써 버렸다.

"일단 한동안은 여기서 지내면 어때요?"

그가 먼저 말을 꺼냈다.

"3월이면 학기가 시작되잖아요. 방학 동안은 좀 여유가 있으니까, 여기서 더 지내면서 앞으로 일도 생각해 보고. 괜찮지 않을까요?"

"그건 선배한테 너무 신세 지는 것 같아서요."

"어차피 여긴 빈집이에요."

사람이 사는 곳인데도 나빈은 자신의 집을 빈집이라 했다. 마치 자신은 아무것도 아니라는 듯이. 지금 그의 커피 잔에서 올라오는 희미한 증기 같은 존재라는 듯이.

"그러니까 부담 없이 있어요."

나빈은 커피 잔을 들어 한 모금을 마셨다. 희뿌연 김이 쓸쓸하게 맴돌다 자취를 감추었다.

"괜히 저 때문에 선배까지 문제가 생기면요?"

"무슨 문제요?"

나빈의 질문에 나는 곧바로 대답하지 못했다.

"저희 부모님이, 선배를 어떻게든 괴롭힐 거예요."

"저를요?"

그는 내 말을 심각하게 여기지 않는지, 빙긋이 웃고 말았다.

"농담하는 거 아니에요, 선배."

"알아요. 근데 그분들은 절 괴롭힐 수 없어요. 그분들이 절 괴롭게 할 방법은 딱 한 가지예요. 다혜 씨를 괴롭히는 거요. 그러니까 다혜 씨가 여기 있으면 돼요."

나빈이 차분히 말했다.

"그래도 너무 오래 신세지는 건 죄송하니까……."

"다혜 씨가 왠지 이렇게 나올 것 같아서 생각해 둔 방법이 있어요."

나빈의 손이 떨어졌다. 멀어진 온기가 못내 아쉬웠다. 그는 구석의 러시아어 문법책을 집어 들었다.

"저한테 러시아어 과외를 해 주는 거예요. 하루 한 시간씩. 대신 여기 있고 싶은 만큼 있고요. 그럼 괜찮지 않겠어요?"

그는 자신의 아이디어가 꽤 마음에 들었는지 뿌듯한 미소를 지었다.

"제가 가르칠 실력이 될지 모르겠어요."

"적어도 저보다는 훨씬 낫잖아요. 우리 약속 잊었어요?"

나빈은 휴대폰 화면을 내 눈앞에 들이밀었다. 그는 자신이 공지로 설정해 둔 메시지를 가리켰다.

무르만스크.

"여기 가기로 했잖아요. 그러니까 러시아어 공부 열심히 해야
죠."

나는 잠시 러시아어 문법책을 뒤적였다. 나빈의 실력은 다른
전공자에 비해 한참 부족했다. 다음 학기 수업을 따라가려면 공
부가 좀 필요하긴 할 거다.

"좋아요. 그럼 하루에 두 시간 하는 걸로 해요."

"아뇨, 다혜 씨. 그렇게 많이 해 주실 필요는 없어요."

"필요가 있는지 없는지는 가르치는 사람이 판단해야 하지 않
을까요?"

"아, 네……."

"두 시간은 해야 실력이 늘 거예요, 선배. 다음 학기 중급 들
으실 거 아닌가요? 회화 수업도 있잖아요. 한 시간 공부로는 교
과를 못 따라잡을 거예요."

"다혜 씨, 교수님 같아요."

나빈이 커피 잔을 입술에 대고 중얼거렸다.

"그럼 커피 마시고 바로 시작할까요?"

책을 덮으며 물었다.

"오늘부터 공부하는 거예요?"

그가 놀란 눈으로 물었다.

"당연하죠."

"그럼 오늘은 첫 수업이니 노는 거죠?"

"아뇨. 노트 가지고 나오세요."

"그냥 이건 내일 얘기할걸……."

나빈은 불만스러운 얼굴로 자리에서 일어났다. 곧 그가 방에
서 노트와 필기구를 챙겨 나왔다.

우리는 아일랜드 식탁에 마주 앉아 러시아어 공부를 했다.

과외라 해도 별게 없었다. 애초에 내가 능통자가 아니니 가르칠 수 있는 것에 한계가 있었다. 우선은 초급을 복습하고, 그게 끝나면 중급 내용을 예습하자고 했다. 나빈은 아침부터 공부하기 싫다고 투덜거리던 것과 달리 성실하게 임했다.

수업을 마치고 나자 확실히 마음이 한결 편해졌다. 러시아어 문장들을 보며 잠시나마 현실을 떠나 있었던 덕분이었다.

마음이 불편할 때 외국어 문장들을 하나하나 번역하고 있으면 이내 편안해진다. 낯선 이국의 거리에서 느끼는 평화로움 같은 것이다. 그런 마음의 평화는 결코 낯익은 거리와 모국어 문장에서는 얻을 수 없다.

"정말 제가 계속 여기 있어도 괜찮아요?"

"당연하죠. 다혜 씨가 여기가 싫지만 않다면요."

"언제까지 있을지 모르겠지만……."

나는 빈 종이 위에 볼펜을 끼적였다. 잉크가 멋대로 곡선을 그렸다. 엉켜 버린 내 상황 같았다.

"그럼 여기서 지내는데 필요한 걸 알려 주세요. 계속 선배 도움을 받을 수는 없잖아요."

"음, 여기서 지내는데 필요한 게 뭘까요?"

"세탁기 사용하는 법 같은 거……."

"세탁기요?"

나빈은 예상치 못한 말인 듯 다시 물었다. 뺨이 가볍게 화끈거렸다.

그는 나를 다용도실로 데려가 세탁기 사용법을 알려 주었다. 잔뜩 긴장했는데 의외로 너무 간단해서 맥이 빠질 정도였다.

"생각보다 쉽네요."

"네. 필요할 때 편하게 사용하세요. 너무 늦은 시간만 아니면 괜찮아요. 또 뭐가 필요할까요? 설거지는 할 줄 알아요?"

"그 정도는 당연히 해요."

오히려 문제는 식단이었다. 어제까지 굶던 사람이 할 말은 아니지만, 나빈이 짜 둔 식단대로 먹고 살면 난 죽을 것 같았다. 냉장고 안에는 식재료라고 부르기도 미안한 것들뿐이었고, 조미료도 후추와 소금이 다였다. 아무리 로마에선 로마법을 따르는 거라지만, 로마 사람들이 풀만 먹고 살진 않았을 거다.

"조만간 식재료라도 좀 사 오는 게 낫지 않을까요?"

냉장고 문을 닫으며 건의했다.

"그럴까요? 다혜 씨 혹시 요리할 줄 알아요?"

가장 최근에 요리를 해 본 건 중학교 실습 시간이었다. 그것도 조별 실습이라 나는 다른 아이들이 요리를 하는 동안 설거지만 했다.

"레시피 찾아서 그대로 하면 되죠."

자신 없는 투로 대답했다.

점심을 먹기 전에 빨래를 돌릴 요량으로 벗어 둔 옷가지들을 챙겼다. 세제를 넣고 나빈이 알려 준 대로 버튼을 누르자 세탁기가 작동하기 시작했다. 집에서 입고 온 옷이 드럼통에서 거품을 내며 돌아갔다. 깨끗해질 거라 생각하니 기분이 좋았다.

다용도실에 멍하니 쭈그려 앉아 있는데 뒤에서 남자 목소리가 들렸다.

"거기서 뭐 해요?"

나빈의 음성이 아니었다. 화들짝 놀라 뒤를 돌아봤다. 경후 삼촌이었다. 그와는 연말에 한 번 만났던 게 전부라 어색했다.

"세탁 구경……."

"아, 그거 보고 있으면 시간 잘 가지."

다행히 경후 삼촌은 내 행동을 별로 이상하게 생각하지 않는 것 같았다.

"키보드 고치러 왔거든요. 다혜 씨가 있단 얘기 들어서 같이 점심 먹으려고 했지."

나빈이 어디까지 이야기했을까. 삼촌은 딱히 내게 이것저것 묻지 않았다. 궁금한 것도 없는 것 같았다. 그렇다고 나빈과 내 사이를 크게 오해하는 것도 아닌 듯했다. 그냥 친구가 놀러 왔다는 정도의 반응이었다.

"이 집이 손님 대접이 형편없잖아? 금방 준비할 테니까 이따 부르면 와요."

"네."

삼촌은 돌아서 부엌 쪽으로 향했다.

나는 다시 세탁기를 바라보았다. 드럼통 안에서 옷들이 열심히 돌아가고 있었다. 거품이 피어올랐다 사그라지는 것을 보고 있으니 마음이 차분해졌다. 앞으로 무언가 잘 풀릴지도 모른다는 근거 없는 희망도 샘솟았다.

경후 삼촌의 말대로 세탁기를 보고 있었더니 시간이 잘 갔다. 얼마 지나지 않은 것 같은데 점심을 먹으러 오라는 소리가 들렸다.

식탁에는 오므라이스 세 접시가 준비되어 있었다. 노랗고 보송보송한 달걀이 먹음직스러웠다.

"삼촌이 갑자기 와서 놀랐죠? 저한테도 얘기를 안 했어요."

나빈이 말했다.

"아침에 키보드 고쳐 달라고 문자했잖아?"

"오늘 온다곤 안 하셨잖아요."

"어차피 고칠 거면 빨리 고치는 게 낫지. 쟤도 좀 소리 낼 때가 됐어."

두 사람의 대화를 들으며 묵묵히 오므라이스를 먹었다. 식사는 굉장히 맛있었다. 나빈의 솜씨는 아닌 것 같았고 삼촌이 요리를 잘하는 모양이었다.

매일 이런 걸 먹고 살면 좋겠다는 생각이 들었다. 우리 집에 오시던 아주머니도 손맛이 좋으신 분이긴 했다. 늘 정갈하게 준비된 상을 보면 알 수 있었다. 그런데도 집에서는 뭘 맛있게 먹어 본 기억이 없었다.

마지막 한 숟갈을 먹은 후 나는 망설이던 질문을 던졌다.

"저기, 혹시 오늘 바쁘세요?"

"전 하나도 안 바빠요."

분명히 삼촌을 보고 물었는데 나빈이 대답했다.

"선배 말고요."

"나? 나도 시간 나는데. 왜요?"

삼촌이 의아한 듯 눈을 깜빡였다. 조금 더 용기를 내서 다음 말을 꺼냈다.

"이거 어떻게 만드는지 알고 싶어서요."

"오므라이스?"

"네."

"그럼 저도 배울래요."

나빈이 갑자기 끼어들었다. 삼촌이 눈살을 찌푸렸다.

"넌 또 왜?"

"다혜 씨가 하면 저도 할래요."

"다혜 씨는 요리 좀 해요?"

삼촌은 나빈의 말을 못 들은 척하고 나를 향해 물었다.

"거의 해 본 적 없어요. 학교 수업 시간에 조금 배우긴 했어요."

삼촌이 안 된다고 할까 봐 가슴 졸이며 대답했다.

"음, 그럼 이렇게 하면 되겠네. 키보드 고친 다음에 다혜 씨랑 나랑 같이 오므라이스를 만드는 걸로."

"저는요?"

자연스럽게 무시당한 나빈이 인상을 구겼다. 그러거나 말거나 삼촌은 나빈에게 눈길도 주지 않았다.

"만들어서 나중에 저녁때 데워 먹어요."

"네."

"나 오기 전엔 식사 어떻게 했어요?"

"어……. 별로 입맛이 없어서……."

방금 오므라이스 한 그릇을 깨끗이 긁어 먹은 사람이 하기엔 어색한 말이었지만 사실이었다. 부모님이 언제 들이닥칠지 모른다는 불안 때문에 뭘 먹을 상황이 아니었던 것이다.

오늘은 아침도 점심도 깨끗이 비웠지만 속이 매스껍지 않았다. 그동안 굶은 것의 보상이라도 바라는 듯 오히려 입맛이 돌았다. 상황이 어찌 됐든 내 몸은 살고 싶어 하는 모양이었다.

"저도 같이 배울래요, 삼촌."

나빈이 포기하지 않고 말했다.

"요리에는 생전 관심도 없던 애가?"

"다혜 씨가 오랜만에 잘 먹으니 좋아서요. 나도 배워 두고 싶어요."

"넌 네 밥이나 잘 챙겨 먹지."

삼촌이 퉁명스럽게 대꾸했지만, 나빈은 그걸 승낙의 의미로 받아들인 것 같았다.

"그럼 이따 같이 해요."

나빈이 나를 향해 들뜬 미소를 보였다.

"아, 설거지는 제가 할게요."

나는 먼저 식탁에서 일어났다.

"제가 해도 돼요."

나빈이 나를 따라 일어섰다.

"그래요. 그런 건 그냥 나빈이 시키지? 손님이잖아."

삼촌이 말했다.

"아뇨, 아침에도 선배가 하셨고……. 또 피아노도 고쳐야 하잖아요."

피아노 이야기에 나빈은 더 나를 말리지 않았다.

"알겠어요. 치우는 건 같이 해요."

나빈은 식탁 치우는 걸 도와준 후, 새 고무장갑을 뜯어서 건네주었다. 살갗에 고무가 뻑뻑하게 달라붙지 않을까 했는데, 안에 부드러운 천이 덧대어져 있었다. 중학교 실습 시간 이후 처음으로 껴 보는 고무장갑이었다.

내가 점심 설거지를 하는 동안 두 사람은 거실에서 피아노를 수리했다. 설거지를 마치고 나서 빨래를 돌려 둔 게 떠올라 다용도실로 갔다. 탈수까지 마친 세탁물들이 드럼통 안에 엉켜 있었다. 하나씩 꺼내 건조대에 널었다.

마지막으로 청바지를 탁탁 털었다. 물을 먹어서인지 묵직했다. 청바지는 단추가 뜯겨 나가 있었다. 아마 우리 집 거실 어딘가에 떨어져, 아주머니가 청소하다 치우셨겠지.

다시 꿰매서 입을 수 있을까. 혹시 남는 단추 같은 게 있는지 나빈에게 물어봐야겠다고 생각했다.

그때 피아노 소리가 울렸다. 거실로 가니 삼촌은 공구를 챙기고 있고 나빈이 피아노 의자에 앉아 있었다.

"저도 이 키보드는 정말 오랜만에 만져 봐요."

나빈은 그리운 듯 흰 건반을 손끝으로 쓸었다.

"어릴 때 아빠가 이걸로 처음 키보드를 가르쳐 줬었는데……."

"20년 전에 산 건데 지금도 상태가 좋아. 역시 명기는 명기야."

가방을 닫은 삼촌이 피아노를 툭툭 치며 말했다. 나는 사진 속에서 보았던 어린아이가 저 피아노 앞에 앉은 모습을 잠시 상상했다.

"한번 쳐 봐. 제대로 고쳐졌나 확인도 할 겸."

"다혜 씨가 칠래요?"

나빈이 나를 돌아보며 물었다.

"아뇨. 선배가 하세요."

"음……."

나빈은 잠깐 생각하는 듯하더니 곧 연주를 시작했다. 뭔가 귀에 익은 멜로디라는 생각을 했는데, 'Over the rainbow'였다.

지난번 레코드와는 같은 곡인데도 전혀 다른 느낌이었다. 가게에서 엘피판으로 들었을 때는 무지개 너머를 꿈꾸는 몽환적 아련함이 느껴졌다면, 지금의 연주는 결코 가질 수 없는 것에 대한 우울한 동경에 가까웠다.

비가 추적추적 쏟아지는 회색빛 거리. 비는 영원할 것 같고, 무지개는 영영 뜰 것 같지 않은, 그런 풍경 속에 서 있는 기분이 들었다.

아, 그런가. 음악이란 건 악보 자체를 듣는 게 아니라 결국 연주를 통한 해석을 듣는 거다. 우리가 세상 그 자체를 보지 못하고 오로지 저마다의 해석을 통해서만 바라보듯이.

어떤 곳일까. 선배가 바라보는 세계는. 이 연주처럼 쓸쓸하고 삭막한 곳일까.

짧은 연주가 끝난 후 조용히 박수를 쳤다.

"안 친 지 오래되긴 했구나."

난 악보도 없이 잘 쳤다고 생각했는데 경후 삼촌은 뭔가 불만스러운 얼굴이었다.

"키보드는 괜찮은데 이나빈이 안 괜찮아. 감동이 없어."

"키보드 확인하려고 친 건데 뭐 어때요."

나빈은 별로 개의치 않는 듯했다. 경후 삼촌은 공구 가방을 잠그고 손을 털었다.

"이제 다혜 씨가 부탁한 거 들어줘야지. 지금 가르쳐 줘도 되겠어요?"

"아, 네. 설거지는 다 해 뒀어요."

"그럼 밥 두 공기 정도 볼에 담아 둘래요? 아마 딱 그 정도 남았을 거 같은데."

삼촌이 손을 씻는 동안 나는 먼저 전기밥솥의 뚜껑을 열었다.

윤기가 흐르는 새하얀 밥에서 김이 모락모락 올라오고 있었다. 나빈의 집에 온 후로 이 밥솥에 밥이 들어 있는 건 처음 봤다.

장식품이 아니었구나. 새삼 경후 삼촌에 대한 경외감이 피어올랐다. 삼촌 말대로 밥은 딱 두 공기 양이 남아 있었다. 나빈이 건네준 스테인리스 볼에 남은 밥을 전부 옮겼다.

삼촌이 와서 밥 양을 확인했다.

"밥을 볶을 거면 조금 식혀 두는 게 좋거든요. 그럼 채소 써는 것부터 해 봐요."

삼촌은 건조대에서 도마를 꺼낸 후 칼집에 꽂혀 있던 식칼을 빼냈다. 나도 모르게 움찔했다.

"해 볼래요?"

나는 선뜻 그 물건을 건네받지 못했다.

"칼, 조금 무서워해서요."

"그럼 제가 할까요?"

왼편에서 나를 지켜보고 있던 나빈이 물었다. 잠깐 흔들렸지만 그럴 수는 없었다. 여기서 나빈의 손을 빌린다면 그건 내가 요리를 하는 게 아닐 테니까. 겁이 나는 걸 꾹 참고 경후 삼촌에게서 칼을 받았다.

"아뇨, 제가 해 볼게요. 할 수 있을 거 같아요."

칼 손잡이를 세게 쥐었다. 심장이 두근거렸다. 심호흡을 하고 당근 위에 칼날을 댔다.

탁, 소리가 나며 당근이 잘려 나갔다.

"잘했어. 그 정도 간격으로 계속 썰어 봐요."

삼촌이 말했다. 나는 그의 말대로 당근을 일정한 간격으로 썰어 갔다. 생각보다 무섭거나 떨리지 않았다. 오히려 마음이 안

정되는 것 같았다. 칼자루를 내가 쥐고 있다는 안도감 때문일지도 몰랐다.

괜찮아. 무섭지 않아. 칼은 내 손에 있어.

고요한 부엌에 칼날이 도마를 울리는 소리만 들렸다.

그렇구나. 식칼은 원래 이런 용도였다. 누군가의 목을 찌르는 게 아니라.

당근을 전부 썬 뒤 식칼을 놓았다. 나도 모르게 손에 힘이 들어간 건지 손아귀가 욱신거렸다. 조각들이 조금 크긴 했지만, 잘 익히면 괜찮을 듯했다.

"처음치고 나쁘지 않은데?"

삼촌이 유쾌하게 말했다. 고작 당근 하나 잘랐는데 칭찬을 받으니 좀 쑥스러웠다.

이어서 양파와 햄도 썰었다. 일단 당근을 썰어 보고 나니 나머지는 아주 쉬웠다. 재료가 다 준비되자 삼촌은 움푹 파인 프라이팬을 집었다.

"기름이 달궈지면 재료들을 순서대로 넣고 마지막에 밥이랑 양념을 넣으면 돼요. 양념은 케첩이나 소금 중에 좋아하는 걸로."

"재료는 당근부터 넣으면 되나요?"

학교에서 배운 걸 떠올리며 물었다. 오래 익혀야 할 것부터 넣어야 한다고 했던 것 같다.

"그렇죠. 잘 아네. 보고 있을 테니까 다혜 씨가 해 볼래요? 기름 안 튀게 조심하고."

"네, 근데……."

나는 나빈을 힐끗 바라보았다. 아까부터 내 왼편에는 나빈이,

오른편에는 삼촌이 서 있었다. 나빈은 보통 남자들보다 키가 큰 편이었고, 경후 삼촌도 엇비슷해 보였다. 그사이에 끼어서 주목받으며 요리를 하는 건 솔직히 불편했다.

"선배는 왜 계속 여기 계신 거예요? 부담스러워요."

"다혜 씨는 맨날 나보고 부담스럽다고 하고."

나빈이 볼멘소리를 냈다.

"갑갑해요. 좀 떨어져요."

"그냥 얌전히 구경만 할게요."

그는 짐짓 불쌍해 보이는 표정을 지었다. 사람 마음 약하게 하는 건 타고났다.

"……연기 못하시는 줄 알았는데 그런 표정은 또 잘 만드시네요."

"연기가 아니니까요."

"보든 말든 마음대로 하세요."

"네!"

옆에서 삼촌이 작게 혀를 차는 소리가 들렸다. 채소가 익자 삼촌이 볼에 담아 뒀던 밥을 팬에 넣었다. 케첩 대신 소금과 후추로 간을 마무리했다.

밥이 완성되자 삼촌은 다른 프라이팬을 꺼내 부들부들한 달걀을 만드는 법도 알려 줬다. 고슬고슬한 밥을 접시 위에 둥글게 쌓고 그 위에 달걀을 얹으니 제법 그럴 듯했다.

"와, 우리 잘 만들었다, 그죠?"

나빈이 감탄했다.

"넌 옆에서 보기만 했잖아."

"응원이라고 해 주세요."

삼촌이 핀잔을 줬지만 나빈은 꿋꿋했다.

"아, 근데 다혜 씨, 저 양 너무 많은데……."

나빈이 접시를 보고 난처한 듯 말했다. 나는 말없이 접시를 내려다보았다. 점심때랑 비슷한 양을 담았는데 저녁으로는 많았나 보다.

하긴 선배는 늘 저녁을 먹는 둥 마는 둥 했으니까. 벌써 달걀까지 씌워 버린 차라 어떻게 덜어 내야 모양이 덜 흐트러질까 고민이 되었다.

"그냥 오늘은 많이 먹을게요."

나빈은 내 표정을 살피더니 얼른 말을 고쳤다. 딱히 기분이 상한 건 아니었는데.

저녁때 먹기 위해 랩을 씌워 두고 부엌 정리까지 마무리했다.

삼촌은 조만간 방문하겠다는 말을 남기고 돌아갔다. 나빈은 시간을 확인하더니 봐야 할 프로그램이 있다며 TV를 틀었다. 히스토리 채널에서 북유럽 신화에 관한 다큐멘터리를 방영하고 있었다. 나도 그의 옆에 앉아 TV를 봤다.

"평소에 이런 거 보세요?"

"네, 신화 관련된 다큐는 거의 챙겨 봐요. 찾아보기도 하고."

"하긴 해리포터도 좋아하시니까……."

"반지의 제왕도 좋아해요. 그리고 해리포터는 신화랑은 전혀 달라요, 다혜 씨."

"마법 나오는 거잖아요."

"마법 나온다고 다 옛날이야기인 게 아니거든요."

다큐멘터리는 무려 5부작이었다. 북유럽 신화를 전공했다는 미국 할아버지가 열변을 토했다. 나빈은 넋을 놓고 화면을 보고 있었다.

"찾고 싶은 책이 있다고 하셨죠."

"네?"

내 말에 나빈이 고개를 돌렸다.

"저번에요. 신화를 좋아하게 된 이유 여쭤봤잖아요. 그때 찾고 싶은 책이 있어서 찾다 보니 좋아하게 됐다고 했던 거 같아서."

"아, 얘기했었죠."

그의 얼굴에 미소가 번졌다.

"그거 정확히 어떤 책이었어요?"

"시설에 있을 때 읽은 책이었어요. 기부 도서였던 거 같은데, 오래되고……. 그 외엔 잘 기억이 안 나요."

"인도 신화라고 했죠?"

"네, 그래서 비슷한 책들 많이 찾아봤는데 제가 찾는 이야기는 없더라고요."

"검색은 해 봤어요?"

"검색해도 안 나오고."

세상에 신화는 너무 많으니까, 찾기 힘들다 해도 이상할 건 없었다.

"요즘에도 계속 찾곤 있어요."

"무슨 얘긴데요? 말해 주면 저도 기회 될 때 찾아볼게요."

그런데 나빈은 모처럼 내 호의에 난처한 미소만 흘렸다.

"비밀이에요. 말하면 다혜 씨가 유치하다고 할 거 같아."

"뭔데 그래요?"

몇 번이나 물었는데도 나빈은 절대 입을 열지 않았다.

저녁도 그냥 거실 테이블에서 먹었다. 나빈이 내 오므라이스 위에 케첩으로 토끼 모양을 그려 주는 바람에 좀 짜증이 났다.

"귀엽죠?"

"초등학생이에요?"

"전 다혜 씨가 그려 줘요."

나빈이 생글거리며 케첩 통을 넘겼다. 한숨을 푹 쉬고 사선 모양으로 아무렇게나 케첩을 뿌렸다.

"아, 무지개인가 보다. 맞죠?"

나빈이 놀라운 해석력을 발휘했다.

TV 속에서는 라그나로크가 오고 있었다. 신들은 멸망과 죽음을 두려워하며 떨었다.

"아……."

한 숟갈 먹자마자 나빈이 미간을 찌푸렸다. 맛이 없는 건가, 생각하는데 곧이어 괴로운 한숨 소리가 들렸다. 라그나로크를 맞은 오딘의 고뇌도 저렇게 깊진 않을 것 같았다.

그런데 막상 나빈의 입에서 나온 말은 하찮기 그지없었다.

"사진 찍었어야 하는데 그냥 먹어 버렸어요."

"사진을 왜 찍어요?"

"다혜 씨가 만든 거니까 찍어야 되는데……."

"그럼 지금 찍어요."

"완벽한 상태에서 찍었어야 하는데……."

"뭐가 완벽한지 누가 정해요? 애플 로고도 한 입 먹은 거잖아요."

적당히 아무 말이나 했는데 뜻밖에도 나빈의 표정이 확 밝아졌다.

"그렇죠? 오히려 이렇게 찍으면 첫입을 먹었을 때 맛있었던 것도 같이 기억이 날 테니까, 이게 더 완벽한 사진일 수도 있어요."

"무슨 소린지 모르겠지만 맛있다니 다행이네요."

나빈이 신나서 사진을 찍는 동안 나도 오므라이스 맛을 봤다. 삼촌이 만들었던 것과 엇비슷하게 맛있었다. 이 정도면 성공이라고 자평할 만했다.

신기했다. 한 번도 해 본 적 없는 일인데 성공할 수도 있구나.

나빈은 많다고 하더니 한 숟갈도 남기지 않고 다 먹었다. 대신 내일은 30분 정도 더 뛰어야겠다는 다짐도 덧붙였다. 5부작을 다 보고 나니 이미 밤이었다. 신들은 죽고 세상은 무너졌다. 아침에 일찍 일어난 탓인지 눈이 감겼다.

"먼저 잘게요, 선배."

"잘 자요, 다혜 씨."

나빈에게 인사를 한 후 씻고 돌아와 침대에 바로 쓰러졌다.

이제 내일은 어떡하지. 일단 내일 오전에는 선배랑 러시아어 공부를 하고……. 모르겠다. 그다음 일은 그때 생각하자.

생각이 점차 흐릿해졌다. 거실에서 TV 소리가 끊겼다. 곧 스위치를 끄는 소리가 들리더니, 문틈으로 희미하게 들어오던 빛마저 사라졌다.

눈을 뜨자마자 습관적으로 휴대폰을 확인했다. 오늘도 집에서 온 연락은 없었다. 안도의 한숨이 나왔다.

밖에 나오니 현관에 나빈의 운동화가 없었다. 시각은 7시, 여명이 밝아 오기도 전이었다. 아마 어제처럼 운동을 하러 간 것 같았다. 샤워까지 끝냈을 때도 그는 여전히 돌아오지 않았다. 커피를 마시고 싶어 포트에 물을 올렸다. 곧 보글보글 끓는 소리가 나더니 포트가 저절로 탁, 하고 꺼졌다.

물 끓는 소리마저 잦아들자 집 안은 정적에 잠겼다. 갑작스럽게 공허한 기분이 몰아쳤다. 사방을 분간할 수 없는 허공에 내던져진 것 같았다. TV라도 켜 볼까 하다가 전자 피아노 앞에 앉았다.

뚜껑을 열고 건반을 누르자 맑은 소리가 울렸다. 순간적으로 기분이 나아졌다. 아는 곡도 없었고 실력도 없었지만, 그저 이 적막이 싫어서 건반을 차근차근 순서대로 눌러 보았다.

어릴 땐 억지로 피아노를 배우는 게 그렇게 싫었는데. 지금은 피아노 앞에 앉아 작은 위안을 찾고 있었다.

현관문이 열리는 소리가 들리자마자 뚜껑을 황급히 닫았다. 피아노 의자에서 일어나려는데 나빈이 나를 발견했다. 나는 어정쩡한 자세로 고개를 돌렸다. 나빈의 웃는 눈과 시선이 마주쳤다.

"편하게 쳐도 돼요, 다혜 씨."

"아뇨, 그냥 잠시 만져 본 건데⋯⋯."

"다혜 씨가 심심하면 치라고 고친 건데요. 편하게 치세요."

"그러기엔 좀 창피해요."

"왜 창피해요?"

"선배는 잘하는데⋯⋯. 전 거의 칠 줄 모르니까⋯⋯."

"그건 부끄러운 일이 아닌데. 뭘 못하는 건 부끄러운 게 아니잖아요. 나중에 수업 끝나고 악보 찾아볼게요."

나빈은 즐겁게 말하고 부엌으로 들어갔다.

오늘도 아침은 머핀과 달걀이었다. 인스턴트커피를 마시며 러시아어 수업을 했다.

수업이 끝난 후 나빈은 오래된 악보들을 찾아왔다. 그의 아버지가 모아 둔 악보들인 듯했다. 나빈과 나는 피아노 의자에 나란히 앉아 악보들을 살펴봤다. 누렇게 변색된 악보들은 척 봐도 내 실력을 훌쩍 뛰어넘는 곡들뿐이었다.

"다 너무 어려워 보이는데요."

거기다 재즈곡들이 대부분이라 내가 아는 곡도 별로 없었다. 팝송도 몇 개 있었지만 엄두도 나지 않았다.

"괜찮아요. 천천히 치면 되니까. 외국어를 익히듯 그냥 아무 생각 없이 반복하는 거예요."

나빈이 옆에서 말했다. 말은 참 쉬웠다.

결국 나는 '초급 재즈 피아노 교본'을 선택했다. 아주 낡은 책이었다. 나빈도 어릴 때 이 책으로 피아노를 배웠다고 했다. 그래서인지 페이지 여기저기에 색연필로 낙서가 되어 있었는데, 하나같이 정체를 알아보기 힘들었지만 정성 들인 그림이었다.

일단 자신이 없어 오른손만 올려 두고 건반을 눌렀다. 쉬운 연습곡인데도 손가락이 자꾸만 다른 건반을 짚었다. 내 실력이 형편없는 탓도 있었지만, 솔직히 말해 나빈이 옆에 앉은 것도 한몫했다. 이렇게 골똘히 바라보면 긴장을 안 할 수가 없다.

"아, 손가락. 이렇게 하면 좀 더 편할 거 같은데."

나빈이 살짝 내 약지를 잡더니 위치를 옆으로 옮겨 주었다. 순간 손을 떠는 바람에 같은 건반을 연타해서 저절로 스타카토가 되어 버렸다. 얼굴이 화끈거렸다. 방금 친 건반처럼 스타카토로 뛰는 심장 소리가 그에게까지 들릴 것만 같았다. 다행히 나빈은 아무 생각 없는 얼굴이었다.

왼손을 올려놓고 어설프게 화음을 맞춰 보았다. 음악이 아니라 소음이었지만 나빈은 잘한다고 해 주었다. 예전부터 느낀 거지만 그는 칭찬이 너무 후하다.

"다혜 씨가 치니까 키보드가 살아 있네요."

나빈이 알 수 없는 소리를 했다. 못 친다는 걸 그렇게 비꼬는 건가 생각도 해 봤지만, 그렇다기엔 표정이 너무 해맑았다.

"엄마가 치던 전자 드럼도 집에 있거든요. 나중에 그것도 다혜 씨가 쳐 주면 안 돼요?"

"전 드럼은 제대로 본 적도 없는데요."

"다혜 씨가 치면 살아날 것 같아서요."

무슨 소리인지 모르겠지만 알겠다고 했다. 그의 어머니의 드럼이라는 말만 없었더라면 아마 거절했을 것이다. 이런 어설픈 연주라도 나빈의 마음에 위안이 된다면 한 번쯤 창피한 건 괜찮을 것 같았다.

점심으로 나빈은 과일 샐러드를 만들었다. 샐러드와 요거트로 식사를 때우고 나니 당장 식재료를 사 와야겠다는 생각이 들었다.

나빈과 동네 슈퍼마켓으로 향했다. 있을 건 다 있는 중형 슈퍼였다. 선반 사이를 돌아다니며 뭘 사면 좋을지 의논했다. 카레는 매운맛을 사야 할지 약간 매운맛을 사야 할지, 우유와 치즈는 어떤 브랜드가 맛있을지.

별것도 아닌 대화에 참 많이 웃었다. 슈퍼에서 물건을 산다는 게 이렇게 재밌는 일인 줄은 처음 알았다. 분명 조금만 살 생각으로 들어왔는데, 나올 때는 온갖 식재료들로 큰 종량제 봉투가 가득 찼다.

"안 무거워요?"

그가 든 봉투를 기웃거리며 물었다.

"괜찮아요. 근데 요리는 어떻게 하죠? 우리 배운 게 하나밖에 없잖아요."

나빈은 매일같이 오므라이스만 먹어야 하는 것 아닐까 걱정하는 눈치였다.

그래서야 모처럼 다양한 재료를 산 보람이 없지.

"제가 해 볼게요. 레시피는 인터넷에 다 있어요."

어제의 성공으로 제법 자신감이 붙은 뒤였다. 실패하더라도 샐러드보단 맛있으리란 확신도 있었다.

뭐가 좋을까? 당근이랑 감자도 샀으니까…….

머릿속으로 저녁 메뉴를 고민하며 귀가했다. 돌아오자마자 냉장고에 재료들을 넣어 둔 후 휴대폰으로 이런저런 레시피를 찾아보았다. 내가 할 수 있는 난이도의 요리 위주로 고르다 보니 메뉴는 금방 결정됐다. 부엌으로 가서 도마와 칼을 꺼냈다.

엄마는 요리 같은 걸 직접 하지 못하게 했다. 본인도 거의 요리하는 일이 없었다. 그런 건 좋은 직업을 가진 후 사람을 쓰는 편이 낫다는 거였다. 그래서 나는 학교 실습 시간을 제외하면, 따로 요리를 해 볼 기회가 없었다.

경후 삼촌에게 오므라이스를 배울 때도 느꼈던 거지만, 채소를 써는 일은 즐겁다. 도마에 칼이 부딪치는 소리를 듣고 있으면 마치 목탁 소리 같아 속이 차분해진다.

오늘 내가 시도할 요리는 카레라이스였다. 인터넷을 뒤지며 고른 쉬우면서도 그럴듯해 보이는 음식 중 하나였다. 마침 카레 가루도 사 왔으니 딱이었다.

"안 도와줘도 되겠어요?"

나빈이 다가와 물었다.

"저 혼자 할 수 있어요."

도와줄 필요가 없다고 했는데도 나빈은 어쩐지 부엌에 멀뚱 히 서 있었다. 시선이 부담스러워서 요리를 할 수가 없었다.

"왜 자꾸 쳐다봐요?"

"보고 있으면 안 돼요?"

"부담돼요."

나빈은 뭐가 재밌는지 웃기만 하고 여전히 옆을 얼쩡거렸다.

"선배. 할 일 없으세요?"

"네."

"평소엔 집에서 뭐 하시는데요?"

"그냥 책 읽거나 TV 보거나 이렇게 멍하니 있거나?"

"그럼 테이블이라도 준비해 두세요."

"그럴까요?"

그제야 나빈은 내 옆을 떠났다. 요리에도 좀 더 속도가 붙 었다.

"준비 다 했어요. 또 뭐 할까요?"

뒤에서 나빈이 물었다.

"그럼 밥 좀 앉혀 둘래요? 할 줄 아세요?"

"당연하죠. 예전엔 자주 했었어요."

예전이란 건 아마 그가 어머니와 함께 살던 시절일 것이다.

"근데 요즘은 왜 안 하세요?"

"부엌에 오래 머무르는 게 싫어서요. 그래서 요리는 최소한으로만 해요."

"왜요?"

"그때 그…… 미역국 냄새가 생각나서요."

탁. 칼날이 도마를 세게 쳤다. 나는 양파를 썰던 손을 멈췄다. 양파가 매워 눈을 찡긋했다. 눈가에 미지근한 물기가 맺혔다.

"그 뒤로 드신 적 있으세요? 미역국."

"어……."

나빈은 한참 말을 못 했다. 그는 씻어 놓은 밥솥에 쌀을 세 컵 부었다. 어제 삼촌이 사다 놓은 쌀이었다. 쌀을 다 씻은 후에야 나빈은 다시 입을 열었다.

"생각해 보니 한 번도 없네요? 군대에서도 미역국이 나오면 그냥 버렸어요."

나빈은 이상한 듯 고개를 갸웃했다.

"왜 그랬지? 일부러 버리려 했던 건 아닌데. 그냥 마침 입맛이 없었나 봐요."

취사를 시작한다는 친절한 알림음이 들려왔다. 나는 칼을 놓고 손을 씻었다. 그리고 눈가도 씻어 냈다.

"양파가 너무 매워서 못 썰겠어요. 다른 거 할 테니 이것만 좀 도와주세요, 선배."

"아, 그럴게요."

나빈은 나 대신 도마 앞에 가서 섰다. 나는 깊은 냄비를 꺼내 식용유를 두 숟갈 넣고 불을 올렸다. 혹시나 실수할까 봐 휴대

42

폰으로 레시피를 찾아 바로 옆에 켜 두었다.

냄비 바닥에 열기가 오른 것 같아 감자와 당근부터 넣었다. 적당한 시점에 나빈이 고르게 썬 양파를 넘겨줬다. 양파와 고기를 볶고 물을 부었다. 레시피에 따르면 이제 조금 기다릴 차례였다.

"지금은 부엌에 있는 거 괜찮으세요?"

카레 가루를 미지근한 물에 녹이며 물었다. 스테인리스 볼에 숟가락이 탁탁 부딪쳤다.

"지금은 다혜 씨 옆에 있는 거잖아요."

나빈이 대답했다. 무언가 말해 주고 싶은데 입술만 달싹였다. 나는 결국 아무 말도 못한 채 카레 물만 계속 저었다.

카레가 끓는 동안 비엔나소시지를 구웠다. 굽기 전에 끄트머리에 십자 모양으로 칼집을 냈다. 상상하던 것처럼 예쁜 문어 모양이 되진 않았지만 카레라이스 위에 세워 둘 정도는 되었다.

그 사이 밥도 완성되었는지 김이 솟구치는 소리가 났다. 달짝지근한 밥 냄새가 코끝을 스쳤다.

평평한 접시에 밥을 담고 막 완성된 카레를 부었다. 그 위에 조심스럽게 문어 소시지를 올렸다. 좋아, 작품명은 '외계인의 등산'으로 하자. 혼자 뿌듯해서 제목까지 붙였다.

우리는 아일랜드 식탁에 마주 앉아 저녁을 먹었다. 완성된 카레라이스를 본 나빈이 감탄했다. 그럴 만했다. 오늘의 요리는 내가 보기에도 그럴싸했으니까.

"다혜 씨, 요리 별로 해 본 적 없다지 않았어요?"

"네. 거의 없어요."

"혹시 천재 아닐까요?"

"그냥 레시피대로 한 거예요."

"어떻게 하루 만에 혼자서 이런 걸 만들지?"

나빈은 감탄하며 휴대폰을 꺼내 사진을 연달아 찍었다.

"사진은 또 왜 찍어요?"

"자랑해야 해요."

"누구한테요?"

"그냥 아는 사람 전부."

"별로 자랑할 요리는 아닌 거 같은데요."

"아, 맞아. 한 입 먹고 찍어야지."

나빈은 한 숟갈을 먹은 후 또 사진을 찍었다.

"선배 생일 11월이라고 하셨죠?"

문득 물었다.

"네."

"지났네요."

"왜요?"

"아뇨……. 그냥."

생일에 미역국 끓여 줄까 생각했어요. 마음속의 말을 하지 못하고 얼버무렸다.

식사를 마친 후에는 같이 TV를 봤다. 나빈이 오늘도 봐야 할 프로그램이 있다고 했던 것이다. '오디세이아' 에 관한 다큐멘터리였는데, 배경이 된 지역을 탐사하며 작품을 소개하는 형식이었다. 오디세우스가 집으로 돌아가기까지의 험난한 여정은 이미 잘 아는 내용이었지만 재밌었다.

"그런데 오디세우스는 목적지는 분명하잖아요."

오디세우스가 이타카로 돌아갈 무렵, 나빈이 갑자기 입을 열었다.

"네, 그렇죠. 집으로 돌아간다는 목표가 있으니까요."

"그러니까 10년이 걸려도 돌아올 수 있었던 거겠죠?"

나는 뒤를 돌아보았다. 나빈은 뒤편의 소파에 앉아 있었다.

"저는 그걸 잘 모르겠거든요. 목적지라든가, 앞으로 갈 곳이라든가. 가끔은 출발은 억지로 해 버렸는데 목적지는 모르는 항해를 하는 기분이 들어요. 이런 사람들은 그냥 계속 바다 위를 표류해야 하는 걸까, 그런 생각도 들고."

나빈의 시선은 화면을 향해 있는 듯도 했고, 허공을 향해 있는 듯도 했다. 나는 고개를 돌려 창밖을 보았다. 강 건너 여의도의 불빛이 보였다.

"저도 마찬가지예요. 저도 갈 곳 없으니까."

내가 말했다. 굳이 다시 뒤를 돌아보진 않았기에, 내 말에 그가 어떤 표정을 지었는지는 알 수 없었다.

이어서 나온 프로그램은 불교 수행에 관한 내용이었는데, 나빈은 여기에는 별 흥미가 없는 모양이었다. 프로그램이 끝나고 뒤를 돌아보니 나빈은 소파에서 잠들어 있었다. TV를 끄고 그에게 담요를 덮어 주었다. 그가 담요에 턱을 파묻었다.

나는 방으로 들어가는 대신, 소파에 비스듬히 등을 대고 눈을 감았다. 적막한 거실에 미약하게 울리는 그의 숨소리가 듣기 좋았다. 잠결인지 그의 손이 내 어깨 근처에 툭 닿았다. 나도 잠결인 척 그 손에 슬쩍 머리를 기댔다.

외롭게 떠다니는 작은 배가 떠올랐다. 항로를 잃은 채 망망대해를 헤매는 배. 그런 배들은 정말 10년이 지나도, 20년이 지나도 바다 위를 표류할 수밖에 없는 걸까. 마음 붙일 곳 없이 태어나서 떠돌이로 살다 가는 걸까.

그런 생각을 하다 잠이 들었다.

파도 소리가 들리는 꿈. 그날 밤 꿈속엔 온통 외롭고 어지러운 것투성이었다.

별 하나 없는 하늘, 멀리서 다가오는 폭풍우, 불길하게 넘실대는 파도, 항로를 완전히 잃어버린 배.

선배는 어디야? 난 지금 고요한 풍랑 속이야. 당장이라도 난파될 것처럼 기우뚱거리고 있어.

너에게 보내는 쓸쓸한 무전.

2.

엘리의 집에는 열리지 않는 문이 있다.

나는 엘리의 집에서 보낸 두 번째 주말, 그 사실을 알게 되었다.

아침부터 나빈은 청소를 시작했다. 주말은 늘 이렇게 보낸다고 했다. 생각해 보니 지난 일요일도 방 밖에서 청소기 소리와 부스럭거리는 소리가 들렸던 것 같았다. 그때는 방에만 박혀 있던 때라 미처 몰랐다.

"저도 도와야 하지 않을까요?"

"아뇨. 이건 제가 늘 하던 거니까요. 다혜 씨는 편하게 계세요."

정말 그래도 되나 싶어 몇 번이나 물었지만, 그때마다 나빈은 진짜로 혼자 하는 게 편하다고 했다. 그가 청소하는 동안, 나는 소파에 누워 휴대폰으로 이런저런 레시피를 찾아보았다. 그러다 슬쩍 손을 내리고 나빈의 모습을 지켜봤다.

나빈은 아주 열심히 집을 치웠다. 저렇게 청소를 하는 모습을 보고 있으니 어딘가 경건한 마음마저 들었다.

"다혜 씨가 있으니까 집이 자꾸 어질러져서 너무 좋아요."

거실 서랍장을 꼼꼼하게 닦던 나빈이 말했다.

"제가 어지럽힌다고요?"

"네, 그게 너무 좋아요."

"전 어지른 적 없는데요."

"그래서 집이 살아 있잖아요."

집이 살아 있다는 게 대체 뭘까. 나는 먼지를 닦는 그의 뒷모습을 보며 생각에 잠겼다.

어쩌면 그에게 청소는 단순히 집을 돌보는 일이 아닐지도 모른다. 그건 이 집에서 시간의 흔적을 지워 내는 일인 것이다. 그가 돌아가고 싶은 과거가 점점 멀어져 가고 있다는 사실을 필사적으로 외면하기 위해서.

시간의 자국이 사라진 것은 박제에 불과하다.

그리고 박제는 결국 죽은 것이다.

살아 있는 것은 모두 변하기 마련이다. 나빈은 나 때문에 집이 살아 있다고 했다. 그게 정말 그가 바라는 일일까. 그가 지키고 싶은 것들이 나로 인해 점차 변해 갈 거란 의미일 텐데.

오후쯤 되자 나빈은 청소가 끝났는지 거실로 와서 TV를 틀었다. 하지만 오늘은 별로 보고 싶은 프로그램이 없는지 금방 전원을 꺼 버렸다.

"청소 끝나신 거예요?"

소파에 늘어져 있던 내가 물었다.

"네."

"집 안을 전부 다 청소하시는 건 아니구나."

"전부 했는데요?"

나빈이 나를 돌아보았다. 무슨 말을 하는지 모르겠다는 듯 눈을 동그랗게 뜨고 있었다.

"하나 안 하신 거 아니에요?"

"아닌데. 다 했는데. 제 방도 하고, 다혜 씨 방도 하고. 욕실이랑 부엌도 다 했는데. 뭐 빠트렸나요?"

그는 정말로 곤혹스러운 눈치였다.

"방 하나 안 하셨잖아요."

내 말에 나빈은 잠시 답이 없었다. 입가에서도 웃음기가 사라졌다.

이 집에는 방이 세 개가 있다. 하나는 그의 방, 다른 하나는 내가 사용하는 손님용 방. 그리고 문이 굳게 닫힌 세 번째 방.

안에 뭐가 있는지는 몰라도 나빈은 결코 그 문을 열지 않았다. 그는 항상 그 문을 벽처럼 지나칠 뿐이었다. 창틀 구석에 낀 먼지까지 닦는 남자가 저 방은 손도 대지 않는다는 게 이상했다.

"아, 맞아. 거기 그냥 창고예요. 그래서 안 해요."

나빈이 이윽고 어설픈 미소를 띠고 말했다. 이 일로 나는 엘리의 집에 존재하지만 존재하지 않는 방이 있다는 사실을 알게 되었다.

점심도 저녁도 어제 만든 카레로 해결했다. 저녁까지 먹으니 드디어 카레 냄비가 바닥을 보였다. 저녁때는 소시지 대신 스크램블을 얹었다. 레시피의 팁대로 버터를 약간 넣으니 스크램블의 고소한 풍미가 확 살아났다.

나빈은 그걸 또 사진을 찍어서 어딘가로 열심히 보내는 것 같았다.

"다혜 씨는 참 신기한 사람이에요. 다혜 씨가 있으니 집도 살아나고, 키보드도 살아났잖아요."

나빈이 카레를 비비며 말했다.

"건반은 삼촌이 고쳐 주신 거잖아요."

"그런 뜻이 아니에요."

그는 진지한 얼굴로 고개를 저었다.

"저 키보드를 친 사람은 많았어요. 아빠가 떠나고 다른 남자들이 가끔 쳤거든요. 근데 그때는 키보드가 죽어 있었어요. 소리는 나는데 죽어 있는 그런 거, 알아요?"

나빈의 말이 알 듯 말 듯 해서 그냥 고개를 끄덕였다.

"제가 비밀 하나 말해 줄까요?"

나빈이 목소리를 낮췄다. 듣는 사람이라곤 나뿐인데도 그랬다.

"뭔데요?"

"사실 저 피아노 내가 고장 낸 거예요."

그가 소곤거렸다.

"왜요?"

"아빠 피아노를 다른 사람들이 치는 게 싫어서요."

"아……."

"아빠 피아노는 아빠만 쳐야 하는 건데……. 그래서 내가 망가뜨려 버렸어요. 이상하죠?"

"별로 이상하진 않아요. 제가 치는 건 괜찮으신 거예요?"

"다혜 씨가 치는 건 좋아요. 피아노도 다시 살아났더라고요. 다혜 씨가 와서 집이 살아난 것처럼. 다혜 씨가 특별한 사람이라 그런 거 같아요."

"뭐……."

나는 나빈이 생각하는 것처럼 특별한 사람이 아니었다. 하지만 그가 행복해하니 그걸로 됐다고 생각하기로 했다.

언제부터였는지, 그의 행복한 미소를 보면 나는 속수무책으로 무력해졌다. 자잘한 건 아무래도 좋은 거 아닌가, 하고 대충 넘어가게 되어 버린다.

"고장 내는 건 한순간이었는데, 고치는 건 너무 오래 걸렸어요."

그가 씁쓸하게 중얼거렸다.

그날은 저녁 식사 후 헤드셋을 끼고 혼자 피아노 연습을 했다. 나빈이 듣지 않으니 좀 나았다. 그는 거실 테이블에 앉아 아침에 배운 문법들을 정리했다.

연주를 하다 문득 휴대폰을 확인했더니 문자가 와 있었다. 엄마였다.

[어디 있는지 다 알아. 빨리 들어와.] 오후 8:35

메시지를 바로 닫아 버렸다.

월요일 오전에 경후 삼촌이 다시 방문했다. 이번에는 딱히 용건도 없었던 터라 뜻밖이었다.

경후 삼촌이 또 식재료가 가득 든 비닐봉지를 들고 왔다. 저절로 마음이 설레었다. 삼촌은 정리해 두라며 나빈에게 비닐을 넘겼다. 나빈은 봉지를 들고 부엌으로 들어갔다.

"다혜 씨는 잘 지냈어요?"

삼촌이 살갑게 인사했다.

"네."

"카레도 잘 만들었던데? 나한테 배울 필요가 없겠어요."

"어떻게 아셨어요?"

"이나빈이 사진 보내서 자랑했거든."

경후 삼촌은 휴대폰을 꺼내 메시지 창을 보여 주었다. 그저께 만들었던 카레라이스 사진이었다. 나빈의 이름은 '귀찮은 조카'라고 저장되어 있었다.

[다혜씨가 해줬어요!]
[완전 맛있음]
[이제 삼촌 안 와도 돼요] 오후 6:56

어제 저녁 식사 사진도 보였다. 굳이 같은 카레라이스를 두 번이나 자랑하는 심리를 알 수가 없었다.

[오늘도 다혜씨가 해줬어요!]
[맛있겠죠?] 오후 7:09
[삼촌 왜 답장 안 해요??] 오후 7:11

하얀 토끼가 화가 난 듯 발을 굴렀다. 쟤가 화낼 줄도 아네, 그런 생각을 했다.

"아, 삼촌. 다혜 씨한테 또 뭐 보여 주는 거예요?"

나빈이 다가와서 인상을 찌푸렸다.

"다혜 씨, 오늘은 닭도리탕 만드는 거 알려 줄게요."

삼촌은 모른 척 휴대폰을 넣으며 말했다.

"제가 벌써 그 정도 요리를 할 수 있을까요?"

정말 걱정돼서 물어본 건데 삼촌은 웃음을 터트렸다.

"오늘 배우면 할 수 있죠. 걱정 안 해도 돼요. 생각보다 쉬우니까."

경후 삼촌은 내게 닭을 씻는 법부터 알려 주었다. 생고기를 만져 보는 건 처음이라 신기했다. 막연히 촉감이 별로이지 않을까 상상하고 있었는데 예상외로 부드럽고 말랑했다.

닭을 잠깐 물에 담가 두고 당근과 감자, 양파를 썰었다. 나빈은 옆에서 감자 껍질 벗기는 걸 도왔다.

"야채 써는 게 제일 재밌어요."

당근을 듬성듬성하게 썰며 말했다.

"왜요?"

나빈이 물었다.

"그냥, 칼은 원래 이렇게 쓰는 거구나 싶어서요."

"다혜 씨, 뭐 위험한 일 하다 왔어요?"

경후 삼촌이 농담을 던졌다.

닭도리탕은 생각보다 과정도 단순하고 어려울 게 없는 요리였다. 양념만 헷갈리지 않으면 될 것 같았다. 삼촌이 알려 준 양념 비율을 휴대폰 메모장에 적어 뒀다.

보글보글 끓는 닭도리탕을 테이블 가운데 올려 두고 점심 식사를 시작했다. 나빈은 주로 닭가슴살만 먹었기에 닭 다리와 날개가 남았다.

역시 닭은 선배 같은 사람이랑 먹어야 해. 양념이 잘 밴 닭 다리를 뜯으며 생각했다.

식사가 끝나갈 무렵 경후 삼촌이 갑작스러운 질문을 던졌다.

"근데, 다혜 씨. 돈은 좀 있어요?"

"네?"

허를 찌르는 질문에 바로 대답을 못 했다. 곧 나는 작게 고개를 저었다.

"그럼 아르바이트해 보는 거 어때요?"

그가 이어 물었다.

"아르바이트요?"

딱 한 번 아르바이트를 해 본 적이 있다. 대학 입시를 마치고 입학 전까지 시간이 남아 패스트푸드점 아르바이트에 지원했었다.

사실을 알게 된 부모님은 길길이 화를 냈고, 고작 그런 일로 시간 낭비를 하려 했다는 이유로 몇 시간을 혼나야 했다. 엄마 아빠는 내 행동을 거의 다 싫어했지만, 그중에서도 가장 싫어했던 건 아마 그때인 것 같다.

"어떤 거예요?"

삼촌에게 물었다.

"아, 여기 포스드 랜딩 알죠? 저번에 우리 만난 곳."

"네."

"거기 일손이 필요하다고 은미 누나가 그랬거든. 어려운 건 아닐 거고, 아마 청소나 설거지 같은 잡일일 거예요. 해 볼래요?"

"제가 해도 괜찮을까요?"

"당연히 괜찮죠."

"하면 좋을 것 같긴 한데……."

선뜻 하겠다는 말은 나오지 않아 머뭇거렸다. 아무 경력도 없는데 이렇게 시작해도 되는 건가 걱정스러웠다. 그때 듣고 있던 나빈이 입을 열었다.

"다혜 씨, 원하지 않으면 안 해도 돼요. 그런 걸로 부담 느낄 필요 없어요."

청개구리 심보일지도 모르겠지만, 나빈의 말을 듣고 나니 오히려 아르바이트를 해야겠다는 결심이 섰다. 삶은 계속되어야 하고, 그러려면 돈이 필요했다. 엘리에게 삶을 빚질 수는 없었다.

"아뇨. 선배한테는 이미 도움을 많이 받았잖아요. 저도 뭔가 해야 할 것 같아요. 해 볼래요."

고작 이틀 만에 끝난 패스트푸드점 아르바이트 이후로, 나는 내 손으로 돈을 벌 기회를 한 번도 갖지 못했다. 장학금을 받아도 그건 부모님이 가져갔다.

대신 매달 어느 정도의 용돈만 받았다. 물건은 대부분 엄마가 사다 주는 것만 사용했다.

돈을 벌면 뭔가 달라질까? 그것까진 알 수 없었다.

"그럼 거기 오늘은 쉬는 날이니까 내일부터 하는 걸로. 어때요?"

"네."

대답하고 보니 이렇게 삼촌이 덜컥 결정해도 되는 건가 싶었다.

"근데 이모가 절 마음에 안 들어 하실 수도 있잖아요."

"다혜 씨를? 아냐. 다혜 씨를 좋아해요. 재밌는 사람이잖아."

"그래도 사람을 쓰는 건데……."

"그건 걱정 안 해도 돼요. 이미 누나랑 얘기한 거거든."

"……감사합니다."

그 말 외에는 할 수 있는 말이 없었다.

"그럼 저도 아르바이트할래요."

나빈이 끼어들었다.

"나빈아. 너 저번부터 다혜 씨가 하는 건 다 하고 싶어 하는 거 같다?"

"네, 다 하고 싶어요."

나빈은 뭐가 문제냐는 듯 당당하게 대답했다. 내가 어처구니없어 그를 바라보자 경후 삼촌이 대신 변명을 했다.

"이해해요. 쟤가 어릴 때부터 친구가 별로 없어서 그래. 자기딴엔 지금 잘하고 있는 줄 알 거야."

"아니, 왜요? 같이하면 안 되는 거예요?"

나도 경후 삼촌도 나빈이 투덜대는 말을 못 들은 척 넘겼다. 삼촌과 나는 알게 된 지 얼마 안 되었지만 나빈의 말을 무시할때는 아주 합이 잘 맞았다.

"근데 이나빈, 너는 돈 있냐?"

경후 삼촌이 툭 던진 질문에 정적이 감돌았다. 어쩐지 내가 있으면 불편할 대화일 것 같아 먼저 그릇을 챙겨 일어났다.

설거지를 하는데 뒤로 나빈의 목소리가 조그맣게 들렸다.

"엄마 보험금 얘기하시는 거면, 그건 하나도 안 썼어요. 어떻게 해야 할지 몰라서…….""

"야, 네 돈인데 네가 알아서 해야지."

"그게 어떻게 제 돈이에요. 엄마의 하나뿐인 혈육은 삼촌인데. 그러니까 삼촌이…….""

"또 그 소리야? 됐고, 그거 말고는?"

"저작권료도 있고, 삼촌한테도 가끔 아르바이트비도 받잖아요. 그리고 예전에 번 것도 있으니까…….""

나빈의 목소리가 점점 작아졌다. 다음 말은 거의 들리지 않을 정도였는데, 이상하게 내 귀에는 그 목소리가 똑똑히 들렸다.

"다혜 씨랑 둘이서 어떻게든 지내는 데는…….""

물을 더 세게 틀었다. 뜨거운 물에서 올라온 증기가 얼굴을 데웠다.

"그 정도 생각으로는 안 돼."

어째선지 경후 삼촌은 나빈을 나무라고 있었다.

"너, 그런 식으로 말하는 건 무책임한 거야. 어떻게든 지내는 정도로는 안 돼. 너…….""

삼촌은 갑자기 말을 끊었다. 의자 다리가 마루를 긁는 소리가 났다.

"다혜 씨, 지금 가 봐야 할 거 같아요. 다음에 또 올게요. 이거 치우는 것만 도와주고 갈게."

"아뇨, 제가 치울게요. 바쁘시면 가 보세요."

식탁 쪽을 돌아보며 말했다. 경후 삼촌이 슬쩍 미소를 보였다.

"미안. 아무튼 내일부터 아르바이트 잘해요. 가게도 놀러 갈 테니까."

"네, 감사합니다."

"이나빈, 넌 잠깐 따라 나와."

삼촌이 나빈의 어깨를 툭 쳤다.

"아, 네."

나빈은 영문을 모르는 얼굴로 그를 따라 나갔다. 두 사람이 나간 후 식탁의 빈 그릇들을 치웠다. 싱크대에 그릇을 모아 두고 수도꼭지를 돌렸다. 저절로 한숨이 나왔다. 나빈이 했던 말이 뇌리에서 떠나질 않았다.

"다혜 씨랑 둘이서 어떻게든……."

"둘……."

나도 모르게 소리 내어 말했다. 둘이라는 단어가 이렇게 간지러운 발음을 가진 줄은 처음 알았다. 혀끝이 닿는 입천장 앞부분부터 가볍게 울리는 목구멍까지 전부 부드러운 솜털이 스친 듯 간질간질했다.

설거지가 끝날 때쯤 나빈이 돌아왔다. 그의 손에는 편의점 비닐봉지가 들려 있었다. 나빈은 비닐봉지에서 녹차 맛 아이스크림 한 통을 꺼냈다.

"삼촌이 다혜 씨랑 먹으라고 사 줬어요. 냉동실에 넣어 둘게요."

"선배. 혹시 저 때문에 삼촌한테 혼나신 거 아니죠?"

"네? 왜요?"

"그냥, 제가 여기 너무 오래 있어서 그런가 해서요."

"전혀요. 여긴 우리 집인데 제 마음이죠. 그냥 내일부터 방학 동안은 아르바이트 오라는 거였어요. 내일 행사 장소랑 뭐, 행사 내용 같은 것도 설명 듣고."

나빈의 말을 듣고 나니 마음이 놓였다.

"그것보다 다혜 씨, 오후에 쇼핑 가는 거 어때요?"

"쇼핑이요?"

"내일부터 아르바이트인데 입을 옷 있어요?"

나빈의 말을 듣고 보니 일할 때 입을 만한 옷이 없었다. 지난주에 나빈이 사다 준 옷들은 집에서나 입을 법한 것들이었다.

"근처에는 살 만한 곳이 없을 것 같고 쇼핑몰 가서 몇 벌이라도 사요."

"그럼 돈은⋯⋯."

"그건 괜찮아요."

나빈이 내 말을 끊었다.

"저번에 사 주신 것도 있는데."

"그거야 다혜 씨가 입을 만한 옷이 없었으니 어쩔 수 없었잖아요."

"너무 죄송해서요."

"죄송할 건 없는데. 다혜 씨가 요리도 해 줬잖아요. 나 사실 이 집에서 그렇게 저녁 먹어 본 거 정말 오랜만이에요."

나빈이 삼촌에게 보냈던 메시지들이 떠올라 웃음이 나왔다.

"근데 그건⋯⋯."

"일단 빨리 준비해요. 저녁 되기 전에 돌아오게."

그걸론 안 되는 거 같은데. 일단 나빈의 재촉에 방으로 들어와 옷부터 갈아입었다.

나는 긴 트레이닝복 바지에 반팔 티를 입고 집을 나올 때 입었던 외투를 걸쳤다. 폼도 엉망이었고, 조금 추울 것 같았지만 별수 없었다.

"가서 옷 사서 갈아입으면 되니까 우선 나가요. 어차피 차 타고 갈 거라 많이 춥진 않을 거예요."

나빈이 말했다.

"차요? 선배 차 있었어요?"

현관을 나서며 물었다.

"제 차는 아니고, 이모 차인데 가끔 빌려서 써요. 다혜 씨랑 나갈 때 필요할 거 같아서 빌려 뒀어요."

엘리베이터가 11층에 도착했다. 지하 1층 버튼을 누른 후 나빈이 말을 이었다.

"저희 집은 차가 없어요. 아빠가 교통사고가 났으니까……. 제가 성인이 된 후로도 엄마가 자동차를 싫어하셔서 안 샀어요."

"싫어하실 만하죠."

"이젠 뭐, 사도 상관없긴 한데, 그냥 계속 안 사게 되네요."

엘리베이터가 지하에 멈췄다. 나빈은 검은색 SUV 앞에 가서 키를 꺼냈다. 삑 소리와 함께 헤드라이트가 번쩍했다.

나는 보조석에 앉았다. 내부는 꽤 넓었다. 뒷좌석에 짐이 쌓여 있지만 않았다면 일곱 사람은 넉넉히 탈 수 있는 사이즈였다.

서울 시내는 늘 그렇듯 차가 지독하게 막혔다. 근처 쇼핑몰로 가는 동안 거리를 구경했다. 일요일이어서 가족 단위로 놀러 나온 사람들이 많았다. 사이 좋아 보이는 모습들이 보기 싫었다.

"아, 다혜 씨. 이거."

운전하던 나빈이 갑자기 겉옷 주머니에서 무언가를 꺼냈다. 받고 보니 아직 뜯지 않은 마스크였다. 그가 늘 하고 다니는 종류의 것인 듯했다.

"혹시 다혜 씨가 걱정할까 봐요. 그거 쓰고 있으면 누가 다혜 씨를 알아볼 확률이 좀 줄어들잖아요?"

"그냥 지나가려던 것도 한 번 더 돌아볼 것 같은데요."

"그래도 마음은 놓일걸요?"

나빈의 말에 일단 마스크를 써 봤다. 사이드미러에 비춰 보니 그렇게 나빠 보이진 않았다.

월요일 오후라 그런지 쇼핑몰 주차장은 한산했다. 나빈은 차에서 내리기 전에 검은 마스크를 썼다. 둘이서 똑같이 이러고 있으니 더 눈에 띌 것 같았다.

"선배, 우리 되게 수상해 보여요."

매장으로 향하는 엘리베이터 안에서 거울을 보며 말했다.

"난 좋은데."

나빈이 눈웃음을 지었다.

"수상해 보이는 게 좋아요?"

"아뇨, 그건 아니고. 다혜 씨랑 같이 쓰고 있으니까 뭔가, 그거 같잖아요."

"그게 뭔데요?"

"그거……."

나빈이 우물쭈물했다. 20대 중반에 벌써부터 단어가 기억 안 나다니 심각한데.

"그, 뭐랄까, 같은 팀? 같은 그룹 같다는 거였어요."

"아, 네."

아이돌들은 마스크도 맞추나 보네, 그런 생각을 하는 차에 엘리베이터 문이 열렸다.

사야 할 것들이 많았기에 순서를 정했다. 가장 먼저 고를 것은 외투였다. 그런데 막상 쇼핑몰에 와 보니 매장도 너무 많았고, 매장마다 옷도 너무 많았다. 나는 뭘 골라야 할지 몰라 옷걸이 사이를 방황하기만 했다.

"뭘 사야 할까요?"

"다혜 씨 취향대로 사요."

나빈은 도움이 안 되는 대답만 했다.

"옷을 별로 사 본 적이 없어서 제 취향이 뭔질 모르겠어요."

"평소에 입던 건요?"

"그냥 집에서 사 주는 것 중에 입은 거라서……."

말하다 보니 뭔가 스스로가 한심해졌다.

"시간 많으니까 천천히 골라요."

나빈의 말대로 우리는 정말 시간이 많긴 했다. 얼마 전까지 학원 수업과 과제에 시달렸던 게 꿈 같았다. 아니, 생각해 보면 반대였다. 오히려 지금이 꿈 같았다. 꿈에서 깰까 겁이 났다.

한참을 걸려 반코트와 패딩 점퍼를 한 벌씩 샀다. 외투 다음으로는 바지를 살 차례였다. 따뜻한 재질의 청바지 두 벌을 골랐다. 짙은 색이어서 아르바이트를 하다 뭘 좀 엎질러도 티가 덜 날 것 같았다. 문득 집에서 입고 나온 청바지가 생각났다.

"아, 선배. 혹시 바지 살 때, 단추 같은 거 하나 더 받을 수 있어요?"

"음, 부탁해 보면 되겠죠? 왜요?"

"집에서 입고 나온 바지에 단추가 떨어져서요."

"그냥 한 벌 더 사도 돼요."

"고쳐서 입고 싶어요."

고집스럽게 말했다.

"그럼 단추 하나 챙겨 달라고 할게요. 집에 찾아보면 실이랑 바늘도 있을 거예요."

바느질 역시 학교에서 배운 게 전부였다. 요리도 성공했으니 이것도 어떻게든 할 수 있지 않을까 하는 낙관적인 생각을 했다.

청바지까지 계산을 마친 후, 탈의실에 들어가 외투와 바지를 갈아입었다. 반코트에 청바지가 그럭저럭 나쁘지 않았다. 옷을 갈아입고 나오니 나빈은 마네킹들을 구경하고 있었다.

"어울리네요."

"영수증 주세요. 나중에 갚을 테니까."

내가 내민 손을 나빈은 멀뚱히 보더니 고개를 저었다.

"됐어요. 많이 나온 것도 아니고. 그것보다, 몇 벌 더 사야 하지 않겠어요?"

"상의 두세 벌만 더 있으면 될 것 같아요. 아무튼 영수증 다 주세요. 저번에 산 것들도 돈 못 드렸잖아요."

"영수증 버렸는데."

"그럼 제가 기록해 둘게요."

"그냥 제가 선물하는 걸로 해요."

나빈은 좀처럼 고집을 꺾을 생각이 없어 보였다. 그러거나 말거나 나는 휴대폰 메모장에 방금 산 옷 가격들을 대강 기록했다.

깔끔한 셔츠 두 벌과 편한 반바지와 양말 같은 것까지 모조리 사고 나니 쇼핑백이 한가득이었다. 이제 속옷만 사면 끝이었다. 말을 꺼내려던 차에 나빈이 내 손에 들려 있던 작은 쇼핑백을 가져갔다.

"짐이 너무 많아졌네요. 먼저 차에 두고 올게요. 카드 드릴테니까 필요한 거 있으면 좀 더 사고 있어요."

그렇게 말하며 그는 카드를 내밀었다.

"그리고 오는 길에 밑에 패스트푸드점에서 음료 사 올게요. 위에 옥상 정원 있거든요. 가서 마셔요. 뭐 사 올까요?"

그가 이어 물었다.

"밀크셰이크요."

"네, 그러면 저쪽에 앉아 있을게요."

나빈이 에스컬레이터 옆의 벤치를 가리켰다.

그가 내려간 후 혼자 속옷 가게에 들어갔다. 스스로 속옷을 사러 온 것도 처음이었다. 고민하다 먼저 하얀색 속옷을 집어 들었다.

이제까지 나는 밝은색 속옷을 입은 적이 거의 없었다. 엄마가 사다 주지 않아서는 아니었다. 내가 일부러 피했다. 혹시나 부모님의 신경을 긁어서 벌을 받게 될 때를 걱정해서였다. 정말 같잖은 생각이지만, 그나마 짙은 색의 속옷을 입어야 내가 조금이라도 가려지는 것 같았다.

오늘은 밝은색 속옷들만 골랐다. 하얀색 둘, 연한 분홍과 베이지 등등. 영수증을 보며 이것만큼은 꼭 갚아야겠다고 생각했다.

쇼핑을 마치고 약속 장소로 돌아왔다. 나빈은 아이스커피를 마시며 나를 기다리고 있었다.

"갚을게요."

카드를 돌려주며 말했다. 그는 웃기만 하고 아무 대꾸도 하지 않았다.

"옥상 정원 가요."

나빈은 일어나 밀크셰이크를 건넸다.

옥상 정원은 나름대로 이름값을 했다. 겨울이라 황량한 느낌은 있었지만, 나무들도 많았고 쉴 수 있는 벤치도 있었다. 담장 대신 높은 유리 벽이 세워져 있어 밖의 풍경을 볼 수 있는 것도 장점이었다.

우리는 벤치에 나란히 앉아 도시 너머로 지는 해를 바라보았다.

밀크셰이크를 한 모금 마시자 기분이 급격하게 좋아졌다.

그런데 선배는 정말 연애해 본 적 없는 게 맞나? 거짓말하는 거 아냐?

아까 같은 배려가 너무 자연스러워서 의심이 들었다. 괜히 심술이 나서 속옷이 든 쇼핑백을 무릎 위에 올려놓았다. 내가 심술이 날 이유는 하나도 없는데 말이다.

나빈의 시선이 자연스럽게 쇼핑백으로 향했다.

"뭐 샀는지 궁금해요?"

"네? 아뇨?"

그는 얼른 고개를 저었다. 쭈뼛거리는 게 재밌어서 더 짓궂게 굴고 싶어졌다.

"어떤 건지 맞춰 볼래요?"

"네?"

"좀 야한 건데."

나빈은 외계어라도 들은 것처럼 눈만 깜빡였다.

"장난이에요."

"네?"

그는 아직도 멍한 표정이었다. 참지 못하고 웃음을 터트렸다. 그제야 나빈은 방금 말들이 무슨 뜻인지 이해가 된 모양이었다. 그의 얼굴에 당혹감이 번졌다.

"무슨, 그런 농담을 해요."

나빈이 이렇게 당황하는 모습은 처음 봤다. 웃음을 멈출 수가 없었다.

"알았어요. 그런 농담 안 할게요. 아, 그리고 그냥 흰색이에요. 별로 안 야하고 무난해요. 재미없죠?"

"다혜 씨!"

"지금은 바로 알아듣네요?"

"아, 다혜 씨, 진짜……."

나빈은 아예 시선을 돌려 버렸다. 괜히 바닥만 차고 있는 나빈의 눈앞에 밀크셰이크를 내밀었다.

"한 입 드실래요?"

"네?"

그는 슬쩍 다시 나를 바라봤다. 뺨이 상기되어 있었다.

"선배 이런 거 거의 못 먹잖아요. 칼로리인지 뭔지 때문에."

"그렇긴 하죠."

"근데 좋아하잖아요."

"그건 어떻게 알았어요?"

나빈의 눈동자가 살짝 커졌다. 나도 모르게 또 웃어 버렸다.

"그러니까 한 모금만 마셔요, 이럴 때. 기분 좋아지니까."

나빈은 마지못한 척하며 밀크셰이크를 받아 한 모금을 쭉 빨았다. 그의 입꼬리가 살짝 올라갔다.

"진짜 오랜만에 먹어요. 너무 맛있다……."

그는 감동한 듯 작게 중얼거렸다. 나빈이 행복해하니 나도 덩달아 행복해졌다. 이런 행복은 오랜만이었다. 고작 밀크셰이크 한 모금으로 두 사람이 행복할 수 있단 게 놀라웠다.

어느새 하늘은 주홍빛으로 물들었다. 우리는 나란히 앉아 석양이 지는 풍경을 멍하니 바라보았다. 이 시각만 되면 겨울 하늘도 저렇게나 따뜻한 색을 하나 보다.

"좋네요."

나도 모르게 중얼거렸다. 나빈이 이쪽을 돌아보는 게 느껴졌다.

"계속 이렇게 지냈으면 좋겠어요."

그가 말했다. 입 밖으로 꺼내지는 못했지만 나 역시 그렇게 생각했다.

계속 이렇게 지낼 수 있다면 좋겠다.

내게도 너처럼 옥상에서 석양을 함께 볼 사람이 필요하고, 네게도 밀크쉐이크 한 모금을 나눠 줄 누군가가 필요할 테니까.

포스드 랜딩의 오픈 시간은 6시였다. 오픈 30분 전에 가게 건물에 도착했다. 나빈은 계단 앞까지 바래다주었다.

"이모가 일 너무 많이 시키면 저한테 얘기해요."

"선배나 잘하고 오세요."

"일 끝나고 연락할게요."

나빈과 헤어진 뒤, 심호흡을 하고 계단을 내려갔다. 문을 열고 들어가자 카운터 쪽에 있던 은미 이모가 웃는 얼굴로 나를 맞았다.

"다혜, 오랜만이야."

이모가 다가와 반갑게 손을 내밀었다. 나는 어색하게 그 손을 잡았다. 섬세하지만 단단한 손이었다.

"안 그래도 혼자 일하는 게 심심한데 잘됐어. 내가 경후한테 말 좀 전해 달라 했어. 일하기 싫은데 억지로 온 거 아니지?"

"아니에요."

"오케이, 그럼 됐어. 일단 가게는 6시부터 새벽 2시까지 해. 근데 사실 6시부터 7시 사이에는 사람이 별로 없어. 그러니까 오늘처럼 일찍 올 필요는 없고 6시까지만 맞춰 오면 돼. 준비할 시간은 충분하니까."

오후 6시부터 새벽 2시. 잊지 않으려 속으로 한 번 곱씹었다.

"무슨 일을 하면 돼요?"

"요리를 시키진 않을 거야. 설거지 전담으로 하자. 테이블도 치우고. 가끔 생맥주 따르고. 이 정도만 도와주면 돼. 주문이나 손님 상대는 내가 할 거니까. 그리고 음악 끊기면 새 음악 틀고. 아, 내가 요리할 때는 포스 보기 힘드니까, 포스 좀 잡아 주고."

"포스요?"

"아, 계산하는 거. 그거 쉬워. 가르쳐 줄게."

"네."

그 정도 일이라면 충분히 자신 있었다.

"그리고 제일 중요한 이야기를 해야지. 돈은 일당으로 줄 거야. 이거 확인해 봐. 요즘은 이런 거 쓰는 게 좋다고 이나빈이 그러더라. 급조한 거긴 한데."

이모가 카운터를 뒤적이더니 종이 두 장을 내밀었다. 둘 다 같은 내용으로, 약식의 계약서였다. 계약서라 해도 근로 시간과 일당 같은 꼭 필요한 내용이 전부였다. 계약서를 살펴보다 예상보다 많은 일당에 멈칫했다.

"너무 많이 주시는 거 아닌가요?"

"다혜."

"네?"

"그런 말은 안 해도 되는 말이야."

"아, 네."

"적게 주면 따질 수는 있어도 많이 주면 가만히 있어야지. 이건 굳이 말하자면 딱 적당한 정도야. 밤에 일하는 거잖아. 보통 아르바이트보단 좀 더 줘야지. 걱정 마. 주는 만큼 뽑아먹으니까, 난."

"네."

"너 지금 이 가게가 하루 매상이 그 정도 나올지 속으로 의심했지?"

"네."

은미 이모가 내 솔직한 대답에 웃음을 터트렸다.

"걱정 마. 그 정도는 돼. 안 되는 날도 있긴 하지만."

그래야 할 텐데. 미심쩍긴 했지만, 일단 약식 계약서에 사인을 했다.

"이런 데 사인해 보는 건 처음이에요."

"나도 이런 건 처음이야."

이모가 농담조로 대꾸했다.

우선은 포스기 사용법을 배웠다. 테이블마다 번호가 있다는 것도 처음 알았다. 주방도 들어가 봤다. 다소 어수선한 느낌이었지만 깔끔하긴 했다. 생맥주를 따르는 법과 턴테이블 사용법까지 익히자 배울 것이 모두 끝났다.

나는 손님이 오기 전 남는 시간에 바를 정리했다. 이제 바에도 손님을 받을 수 있을 테니 세 자리가 더 생긴 셈이었다. 이모는 카운터 쪽에 앉아 나를 신기한 듯 바라보고 있었다.

이모의 예상대로 첫 손님은 7시가 넘어 왔다. 그때부터 시작해 새벽 2시까지 오간 테이블은 총 여섯 테이블이었다. 매상도 내 일당은 충분히 나오고도 남았다.

다른 건 어려울 게 없었지만, 중간중간 음악을 트는 일이 생각보다 까다로웠다. 아는 음악이 거의 없었기 때문이었다. 일단은 아무거나 잡히는 대로 틀어 보는 수밖에 없었다. 다행히 음악에 불만을 표한 사람은 은미 이모 하나였다.

"다혜, 디제이 실력 좀 키워야겠어."

이모가 농담조로 말했다. 듣고 보니 뼈가 있는 소리였다.

"그럼 공부해 둘게요."

"응? 아냐, 그렇게까지는 뭐……."

"아니에요. 일이잖아요."

나는 이모가 내던져 둔 펜과 메모지를 찾아냈다. 메모지 아래에는 자영업자를 대상으로 무조건 대출을 해 준다는 수상한 문구와 전화번호가 적혀 있었다. 보아하니 사채업자나 일수 같았다. 이모는 그런 메모지가 아주 많다고 했다. 가게가 닫힌 사이에 문 앞에 던져두고 간다는 것이었다.

"이런 걸 많이들 빌리나 봐요?"

"글쎄, 난 이용해 본 적 없긴 한데. 보통 가게 하는 사람들한텐 이게 목숨줄이잖아. 혼자 목숨줄도 아니고 가족이 달려 있고. 그러니 별의별 사정이 다 있겠지."

이모가 대답했다.

"그래도 이런 걸……."

"생계가 달린 거니까. 빌려서 좋을 건 없지만, 그만큼 가게가 중요한 거지. 돈이 전부는 아니라지만, 돈이 없으면 죽으니까."

그 말의 무게에 나는 그저 고개를 끄덕일 수밖에 없었다.

나는 음악을 들으며 제목과 뮤지션, 그리고 장르와 느낌을 기록했다. 나중에 선곡할 때 참고하기 위해서였다. 음악마다 서너 줄 정도 느낌을 기록하는 게 꽤 재밌어서 시간이 금방 갔다.

새벽 2시 무렵 마지막 손님들이 떠났다. 테이블을 치우고 설거지를 마치고 나오자 이모가 흰 봉투를 내밀었다. 하얀 봉투 안에는 오늘의 일당이 들어 있었다.

신기하다. 내 손으로 처음 돈을 벌었다.

돈을 번다는 게 이런 기분이구나.

집을 나온 뒤로 모든 게 새로웠다. 요리를 하고, 아르바이트를 하고, 재즈를 듣고. 부모님이 가장 싫어하고 하찮게 여기는 것들이 나는 즐거웠다. 이런 즐거움을 느끼는 게 잘못이 아니었으면 했다.

"내일부터는 봉투 없어서 그냥 줄 거야. 오늘은 처음이니까. 그것도 겨우 찾았어."

이모가 말했다.

"감사합니다."

봉투를 반으로 접어 외투 주머니에 넣었다.

"난 여기 불 끄고 문 잠그고 갈 거야. 데려다줄까?"

"아뇨. 선배가 데리러 온다고 했어요."

"조심해서 가."

이모에게 인사를 하고 가게를 나왔다. 아르바이트 첫날을 무사히 마쳤다. 이번에는 나를 혼낼 부모도 없었다.

가벼운 발걸음으로 계단을 올라가는데 익숙한 실루엣이 보였다. 나빈이었다. 그의 입술은 약간 희게 질려 있었다.

"안에서 기다리시지. 춥잖아요."

"방금 왔는데요, 뭐. 빨리 가요."

우리는 함께 밤길을 걸었다. 공기는 얼어붙을 듯했지만 기분은 꽤 좋았다.

"아르바이트는 할 만했어요?"

나빈이 물었다.

"네. 첫날이라 그런가 정신없긴 했는데 재밌었어요. 돈 받으니까 기분도 좋고."

돌이켜보면, 스무 살의 나는 이런 이야기를 우리 엄마에게 하고 싶었던 것 같다. 일은 어땠고, 처음으로 돈을 벌어 보는 기분은 또 어떤지. 그러나 내겐 그런 말을 해 볼 기회가 없었다.

"저희 부모님은 제가 아르바이트하는 걸 싫어하셨거든요. 학생일 때 일하는 건 시간 낭비라고요."

"해 보니 어떤 거 같아요?"

"그냥, 아직은 좋아요. 혼자 뭘 해 보는 것도 처음이고……. 아, 선배는 아르바이트 어떠셨어요?"

"저야 늘 하던 건데요."

그 말에 슬쩍 나빈을 올려다보았다.

"왜 그렇게 봐요?"

그가 물었다.

"제가 어떻게 봤는데요?"

"평소랑은 좀 다르게?"

"음, 어른 같아서요."

"뭐가요?"

나빈이 이상하다는 듯 웃었다.

그와 나는 고작 두 살 차이가 난다. 하지만 그는 한참 어린 시절부터 경제 활동을 해 왔고, 나는 오늘 처음으로 돈을 벌어 봤다. 두 사람의 차이가 새삼 어마어마하게 느껴졌다.

"오늘은 제가 선배한테 뭔가 사고 싶어요. 맥주 사서 들어갈까요?"

"아, 좋죠."

나빈이 흔쾌히 고개를 끄덕였다.

우리는 편의점에서 흑맥주 네 캔을 사서 들어왔다. 나빈은 냉동실에서 녹차 아이스크림을 꺼냈다. 맥주와 아이스크림을 챙겨 지난번처럼 거실 유리창 앞에 나란히 앉았다. 그땐 몰랐는데 이곳에서 보는 야경은 꽤 괜찮았다.

멀리 여의도가 보였다.

캔 맥주를 따고 가볍게 부딪친 후 한 모금을 마셨다.

"내일은 늦잠 잘 거예요."

내가 말했다. 벌써 2시가 훌쩍 넘은 시각이었다.

"그래요."

"근데 선배는 늘 일찍 일어나시잖아요."

"네. 아침에 운동하니까요."

"매일 빠지지 않고 하는 거예요?"

"네. 아침마다 한 시간 정도?"

처음으로 나빈에게 존경심을 느꼈다. 아니, 생각해 보니 처음은 아니었다. 주말마다 청소를 한다는 이야기를 들었을 때도 비슷한 존경심을 느꼈으니까.

"저도 운동하면 좋을 거 같은데……."

"지금은 겨울이니까, 봄 되면 저랑 같이 해요."

봄이 되어도 당연히 내가 이곳에 있으리라 생각하는 말투였다.

그런 날이 올까. 그때까지 부모님이 날 내버려 둘까. 나 같은 건 없는 자식이라 생각해 줬으면 좋겠다. 이대로 요리를 하고, 일을 하고, 운동도 하며 살아갔으면 좋겠다.

봄이 오고, 여름이 오고, 또 겨울이 올 때까지.

쌉싸름한 녹차 아이스크림이 입안에서 사르르 녹았다.

그날 밤은 모처럼 꿈도 없이 푹 잤다.

3

사람과 사람 사이에는 색이 있다. 우리는 블루다.

뜨거운 레드도, 화사한 핑크도, 수줍은 옐로도 아닌 블루다. 청량하지만 좀처럼 열기는 없는 색상, 욕망이 거세된 단아한 색상, 그래서 질리지 않고 오래 볼 수 있을 것 같은 색상, 인간이 자연에서 뒤늦게 발견해 낸 색상, 블루다.

우리가 블루인 것을 알고 있었기 때문에 나는 그와 함께 살면서도 적당한 거리를 유지할 수 있었다.

사실 선배같이 매력적인 남자와 한 공간에서 지내며 평정심을 유지한다는 건 무척 어려운 일이었다. 정작 본인은 자신이 남들에게 어떤 느낌을 주는지 완전히 잊고 있는 듯했지만 말이다.

종종 그는 소파에 누워 책을 읽다 잠이 들었는데, 그때마다 뒤척이다 티셔츠가 말려 올라가기 일쑤였다. 그럼 항상 한숨을 내쉬며 배에 담요를 덮어 주는 것은 내 몫이었다. 지나치게 잘 웃어 주는 것도 내게는 곤란한 일이었다. 나는 어떻게든 그 미소에 의미 부여를 하지 않으려 애썼다. 꽃들이 아무 의미 없이 피듯, 그의 미소도 그런 것일 뿐이라고.

특히 일전의 불교 다큐멘터리에서 본 승려들의 말을 떠올려 보는 게 도움이 되었다. 승려들이 색욕을 떨쳐 내는 수행법이 있다고 한다. 아주 예쁘고 젊은 여자의 시체가 서서히 썩어 가는 모습을 그려 보는 것이다. 그럼 색욕의 무상함을 알게 된다는 거였다.

차마 나빈을 두고 그런 상상을 할 수는 없어서 그가 인어공주처럼 물거품이 되어 버리는 상상을 했다. 그 소멸마저도 끔찍하게 아름다워서, 나는 물거품이 되어 가는 그를 붙잡아 보려 몸부림치고 있었다.

이렇게 아름다운데, 가질 수는 없다니.

손이 스치기만 해도 사라지는 물거품처럼.

그러니 닿아서는 안 된다. 지금 이 정도가 딱 좋다. 막상 손에 쥐려고 하면 또 내 욕심과 기대가 서로를 망가뜨릴 거다. 나빈의 따스함이 언제나 내 경계심을 녹였기에 더 조심해야 했다.

아름다운 건 연약한 거야. 자칫하면 사라지는 거야. 어릴 적 비눗방울을 불며 이미 그 사실을 깨달았다.

그럼에도 불구하고 단 한 가지, 도저히 욕심을 버릴 수 없는 일이 있었다. 나빈이 행복해하는 얼굴을 보는 일이었다. 새로운 요리를 준비할 때마다, 같이 음악을 듣고 책 이야기를 하고 맥주를 마실 때마다, 그는 진심으로 행복해했다. 그 모습을 보면 나도 기뻤다.

어쩌면 아주 오랫동안, 나는 한 사람을 행복하게 해 주고 싶었는지도 모른다.

그렇다고 내가 그와 특별한 관계가 되길 원하느냐면 그건 아니었다. 나는 그저 여기 머무르는 잠시 동안만 그를 행복하게 해 주고 싶을 뿐이었다. 언젠가는 그를 행복하게 해 주는 일을 다른 누군가에게 양보해야 하리란 사실쯤은 아주 잘 알고 있었다.

대체 이런 감정은 뭐라고 불러야 할까.

최소한 이런 게 사랑은 아니라 생각했다.

내가 아는 사랑은 이렇게 청아하고 담백한 감정이 아니었다. 사랑은 레드거나, 핑크거나, 때로는 블랙이긴 했어도 결코 블루일 수는 없는 것이었다.

일상은 평온하게 흘러갔다. 나빈과 함께 러시아어 공부를 하고 피아노도 쳤다. 매일 전자 피아노를 연습하며 새로운 사실을 깨달았다.

내가 피아노 레슨을 받으며 억지로 배웠던 피아노와, 나빈이 옆에서 가르쳐 주는 피아노는 전혀 다른 악기라는 것이었다.

못 쳐도 괜찮다는 이야기를 들은 후로 건반을 치는 게 그럭저럭 즐거워졌다. 아름답지 않아도 된다고 생각하니 마음이 편했다. 비록 우리 둘의 고막에게는 불행이었지만 말이다.

"그런데 왜 여기부터는 오른손 악보밖에 없을까요?"

"여기서부터는 코드를 보고 치는 거예요."

"왼손 악보는 없어요?"

"네. 코드 내에서는 자유롭게 치면 돼요. 그러니까 쉬운 거죠."

"그러니까 더 어려운 거 같은데요?"

오선지를 따라 치는 것만 배웠던 내게 코드는 별세계였다.

나빈은 내게 기본적인 코드들을 알려 주었다. 그건 내가 알던 것과는 조금 다른 음악이었다.

새로운 사람을 만난다는 것은 새로운 세계가 열린다는 뜻이다. 비록 모두 좋지 않게 끝났지만 이제까지 만난 남자들도 내게 새로운 세계를 열어 주곤 했다.

하지만 이제껏 나빈처럼 많은 것들을 동시에 바꿔 버린 존재는 없었다.

그래서일 거다. 아주 가끔, 우리의 관계를 다른 색으로 칠해 보고 싶은 욕심이 드는 것은.

일요일에 뜻밖의 전화가 걸려 왔다. 류태연 연출이었다.

그때 나빈은 한창 청소기를 돌리고 있었다. 소음을 피해 방으로 들어가 전화를 받았다.

—다혜 씨, 잘 지냈어?

첫마디를 듣는 순간 심장이 떨려 혼났다.

"네. 연출님은 잘 지내셨어요?"

애써 담담하게 안부를 물었다. 류태연 연출이 내게 전화하다니. 오늘을 기념일로 지정해야겠다.

—나야 뭐, 똑같지. 아무튼 내가 다혜 씨한테 연락한다고 했잖아. 아, 그런데 그날 좀 그랬어, 그치? 하여간 그 영감, 성질머리하곤. 도대체가 봐도 봐도 정이 안 들어요. 곧 있으면 정년인 노인네가 좀 적당히 할 줄 몰라. 아무튼 그런 일로 너무 마음

상하지 마. 알겠지?

"신경 써 주셔서 감사해요."

―그나저나 그날 우리끼리 다혜 씨에 대해 이야기를 해 봤는데 말이야.

무슨 이야기를 했을까. 저절로 마른침이 넘어갔다.

―음, 솔직하게 말할게. 이번 학기에 다혜 씨가 쓴 리포트를 봤어. 재밌었어. 아, 내가 보여 달라고 한 거야. 바냐로 썼다길래 다혜 씨가 무슨 생각했는지 궁금해서. 기분 상했다면 미안해.

"아, 아뇨! 괜찮아요."

―아무튼 몇 년 전이지만, 우리 뒤풀이 자리에서 만났을 때 이야기 잘 통했잖아. 그러니까 나도 다혜 씨 기억했지.

"네, 저도 좋았어요."

―혹시 다혜 씨, 아직 연극 관심 있어?

있어요.

마음이 너무 급해서인지, 오히려 답이 바로 나오지 않았다. 머뭇거리는 사이 류태연 연출이 말을 이었다.

―이게 좀, 내가 말하기가 그런 게, 누구한테 선뜻 하라고 추천할 수는 없는 일이거든. 다혜 씨가 진짜 하고 싶은 게 연기인지, 아니면 비평인지는 모르겠는데, 그래도 연극에 관심이 있다면 한 번 우리 극단에 놀러 오는 것도 좋을 것 같아서. 지금은 올해 봄 공연 연습 중인데, 여름부터 연말에 올릴 바냐 삼촌 작업에 들어갈 거야. 그때 와서 보면, 뭐, 현장이 이런 거구나, 이런 것도 체감하고.

수화기 너머 유쾌한 웃음소리가 울렸다.

"가고 싶어요. 진짜로."

—오케이. 그럼 우리 다음에 또 통화해.

"전화드릴게요."

전화가 끊어진 후에도 한참이나 가슴이 쿵쿵 뛰었다.

"역시 기념일로……."

혼잣말을 중얼거리며 달력을 켜서 날짜를 확인했다.

선배에게도 이야기할까?

아냐, 아직까지는 혼자만의 비밀로 하자. 사실 견학이란 게 대단한 일도 아니고. 그걸로 너무 들뜬 모습을 보이는 것도 부끄러웠다.

류태연 연출의 전화 덕분에 아르바이트를 하는 동안에도 내내 기분이 좋았다. 손님들은 자정이 되기 전에 모두 빠져나갔다. 이모 말로는 내일이 월요일이어서 그렇다고 했다.

"다혜. 오늘은 여기서 끝. 대신 회식하자."

마지막 손님들이 나가자 이모가 말했다.

"회식이 있어요?"

"지금 만들었어. 내일 가게 닫는 날이잖아. 어제 너무 일이 많기도 했고."

주말에는 꽤 사람이 있다던 이모의 말은 허풍이 아니었다. 금요일과 토요일은 마감 시간이 지난 3시까지 일을 했다.

"회식은 보통 얼마나 걸려요?"

이모는 내가 아주 이상한 질문을 했다는 듯 눈을 크게 떴다.

"회식은 시간을 정해 두고 하는 게 아냐. 지칠 때까지 마시는 거지."

사장이 그렇다면 그런 거겠지만 내 상상보다 훨씬 살벌한 자리인 모양이었다.

"왜?"

"선배가 마칠 때 데리러 온다고 해서……."

"내가 얘기해 둘게. 집에 늦게 들어간다고 큰일 나는 거 아니잖아?"

"그렇죠."

내일은 좀 더 늦게 일어나면 될 일이었다. 내가 대답하기도 전에 이모는 이미 나빈에게 전화를 걸고 있었다.

"응, 알았어. 끝날 때 연락할게."

그녀는 금방 통화를 마쳤다.

"나중에 회식 끝날 때 전화하면 데리러 온대."

"저를요?"

"그럼 날 데리러 오겠어?"

"아, 늦은 시각에 오라고 하긴 미안해서요."

그냥 먼저 자라고 해야 하지 않을까 생각하는데, 은미 이모가 손을 내저었다.

"됐어. 지가 좋아서 하는 건데 하게 냅둬."

이모는 그렇게 말하며 부엌 냉장고에서 검은 비닐봉지를 꺼냈다.

"다혜 너랑 먹으려고 소고기 사 왔거든. 옷 따뜻하게 입고 왔지?"

"네."

"그럼 외투 입고 이거 좀 챙겨. 나머지는 내가 가져갈 테니까."

이모가 비닐봉지를 내게 넘겼다. 꽤 무게가 나갔다. 그녀는 부산스럽게 그릇과 수저 같은 것들을 챙겼다.

"밖에서 먹어요?"

"응. 따라와."

이모는 마지막으로 선반에서 럼주 한 병을 챙겨 가게를 나섰다. 나는 그녀를 따라 계단을 올라갔다.

"어디로 가는 거예요?"

"옥상."

"옥상 사용해도 되나요?"

"어차피 3층이 공실이라 아무도 신경 안 써."

이모는 옥상 문을 열었다. 당연한 소리지만 옥상에는 아무도 없었다. 황량한 옥상에 야외 테이블과 드럼통, 그릴 같은 것이 놓여 있었다. 그녀는 들고 온 신문지를 구겨 불을 붙여 드럼통 안에 넣었다. 안에 들어 있던 장작에 불이 옮겨 붙으며, 불길이 차츰차츰 커졌다.

추워서 먹을 수나 있을까 걱정했는데 불이 본격적으로 타기 시작하자 열기 때문에 그럭저럭 버틸 만했다. 이모는 작은 유리 잔 가득 럼을 따라 주었다. 고기가 익어 가는 냄새가 좋았다. 잔을 부딪치고 첫 잔을 비웠다.

어디서 아기 고양이가 야옹야옹 우는 소리가 들렸다. 근처에 길고양이들이 살고 있다고 이모가 말했다.

"이나빈 집에선 지낼 만해?"

그녀가 물었다.

"네. 선배가 잘해 주세요."

"너네 사귀는 거지?"

"아뇨."

언젠가 누군가는 물어볼 수 있는 질문이라 생각해 왔기에 답은 빨리 나왔다. 남들은 미심쩍어 하겠지만 나빈과 나는 연애 관계가 아니었다.

"아니야?"

"그냥 선후배예요."

"같이 사는데 그냥 선후배야? 하여간 요즘 애들은 따라잡을 수가 없어."

은미 이모가 투덜댔다.

"난 예전에 셋이서 연애하고 그런 건 있었어도, 그냥 선배랑 같이 살진 않았는데."

내 상식에선 삼자 연애가 더 충격적이었다. 우리는 각자의 충격을 곱씹으며 잠시 침묵했다.

"그래, 하긴 그거야 뭐. 내가 상관할 건 아니지."

이모는 그런 문제는 어찌 되든 좋다는 듯 말했다. 그녀는 불판 위의 고기를 뒤적이며 이야기를 이었다.

"이나빈 말이야. 안된 애야. 경희가 처음 데려왔을 때도 마냥 어리지 않았거든. 자기 처지를 알 만한 나이였단 거야. 경희가 정말 줄 수 있는 건 다 줬어. 그래도 어릴 적 마음에 남은 게 쉽게 낫겠어? 거기다 재환 씨 떠나고는 더 힘들어졌지."

은미 이모가 왜 그런 말을 하는지는 몰랐지만 그냥 묵묵히 들었다. 그녀는 잘 익은 고기를 내 앞접시에 놔주었다. 은은한 숯향이 벤 고기를 씹자 육즙이 흘러나왔다. 선배도 같이 먹었으면 좋았겠다고 생각했다.

"그래서 그런지, 원래 성격이 그런지, 우리랑은 잘 지내는데

밖에선 애들이랑 어울리질 못했어. 너 데려왔을 때, 난 이나빈이 친구라고 누굴 데려온 걸 처음 봤어. 초등학교 1학년 때부터 지금까지. 맨날 혼자서 책이나 읽고."

그건 나도 마찬가지였다. 누군가를 친구라고 집에 데려가 본 적이 없었다.

"성격이 소심하거나 그런 건 아니었어. 그런 성격이면 연습생도 못 했겠지. 성격 문제가 아니야."

"그럼요?"

"생각의 문제라고 해야 하나. 그냥 처음부터 세상과 자기를 분리해 둔 애 같았어. 자긴 무슨 이 세상에 속하지 않는 것처럼."

그녀가 무슨 말을 하는지 알 것 같았다. 학교에서도 나빈은 늘 모두와 자신을 떼어 두었다. 사람들은 그걸 재수 없다거나 쌀쌀맞다고 생각했다. 내가 보기에 그는 그냥 혼자 다른 세계에 사는 사람일 뿐이었다. 처음에는 나도 그게 나빈이 연예인이었기 때문인 줄 알았다.

"세계관의 문제 같은 거네요."

내 말에 이모가 크게 고개를 끄덕였다.

"아, 그거야. 세계관의 문제. 어릴 때부터 그랬어. 어떻게든 걔를 세상에 뿌리내리게 해 보려고 경희가 애를 많이 썼지. 기껏 가족이라는 틀에 뿌리내리게는 했는데, 그게 통째로 날아가 버렸고."

마지막 말에 가슴이 욱신했다. 너무 아파서일까, 표정을 숨길 수가 없었다. 이모는 그런 나를 보고 피식 웃었다.

"그래서 너 처음 봤을 때 황당했어."

"왜요?"

"아니, 처음 보는 앤데 걔 마음을 너무 쉽게 연 거 같은 거야. 대체 이건 뭐지? 뭐, 경후는 벌써 이야기를 들었던 거 같은데 난 진짜 그날 네 존재를 처음 알았거든."

"삼촌이 제 이야기를 들었어요?"

나빈이 내 이야기를 했다는 게 귀에 박혔다. 뭐라고 했을까, 궁금한 눈빛으로 이모를 보자 그녀는 어깨를 으쓱했다.

"무슨 이야기 했는지는 몰라. 이나빈은 나한테는 안 하는 이야기를 경후한테는 하거든."

이모는 그 사실이 불만스러운지 입술을 비죽였다.

"그런데 보다 보니 알겠더라고. 너 재밌고 괜찮은 애야."

예상치 못한 칭찬에 목 안이 간지러웠다.

"그렇게 생각하는 건 이모랑 선배뿐일걸요."

"그 외에 또 누가 필요해?"

이모가 입꼬리를 올렸다. 나는 젓가락으로 고기를 뒤적였다.

"충분한 것 같긴 해요."

단지 두세 사람이면 충분했다. 나를 긍정해 주고 다정다감하게 대해 줄 두세 사람. 내 세계엔 항상 그 두세 사람이 없었던 거다.

술기운이 돌며 점차 추위를 잊어 갔다. 럼주는 부드럽고 달았다. 술잔을 비워 가며 이모의 옛날이야기를 들었다. 나는 어쩌다 그녀가 콘트라베이스를 하게 됐는지 물었다.

"원래는 바이올린을 했었어. 중학교 때 관현악부에 들어갔는데 부실에 콘트라베이스 한 대가 있었거든. 거의 방치된 거였는데…… 누군가는 해야 하고 나는 그게 좀 멋있어 보이더라고."

그렇다고 그녀가 음악을 전공했던 건 아니었다고 했다. 사회학과로 진학한 후, 취미 삼아 재즈를 해 볼 생각 없냐는 아는 선배의 제안으로 동갑내기 드러머인 이경희를 소개받는다. 그리고 정확히 1년 후 대학을 중퇴하고 본격적으로 재즈 트리오를 시작했다.

그녀의 이야기를 듣다 보니 어느새 럼주 한 병이 다 비었다. 이모는 다른 술을 가져오겠다며 가게로 내려갔다. 그사이 나는 휴대폰을 열었다. 시간은 벌써 새벽 2시가 다 되어 가고 있었다. 나빈에게 문자를 보냈다.

오전 1:57 [선배, 오늘 늦을 거 같은데 먼저 주무세요.]
[영화 보고 있어서 괜찮아요!] 오전 1:57
[근데 무슨 얘기해요?] 오전 1:58

못 보던 고양이가 궁금한 듯 머리 위로 물음표를 띄웠다. 초면인 걸 보니 새로 산 모양이었다. 나빈은 대체 이런 걸 몇 종류나 가지고 있는 걸까.

오전 1:58 [그냥 이모 옛날이야기 들어요. 재밌어요.]
[아 재밌죠 파란만장하고]
[듣다보면 거의 뭐]
[무협지죠] 오전 1:59

나빈의 메시지를 읽고 혼자 웃는데 뒤에서 옥상 문이 열리는 소리가 들렸다. 나는 휴대폰을 다시 주머니에 넣었다. 이모는 새 위스키병을 땄다. 그녀는 내 잔에 위스키를 가득 따라 주었다. 한 모금 마시자 매캐한 향이 올라왔다.

이야기는 흐르고 흘러, 그녀의 마지막 공연까지 도달했다. 드러머 이경희가 자살하기 전 마지막 공연이었고, 트리오의 마지막 공연이기도 했다. 은미 이모는 그날 이후 연주를 해 본 적이 없다고 했다. 그날따라 아쉬움이 많은 공연이었다고, 다음에는 더 잘해야겠다는 이야기를 하며 헤어졌다고 이모는 쓰게 웃으며 말했다.

"다음은 없었지. 인생이 그런 거야. 아주 못된 거야."

나는 아무 말도 할 수 없었다.

장작 타는 소리가 타닥타닥 잘게 울렸다. 그 소리만이 겨울밤을 따뜻하게 데우는 듯했다.

"다혜."

"네."

"내가 왜 자꾸 경희 이름 부르는 줄 알아?"

이모가 물었다. 나는 고개를 저었다.

"죽은 사람 이름 자꾸 부르고 얘기하면 넋이 저승으로 못 간대. 구천을 떠돈대. 그래서 떠돌라고, 떠나지 못하게 계속 부르는 거야. 나쁜 년, 영영 떠나지 말고 떠돌라고."

위스키가 스친 식도에 열이 후끈했다.

"누구는 이제 편히 쉬게 해 주래. 편히 쉬어? 지가 뭔데 편히 쉬어? 걔 떠나고 우리가 다 어떻게 됐는데, 어떻게 편하게 쉬라고 해?"

아무 말도 할 수 없었다. 나는 그저 그녀의 잔을 다시 채워 주었다.

"있잖아, 다른 사람들은 이해할지 모르겠지만, 연주를 하는 동안은 경희랑 내가 한 몸이라 느꼈거든."

"조금은 알 것 같아요."

조심스럽게 대꾸했다.

"그런데 경희가 날 두고 그러면 안 되는 거잖아."

그녀는 잔을 비운 후 테이블 위에 세게 내려놓았다.

"걔는 원래 내 말을 안 들었어. 고집은 더럽게 셌지. 그날 나 경희를 보러 바로 뛰어갔어. 아……. 내가 일어나라고 했거든. 일어나라고. 근데 안 일어나. 들은 척도 안 해. 역시 안 듣네. 얘 또 이러네. 내 말은 절대 안 듣지……. 관 속이 그렇게 편한가."

쓸쓸한 웃음이 시린 바람을 타고 흩어졌다.

"경희 그렇게 되고 나서, 난 진짜 내가 죽은 듯이 괴로웠어. 이미 죽어서 관에 누워 있는데 정신만 사라지지 않고 멀쩡한 것 같았어. 불에 타지도 못하고 그렇게 관짝에 갇혀 있는 것 같았다고."

어느새 그녀의 눈가는 붉어져 있었다. 나는 입술 안쪽을 꽉 깨물었다.

"그 화장터에서 쓰러진 나를 이나빈이 부축하는데……."

은미 이모가 쓰게 웃었다.

"그 어리던 게 이렇게까지 컸구나. 이경희 대단하다. 혼자서 그 조그만 걸 여기까지 키웠네. 그런데 왜 이렇게 마음 한구석이 불안한지 몰라. 이제 내가 이거 하나는 지켜야 하는데……."

붉어진 눈가에 눈물이 번졌다.

"그래서 여기 가게를 연 거야. 가까이 있어야겠다는 생각이 들어서. 경희는 못 지켰지만 이나빈은 돌봐 줘야겠다는 생각이 들어서."

그제야 나는 이 가게 이름이 포스드 랜딩인 이유를 알았다. 포스드 랜딩. 불시착 혹은 강제 착륙. 그건 그녀 자신의 처지에 대한 메타포였겠지.

이모도 취했지만, 나는 더 취한 것 같았다. 혀가 굳어 버렸는지 아까부터 말이 나오질 않았다.

"나는 너희가 무슨 관계든 사실 신경 안 써. 잘 지내기만 하면 돼. 근데 네가 걔랑 더는 못 지내겠다는 생각이 들잖아? 그럼 나한테 알려만 줘. 그때 설득 같은 거 안 할 거니까, 그냥 내가 알고 있게만 해 줘."

이모가 한숨을 내쉬며 하얀 입김이 번졌다.

"난 걔한테 무슨 일이 생기는 게 무서워."

그녀의 걱정이 과하다고 생각했다. 나빈이 내가 귀찮아지면 모를까, 내가 그를 밀쳐 낼 일은 없을 것이다. 우리는 블루니까, 조금 빛이 바랠 수는 있어도 꺼져 버리거나 깨져 버리지는 않을 것이다. 그게 우정의 편리한 점이기도 했다. 그리고 설령 우리가 서로 멀어진다 해도 나빈이 극단적 선택을 하지는 않을 거라 생각했다.

"선배는……."

나는 막상 입을 뗀 후 말을 찾지 못했다. 어떤 말은 너무 무거웠고, 어떤 말은 너무 가벼웠다.

"선배는 살아가고 싶다고 했어요."

"거기 난간에 매달린 사람들, 다 살아가고 싶던 사람들이야."

그 말에서는 한기가 느껴졌다. 두터운 코트 아래 어깨가 부르르 떨렸다.

"있잖아, 내가 경희에 대해 생각을 했어. 매일같이 생각했어. 나를 두고 그렇게 가면 안 되는 거잖아. 안 그래? 그 이유가 미칠 듯이 궁금한 거야. 알아 봤자 소용없는데도⋯⋯."

그녀는 술잔을 내려다보며 말했다.

"사람이 왜 죽을까? 사는 이유가 없어 죽을까?"

그녀의 질문이 공허하게 울렸다.

"그러다 이런 생각이 들었어. 경희는 사는 이유가 없어서 죽은 게 아니야. 경희가 살 이유가 얼마나 많았는데. 나빈이도 있고, 나도 있고, 경후도 있었잖아. 걔 음악을 사랑하는 사람이 얼마나 많았는데⋯⋯."

나는 그저 고개만 끄덕였다.

"생각하고 생각하다, 그런 생각이 들더라? 경희는 살 이유가 없어서 죽은 게 아니라, 살 방법이 없어서 죽은 거라고. 사람이 죽는 거, 이유 때문이 아니라 방법 때문이야. 걔는 그냥, 살아갈 방법이 없었던 거야."

"살아갈 방법⋯⋯."

나는 있을까. 선배는 있을까.

이토록 어설픈 두 사람이, 어떻게든 이 세상에서 살아갈 방법이.

"다혜."

이모가 나를 불렀다.

"난 네가 마음에 들어. 어디 가지 말고 여기 있어."

"이 가게에요?"

"아니, 가게 말고. 그냥 세상에 붙어 있으라고."

그녀의 말이 너무 엉뚱하게 느껴져서 웃어 버렸다. 이모는 웃지 않았다.

"처음 너 봤을 때 솔직히 이상했어."

"뭐가요?"

"이나빈이 이상할 정도로 겁을 먹었더라고."

"선배가요?"

나는 그날 기억을 되짚어 보았다. 크리스마스이브, 나빈은 약간 들떠 보이긴 했지만 겁에 질려 있진 않았다.

"넌 모르겠지만 난 알지. 그리고 그 두려움이 어떤 건지도 알아. 어느 날 저 사람이 사라져 버리지 않을까, 오늘 밤이라도 없어지지 않을까, 하는 그런 불안."

"이해는 가요. 제가 선배라도 쉽게 그런 감정을 느낄 것 같아요. 지난 일들 때문에 그렇게 되겠죠."

이모는 무슨 생각을 하는지 그 말엔 아무 대꾸도 하지 않았다. 잠시 후 그녀가 혼잣말처럼 내뱉었다.

"세상에 아무도 없는 얼굴을 해 가지고선."

"선배가 좀 그렇긴 하죠."

"아니, 다혜 너 말이야."

"네?"

"너 항상 그런 얼굴을 하고 있다고."

내 얼굴이 어땠더라. 살면서 가장 많이 보는 게 자신의 얼굴이라는데, 나는 내 얼굴이 가끔 잘 떠오르지 않는다.

어쩌면 단 한 번도 직접 보지 못하는, 오직 다른 무언가를 통해서만 볼 수 있는 얼굴이 자기 자신의 얼굴이기 때문일지도 모르겠다.

"요즘은 조금 낫네."

그녀가 넋두리처럼 덧붙인 말이 귀에 꽂혔다.

"그리고 나도 요즘 좀 더 나은 거 같아."

이모가 장난스럽게 덧붙였다.

"왜요?"

"그러게, 다혜 덕분인가."

과분한 말이었지만 싫지 않았다.

멀리서 또 어린 고양이가 야옹 울었다. 나는 어둠 어딘가에 몸을 묻고 있을 고양이들을 상상했다. 서로를 핥아 주며 살아가는 거리의 고양이들. 사람과 사람 사이에도 그런 관계가 있으면 좋겠다는 생각이 들었다.

회식이 끝났을 땐 새벽 4시였다. 시간이 그렇게 많이 흐른 줄도 몰랐다. 위스키병도 바닥이 났다. 계단을 내려올 때 비틀거리는 걸 이모가 부축해 줬다.

"죄송해요. 치워야 되는데……."

"됐어, 들어가."

넘어질 것 같아 난간을 잡고 1층까지 내려왔다.

이렇게까지 취해 본 적이 있었나? 애초에 이렇게 많이 마셔 본 적도 없었다. 얼마까지 마셔도 괜찮은지 모르니 아무 생각 없이 계속 마셨다. 조금 변명을 하자면 술잔을 멀뚱히 바라만 보기엔 날이 너무 추웠다.

"그러니까 러시아에서 보드카 소비량도 높은 거죠. 인물들도 그래서 맨날 보드카를 마시는 건데……. 아스트로프도 유모에게 보드카 달라고 하고……. 아니, 근데 한국은 도대체 왜 소주 소비량이 높냐는 거예요. 시베리아도 아니면서. 근데 오늘 밤은 블라디보스톡 정도는 되는 것 같긴 해서…….”

“다혜, 대체 무슨 헛소리를 하는 거야?”

내가 이렇게 취한 이유를 아주 논리적으로 설명하고 있는데 이모는 내 말이 이해가 안 가는 모양이었다. 하긴 이모도 술을 많이 마셨으니 그럴 법도 했다. 그렇게 생각하고 방금 한 설명을 다시 하려는데 익숙한 모습이 눈에 띄었다. 계단 아래에서 나빈이 기다리고 있었다.

“다혜 씨?”

그가 나를 부르는 소리가 묘하게 멀게 들렸다.

“이나빈. 빨리 애 좀 받아 봐.”

이모가 나를 나빈에게 넘겼다.

“어, 선배.”

나빈이 앞으로 휘청거리는 나를 붙잡았다. 아니, 거의 끌어안았다.

“이모, 다혜 씨한테 술 얼마나 먹인 거예요?”

“내가 먹인 거 아냐. 자기가 먹은 거지.”

“선배, 오늘 소고기 진짜 맛있었는데, 진짜로…….”

“알았어요. 다혜 씨. 소고기 좋아했구나. 내일 사 줄게요.”

“아니, 그게 아니라요…….”

“난 위에 치울 거니까 조심해서 데려가. 다혜, 화요일에 보자.”

이모가 내 어깨를 한 번 두드렸다.

“네, 안녕히 가세요.”

나빈의 품에 이마를 대고 웅얼거렸다. 계단을 올라가는 그녀의 발걸음 소리가 점점 멀어졌다.

기대고 싶은 발걸음 소리야. 어렴풋이 생각했다. 눈길을 혼자 걷는 게 익숙한 사람들의 발소리. 그런 발소리는 조금 다르다. 함께 걷는 게 익숙한 사람들보다 템포가 빠르고, 어딘가 쓸쓸하다. 그런 발소리를 가진 사람들과 서로 기대어 살아가고 싶었다.

나는 숨을 깊게 들이쉬었다. 나빈의 옷에서 포근한 향이 올라왔다.

"선배 옷에서 좋은 냄새 나요……."

"섬유 유연제 냄새예요."

"섬유 유연제요? 집에 그런 게 있었어요?"

"네."

이날 처음 안 거지만, 술에 취하면 감정이 상당히 격해진다. 누군가 툭 치기만 해도 아프다고 뒹굴 수 있을 정도다. 이 순간 나는 나무젓가락만 부러져도 통곡할 수 있을 정도로 취한 상태였다. 그래서 나빈의 말에 어마어마한 배신감을 느꼈다.

"왜 저한테는 안 알려 줬어요?"

"네?"

"치사해. 혼자만 좋은 냄새 나려고."

"그런 게 아니라, 아니, 다혜 씨, 울어요?"

"그런 거잖아요!"

"아, 그러니까……. 섬유 유연제를 쓰면 다혜 씨 냄새가 가려질 수도 있잖아요."

나빈의 말에 그를 올려다보았다. 나도 모르게 그의 옷에 얼굴을 비비는 바람에 안경이 삐뚤어졌다. 그는 가볍게 안경다리를 집더니, 내 안경을 바로 잡아 주었다.

"제가 냄새나요?"

"그렇게 표현하면 좀 이상하고, 그냥 되게 좋은 향기가 나요. 지금도 나는데……."

"술 냄새 아니에요?"

"아뇨. 어린아이들한테 나는 거 같은 그런 향기예요."

"변태 같아……."

"아니거든요."

"그거 아마 옷에서 나는 냄새일걸요."

"아뇨, 다혜 씨한테 나는 건데요."

"옷에서 나는 거라니까요."

"아닌데요."

"그럼 지금 확인해 봐요."

"예?"

나는 나빈에게서 한 걸음 떨어졌다. 내가 넘어질까 불안했는지 그가 반사적으로 내 왼쪽 어깨를 잡았다.

"여기, 확인해 보세요."

나는 목덜미를 가리고 있던 머리칼을 넘겼다.

"손등으로 확인해도……."

"손에는 핸드크림 발랐단 말이에요."

그는 난처하게 웃더니 내 오른쪽 어깨에 마저 손을 올렸다.

"그럼 잠시만요."

나빈은 몸을 숙여 내 목덜미에 코끝을 댔다. 그의 콧날이 가볍게 목을 스쳤다. 그는 숨을 길게 들이쉬었다. 추운 날씨 탓에 그의 숨결이 더 선명하게 느껴졌다.

목덜미에 미지근한 열기가 퍼졌다. 찬 공기 너머 그의 체온

같기도 했고, 내가 열이 오른 것 같기도 했다. 나는 손을 뻗어 그의 목도리 끝을 만지작거렸다.

"다혜 씨한테 나는 거 맞잖아요."

잠시 후 나빈이 고개를 들고 말했다.

"술 냄새는 아니고요?"

"아닌데요."

나는 나빈을 홀린 듯이 올려다보았다. 시선을 뗄 수가 없었다.

평소에는 늘 내가 먼저 눈길을 돌렸는데, 오늘은 어쩐지 나빈이 먼저 내 눈을 피했다.

"왜 그렇게 봐요?"

"선배가 항상 이렇게 봐요."

내 말에 나빈은 할 말이 없는지 살짝 웃고 말았다. 너무 예뻐서, 눈을 떼기가 싫었다. 그때 내 왼쪽 어깨를 잡고 있던 나빈의 손이 천천히 위로 올라왔다.

술에 너무 취해서 착각하는 걸까? 그의 손이 목덜미 근처에서 머리칼을 넘기는 느낌이 났다. 차가운 손가락이 왼쪽 귀에 닿았다.

"다혜 씨, 오늘 추운 데 너무 오래 있었나 봐요. 완전 차가워."

나빈은 고양이의 귓등을 쓰다듬어 주듯 귓가를 어루만졌다. 살갗이 스치는 소리가 났다.

"그만해요. 간지러워……."

더 견디지 못하고 그를 밀어냈다. 나는 그의 손이 닿았던 부분을 손바닥으로 문질렀다.

"걸을 수 있겠어요?"

"혼자 걸을래요."

나빈의 물음에 고집스럽게 대답했다. 그의 부축을 받으면 지금의 열기를 들킬 것 같았다. 아까 위스키를 원샷했을 때도 내 숨이 이렇게 뜨겁게 느껴지진 않았다.

기분이 너무 이상해. 도망치고 싶은데 안기고 싶은 기분이다.

"그럼 손만 잡아 줄게요. 넘어지면 안 되니까."

나빈이 손을 내밀었다. 나는 그의 손을 잡고 걸었다. 평소보다 느린 걸음이었지만 춥다는 생각은 들지 않았다.

어느새 꽁꽁 얼어 있던 손바닥 사이에 온기가 감돌았다. 그 온기가 냉랭한 두 손을 차츰 녹였다. 이렇게 차가운 것들 사이에서 온기가 태어난다는 사실이 신비로웠다.

누구의 것인지도 알 수 없는 그 미약한 열기가 오늘 밤 온 세상의 유일한 온도 같았다.

돌아와서 뜨거운 물로 샤워를 했지만 술 냄새는 잘 빠지지 않았다. 적당히 머리를 말리고 침대에 누웠다. 나빈이 들어와 침대맡에 물통과 컵을 놓았다.

"다혜 씨. 여기 물 갖다 둘게요. 나중에 목마르면 마셔요."

나는 나가려는 그의 옷자락을 잡았다.

왜 잡았는지는 모르겠다. 그냥 손이 먼저 나갔다. 나빈이 무슨 일이냐는 듯 나를 내려다보았다.

새삼스럽게 너무 예쁘다. 이런 사람이 나와 있어도 되는지 모르겠다.

다들 당신 이야기를 했지.

어딜 가나 빛이 나는 사람, 눈에 띄는 사람, 특별한 사람.

엘리.

"엘리."

속으로만 부르던 그 이름이 입 밖으로 나왔다.

잠시 정적이 돌았다.

당황했을까? 기분이 상한 걸까?

이윽고 나빈이 침대에 걸터앉았다.

"나 원래 그렇게 부르는 거 진짜 싫어하는데."

그와 눈이 마주쳤다.

"근데 다혜 씨가 그렇게 부르는 건 이상하게 싫지 않네요."

그때까지도 나는 그의 옷자락을 계속 붙잡고 있었다.

"잠들 때까지 있어 줄까요?"

나빈은 아까처럼 내 손을 잡았다. 지금은 넘어질 걱정이 없는데도 그랬다. 나는 대답 대신 그의 손을 마주 잡고 눈을 감았다.

그날 밤은 난간에 매달린 사람들의 꿈을 꾸었다. 밑은 아득한 심연이었다. 나는 난간 사이에 난 좁은 길을 혼자 걸었다. 혼자 걷는데도 내 오른손에는 계속 온기가 감돌았다. 어쩌면 잠들고 한참 더 그가 내 손을 잡아 준 걸지도 모르겠다.

머리가 깨질 것 같은 숙취와 함께 잠에서 깼다. 방 밖으로 나가니 나빈이 거실에서 책을 읽고 있었다. 시각은 10시였다.

"벌써 깼어요? 더 자도 되는데."

나빈이 책을 덮으며 말했다.

자기 전에 선배가 손을 잡아 줬던 거 같은데. 머릿속이 멍해서 어제 일들이 다 꿈결 같았다. 어쩌면 꿈과 현실의 기억이 뒤죽박죽 엉켜 버린 걸지도 몰랐다.

그렇다고 어제 일을 자세히 묻기도 그랬다. 정말로 다 내 착각이라면 그렇게 창피한 질문은 또 없을 거다.

"선배는요? 아침에 나갔다 오셨어요?"

"네."

"어떻게 그렇게 일찍 일어나요?"

정말 궁금해서 물어본 건데 나빈은 내 질문을 감탄으로 받아들인 건지 웃고 넘어갔다.

"일어났으니 아침 먹어야죠. 속 괜찮아요?"

그는 책을 덮고 일어났다. 예전에 읽던 도스토옙스키의 '악령'이었다. 이제 중권을 읽고 있는 듯했다.

"아침 해 뒀어요. 샤워하고 와요."

일단 나빈의 말대로 욕실로 향했다. 뜨거운 물을 뒤집어쓰고 나니 정신이 점점 맑아졌다. 그런데도 어제 기억은 여전히 몽롱하기만 해서 좀처럼 꿈과 현실이 분간되지 않았다.

씻고 나오니 식탁에 콩나물국과 밥, 달걀프라이가 차려져 있었다. 지난주에 사다 둔 김치는 벌써 다 떨어졌다. 오늘은 쉬는 날이니 식료품을 좀 사 오자는 이야기를 했다.

아침을 다 먹고 나빈은 인스턴트커피를 타 줬다.

"근데 다혜 씨는 원래 술버릇이 그거예요?"

한 모금 마시는 순간 나빈이 던진 질문에 사레가 들렸다. 덕분에 한참을 콜록거렸다.

"그게, 뭔데요?"

조심스럽게 물었다.

"귀여워지는 거?"

"네?"

"어리광 피우고."

"아뇨, 어……. 한 번도 그렇게 취해 본 적이 없어서."

변명 아닌 변명을 내뱉었다. 내가 창피해할수록 나빈은 더 즐거워하는 것 같았다.

"딴 데선 그러지 마요. 어제 너무 귀여워서 죽을 뻔 했으니까."

"반성하고 있으니까 제발 놀리지 마세요."

"왜 반성해요? 귀여웠는데."

나빈이 짓궂게 웃었다. 나는 못들은 척 커피만 마셨다. 창피해서 얼굴이 계속 화끈거렸다.

"아, 선배. 오늘 선배 책장 구경해도 돼요? 저도 책 읽고 싶어서요."

얼른 잔을 비우고 화제를 돌렸다.

"당연히 되죠. 지금 볼래요?"

나빈은 커피 잔을 내려놓고 일어났다. 나는 그를 따라갔다. 열린 문틈으로 몇 번 본 적은 있었지만 나빈의 방에 들어가 보는 건 처음이었다.

책상 앞 작은 창으로 빛이 들어오고 있었다. 나빈은 그래도 어둡다고 생각했는지 스위치를 켰다. 밝은 곳에서 보니 책상 위 스탠드 아래에 내가 줬던 병아리 인형이 곱게 앉아 있었다. 벽에는 큰 책장 세 개가 놓여 있었고 전부 책이 빼곡했다. 나머지 가구는 옷장과 일인용 침대가 다였다.

"어떤 책 보고 싶어요?"

"글쎄요, 소설?"

책장에는 전공 서적들과 소설책들이 꽂혀 있었다. 오른편으로 갈수록 새 책장인 것을 보아 차츰차츰 책이 늘어나 책장을 하나씩 추가해 온 듯했다. 내가 제목만 들어보거나 아예 처음 보는 책도 많았다.

"이거 봐도 돼요?"

나는 '해리포터와 비밀의 방'이라는 긴 제목의 책을 뽑았다. 솔직히 말해 이런 종류의 책은 내 취향이 아니었다. 예전에 나빈이 내가 해리포터를 잘 모른다고 했더니 진심으로 놀란 적이 있어 고른 것뿐이었다.

"해리포터 보려고요?"

나빈이 반갑게 되물었다. 자기가 쓴 책이라도 그렇게 좋아하진 않을 것 같았다.

"네. 유명하니까 읽어 보려고요."

"근데 그거 말고 마법사의 돌부터 읽어야 해요."

나빈은 '해리포터와 마법사의 돌' 1권을 뽑아 내밀면서, 내 손에서 비밀의 방을 가져가려고 했다. 나는 책을 뺏기지 않으려고 꽉 잡았다.

"다혜 씨?"

"이거 읽을 거예요."

"아뇨, 다혜 씨. 이게 시리즈 순서가 있거든요. 지금 순서대로 정리해 둔 거예요."

나빈의 말을 듣고 책장을 쭉 훑어보았다. 한 칸이 통째로 해리포터에 할애되어 있었다. 가장 왼편이 마법사의 돌이었다. 그래도 난 역시 비밀의 방을 읽고 싶었다.

"그건 제목이 유치해서 읽기 싫어요."

"이게 1학년 때 이야기고, 그건 2학년 때 이야긴데요? 순서대로 봐야죠."

"그냥 이것부터 보면 안 돼요?"

나는 마법사도 싫고 돌도 싫었다.

"순서대로 봐야 한다니까요. 바냐 삼촌을 2막부터 봐도 되겠어요?"

나빈이 나에게 이렇게 완고하게 군 것도 처음이었다. 결국 그의 설득에 못 이겨 '해리포터와 마법사의 돌'부터 읽기로 했다.

거실 유리창 옆에 엎드려 표지를 열었다.

이야기는 부모를 잃은 소년이 이모 집에 맡겨지는 것으로 시작한다. 시작은 평이하다고 생각했다. 이상한 마법이 나오는 것 같긴 하지만.

나는 책장을 넘겼다. 통유리창으로 햇빛이 쏟아져 책 위를 비췄다.

대체 이런 게 뭐가 재밌다는 건지. 애들 동화책 아닌가? 하여간 선배 취향은.

그렇게 투덜거리며 책장을 넘기다 보니 어느새 1부를 다 읽어 버렸다.

……뭐야, 이거. 재밌잖아.

책만 읽으며 하루를 다 보냈다. 결국 4부까지 읽어 버렸다. 책장을 덮었을 때는 이미 밖이 깜깜했다. 점심도 그냥 빵으로 때운 데다가 저녁 시간까지 늦어 버려서 상당히 배가 고팠다.

"나머지는 내일 읽을래요."

'해리포터와 불의 잔'의 마지막 권을 책장에 꽂아 놓으며 말했다. 내가 해리포터를 4부까지 보는 동안 나빈은 '악령' 중권을 읽었다. 그는 중간중간 책을 내려놓고 멍하니 천장을 바라보곤 했다. 읽은 내용을 한참이나 곱씹는 것 같았다.

"저녁은 근처에 나가서 먹을까요? 준비하기도 늦었고."

그가 제안했다. 시계를 보니 8시 반이었다.

"어제 소고기 사 달라고 했잖아요. 그렇게 맛있었다면서요."

그건 사 달라는 게 아니라, 맛있는 걸 먹는데 나빈이 없어 아쉬웠다는 뜻이었다. 그래도 사 주겠다는데 굳이 설명해 줄 필요는 없을 것 같아 조용히 넘어가기로 했다.

근처 식당에서 소고기를 먹으며 해리포터 이야기를 했다. 술은 마시고 싶지 않아 사이다를 시켰다. 불판 위에서 고기가 노릇노릇 익어 갔다. 육즙이 표면에 올라와 맺혔다. 나빈은 내가 책이 재밌었다고 하자 신나서 식사 내내 좋아하는 인물과 장면에 대해 떠들었다. 중간중간 5권 이후의 내용을 말하려다가 멈춘 것도 몇 번이나 됐다.

"조금만 걷다 들어갈래요?"

식사가 끝난 후 나빈이 제안했다. 흔쾌히 그러자고 했다. 추위는 어제보다 한풀 꺾였고, 배는 굉장히 불렀다.

우리는 한강변의 산책로를 걷기로 했다. 강을 따라 길게 늘어선 산책로는 조깅하는 사람들을 위해 길이 잘 닦여 있었다. 나빈과 나는 일부러 그 길에서 비껴나 풀밭 위를 걸었다. 마른 풀이 밟히는 소리가 좋았다.

산책하는 동안은 옛날이야기를 했다. 옛날이라고 해 봤자 몇 년 전의 일이었다.

"선배는 정말 연애해 본 적 없어요?"

"네. 안 되죠."

"서로 호감 있던 사람도 없고요?"

"문제 생겨요."

"이제는 상관없잖아요."

"뭐, 이제는 직업적인 문제는 없죠."

그 말에 이상하게 가슴 한구석이 뜨끔 아팠다. 예전 같으면 실없는 농담이라도 했을 텐데. 지금은 왠지 선배가 할 미래의 연애 같은 건 별로 알고 싶지 않았다.

"그럼 짝사랑은 해 본 적 있어요?"

"음……."

시원시원하게 대답하던 나빈이 갑자기 답을 망설였다.

"대답하기 싫으시면 안 해도 돼요."

"아뇨, 그게 아니라 짝사랑이 뭘까 생각하고 있었어요."

그의 말에 잠시 경악했다.

"그렇구나. 하긴 선배 같은 사람이 짝사랑을 할 일이 뭐가 있겠어요. 말만 걸면 다 넘어올 텐데."

"네? 그런 뜻은 아니었는데."

나빈이 고개를 저었지만 이미 늦었다.

"역시 선배가 짝사랑할 상대는 거울에 비친 자기 자신뿐이겠죠?"

"아니거든요? 그냥 그 감정 자체에 대해 생각해 본 것뿐이라고요."

그는 인상을 쓴 후 내게 물었다.

"다혜 씨는요? 다혜 씨 이야기나 해 줘요."

"저번에도 말했던 것 같은데요."

"자세한 얘기는 안 했잖아요."

자세한 이야기라. 지난 기억을 떠올리니 한숨부터 나왔다. 하나같이 한심하고 지저분한 연애사였다.

"자세하게 할 이야기도 없어요. 다 별로였거든요. 남녀 관계라는 게 다 그래요. 좋을 때는 하염없이 좋지만, 싸울 땐 정말 남보다 못해요. 헤어지면 말할 것도 없죠."

그래서 종래에는 사랑 자체에 신물이 났다.

"그래도 처음 사귈 때나, 헤어질 때나, 이유가 있었겠죠? 그런 게 알고 싶어요. 다혜 씨가 뭘 좋아하고 뭘 싫어하는지."

그의 질문은 너무 어린아이 같았다. 이 사람은 정말 사랑이란 걸 모르는구나, 그런 생각에 쓴웃음이 났다.

"단점마저 좋아해서 사귀게 됐다가, 장점마저 견딜 수 없어서 헤어지게 되는. 뭐, 그런 거예요."

나빈이 내 말을 제대로 이해했을지는 모르겠다. 나는 혼잣말처럼 이야기를 이었다.

"첫사랑은 고등학교 때 사귄 애였는데……. 서로 상처만 주고 끝났어요."

"왜요?"

"모르겠어요. 그 애와 나는 왜 그랬어야 했는지. 나는 왜 그런 사랑을 했어야 했는지. 지나고 나면 아무것도 알 수 없는 게 사랑인가 봐요."

우리가 헤어질 때 뭐라고 했더라. 처음 사귈 때는 또 뭐라고 했었지. 모든 게 흐릿하고 괴로운 기분만 오래된 앨범 위에 쌓인 먼지처럼 남아 있었다.

그 앨범을 열어 보면 분명 안은 텅 비어 있겠지. 행복했던 추억도, 관계의 아찔한 쾌락도, 헤어지고 나면 아무 의미 없는 시간의 편린에 불과하니까.

"그때 많이 기대했었나 봐요. 첫사랑이었으니까. 날 사랑한다고 했던 사람은 처음이었으니까. 물론 부모님이 그런 말을 가끔 하시긴 했지만 진짜로 사랑받는다고는 느껴 본 적이 없어서, 그때가 정말 처음이라 생각했어요. 세상에 그 사람이 아니면 누가 날 좋아해 줄까 생각도 했고."

서툰 입맞춤도, 몰래 해야 했던 섹스도, 그때는 그걸 구원이라 생각했다.

"그런데 아니었거든요. 대학을 오면서 결국 헤어졌죠."

강바람이 음산하게 몰아쳤다. 우리의 걸음은 차츰 느려지고 있었다.

"너무 상처받아서…… 다시는 아무에게도 마음을 열지 않기로 했어요."

"다시는, 아무에게도요?"

그가 물었다.

"네. 아, 그래 놓고 그 뒤로도 또 남자도 만나고 연애도 했지만요. 그다음 애인은…… 동아리 동기였는데, 그땐 너무 절박했어요. 첫 연애를 실패한 뒤라서, 두 번 실패하고 싶지 않았던 거예요. 헤어지는 게 얼마나 힘든지 아니까……. 그래서 무슨 일이 있어도 이별만큼은 피하려고, 헤어져야 하는 관계를 붙잡고 몸부림쳤던 거예요. 서로 완전히 망가뜨릴 때까지……. 그 사람이 헤어질 때 그러더라고요. 너 같은 여자를 사랑할 남자는 세상에 없다고."

누구에게도 하지 못했던 이야기가 지금은 너무 쉽게 흘러나왔다.

"왜 그런 개새끼를 만난 거예요?"

"남자들은 헤어질 땐 다 개새끼가 돼요."

내 말에 나빈은 무언가 반박하고 싶은 듯했지만 결국 아무 말도 하지 못했다.

"선배도 누군가에겐 개새끼가 될지도 모르죠."

듣기가 좀 그랬나 싶어 얼른 덧붙였다.

"물론 저한테는 늘 좋은 사람으로 남겠지만."

그에게 가벼운 미소를 보이고 이야기를 이어 갔다.

"처음에는 새롭게 기대를 걸고 사람을 만났었는데, 뒤로 갈수록 실망하려고 남자들을 찾았어요. 그냥 세상에 남자들은 다 똑같다고, 사랑은 그냥 섹스에 갖다 붙인 변명에 불과하다고, 그렇게 확신을 해야 내가 당한 배신이 억울하지 않을 거 같아서요."

문득 너무 많은 이야기를 해 버렸다는 생각이 들었다. 스산한 바람이 뺨을 베고 지나갔다.

"배신이요?"

"뭐, 첫사랑이랑 헤어질 때, 그걸 배신이라 생각했거든요. 지금 생각하면, 사실 배신이라고 부르긴 좀 그렇죠. 그냥 그 애에게 제가 멋대로 기대하고 실망한 거였지."

내 전부를 줬기에, 그 사람이 내가 됐을 거라 생각했던 거다. 아니었다. 사람은 결코 타인이 될 수 없었다.

그 애는 그냥 끝까지 그 애였다. 나의 파편조차 되지 못한 남이었다. 그런 존재가 나를 오롯이 이해해 주길 바랐으니 상처받은 것도 당연한 거다.

"그 애가 그런 얘길 했거든요. 제가 부럽다고. 자기가 나 같은 집에서 태어났으면 정말 행복했을 거래요. 좀 맞아도 좋으니 부잣집에서 태어나고 싶다고. 그리고 내가 이런 성격이니 부모님이 왜 때렸는지도 이해가 간대요."

벌써 수년이 지난 일인데도 그 말만큼은 생생하게 기억났다. 결국 그 남자에게 내 이야기는 어리광이나 엄살에 불과했던 거다. 다른 환경에서 자란 두 사람이 서로를 편견 없이 받아들이는 일이란 거의 불가능에 가깝다는 걸 그때 실감했다.

"미친 새끼……."

나빈이 낮게 중얼거렸다.

"헤어질 때 그런 말을 한 거예요?"

"아뇨. 그건 아니었어요. 나 그런 말 듣고도 몇 달을 더 그 애랑 사귀었거든요."

"왜요?"

나빈은 도저히 이해 가지 않는다는 듯 물었다.

"사랑했으니까."

사랑이라는 말의 울림이 외국어처럼 낯설게 느껴졌다.

"그 사람을 그렇게 많이 좋아했어요? 지금까지도 그 사람이 배신한 걸 생각하면 눈물이 고일 정도로요? 그 사람에게 받은 상처가 아직도 생생할 정도로요?"

따지는 듯한 나빈의 말에 당황해 눈을 깜빡였다. 그러자 미지근한 게 뺨으로 미끄러졌다. 헛웃음이 나왔다.

"……그랬나 봐요."

허탈하게 대답했다. 좋아하는 마음 같은 건 이제 없는데, 눈물은 아직도 나왔다. 어쩌면 아직 시간이 너무 적게 흐른 걸지도 모르겠다고 생각했다.

"제가 어떻게 하면 돼요?"

나빈이 걸음을 멈췄다. 나는 무심결에 몇 걸음을 더 가다가 뒤로 돌아 그와 마주 섰다.

강변이었다. 여기서 조금만 내려가면 얼어붙은 강이었다. 겉으로는 저렇게 차갑고 단단해 보이는 강이지만 속으로는 부단히 물이 흐르고 있으리라 상상했다.

때로는 서글프게, 때로는 격정적으로.

"제가 어떻게 하면 다혜 씨가 예전 사람들 때문에 울지 않죠?"

바람에 마른 풀들이 떨었다.

"선배가 해 주실 수 있는 일은 없어요."

나빈은 아랫입술을 깨물었다. 금방이라도 무슨 말을 내뱉을 듯한 얼굴로 그는 침묵을 지키고 있었다.

"사랑은 그냥 원래 이런 거예요, 선배. 그러니까, 그냥 시간만 흘러가면 돼요. 아무것도 해 주실 필요 없어요."

"그렇구나. 내가 다혜 씨한테 아무것도 해 줄 수 없는 거네요."

나빈은 천천히 곱씹듯 대답했다. 그러더니 괴로운 눈빛으로 툭 물었다.

"사랑이 원래 이렇게 아픈 거예요?"

그의 말실수를 나는 모른 척해 주었다. 그는 '이렇게'가 아니라, '그렇게'라고 물었어야 했다.

"선배. 혹시 '세 자매'의 대사 기억나요? 우리 희곡 강의 때 배웠잖아요."

나는 자연스럽게 체홉 이야기를 꺼냈다. 덕분에 방금 나빈의 질문은 없던 것처럼 흘러가 버렸다.

"어떤 대사요?"

"사랑은 남의 일일 때는 너무 명확하고 뻔해 보이지만, 자기 일일 땐 아무것도 알 수 없는 거라는 대사요."

그 대사는 내가 세 자매에서 가장 좋아하는 대사이기도 했다.

"제 생각에 감정은 늘 그런 거 같아요, 선배."

나빈은 그 말에 대해선 어떤 대꾸도 하지 않았다. 대신 잠깐의 침묵 후 다른 질문을 던졌다.

"그런데 다혜 씨는, 이제 정말 아무도 사랑하지 않아요?"

그가 물었다. 언제였을까, 나빈이 비슷한 질문을 내게 했던 적이 있는 것 같은데 확실히 기억나지는 않았다.

"네. 사랑하지 않아요."

"그동안 상처받아서요?"

"지난 일 때문이라기보단……. 누군가를 사랑하면 또 상처받을 거라서요. 죽을 듯이 좋아했다가 죽을 듯이 미워지는 그런 거 이제 싫어요. 기대했다 실망하는 것도 싫고요. 하루는 사랑한다고 해 줬다가 다음날은 떠나는 것도 싫어요. 이제는 그냥, 그런 관계는 싫어요."

"그래서 세 번째는 없는 거구나."

"아마도요."

나빈은 잠시 내 눈을 바라보다, 모호한 미소를 지었다. 쓴웃음 같기도 하고, 정말로 무언가가 우스운 듯도 했다.

나빈의 손바닥이 내 뺨에 살짝 닿았다. 지금은 눈물도 흘리지 않았는데. 영문을 몰라 눈만 깜빡였다.

그는 손을 떼고 나를 스쳐 가듯 먼저 발걸음을 옮겼다.

4.

　나빈이 아팠다. 생각해 보면 낌새는 화요일, 그러니까 우리가
한강에서 대화를 나눈 바로 다음 날부터 있었던 것 같다.
　그날 나는 어떻게든 아르바이트를 가기 전까지 해리포터를
다 읽어야겠다는 일념으로 독서에 몰두했다. 나빈에게 양해를
구하고 아침 수업까지 빠졌다.
　한창 5부를 읽고 있을 때였다.
　"다혜 씨."
　갑작스럽게 나빈이 나를 불렀다. 나는 거실 바닥에 엎드려 있
었고, 나빈은 그 옆 소파에 누워 책을 읽고 있던 중이었다.
　"왜요?"
　여전히 책에 눈을 붙인 채 물었다.
　"책 재밌어요?"
　"네."

"재밌구나."

어딘가 못마땅한 듯한 말투였다. 뭐야, 자기가 추천해 놓고.

"왜요?"

"아니에요. 재밌나 해서……."

나빈이 몸을 뒤척이는지 부시럭거리는 소리가 났다.

"……하루 종일 눈길도 안 주길래."

나빈이 들릴 듯 말 듯 중얼거렸다.

"네?"

무슨 소린가 해서 고개를 돌리니 소파는 이미 비어 있었다. 나빈은 일어나 부엌 쪽으로 향하는 중이었다.

"선배."

"왜요?"

나빈이 이쪽을 돌아보았다. 눈이 마주쳤지만 그의 감정은 좀처럼 읽히지 않았다.

"아까 뭐라고 하셨어요?"

"점심 먹자고요."

그런 말이 아니었는데.

"아……. 네."

대답하고 다시 책장을 넘기려는데 집중이 되질 않았다.

아까 그 말은 뭐야? 내가 잘못 들었나?

항상 이런 식이다. 나빈은 사람을 헷갈리게 한다.

언젠가 한 교수님이 농담 반 진담 반으로 이런 얘기를 한 적이 있다.

여러분의 글이 길이 남기를 원한다면 절대로 쉽고 명확하게 쓰지 마라. 쉽고 명확한 글은 수십 년 안에 사라져 버린다. 모호하고 수수께끼 같은 글은 수백 년을 간다. 사람들이 무슨 뜻인지 몰라 계속 읽기 때문이다.

이나빈은 그런 의미에서 대가의 자질을 가진 사람이었다. 애매한 말과 불확실한 표정 때문에 계속 생각하게 된다. 이런 나 자신이 짜증 나고 화가 나는데도 자꾸 천착하고 만다.

의도적인 거라면 나쁜 거고, 의도적인 게 아니라면…… 그래도 나쁜 거다.

속으로 이런저런 생각을 하고 있는데, 어디선가 타는 냄새가 났다. 책을 내려놓고 바로 부엌으로 향했다. 프라이팬 위에 채소가 타고 있는데 나빈은 멍하니 그걸 보고만 있었다.

"선배!"

나는 다가가 가스레인지의 불을 껐다.

"왜 그래요?"

"아, 약간 멍해서……."

나빈은 뒤늦게 정신을 차리고 가스레인지 손잡이를 돌렸다.

"벌써 껐어요, 제가."

"미안해요. 다시 할게요."

"그냥 제가 할게요. 선배, 무슨 일 있어요?"

"아뇨. 잠깐 정신이 없었어요."

그는 민망한 듯 웃고는 프라이팬을 싱크대로 치웠다. 나빈이 가끔 멍할 때가 있긴 하지만, 눈앞에서 요리가 타고 있는데 정신을 놓을 정도는 아니었다. 무슨 일이 있느냐고 몇 번이나 다시 물었지만 나빈은 괜찮다고만 했다.

점심 메뉴는 토스트와 볶은 채소였다. 나빈은 냉장고 안에서 주스를 가져왔다. 사과 주스는 한 잔밖에 남아 있지 않았다. 나빈은 똑똑 떨어지는 주스 방울을 잠시 바라봤다.

"다혜 씨 드세요. 전 물 마셔도 되니까. 사과 주스 좋아하시 잖아요."

그가 잔을 내 쪽으로 밀며 말했다.

"어떻게 아셨어요? 사과 주스 좋아하는 거."

"전에 얘기한 적 있었어요."

아, 그래서였나. 처음 그의 집에 왔을 때부터 냉장고에 주스 는 늘 사과 주스였다. 신경 써 준 것 같아 고마웠다.

"근데 저 다른 주스도 잘 마셔요. 앞으론 선배 좋아하시는 거 사 오셔도 돼요."

"저도 사과 주스 좋아하는데."

나빈이 시선을 내렸다. 어쩐지 목소리에 기운이 없었다.

"아, 그랬어요?"

"전에 말했는데. 다혜 씨는 기억 못 하나 보다."

"그랬구나……."

괜히 죄 지은 기분이 들어 묵묵히 토스트만 먹었다.

오후 내내 나빈의 미묘한 태도가 신경 쓰여 독서에 전념할 수 가 없었다. 결국 나는 해리포터 시리즈의 마지막 권을 남겨 둔 채 아르바이트를 가야 했다.

아르바이트를 마친 후엔 평소처럼 나빈과 함께 귀가했다.

"오늘 일 괜찮았어요?"

내가 물었다.

"비슷했어요. 실수는 좀 했지만……."

"걱정되던데."

"아, 걱정했어요?"

나빈이 철없는 미소를 지었다.

"정신없어 보여서요."

"조금 멍한 건데요. 다혜 씨가 걱정할 정도 아니에요."

그가 씩씩하게 대꾸했다. 다음 날에야 생각한 거지만, 그 말을 믿어서는 안 됐다.

평소보다 이른 시각에 잠에서 깼다. 휴대폰을 확인하니 아침 8시 무렵이었다. 보통은 귀가 후 나빈과 짧게라도 대화를 나누다 잠들었지만, 어제는 그가 피곤해서 일찍 침실로 왔다.

나빈은 평소처럼 운동을 간 모양이었다. 세수와 양치를 하고 있는데 현관문이 열리는 소리가 들렸다. 입을 헹구고 욕실을 나갔다.

"일찍 일어났네요."

나빈의 목소리가 살짝 갈라졌다. 평소보다 뺨도 상기되어 있었고 기운도 없어 보였다.

"선배, 어디 아파요?"

"네?"

"피곤해 보이는데."

"아뇨, 괜찮아요. 주스 사 온 거 여기 둘게요."

나빈은 하얀 비닐봉지를 아일랜드 위에 올려 뒀다.

"씻고 나오세요. 오늘은 제가 아침 준비할게요."

아일랜드로 가서 봉지 안을 확인했다. 사과 주스 한 통이 들어 있었다. 나빈이 샤워를 하는 동안 아침을 준비했다. 오늘 아침은 토스트와 계란 프라이였다. 몇 번의 실패 끝에 이제 계란 반숙을 만드는 방법을 터득했다. 특히 오늘 계란 반숙은 거의 예술적인 수준이라 할 수 있었다.

뿌듯함을 느끼며 접시에 각각 토스트 두 조각과 계란 프라이를 담았다. 그런데 막상 아일랜드 앞에 앉은 나빈은 아침 식사에 별로 열의가 없는지 먹는 둥 마는 둥 했다.

"선배, 혹시 오늘 아침 별로예요?"

"아뇨, 괜찮은데."

"그럼 입맛이 없어요?"

"좀 피곤해서 그런가 봐요. 맛있어요."

나빈은 간신히 계란 프라이만 다 먹은 후, 작게 기침을 했다.

"감기예요?"

"약간 감기 기운 있는 거 같아요. 저 오전엔 좀 쉴게요."

열을 재려고 아일랜드 너머로 손을 뻗었다. 나빈이 당황한 듯 몸을 뒤로 뺐다. 덕분에 내 손은 허공만 휘저었다.

"공부하기 싫어서 꾀병인 거 아니죠?"

의심스러운 눈초리로 그를 바라보았다.

"아니에요."

"그럼 열 좀 잴게요."

"아뇨, 괜찮아요. 조금 쉬면 돼요."

나빈은 도망치듯 방으로 들어갔다. 그의 접시엔 거의 손대지 않은 음식들이 그대로 남아 있었다.

어제부터 나빈의 상태가 좀 이상한 것 같아 걱정스러웠다. 그의 방문을 노크했다.

"선배, 괜찮은 거 맞아요?"

"네, 괜찮아요. 걱정 안 해도 돼요. 다혜 씨 할 일 하세요."

안에서 못 미더운 답이 돌아왔다.

"아픈 거 아니죠? 진짜 괜찮아요?"

"괜찮아요."

"무슨 일 있음 이야기해요. 알았죠? 꼭 이야기해요."

신신당부한 후 부엌으로 돌아왔다.

설거지를 마치고 빨래까지 돌렸다. 점심시간이 될 때까지도 나빈은 방에서 나오지 않았다. 쉬고 있겠거니 싶어 방해하지 않았다. 그동안 나는 거실에 누워 해리포터의 마지막 권을 다 읽었다. 결말을 보고 여운에 잠겨 있는데 역시 뭔가 아쉬웠다.

선배가 옆에 있었으면 신나게 떠드는 건데. 점심 먹으면서 얘기해야겠다.

오후 1:23 [선배. 점심 어떻게 할래요?]

메시지를 보내고 한참이 지났는데도 나빈은 답이 없었다. 자는 걸까. 깨워야겠다는 생각에 몸을 일으켰다. 슬슬 배가 고프기도 했다.

나는 심호흡을 한 후, 나빈의 방문을 가볍게 두드렸다.

"선배."

대답은 없었다. 다시 문을 두드렸다.

"선배?"

잠들었나?

"잠깐만 열게요."

조심스럽게 문을 열었다. 나빈은 침대에 옆으로 웅크려 누워 있었다. 어깨가 미세하게 떨리는 게 보였다. 당황해서 불을 켜고 안으로 들어갔다.

"선배, 괜찮아요?"

어깨를 흔들었다. 몸이 뜨거웠다. 오한 때문인지 떨고 있는데도 목덜미는 땀으로 젖어 있었다.

"선배, 언제부터 이랬어요? 이렇게 아프면 말을 해야죠."

따지듯 물었지만, 나빈은 대답하지 못했다. 열 때문에 거의 정신이 없는 것 같았다. 지금은 그에게 화를 내고 있을 때가 아니었다.

그때 나빈이 간신히 눈을 떴다.

"정신 좀 들어요?"

"아, 잠깐 잠든 건데……."

그가 힘없이 대답했다. 나는 그의 이마에 손을 댔다. 열이 펄펄 끓고 있었다.

"일단 약부터 먹어요. 약 어딨어요?"

"약……. 책상 서랍에 있어요."

"어느 서랍이요?"

"아래쪽……."

나는 당장 책상으로 가서 맨 아래 서랍을 열었다. 그때 나빈이 다급하게 외쳤다.

"아, 아뇨! 맨 아래 말고 그 바로 위……."

서랍을 열던 손을 멈췄다. 아주 조금 열린 틈이었지만 서랍 안의 내용물이 보였다.

"안에, 봤어요?"

나빈이 물었다. 그는 어정쩡하게 몸을 일으킨 채 나를 바라보고 있었다.

"아뇨. 왜요? 제가 보면 안 되는 거예요?"

시치미를 뚝 떼고 도로 물었다.

"별거 아닌데……. 안 봤으면 다행이에요."

"네, 남자애들은 원래 다 그런 비밀이 있죠."

짓궂게 농담을 던졌다. 나빈의 얼굴이 아까보다 더 빨개진 게 감기 탓만은 아닌 듯했다.

"다혜 씨가 생각하는, 그런 거 아니에요……."

나빈이 우물쭈물 대꾸했다.

그의 말대로 바로 위 서랍을 여니 감기약이 있었다. 있는 정도가 아니라 아주 많았다. 서랍 가득 약 상자가 빼곡했다. 대부분 해열제나 몸살약 같은 상비약 수준의 약들이었다.

"약이 왜 이렇게 많아요?"

상자들을 꺼내 살펴보았다. 이상한 것은 모두 유통 기한이 지나 있다는 거였다.

"선배, 이거 다 유통 기한 지났어요. 약도 유통 기한 지나면 버려야 되는데."

"괜찮아요. 그냥 항상 그거 먹어서……."

정말 괜찮은 건가. 상자들을 닥치는 대로 확인했다. 이미 다 몇 년이 지난 것이었고, 심한 경우엔 십 년도 넘게 지난 것도 있었다. 혹시나 해서 휴대폰으로 검색해 보니 이런 경우엔 거의 약효가 없다고 했다.

"선배, 여기 약들은 너무 오래돼서 먹어도 소용없을 거예요. 제가 나가서 사 올게요."

"어딜 나가요?"

침대에 쓰러져 있던 나빈이 물었다. 다시 잠이 들기 직전이었는지 정신없는 음성이었다.

"약국 갔다 올게요."

"다혜 씨, 잠깐……."

나빈이 내게 손짓했다. 그에게 다가가 담요를 덮어 주었다. 그는 눈을 감고 힘겹게 숨을 내쉬었다. 이마에 식은땀이 맺혀 있었다. 이러다 정말 그가 의식이라도 잃지 않을까 걱정스러웠다.

"금방 다녀올 거니까 잠시만 있어요."

"아뇨."

나빈은 약하게 고개를 젓더니 손을 뻗어 내 옷자락을 꾹 쥐었다.

"안 가도 돼요, 안 아프니까."

"무슨 소리예요? 열이 이렇게 많이 나는데."

"괜찮아요, 진짜……."

"잠깐이면 돼요."

"가지 마세요."

"선배, 잠시만……!"

그의 손을 억지로 떼어 놓으려고 했을 때였다. 나빈이 내 양팔을 잡더니 나를 훅 끌어당겼다. 순간적인 힘에 나는 그의 위로 엎어졌다. 얼른 베개맡을 짚고 일어나려는데, 나빈이 팔을 뻗어 나를 단단히 품에 가뒀다.

"선배?"

그는 나를 꽉 안은 채 옆으로 돌아누웠다. 지금 우리는 서로의 턱이 어깨에 걸쳐질 정도로 밀착된 상태였다. 정신이 아찔해졌다. 어떻게든 그에게서 벗어나 보려 어설프게 몸을 움직여 봤지만 소용없었다.

"저기, 선배, 팔 좀 풀어 봐요."

나빈이 잔기침을 하자, 몸이 작게 들썩였다.

"지금 제 말 들려요? 이것 좀……."

목덜미에 그의 입술이 닿았다. 순간 그를 밀어 보려던 손에서 힘이 빠졌다. 그는 목덜미에 입술을 비볐다. 뜨겁고 부드러운 것이 목줄기 위로 뭉개졌고, 가는 머리칼은 볼을 간질였다.

평소의 이나빈이 이런 행동을 할 리가 없으니, 판단력이 흐려질 정도로 열이 끓는 것 같았다. 그때 불안에 찬 목소리가 귓가에 닿았다.

"나가서 못 돌아오면요?"

"선배."

"너무 불안해서 그래요, 불안해서……."

나빈은 열 때문에 정신이 없었고, 나는 나대로 이 상황 때문에 머릿속이 혼미해졌다. 아픈 건 나빈인데 숨은 내가 더 가빴다.

"제가 왜 못 돌아와요?"

"그냥 그럴 거 같아……."

그는 나를 놓아줄 생각이 없는 것 같았다. 오히려 팔을 더 조이는 바람에 숨이 막힐 정도였다. 침묵 속에서 도톰한 이불 하나를 사이에 두고 몸을 맞대고 있으려니 기분이 이상했다. 이미 심장은 이 이상 빠르게 뛸 수 없을 정도로 두근거리고 있었다.

괜한 기분을 털어 내려 입을 열었다.

"근데 약은 언제 저렇게 많이 사 뒀어요?"

"초등학교 때. 아마 중학교 때도."

나빈이 느릿느릿 대답했다.

"어쩐지. 유통 기한이 다 지났더라고요."

"그때는 그냥, 틈나면 하나씩 사 뒀는데."

"왜요?"

"모르지."

나빈이 자조적으로 웃었다. 하지만 나는 웃지 않았다. 그는 정말 몰라서일까, 아니면 모른 척하고 싶은 걸까.

간신히 팔 한쪽을 빼서 그의 어깨를 쓸어내렸다.

"근데…… 난 가끔 무서워요."

나빈이 다시 입을 열었다.

"뭐가요?"

"다혜 씨도 없어질까 봐."

"그게 무슨 소리예요."

"그냥, 우리 부모님이 없어진 것처럼……."

"그럴 일 없어요, 선배."

"아니, 그렇게 될 거예요. 나랑 있으니까. 나랑 있으면, 나 때문에 다 불행해진다고…… 다들……."

그렇구나. 그는 여전히 그날의 장례식장에 있는 거다. 내가 긴 세월을 우리 아빠의 칼끝에 찔려 살아온 것처럼, 그도 그날의 장례식장에 지금까지 갇혀 있는 거다.

"나만 없었으면 다 괜찮았을 텐데. 나만 안 아팠으면……."

그의 목소리는 점점 사그라들어 이내 거의 속삭임에 가까워졌다.

"선배."

"그래서 다혜 씨도 없어질까 봐 무서워요. 다혜 씨도 언젠가……."

나를 안은 팔에 더 힘이 들어갔다. 물에 빠진 사람이 무언가를 붙들듯 절박한 몸짓이었다. 눈물이 날 것 같아 숨을 크게 들이쉬었다.

"선배, 전 떠나지 않아요. 그럴 일 없을 거예요. 걱정하지 마세요."

아홉 살의 나빈을 안아 준다고 생각했다. 장례식장 구석에서 울고 있는 그 아이의 귀를 막고 안아 주고 싶었다.

"그리고 선배는 다른 사람을 불행하게 만드는 사람이 아니에요. 행복하게 해 주는 사람이지."

속삭이며 부드럽게 나빈의 등을 쓸었다. 무슨 생각을 하는 걸까. 나빈은 가만히 내 어깨에 얼굴을 묻었다.

"적어도 저한테는 항상 그런 사람이잖아요."

평소라면 절대 하지 못할 말을 했다. 그가 기억하지 못할 거라 생각했기에 솔직할 수 있었다. 조금은 안도한 듯, 나빈의 팔에서 차츰 힘이 빠졌다. 그는 얼마 지나지 않아 다시 잠이 들었다. 나는 잠든 그를 잠시 더 가만히 안아 주었다.

침대에서 빠져나와 늦은 점심으로 죽을 끓였다. 잠든 나빈을 깨워 식사를 갖다줬다. 그가 밥을 먹는 사이 나는 약 상자들을 확인해 그나마 유통 기한이 덜 지난 해열제를 골랐다. 그래 봤자 이미 5년 이상 지난 약이라 약효는 의심스러웠다. 나빈은 죽을 겨우 몇 숟가락 먹고 해열제를 삼켰다.

역시나 약이 오래되어서 효과가 없는 건지, 두세 시간이 지나도 열은 좀처럼 내려갈 기미가 없었다. 하는 수 없이 이모에게 전화를 걸어 아르바이트를 하루 쉬어야 할 것 같다고 말했다.

"이런 일로 빠지면 안 되는데, 죄송해요."

─아냐. 어차피 평일이고. 근데 걔가 아파? 별일이네. 그런 적 거의 없는데.

"아, 제가 같이 있으니까 너무 걱정은 안 하셔도 돼요."

─응, 고마워. 혹시 내일도 오기 힘들면 말만 해 줘.

"감사합니다."

통화를 끊은 후 젖은 수건을 들고 나빈의 방으로 갔다. 열이 오른 얼굴을 수건으로 닦아 주었다. 얼음물에 적신 수건이 금방 미지근해졌다. 몇 번이나 몰래 나가 약을 사 오려 했지만, 그때마다 나빈은 필사적으로 나를 잡았다.

그날 밤은 늦은 새벽까지 나빈의 곁에 있었다. 시간마다 이마에 댄 물수건을 갈아 주었지만 그의 열은 쉽게 내려가지 않았다.

결국 새벽 4시 무렵이나 되어 방으로 돌아왔다. 걱정과 피로에 지쳐 눕자마자 눈이 감겼다. 늦잠 자면 안 될 텐데. 일찍 일어나서 몰래 약국이라도 다녀와야지. 그런 생각으로 알람을 서너 개 맞추고 잠이 들었다.

하지만 알람을 맞춰 둔 보람도 없이, 나는 첫 번째 알람이 울리기도 전에 잠에서 깼다. 밖에서 들린 큰 소리 때문이었다.

무언가 우당탕 무너지는 소리였다.

"선배……?"

반사적으로 몸을 일으켰다. 나는 눈을 억지로 뜨고 방을 나섰다.

나빈이 현관에 쓰러져 있었다. 가슴이 철렁 내려앉는 것 같았다.

"선배!"

나는 정신없이 그에게 달려갔다.

"선배, 괜찮아요? 선배?"

어깨를 서너 번 흔들자 나빈이 가늘게 눈을 떴다.

"정신 들어요?"

"아, 잠깐 어지러워서 넘어졌나 봐……."

나빈이 억지로 웃어 보였다.

"일단 침대로 가요."

"아뇨, 나가야 돼요."

지금 나빈은 평소 운동을 나갈 때의 차림이었다.

"지금 나간다고요?"

"운동 갈 시간이라서."

나빈은 바닥을 짚고 상체를 일으켰다.

"컨디션, 좀 좋아진 거 같아서요."

그는 말도 안 되는 변명을 늘어놓았다. 나는 손을 뻗어 그의 목덜미를 짚었다. 좋아지기는커녕 어제보다 더 뜨거운 것 같았다.

"미쳤어……. 운동은 무슨 운동이야. 빨리 들어와요."

"안 돼요."

그가 완고하게 고개를 저었다. 설마 여기서 고집을 피울 줄은 몰랐기에 할 말을 잃었다. 너무 적게 잔 탓인지, 아니면 나빈의 고집 때문인지 머리가 지끈거렸다.

"이상한 소리 하지 말고 들어와요. 방금 쓰러졌잖아."

억지로 나빈의 옷깃을 잡아끌었다. 평소라면 어림도 없었을 텐데 나빈의 몸이 살짝 끌려왔다. 그런데도 그는 쉽사리 나를 따라 주지 않았다.

"저 한 번도 쉬어 본 적 없어요. 아무리 아파도, 날씨가 나빠도……."

그는 자신이 무슨 말을 하고 있는지 아는 걸까. 지금 나빈은 당장이라도 다시 쓰러질 것처럼 보였다. 겁이 나서 온 힘을 다해 나빈을 일으켰다.

"일단 들어와서 이야기해요, 네?"

나빈이 내 말을 제대로 이해했는지 모르겠다. 그는 몇 번이나 괜찮다며 나가야 한다는 말을 했고, 나는 간신히 그를 끌고 들어와 침대에 앉혔다.

나빈은 침대 프레임에 기대어 기침했다. 어제보다 더 창백해진 얼굴을 보니 울컥 화가 치밀었다.

"대체 왜 그래요? 아픈데 어딜 나가려 그래요?"

언성이 높아지는 것을 억지로 눌렀다. 아픈 사람에게 화내지 말자, 스스로를 속으로 타일렀다.

"어……."

"이럴 땐 하루쯤 쉬어야죠."

"그렇지만 이런 걸로 쉬어 본 적 없어요."

"선배, 당연히 이럴 땐 쉬어야 하는 거예요."

"쉬면 안 되는데……."

나빈은 초조한 눈빛으로 나를 바라보았다.

"오늘 날씨도 춥잖아요. 감기 심해질 거 알면서."

원래 습관이란 게 무섭지. 거기다 열이 심해 판단력이 흐려진 거다. 나는 그런 생각으로 최대한 자상하게 그를 다독이려 했다.

"그러니까 오늘은 쉬어요. 알겠죠?"

"그런데 다혜 씨."

나빈은 나를 불러 놓고 말이 없었다.

"말씀하세요."

걱정시켜서 미안하다는 말까진 바라지 않았다. 그래도 안 가겠다고, 나을 때까진 쉬겠다고 할 줄 알았다.

"저, 한 시간 정돈데 그냥 다녀오면 안 돼요?"

그 말을 듣는 순간 간신히 자제하고 있던 감정이 터져 나왔다.

"제정신이에요? 그 상태로 나가겠다고요? 방금 쓰러진 거 기억 안 나요?"

지금 밖은 영하였다. 유독 바람이 강해 창문도 덜컹거릴 정도였다.

"다혜 씨가…… 이렇게 화낼 정도로 제가 잘못한 건가요?"

나빈은 오히려 내가 이해 안 된다는 듯 물었다.

"그냥 늘 하던 거고, 아프다고 쉬어 본 적 없는데……."

"대체 왜 이렇게 고집을 피워요?"

짜증이 솟구쳐서 눈물이 났다.

"선배는 진짜……."

내 눈물을 본 나빈이 얼굴이 순간 움찔했다. 나빈이 손을 뻗어 나를 끌어당겼다.

"다혜 씨, 울어요?"

"하루 쉬라는 게 그렇게 어려워요? 난 그냥 선배가 아픈 게 싫은 건데……. 이 정도는 들어줄 수 있잖아. 아무리 우리가 아무 사이가 아니라도……."

나는 양손에 얼굴을 묻었다. 우는 모습을 보여 주고 싶지 않았다.

"다혜 씨가 왜 아무 사이도 아니에요? 다혜 씨가 지금 나한텐 가장 중요한 사람인데."

그가 달래는 목소리로 소곤거렸다. 나빈의 손이 내 손등을 더듬었다. 손이 뜨거웠다.

"다혜 씨, 얼굴 보여 줘요."

"싫어……."

눈물로 엉망이 된 얼굴을 보여 주고 싶진 않았다.

"얼굴 보여 주세요."

"싫다고요."

"다혜 씨 우는 얼굴을 봐야…… 이러지 말아야겠다는 생각이 들죠."

그는 천천히 내 손을 떼어 냈다. 흐린 시야에 나를 내려다보고 있는 나빈의 모습이 보였다. 지금 내 얼굴은 눈물범벅에다 보기 싫게 일그러져 있을 게 뻔했다. 정말 보이고 싶지 않은데, 나빈은 억지로 내 얼굴을 마주했다. 나빈의 손가락이 뺨에 달라붙은 내 옆머리를 넘기는 게 느껴졌다.

"우는 것도 예쁜데……."

그의 입가에 옅은 미소가 걸려 있었다.

"다른 사람 말고 나 때문에 우니까, 그건 좋은데."

지금 나빈은 열이 너무 높아서 자기가 무슨 말을 하는지도 모를 거다.

"너무 마음이 아파. 이런 얼굴 보면 마음이 아파서 죽을 거 같아요. 앞으로 다혜 씨가 우는 일 없게 할게요."

정말…… 모를 거다.

한번 울고 난리친 보람이 있었는지, 나빈은 얌전히 침대에 누워서 나를 기다렸다. 그는 몸을 일으켜 그릇을 받았다. 하지만 숟가락을 드는 손에는 영 힘이 없었다. 나는 나빈의 손에서 숟가락을 뺏어서 죽을 한 숟갈 떴다.

"입 벌려요."

"치과 온 거 같아. 좀 다정하게 말해 줘요."

뭘 잘했다고 어리광인지 모르겠다. 나도 모르게 미간에 힘이 들어갔다.

"어서 벌려요, 빨리."

나빈의 입에 숟가락을 쑤셔 넣었다. 시무룩한 얼굴을 보니 화가 좀 풀리는 것 같았다.

"동생은 없는데, 동생이 있으면 이런 기분이 들 거 같아요."

"그래요?"

나빈은 웃으며 살짝 뺨을 붉혔다.

"짜증 나고 성가시다는 뜻이에요, 선배."

"너무해……."

나빈이 중얼거렸다.

식사가 끝난 후 나는 커피를 끓여 와 침대 옆 바닥에 앉았다. 나빈도 커피가 마시고 싶다고 했지만, 미지근한 물이나 마시라고 했다. 식사를 한 덕분인지 나빈은 조금 정신이 맑아진 것 같았다.

그는 오전 내내 멍하니 생각에 잠겨 있었다. 천장을 올려다보며 가끔은 작은 한숨을 내쉬기도 했다.

마침내 그가 입을 열었을 때는 정오가 다 되어 갈 무렵이었다.

"다혜 씨."

"네."

"아침에 미안해요."

나는 읽고 있던 책을 덮었다. 투르게네프의 '첫사랑'. 예전에 읽었던 책이지만 마침 나빈의 책상에 올려져 있기에 다시 읽어 보던 중이었다.

"아침부터 계속 생각을 해 봤어요. 오늘 아침 일이랑 지나간 일들."

"무슨 생각을 했어요?"

"내가 쉬면 안 되는 이유를 다혜 씨한테 어떻게 설명할 수 있을까 하고. 근데 사실은 저도 그 이유를 잘 모르는 거 같아서, 생각하는 데 시간이 걸렸어요."

그는 침대에 누워 미적미적 이불 속을 파고들었다. 한참 뒤 그가 약간 쉰 목소리로 말했다.

"다혜 씨, 나 예전에 폐인처럼 지낸 적 있다고 한 거 기억나요? 엄마 떠나고 얼마 안 돼서."

"기억나요."

"그때 알게 된 게 있어요."

그는 비밀 이야기를 하듯 조용히 그때의 일을 꺼냈다.

봄이었다. 엄마가 떠난 후 처음 맞는 봄. 겨울 내내 나빈은 집에만 있었다. 시간은 계속 지나는데, 한강은 여전히 그날처럼 흘렀다. 세상이 그대로라는 게 원망스러웠다.

외출은 동네 슈퍼마켓에 생필품을 사러 나가는 게 전부였다. 그나마도 필요한 물건만 고르고 도망치듯 집으로 오기 일쑤였다. 걱정한 은미 이모나 삼촌이 가끔 보자는 연락이 왔지만 피해 버렸다.

엄마는 아는 사람이 많았다. 그리고 그 지인 중에 같은 동네나, 심지어는 같은 건물에 사는 사람들도 있었다. 나빈은 어떻게든 그들을 피하려고 했지만 한번은 슈퍼마켓에서 마주치고 말았다.

"나빈이니?"

남자는 그렇게 말을 걸었다. 남자의 곁에는 아내로 보이는 여자가 함께 서 있었다.

"오랜만이다. 잘 지냈어?"

잘 지낼 리가. 어쩔 줄 모르는 나빈을 두고 남자는 계속 말을 이었다.

"경희 씨 그때 보고 처음이네."

"네."

나빈은 간신히 대답했다. 어쨌거나 엄마의 장례식에 와 준 사람에게 울상만 지을 수는 없었다.

"기운 좀 내. 산 사람은 살아야지. 다음에 기회 내서 보자. 일 있으면 연락하고. 내 전화번호 엄마 휴대폰에 있을 거야. 알지?"

"네. 감사합니다."

나빈은 도망치듯 자리를 빠져나왔다. 그는 모퉁이를 돌아 바로 다음 코너로 들어섰다. 그가 선반 사이를 지날 때였다. 허술한 슈퍼 선반 너머로 여자 목소리가 들려왔다.

"방금 걔가 경희 씨 아들이야?"

엄마의 이름에 나빈은 걸음을 멈췄다. 아까 남자와 함께 온 여자인 듯했다. 아마 두 사람은 선반 너머에서 나빈이 자신들의 이야기를 듣고 있을 거라곤 생각지 못하는 것 같았다.

"응, 경희 씨 아들. 왜?"

"아니, 눈빛이 좀, 섬뜩하네. 이상해 보이기도 하고."

"어쩌겠어. 엄마가 자살했는데 제정신이겠어?"

무심한 말들에 가슴이 싸늘하게 내려앉았다.

"그래도 그렇지, 저런 꼴로 다니는 건 너무 심하다. 아이돌인지 뭔지 하지 않았어?"

"관뒀대."

"왜? 경희 씨 때문에?"

"모르지, 뭐. 근데 경희 씨 아들이 저렇게 사는 거 보니까 심란하네. 살아 있을 땐 대단한 사람이었는데, 남은 게 결국 이런 거니……. 인생이란 게 참 허무해."

"그렇지……. 그런 거 보면 경희 씨도 너무 이기적인 거야. 애한테 못 할 짓 한 거지……."

목소리가 멀어져 갔다.

그런 일은 이후로도 서너 번 반복되었다.

그쯤 되자 아무리 무시하려 해도 깨달을 수밖에 없었다.

"내가 잘 살지 못하면 엄마까지 욕을 먹는구나."

나빈은 나지막한 목소리로 말을 이어 갔다.

"그래서 그 뒤로는 최대한 잘하고 다니려고 했어요. 엄마가 떠나기 전처럼. 그러니까 신기하게, 사람들이 장하다고, 잘 지내서 안심이라고, 엄마도 안심일 거라고. 나쁜 말 하는 게 줄어들더라고요."

나는 말없이 그의 옆얼굴을 지켜보고 있었다.

"그러니까 난 되도록 완벽한 상태를 유지해야 하는구나. 그게 엄마를 위해 내가 할 수 있는 일이겠다."

그는 쓴웃음을 지었다.

"매일 뛰면…… 안도감이 들었던 거 같아요. 내가 엄마를 위해 뭘 하긴 하는 거 같아서. 좀 이상하게 들리죠?"

"처음부터 그런 생각으로 시작한 거예요?"

내 목소리가 갈라졌다.

"아뇨. 처음에는 그렇게까진 생각하지 않았어요. 그냥 시작한 거였는데……. 사실 힘들었거든. 춥거나 덥거나 매일 나가는 거. 그때마다 되뇌었어요. 이건 엄마를 위한 일이야. 이겨 내야 해. 견뎌야 해. 그러다 보니 어느 순간부터 쉴 수 없게 된 거예요. 매달리게 된 거야."

"선배를 위해 달린 적은 한 번도 없었어요?"

"없었어요, 한 번도."

나빈이 괴롭게 고개를 저었다.

"그냥…… 그게 이제 내가 할 수 있는 유일한 일이잖아."

그가 혼잣말처럼 덧붙였다. 어쩌면 그는 그저 스스로를 벌주고 싶은 걸지도 모르겠다고 생각했지만, 그런 말은 입 밖에 내지 않았다.

점심을 먹고 나빈의 열을 체크했다. 다행히 열이 약간 내렸다. 상태가 호전되긴 했지만, 약효는 영 못 미더웠다. 아무래도 오늘 새로 사 오는 게 좋을 것 같다는 판단이 들었다.

"선배, 저 지금 나가서 약 사 올 거예요."

나빈은 또 옷소매를 쥐고 고개를 저었다.

"가지 마세요, 다혜 씨."

"금방이에요."

"이상하게 보이는 거 알아요. 이해 안 될 것도 알고……. 그래도 정말 불안해서 그래요."

"못 돌아올까 봐?"

내 말에 나빈이 약하게 고개를 끄덕였다.

"오늘은 아무 일 없을 거예요. 약속할게요."

"나도 알아요. 근데…… 너무 불안해……."

나는 겁먹은 아이를 달래듯 나빈의 손등을 토닥였다.

"선배 괜찮아요. 사실은 괜찮을 거 선배도 머리로는 알고 있잖아요."

"한심해 보이나요?"

"이해해요."

사실 완전히 이해한 건 아니었다. 그저 그가 이해받고 있다는 기분을 느끼게 해 주고 싶었을 뿐. 나는 천천히 말을 이어 갔다.

"그런데 계속 상처를 지고 살아갈 순 없어요. 선배, 그건 누구든 그래요."

"계속 지고 살아가고 싶은 사람은 없겠죠. 사라지지 않는 거지."

나빈이 작게 대꾸했다. 그의 말을 부정할 수는 없었다. 상처는 쉽게 사라지지 않는다. 어떤 상처는 영원하다.

"그럼 상처에게 발을 주세요."

그건 스스로도 몇 번이나 되뇌었지만, 단 한 번도 제대로 해내지 못한 일이었다.

"발이요……?"

"네. 상처에게 발을 주세요. 혼자 걸어가게요. 어차피 사라지지 않는 거, 알아서 선배를 따라 걸어오라고 발을 만들어 주세요. 평생을 질기게 따라붙든, 중간에 지쳐서 나자빠지든, 자기가 알아서 하겠죠. 그냥 그 상처를 끙끙대며 계속 업고 가지만 말라는 거예요. 사라지진 않겠지만, 짓눌리지도 않게요."

"그치만…… 발을 어떻게 만들어 줘요?"

"한 번이라도 내려놓은 적 있었어요?"

나빈은 대답하지 못했다.

"상처는 내려놓으면 저절로 발이 생겨요. 평생 끈질기게 우릴 따라붙어야 하거든요. 계속 안고 왔으니 그걸 모르는 거예요."

"어차피 따라오는 거면, 내려놓으나 지고 가나 같은 거 아니에요?"

"다르죠. 떼어 낼 순 없더라도 짓눌리진 않아도 되니까. 훨씬 편할 거예요."

"내려놓는 건 어떻게 하는 거예요?"

오늘 그는 어린아이처럼 질문이 많다. 나는 손을 뻗어 그의 앞머리를 쓸어 넘겼다.

그런 방법을 내가 알 리가 없지. 그저 이 남자와 함께 찾아가 보자는 생각을 했을 뿐이다.

"일단은 오늘 제가 약을 사 오는 것부터 시작해요. 선배가 절 보내 주는 것부터요."

"하지만……."

"꼭 올게요. 아무 일 없이."

그는 불안한 눈빛으로 입을 꾹 다물었다. 나는 그와 눈을 맞추고 말했다.

"만약 이 앞에서 우리 부모님이 날 막는다 해도, 밀쳐 내고 돌아올게요."

어디서 그런 용기가 났는지 모르겠다. 지금은 정말로 그럴 수 있을 것 같았다.

"고마워요."

뭐가 고맙다는 걸까. 나빈은 천천히 옷소매를 놓아주었다.

"제가 무사히 다녀오면요, 선배도 조금은 불안에서 벗어날 거예요."

"네."

"그리고 매일같이 뛰지 않아도 충분히 잘하고 있다는 것도 알게 될 거고요."

"그럴까요?"

"아마도요. 시간은 좀 걸릴 수도 있지만."

나는 가볍게 대꾸하고 돌아섰다.

"다혜 씨."

나빈이 나가려는 나를 다시 불러 세웠다. 나는 흘깃 그를 돌아봤다.

"오늘이 저한테는 뭔가 특별한 날인 거 같아요. 그리고 다혜 씨랑 있으면 이런 날들이 많을 것 같아."

그가 살짝 미소를 비쳤다. 병색 탓인지 애처롭고, 그래서 더 사랑스럽게 느껴지는 미소였다. 심장이 또 아프게 뛰기 시작했다.

"다행이네요. 저한테는 오늘이 정말 피곤한 날인데."

일부러 퉁명스럽게 대꾸하고 방을 나섰다.

약을 사서 돌아왔더니, 나빈은 침대에 누워 내가 읽던 투르게네프의 책을 읽고 있었다. 그는 내가 오자 책을 덮고 환한 미소를 보였다.

"밖에 많이 춥지 않았어요?"

"좀 풀렸더라고요. 요즘 그 책 읽고 계셨나 봐요?"

약 봉투를 사이드 테이블에 올려 두며 말했다.

"아, 네. 예전에 읽었는데 다시 읽고 싶어져서요."

"악령 읽고 계시던 거 아니었어요?"

"악령 읽는 틈틈이 읽었어요."

그런 타입들이 있지. 책 읽는 틈틈이 다른 책을 또 읽는 사람들. 그러다 또 틈이 나면 다른 책을 읽고. 종내에는 읽고 있는 책이 열 손가락을 넘어가 버리기도 하는 타입들.

나와는 정반대였다.

"저는 한 권을 정하면 그것만 봐요. 그 책을 끝낼 때까지는 다른 걸 못 읽어요."

"아, 저랑 다혜 씨는 완전 반대네요. 전 하나만 못 보는데."

"선배 같은 타입들이 여자도 많죠."

"네?"

"부정은 안 하시네요."

"아니, 전혀 아니거든요?"

나빈이 미간을 구겼다.

"팬레터도 많이 받으셨다면서요."

"그거야…… 그런 호의는 조금이라도 고마운 거잖아요. 그러니 한 통만 받아도 많이 받는 거죠."

"그래서 한 통만 받았어요?"

"그렇진 않았죠."

"그래서 몇 통 받았어요?"

"다혜 씨, 질투해요?"

나빈의 입가에 장난기 어린 미소가 맺혔다. 기운을 좀 차린 건 좋은데, 얄미웠다.

"약이나 드세요."

컵에 물을 따라 그의 손에 쥐여 주었다. 나빈은 책을 내려놓고 컵을 받았다.

약을 먹고 나빈은 곧 잠이 들었다. 그가 잠든 것을 확인한 후 슬쩍 일어나 책상 쪽으로 갔다. 나는 조심스럽게 맨 아래 서랍을 열었다.

역시 그때 잘못 본 게 아니었다. 서랍 안에는 바싹 말린 꽃다발이 들어 있었다. 크리스마스이브 날 그가 내게 선물해 주었던 꽃다발이었다. 별로 비밀스러울 것도 아닌데 나빈이 너무 부끄러워해서 모르는 척했었다.

꽃은 상한 곳 하나 없이 곱게 말라 있었다. 처음 받았을 때의 생기는 없지만 우아했다. 가만히 보고 있으니 그날의 기억이 새록새록 떠올랐다.

"예쁜데……. 왜 감춰 둔 거야."

마른 꽃잎을 만지작거리다가 다시 조심스럽게 서랍을 닫았다.

저녁 무렵 나빈을 깨웠다. 오늘은 식탁에 마주 앉아 저녁을 먹었다. 약효가 제대로 듣긴 한 건지, 꽤 안정되어 보였다. 열은 아직 있었지만, 몸살 기운은 좀 가신 모양이었다.

"한 며칠 쉬어야 해요."

"네."

"오늘처럼 나가면 안 돼요."

"알았어요."

나빈은 달걀죽을 깨끗이 비운 후 빈 그릇을 들고 일어났다.

"설거지 제가 할게요."

"방금 며칠 쉬라는 말 못 들었어요?"

"이 정도는 괜찮은데."

있는 힘껏 노려보자, 나빈은 결국 그릇을 치우고 얌전히 방으로 돌아갔다.

설거지를 마친 후, 이불과 베개를 챙겨 나빈의 방으로 향했다. 침대에 쓰러져 있던 나빈이 살짝 고개를 들었다.

"오늘은 이 방에서 잘게요."

"네?"

"새벽에 또 나갈 거잖아요. 감시하려는 거예요."

"아……."

나빈은 머뭇머뭇하더니 벽 쪽으로 물러났다. 침대 위에 한 사람이 누울 만한 공간이 생겼다.

"바닥에서 잘 건데요."

들고 온 베개와 이불을 침대 옆 바닥에 던졌다.

"대체 무슨 생각을 하는 거예요?"

"아무 생각도 안 했어요."

나빈이 억울한 듯 중얼거렸다.

"아무튼 저 안 나갈게요. 여기서 안 자도 돼요."

"못 믿어요."

"그럼 자리 바꿔요. 불편할 거 같은데……."

"아픈 사람이 무슨."

나빈이 몇 마디를 더 했지만 못 들은 척하고 이불을 깔고 누웠다. 좀 딱딱하긴 해도 나름대로 괜찮았다.

"진짜 괜찮아요?"

나빈이 침대 위에서 슬쩍 나를 내려다보았다. 아, 어디서 많이 본 기분이 드는데. 그러고 보니 나빈이 자주 보내곤 하는 고양이 이모티콘이 꼭 저런 느낌이었다. 상자 안에 숨어서 슬쩍 밖을 내다보는 눈빛.

"안 괜찮아요. 불편하고."

"자리 바꿀까요?"

"바닥이 아니라 선배랑 같은 방에서 자는 게 불편하다는 거예요."

"그럼 굳이 여기 안 있어도……."

"그러니까 새벽에 쓸데없는 짓 하지 말고 얌전히 자요. 알았어요? 빨리 나아야 저도 제 방으로 돌아가죠."

"네……."

말은 그렇게 했지만 사실 그렇게 불편하진 않았다.

"잘 때 말해요, 불 꺼 줄 테니까."

침대 옆 탁자에 놓아두었던 투르게네프의 책을 집었다. 나빈이 잠들 때까지 읽을 생각이었다.

벽에 기대어 앉아 책장을 넘기는데 시선이 느껴졌다. 돌아보니 나빈이 옆으로 누워 나를 빤히 바라보고 있었다.

"선배, 잠 안 와요?"

"네, 조금."

"제가 있으니 불편해서요?"

"아뇨! 그건, 편해요."

아무리 봐도 편한 사람의 눈빛이 아닌데.

"그럼 왜요?"

"그냥, 아플 때 누가 같이 있는 게 오랜만이라서……."

"보통은 어떻게 했어요?"

"혼자 있었죠. 예전에 삼촌이랑 이모한테 한번 아프다고 한 적 있었는데, 일도 다 취소하고 달려와서……. 그냥 감긴데 너무 걱정하니까."

나빈이 쓰게 웃었다.

"그럴수록 내가 너무 힘들어요. 그냥 걱정하는 모습을 보는 게 더 힘들어. 미안하고. 그래서 그 뒤론 아파도 아무한테도 말 안 해요."

"그럼 어릴 때는요?"

"어릴 때는……."

슬픈 비밀을 말하는 사람들이 보통 그러하듯, 나빈 역시 음성이 어둡게 가라앉았다. 깊은 밤, 두터운 커튼 너머로 창을 두들기는 빗방울 소리처럼.

"절대 이야기할 수 없었죠. 내가 아파서 아빠가 그렇게 된 거니까. 혹시 엄마가 그날 일 생각할까 봐……."

"그게 숨긴다고 숨겨졌어요?"

"엄마는 어떻게든 알긴 하더라."

웃음소리가 쓸쓸했다.

"근데 다혜 씨, 지금 생각하면 내가 잘못한 걸까요?"

"뭘요?"

"내가 자꾸 숨기고 그래서……. 잘 숨기지도 못하는데 자꾸 눈치 보고 그래서, 혹시 더 마음 아프게 한 걸까? 그래서 엄마가 더 슬퍼서……."

"선배."

나는 손바닥으로 그의 두 눈을 가려 주었다.

"아프니까 그런 생각이 드는 거예요. 눈 감아요. 아무 생각 하지 말고 자요. 옆에 있을 테니까."

"네."

손바닥 아래로 그가 눈을 감는 게 느껴졌다. 미지근한 것이 번져 왔지만 모른 척해 주었다. 나는 그가 잠들 때까지 그렇게 손을 대고 있었다.

다행히 약 기운 때문인지 나빈은 금방 잠들었다. 불을 끄고 그의 곁에서 잠을 청했다.

다음 날, 눈을 뜨자마자 불길한 느낌이 엄습했다. 나는 벌떡 몸을 일으켰다. 설마, 하고 옆 침대를 보았더니 나빈은 없었다.

"이 인간이 진짜……."

배신감과 짜증이 북받쳤다. 당장 나가서 잡아 와야겠다고 생각하고 있는데 나빈이 문을 열고 들어왔다.

"어디 갔다 와요?"

"물 가지러……."

나빈이 떨떠름하게 대답했다. 폼을 보아하니 거짓말은 아닌 것 같았다. 나는 아무 일도 없었다는 듯 다시 누워서 이불을 덮었다.

"근데 다혜 씨, 나 감시한다는 거 아니었어요? 너무 잘 자던데."

"시끄러워요. 다시 자요."

이불을 머리끝까지 뒤집어쓰고 억지로 눈을 감았다.

나빈은 열이 많이 내렸다. 덕분에 나도 아르바이트를 갈 정도는 됐다. 이틀이나 빠져서 죄송하다고 사과했더니, 이모는 괜찮다며 넘어갔다.

금요일이라 가게는 눈코 뜰 새 없이 바빴다. 일을 마쳤을 때는 2시가 넘은 시각이었다.

밖에 나갔더니 나빈이 나를 기다리고 있었다.

"집에서 쉬지 왜 나왔어요?"

"거의 괜찮아졌어요."

"다시 나빠지면 어쩌려고요."

"괜찮아요. 원래 감기 같은 건 금방 나아요."

"안 믿기는데요."

나는 의심스러운 눈초리로 나빈을 노려보았다.

"진짠데. 이렇게 아파 본 것도 처음인 거 같아요. 새해에도 이렇게 아프진 않았는데……."

나빈은 뭐가 재밌는지 혼자 작게 웃었다.

"그냥 아플 때 누가 옆에 있었던 게 너무 오랜만이라서, 몸이 더 투정 부리고 싶었나 봐요. 다혜 씨가 걱정해 주는 것도 좋고."

"좋다고요?"

어처구니가 없어 미간을 구겼다.

"네, 좋았어요."

나빈이 뻔뻔하게 대답했다.

"아니, 다른 사람 걱정시키는 게 싫어서 삼촌이나 이모한테는 말하지도 않았다면서요."

"근데 이상하게 다혜 씨는 막 걱정시키고 싶던데요? 다혜 씨 평소에 나한테 너무 관심 없잖아요."

그가 장난스럽게 말했다.

"너무 못됐나?"

맞아요, 선배 진짜 못됐어.

그렇게 말하는 대신 그의 손을 살짝 잡았다. 나빈이 고개를 돌려 나를 내려다보았다. 나는 시선을 내렸다. 희게 펼쳐진 눈길 위를 새벽의 가로등이 비추었다.

"아, 그게, 열 내렸나 해서."

그의 손을 잡은 채 말했다.

"안 내린 거 같죠?"

그가 내 손을 부드럽게 마주 잡았다. 그의 체온이 내 식은 손을 감쌌다.

"그러네요."

대답하고도 나는 손을 빼지 않았다. 우리는 그대로 느리게 눈길을 걸었다.

샤워를 마치고 어제처럼 그의 방에 이불을 깔았다. 나빈이 의아한 듯 나를 바라보았다.

"저 오늘 괜찮은데. 많이 나았잖아요."

"안 돼요. 내일 아침에 또 괜찮다고 나갈 거죠? 선배 못 믿겠어요."

내 말에 나빈은 할 말이 없는지 웃었다.

"내일까지는 쉬세요."

"알았어요."

나빈이 뒤척이는 소리가 들렸다. 곧 그가 침대 밖으로 살짝 고개를 내밀었다.

"근데 바닥 안 불편해요?"

"괜찮아요."

"그럼 오늘은 내가 밑에서 자면 안 돼요? 불편할까 봐 걱정돼서 그래요."

잠깐 고민했다.

"어제도 미안했거든요."

"뭐, 그럼……."

바닥도 따뜻하니 그 정도는 상관없을 것 같았다.

"좋아요."

나빈과 자리를 바꿔 누웠다. 방금까지 그가 누워 있었던 침대여서인지 온기가 남아 있었다. 섬유 유연제 냄새 뒤로 희미한 그의 체취가 코끝에 닿았다. 한참이나 혼자 이불 속에서 꼼지락거리고 있으니 뭔가 느낌이 이상했다.

기분 탓일까. 아까부터 우리는 좀처럼 아무 말도 하지 않고, 방에는 묘한 긴장감마저 흐르는 것 같았다. 나는 괜히 손을 몇 번 쥐었다 폈다. 아까 추운 길, 그의 손을 잡았을 때의 감촉이 아직도 손에 남아 있었다.

"선배."

너도 비슷한 느낌일까.

"남자랑 같이 자면서 아무것도 안 해 본 건 처음이에요."

고개를 침대 밖으로 내밀고 말했다. 가장 낮은 조도로 켜 둔 스탠드가 은은히 그의 얼굴과 목덜미를 비추고 있었다. 헐렁한 티셔츠라 쇄골까지 보였다.

심장이 주체할 수 없이 뛰었다.

"그래서 그런가, 기분 좀 이상해요."

내 말에 나빈이 피식 웃었다. 무언가 말해 주길 바랐는데, 그는 아무 말도 하지 않았다. 그저 눈을 마주친 채 가만히 나를 올려다볼 뿐이었다.

잠시 후 그의 시선의 끝이 내 눈에서 뺨으로, 뺨에서 목덜미로 서서히 내려갔다. 그의 시선이 스치는 곳마다 야릇한 전류가 올랐다.

그는 다시 눈길을 들었다. 그의 눈동자에 언뜻 내 입술이 비친 것도 같았다. 나도 모르게 입술을 움찔했다.

나빈은 천천히 손을 들어 흘러내린 내 머리칼을 한참 만지작거렸다. 이어서 그의 손가락이 뺨에 가볍게 내려앉았다. 뺨을 따라 내려가던 손끝이 곧 입술에서 멈췄다. 그는 조심스럽게 내 입술을 더듬었다. 입술 틈이 살짝 벌어졌다.

자연스럽게 중지가 입술 안쪽을 침입했다. 나는 혀로 손가락을 약하게 건드렸다. 타액에 젖은 손가락이 내 아랫입술을 훑었다. 지그시, 아주 느리게, 손가락이 입술을 조금씩 적셔 갔다.

열이 올랐다. 뜨거운 숨결이 입술을 데웠다. 아마 그도 손끝으로 이 더운 숨을 느끼고 있겠지. 애가 탔다. 조금 더 닿고 싶었다. 내 몸은 이대로 그에게 전부를 열어 줄 것처럼 반응하고 있었다.

우린 이런 사이가 아닌데. 내일 아침 어색해지는 건 싫은데.

하지만 그가 원한다면 거절하지 못할 거라 생각했다. 섣부른 쾌락이 많은 것을 망칠 수 있단 걸 알면서도, 나는 또 유혹에 무릎 꿇을 준비가 되어 있었다.

아, 콘돔도 없는데.

"선배."

어둠 속에서 일어날 일들은 두렵지 않았다. 단지 해가 뜬 다음이 무서웠다.

내일이 되어서 서먹해지면? 아니, 그것보다 내가 또 관계를 망쳐 버리면?

입 벌린 사랑만을 해 왔다.

항상 그랬다. 내 안에는 굶주린 괴물이 살고 있었다. 괴물은 입을 벌린 채 버티고 서서 끝없이 요구했다. 밤낮없이 사랑을 달라고, 평생치의 허기를 채워 달라고, 당신을 통째로 집어 삼키게 해 달라고.

사실 내 남자들은 지극히 정상이었는지도 모른다. 쉼 없이 애정과 이해를 갈망한 내가 문제였을 뿐.

걸신들린 사랑은 언제나 파국으로 끝났다. 상처받고, 싸우고, 질린다는 말을 듣고 끝났다. 나를 배불리 사랑해 줄 사람 같은 건 이 세상에 없단 것만 깨달았다.

폐허에 남아 울었다. 이런 결말을 원한 적 없다고 소리쳤다. 하지만 다음 사랑도 또 똑같은 실수를 반복했다. 사랑만 시작하면 주체할 수 없는 허기가 나를 광기로 몰아갔던 것이다.

나빈과는, 최소한 선배와는 그런 결말을 맞고 싶지 않았다.

"우리……."

말을 마치기도 전에 나빈의 손이 떨어졌다. 어쩌면 그는 이미 내 두려움을 읽은 것일지도 모른다. 나는 망설이다 다시 말을 이었다.

"우리 그냥…… 블루인 걸로 해요."

"블루가 뭐예요?"

그가 나지막이 물었다. 어째서일까, 이 남자라면 내 말을 절대 비웃지 않을 거라는 확신이 들었다.

"뜨겁지도 않고, 질리지도 않는 거요. 그게 좋겠어."

잠시 후 그가 진지한 눈빛으로 물었다.

"그럼 멀어지지도 않는 건가요?"

"아마도요."

"난 좋아요."

나빈이 미소 지었다.

"가장 밝은 별들은 대체로 파랗게 빛나니까."

그는 묘한 말을 중얼거렸다. 처음 그 다리 위에서 그랬던 것처럼. 이상하게도 나는 그 말뜻을 알 것도 같았다.

어쩌면 우린 같은 은하에서 온 외계인일지도 몰라.

지구에선 아무도 알아듣지 못하던 내 말을 유일하게 알아들어 주는 사람. 그래서 무슨 일이 있어도 그를 잃고 싶지 않았다.

"근데 다혜 씨."

나빈이 나를 불렀다.

"네?"

"여기서 지내는 거, 불편하지 않은 거죠?"

나는 대답 대신 고개를 끄덕였다.

"그럼 됐어요. 다혜 씨만 무사하고 행복할 수 있으면……."

그건 스스로에게 하는 말 같았다. 나빈은 손을 뻗어 스탠드를 꺼 버렸다. 작은 방에 어둠이 들어찼다.

"전 다혜 씨가 여기서 편하게 지내는 게 제일 중요해요. 알죠? 집처럼요."

집이라. 한 번도 그곳이 내게 편한 적은 없었지만, 나빈의 마음을 충분히 이해했기에 알겠다고 대답했다.

"선배, 잘 자요."

밤 인사를 하고 돌아누웠다. 눈을 감았는데도 좀처럼 진정이 되지 않았다. 심장은 아까보다 더 빠르게 뛰고, 열기도 여전했다.

방금 판단이 옳았다고 생각했다. 우린 그런 사이가 아니니까. 그런 사이가 될 생각도 없으니까. 무엇보다 남자가 나를 원한다고 해서 그게 나를 사랑한다는 의미가 아니라는 것도 잘 알고 있었다.

하지만 선명했던 열기를 완전히 부정할 수도 없었다.

분명 분위기가 너무 이상해서 휩쓸린 거다. 나도 누군가와 관계를 가진 지 오래되었고, 선배도 뭐, 애인은 쭉 없었다고 했으니까. 누구든 혹할 만한 상황이지. 그것뿐이다.

그렇게 생각하며 억지로 눈을 붙이려 노력했다. 이불까지 뒤집어썼지만 잠이 든 것은 한참이나 뒤였다. 늦은 새벽까지 드문드문 뒤척이는 소리가 들렸다.

5.

주말이 지나자 나빈은 완전히 나았다. 일요일에는 평소처럼 청소도 했다. 그쯤 되니 나도 나빈의 방에서 더 잘 이유가 없어져서 내 침대로 돌아갔다. 며칠 같이 잤다고 익숙해지기라도 한 건지, 혼자 방에 눕자 쓸쓸한 기분이 들었다.

너도 조금은 이런 기분을 느낄까.

느꼈으면 좋겠다고 한다면, 내가 너무 이기적인 걸까.

일상은 나빈이 아프기 전처럼 돌아갔다. 오전에는 같이 러시아어 공부를 하고, 노닥거리며 시간을 보내다가 저녁에는 각자 아르바이트를 하러 갔다. 그리고 돌아오면 맥주 한 캔을 까며 이야기를 나눴다.

아팠던 뒤로 나빈은 조금씩 바뀌고 싶어 하는 것 같았다. 어쩌면 그런 마음은 계속 있어 왔던 걸지도 모른다. 하지만 마음이 그렇다고 해서 사람이 한 번에 바뀔 수는 없었다. 주말에 청소를 강박적으로 하는 습관도 여전했다. 나도 하루아침에 그가 놀랍게 바뀌기를 바란 건 아니었기에 문제가 될 것은 없었다. 그저 이렇게 하루하루 지내 가며 차츰 마음의 짐을 내려놓으면 좋지 않을까 생각했다.

오히려 달라진 것은 나였다. 예전보다 피아노 연습에 열중하기 시작했다. 딱히 음악의 아름다움을 깨달은 것은 아니었고, 피아노를 칠 때면 선배가 바로 옆에 앉아 가르쳐 주는 게 좋았기 때문이었다. 아무튼 피아노 수업이 싫다고 울상이던 내가 이렇게 매일같이 두세 시간을 자진해 연습하는 걸 본다면, 어릴 적 피아노 선생은 눈물을 닦을지도 모르겠다.

"템포를 맞춰서 해요, 다혜 씨."

손가락이 엉키는 것을 보고 나빈이 말했다.

"너무 서두르고 있잖아요."

그는 내 검지를 살짝 옆으로 옮겼다. 작은 접촉에도 가슴이 쿵 내려앉는 것 같았다. 지난번에 그의 손끝이 내 입술을 문지르던 것이 자연스럽게 떠올랐다.

선배는 나를 어떻게 생각할까?

손가락이 멈칫했다. 악보를 보고 있는데도 순간적으로 건반 위에서 길을 잃었다.

혹시 조금은 나를…….

아니야. 나는 선배와 연애하고 싶은 게 아냐. 그런 시시하고 무의미한 관계를 맺고 싶은 게 아냐.

나는 이 사람과 살아가고 싶었다. 내가 와서 이 집이 살아났다고 하듯이, 지금 누르는 이 건반이 살아났다고 하듯이. 그렇게…….

"다혜 씨?"

그래, 더 많은 것들을 해 보고 싶다. 네가 잃어버린 것들, 내가 가져 보지 못한 것들, 찬란하진 않더라도 온기 어린 것들. 그 중 아주 일부만이라도 내가 네게 줄 순 없을까.

"선배, 저 그거 해 보고 싶어요."

"어떤 거요?"

충동적으로 꺼낸 말에 나빈이 되물었다.

"저번에 말한 거요. 전자 드럼. 그냥 구경이라도 해 보고 싶어요. 한 번도 본 적 없어서."

나빈은 내가 그 드럼을 치면 드럼이 살아날 것 같다고 했다. 그 말이 생각나서 이야기를 꺼냈다. 왠지 지금은 용기가 났다.

"아, 잠깐만요."

그는 바로 자리에서 일어났다. 그가 즐거워하는 걸 보니 말을 꺼내길 잘했다는 생각이 들었다.

"몇 년 만에 처음 써 보는 거라 잘 될지 모르겠어요."

나빈은 드럼을 금방이라도 가져올 듯 거실을 나섰다. 그런데 한참이 지나도록 그는 아무 소리가 없었다. 이상한 생각에 일어나 나빈을 찾았다.

"선배?"

"아, 다혜 씨, 그게……."

나빈은 방문 앞에 서 있었다. 내가 이 집에 온 이후 한 번도 열린 적이 없던 문이었다. 나빈은 저 세 번째 방을 마치 없는 방처럼 치부했다. 창고라고 불렀지만 실제로 무언가를 넣은 적도, 꺼낸 적도 없었다.

그래서 그 문은 차라리 벽에 가까웠다.

"그게 여기 있는데, 문이 안 열려서요."

그는 몇 번이나 문고리를 돌려 보려고 했지만 손이 자꾸 힘없이 미끄러졌다.

"워낙 오랜만에 여는 거라 문이 고장 났나 봐요."

그가 민망한 듯 중얼거렸다. 나는 그의 옆에 다가가 섰다. 겉보기엔 다른 방문과 전혀 다를 게 없는 평범한 문이었다. 문고리가 녹슨 것도 아니었다.

"선배, 여기 안에 그게 있어요?"

"네. 여기 있는데, 문이 고장 났어요. 어떡하죠?"

"제가 볼게요."

나는 손을 뻗어 손잡이를 돌렸다. 손잡이는 부드럽게 돌아갔다. 문은 고장 나지도 않았고 잠겨 있지도 않았다.

"선배, 이 문 고장 안 났어요."

"어⋯⋯."

나빈은 내 말에 정말 당황한 얼굴이었다. 내 말을 믿지 못하는 것도 같았다.

"선배, 이거 열고 싶은 거 맞아요?"

나는 손잡이를 쥔 채 그를 올려다보았다.

"다혜 씨, 잠시만요."

그가 내 손등을 만류하듯 감쌌다.

"천천히 생각해도 괜찮아요, 선배."

나빈의 눈동자는 갈피를 못 잡고 흔들렸다. 낯선 거리에서 길을 잃은 듯한 얼굴이었다.

집을 나오던 날, 나도 엘리베이터에서 저런 표정을 지었을까. 간절히 바라면서도 동시에 너무 무서워서, 공포와 바람이 줄다리기를 하는 것이다.

내가 무서워서 집에서 벗어날 수 없었듯이.

그럼에도 벗어나야만 했듯이.

멈추고 싶은 마음, 나아가고 싶은 마음, 이만 죽고 싶은 마음, 살아가고 싶은 마음. 그런 것들이 마구잡이로 교차해 실타래처럼 엉켜 버리는 것이다.

거기에 대한 답은 결코 타인이 내려 줄 수 없었다. 내가 해 줄 수 있는 일은 문고리를 잡은 채 그의 답을 기다려 주는 것뿐이었다.

그가 어떤 답을 하든 나는 그의 곁에 있어 줄 생각이었다. 멈추든, 나아가든. 이 문을 열고 무언가를 마주하든, 혹은 영영 닫아 버리든.

"열고 싶어요."

마침내 가라앉은 음성이 귓가에 닿았다. 내 손등을 덮고 있던 손가락에 힘이 들어갔다.

"연 다음에는요?"

"열어서 드럼 상태도 확인하고, 다혜 씨한테도 보여 주고 싶고, 아마 안에 다른 것들도 많을 텐데……."

나빈은 두서없이 말을 잇다 허탈하게 웃었다.

"열고 싶다는 거죠?"

"네."

"열어도 되는 거죠?"

"네."

"그럼 열게요. 괜찮아요?"

"네."

그가 힘겹게 대답했다. 답을 듣고도 나는 그를 위해 조금 더 시간을 주었다.

"열고 싶어요."

나빈의 목소리는 작지만 선명했다. 이제 그가 이 대답을 번복할 리는 없단 확신이 들었다.

나는 문을 활짝 열었다.

어두운 방 안에는 먼지가 자욱했다. 저절로 기침이 나왔다. 손을 뻗어 스위치를 켰다.

여러 가지 물건이 뒤엉킨 방은 엉망이었다. 그 위에 먼지들도 듬뿍 쌓여 무슨 물건인지 알아보기도 힘들었다. 창고라는 말도 좀 미안할 정도였다.

이곳은 매립지였다. 그가 입은 상처들의 매립지.

여기였다.

여기가 이나빈의 진짜 세계였다. 모든 것이 완벽하게 정돈된 밖이 아니라 여기가. 이곳에 진짜 자신을 완전히 가둬 뒀으니 집의 나머지 부분들은 자꾸 죽을 수밖에 없었던 거다.

이해해. 누구든 상처는 매립하고 싶은 거지. 자기 자신이길 포기하면서까지 잊어버리고 싶은 거지.

나는 방 안으로 한 걸음을 내디뎠다. 뒤편에 서 있던 나빈이 다급하게 내 어깨를 잡았다.

"다혜 씨."

그가 지금 이 순간 나를 간절히 바란다는 것을 알았다. 하지만 정작 어깨에 닿은 그의 손은 옷만 가볍게 쥐는 게 전부였다.

"선배."

"다혜 씨, 그게⋯⋯."

나빈이 변명을 찾기 전에 그의 손을 가볍게 당겼다.

"안아도 돼요."

말을 하기 무섭게 나빈이 뒤에서 나를 확 끌어안았다. 나는 순식간에 나빈의 품에 갇혔다. 남자가 여자를 안는다기보다는, 어린아이가 무언가를 붙드는 듯한 몸짓이었다. 얇은 천 너머로 그의 심장이 뛰는 것이 느껴졌다.

"선배, 괜찮아요?"

"여기 먼지가 너무 많은데……."

나빈이 작게 중얼거렸다.

"미안해요. 금방 치울게요. 잠깐만……."

"괜찮아요, 선배."

그의 팔을 부드럽게 쓸어내렸다.

"이대로 계속 있어도 괜찮아요."

얼굴을 마주하지 않아 다행이라 느꼈다. 내가 볼 수 없으니 그는 더 마음껏 슬픔 속을 헤맬 수 있을 거다.

"조금 이따 같이 치우면 되잖아요."

가만히 그의 손등을 내 손으로 덮었다. 처음 이 집에 와서 나란히 앉아 맥주를 마셨던 날, 그날 나빈이 우는 내 손을 잡아 주었을 때, 그때의 그 기분을 그도 느꼈으면 했다.

나빈은 고개를 숙여 내 머리에 뺨을 기대 왔다. 맞닿은 부분으로 그의 감정들이 다 녹아드는 것 같았다. 따뜻하고, 아늑했다.

한참이나 우리는 둘만의 세상에 있는 듯했다. 그를 위로해 주려고 했던 건데, 이상하게 내가 위안을 받는 느낌이었다.

지금 갑자기 세상이 멸망해서 이 순간이 우리의 마지막이 된다 해도 그럭저럭 괜찮지 않을까 하는 생각마저 들었다.

잠시 후 나빈은 팔을 풀었다. 그는 손으로 입을 막고 작게 콜록거렸다. 얼굴도 발긋했다.

"선배, 먼지 알러지 있어요?"

"몰랐는데 그런가 봐요."

"창문부터 열게요."

커튼을 걷고 창문을 문을 열었다. 겨울바람이 들이쳤다. 밖을 향해 크게 숨을 들이쉬었다.

"청소해요. 일단."

나빈을 돌아보며 미소를 보였다.

오후 내내 나빈과 그 방을 청소했다. 먼지를 털어 내고, 바닥과 선반을 닦고 물건들을 정리했다. 나빈이 말한 전자 드럼도 구석에 처박혀 있었다.

"이 방은 이제 어떻게 할래요?"

방이 절반 이상 정리되었을 때 나빈에게 물었다.

"모르겠어요. 엄마 흔적이 사라지는 건 좀 슬픈데."

"지금처럼 먼지 구덩이에 박아 두는 것도 슬프죠."

"이제 문은 열었으니까……."

나빈은 말끝을 흐리더니 먼지 쌓인 액자를 닦던 손을 멈추고 나를 바라보았다.

"다혜 씨가 연 거지만요."

"선배가 열고 싶다고 해서 연 거예요. 여기 주인은 선배잖아요."

"일단 여기 문은 늘 열어 두기로 해요. 앞으로 어떻게 할진 천천히 생각해 봐야겠어요."

나빈이 액자를 벽에 다시 걸어 두며 말했다.

다행히 아르바이트 시간이 되기 전에 청소가 끝났다. 계속 창을 열어 둔 탓에 방이 냉골이었다. 차가운 방에 앉아 전자 드럼을 구경했다. 몇 번 아무렇게나 두드려 봤더니 나빈은 아이처럼 즐거워했다.

나빈은 오늘도 포스드 랜딩까지 나를 바래다주었다. 당연히 그도 아르바이트를 갈 거라고 생각했는데 오늘은 행사가 없다고 했다.

"뭐, 갑자기 취소됐다나 봐요. 아무튼 밤에 데리러 올게요."

그에게 짧게 손을 흔들어 준 후 계단을 내려왔다.

8시 무렵 경후 삼촌이 왔다. 벌써 다른 곳에서 술을 마시고 온 것 같았다.

"다혜 씨, 일 잘하고 있어요?"

삼촌이 웃으며 물었다.

"네."

"나빈이랑은 잘 지내고?"

멈칫했다. 우리 사이는 아무 문제 없었다. 그날 밤 잠깐의 충동 이후로는 비교적 서로 선도 잘 지켰다.

어중간하게 흔들리는 내 마음이 문제라면 문제였지만.

"왜? 문제 있어요?"

"아뇨."

"걔가 뭐 잘못했죠?"

"아니에요."

삼촌은 여전히 의심스러운 눈초리였지만 더 묻지는 않았다.

"근데 여기 자리는 다혜 씨가 치웠어요?"

삼촌이 바 의자에 앉으며 물었다.

"네."

"잘했네. 오늘 내가 음악 트는 건 도와줄게."

"감사해요."

우리가 이런저런 대화를 나누고 있는데 부엌에서 은미 이모가 나왔다.

"너 이 시간엔 무슨 일이야? 오늘 일 벌써 끝났어?"

그녀가 이상한 듯 물었다.

"일 없어. 이번 주 행사 나가리야. 오늘 여기서 시간 죽일 거야. 누나 일 언제 끝나? 마치고 놀러 갈까?"

가게가 마치는 시간은 새벽 2시였다. 그 시간에 갈 수 있는 곳은 없다.

그런데 이모는 나와 생각이 다른 모양이었다.

"좋지. 서해?"

정말 자유로운 사람들이다.

"서해 좋지. 마치고 가면 해 뜨는 거 보겠네."

"그러게. 해 뜨는 거 보고 올까?"

너무 자유로운 나머지, 상식에서도 조금 자유로운 편이라는 게 문제지만.

"바다에서 뜨는 해를 보려면 동해로 가셔야 하지 않을까요?"

내 말에 이모가 웃음을 터트렸다.

"그럼 바다를 등지면 해 뜨는 걸 볼 수 있겠네."

"다혜 씨도 갈래요? 은미 누나가 운전하는 차를 타면 임사 체험도 할 수 있어."

"그건 좀……. 고민해 볼게요."

"운전 잘하거든?"

"너무 잘해서 그대로 황천까지 갈 거 같잖아."

손님들이 들어오는 바람에 대화가 끊겼다. 이모가 안에서 요리를 하는 동안 바에 앉은 경후 삼촌에게 슬쩍 말을 걸었다. 며칠 전 회식 이후 줄곧 궁금했던 게 있었다.

"선배가 예전에 제 이야기를 했다면서요?"

"응? 아, 그랬지. 이나빈이 나한테 다혜 씨 얘기를 한 적이 있지."

"선배가 뭐라고 했어요?"

조 발표를 했던 이야기일까 했는데, 내 예상은 보기 좋게 빗나갔다.

"음……. 아마 복학하고 얼마 안 되어서였을걸? 9월이었나?"

"9월에요?"

그때 나빈과 나는 제대로 인사를 나눠 본 적도 없는 사이였다.

"응, 소냐랑 같은 강의를 듣는다고 그래서 난 처음에 외국인인 줄 알았잖아."

"소냐……."

나도 모르게 실소했다.

나빈이 내 이야기를 꺼낸 것은 9월 초였다고 했다. 복학 후 처음으로 아르바이트를 하러 온 날이었다. 라인을 연결하던 나빈이 갑작스럽게 한마디를 던졌다.

"아, 삼촌. 나 소냐랑 같은 강의 들어요."

"소녀가 누군데? 유학생이야?"

"아뇨. 왜, 예전에 학교에서 연극 봤다고 했잖아요. 입대 전에. 그때 소녀."

나빈이 말했다.

"아, 네가 좋다고 난리 쳤던 그 연극?"

예전에 어찌나 얘기했던지 삼촌은 나빈의 말을 바로 알아들었다고 했다. 나는 이 대목에서 창피한 나머지 이야기를 그만 듣겠다고 해 버릴 뻔했다.

"응, 그거요. 진짜 신기하지 않아요? 소녀랑 같은 강의라니."

"그때 팸플릿에 학과도 적혀 있었다며. 노문과라고."

그때도 같은 학과인 게 신기하다고 백 번쯤 이야기했다고 한다. 과장 아니냐고 물었더니 삼촌은 정색하며 사실이라고 했다.

엄마가 떠난 이후 나빈이 처음으로 무언가 다른 것에 관심을 보이는 게 반가워서 자꾸 들어 주다 보니, 어느새 백 번쯤 되어 버렸다는 거였다.

"너랑 같은 학과니까 같은 수업 듣겠지. 뭐가 신기해?"

삼촌이 심드렁하게 반응했다.

"그것도 희곡 강의에서 만났잖아요. 신기하죠?"

"연극하는 애니까 희곡에 관심 있는 거 아냐? 하나도 안 신기한데?"

"아, 삼촌은 진짜 사람한테 공감을 못 해 주네."

"이게 뭐 공감이 필요한 일이야?"

"아무튼 소녀한테 말 걸어 보고 싶은데……. 갑자기 가서 인사하면 이상하겠죠?"

"너 여자한테 먼저 말 걸어 본 적은 있냐?"

나빈은 고개를 좌우로 저었다.

"걔가 좋아? 관심 있어?"

가볍게 던진 질문이었는데 나빈은 꽤 오래 고민했다.

"그러니까, 전 그 사람 안에 뭐가 있는지가 궁금해요."

나빈의 진지한 답변에 삼촌은 잠깐 할 말을 잃었다.

"너 여자애 앞에서는 절대 그런 식으로 말하지 마라. 오해받아."

"아, 이상하게 들리나요?"

"엄청."

그날부터 나빈은 삼촌을 만날 때마다 한마디씩은 꼭 소녀의 이야기를 했다. 물론 아무 진전 없다는 내용이 다였다. 그때마다 삼촌은 두 가지 상반된 감정을 느끼곤 했다고 한다.

하나는 나빈이 학교에서 친구를 만들지 못하는 상황에 대한 걱정이었고, 다른 하나는 아직 여자애한테 가서 헛소리는 하지 않았다는 사실에 대한 안도감이었다.

"그래서 나는 나빈이가 이러다 계속 친구를 못 만드는 게 아닐까 고민했거든요."

그제야 삼촌이 나를 몹시 반가워한 이유를 알 것도 같았다.

"걔 어릴 때부터 또래들이랑 못 어울려서. 뭐, 사실 그래도 상관없지만."

"그게 왜 상관없어? 나는 항상 걱정이야."

서빙을 마치고 온 은미 이모가 끼어들었다.

"뭐 어때? 나랑 누나랑 잘 지내잖아."

"너랑 나랑만 잘 지내니 문제지. 솔직히 이나빈이 어떻게 평

163

생 우리랑만 살아. 사회에도 나가고 직업도 갖고 그래야지."

"사회를 왜 나가? 나랑 우리 회사에서 같이 일할 건데."

"넌 애 진로를 왜 멋대로 결정하냐?"

"내 눈앞에 있어야 계속 돌봐 줄 수 있잖아."

싸늘한 침묵이 흘렀다. 둘은 서로를 고집스럽게 노려보았다. 침묵을 깬 건 은미 이모의 한숨 소리였다.

"야, 이경후. 경희나 재환 씨는 나빈이가 평범하게 사회에 적응하고 살아가길 바랄 거야. 그걸 계속 도와주는 게 우리가 해 줄 일이고."

"아니. 우리 누나는 내가 무슨 수를 써서든 나빈이를 지키길 바랄 거야."

경후 삼촌이 곧바로 받아쳤다. 그의 눈빛은 불안하게 일렁이고 있었다. 속에 담긴 감정이 도저히 억눌러지지 않는 것 같았다.

"누나, 걔는 상처를 너무 많이 받았어. 혼자 두면 무슨 일이 일어날지 어떻게 알아? 나랑 같이 있으면 내가 어떻게든 해 줄 수 있잖아."

"이경후, 내가 너 그거 병이라고 했지."

"우리 누나 죽을 때 나 지방에 있었어."

"그게 경희가 죽은 거랑 무슨 상관인데? 네가 지방에 있었던 탓이라도 돼?"

"상관있지. 그게 아니었으면 막을 수 있었을 테니까."

"그래서 이나빈 때문에 지방 일들 다 거절하고 서울에 붙어 있냐?"

"뭐 어때. 어차피 나빈이 졸업하면 같이 다니면 돼. 돈은 그때 많이 벌어도 되잖아. 나한테 다른 게 뭐가 중요하겠어. 나빈이를 혼자 둘 수가 없는데. 안 그래? 혹시 무슨 일 있으면 바로 가야 하잖아……. 우리 누나도 이걸 바랄 거야. 안 그래, 누나?"

"이경후, 너 그거 병이라고."

"나도 알아!"

삼촌이 괴롭게 외쳤다. 손님들이 이쪽을 일제히 돌아봤다가 조용히 고개를 돌렸다.

"내가 이상한 거 안다고. 가끔은 나도 내가 미친 거 같아……."

그는 자신의 머리를 감싸 쥐고 몇 번 심호흡을 했다. 그러더니 나를 향해 간신히 미소를 보였다.

"그래. 지금 우리끼리 싸울 일은 아니지. 아, 나빈이 복학할 때 그렇게 싸워 놓고 또 이러네. 다혜 씨, 미안해요. 다혜 씨 앞에서."

"전 괜찮아요."

나도 그를 향해 작게 미소를 지었다.

"그때도 경후 너는 복학하지 말라고 난리였잖아. 그치만 봐. 가서 친구도 생겼잖아."

이모가 내 어깨를 툭툭 쳤다.

"하긴, 누나 말이 맞았지."

놀랍게도 경후 삼촌은 그 말에 확실히 진정된 것 같았다.

"맞아. 그때 안 보냈으면 다혜 씨랑은 못 만났겠지. 그런 걸 보면 누나 말이 맞긴 했어."

때마침 새로운 손님들이 들어온 바람에 그 대화는 거기서 멈췄다.

오늘 음악 선곡은 경후 삼촌이 했다. 덕분에 나는 일을 좀 덜었다. 틈틈이 바를 청소하며 삼촌과 대화를 나누다 보니 어느새 마감 시간이 됐다. 막 씻은 유리잔들을 가져와 이모와 함께 마른 천으로 닦았다. 삼촌은 홀로 맥주를 마시고 있었다. 스피커에서는 그가 고른 재즈 음악이 흘러나왔다. 나도 이제는 귀에 익은 음악이었다.

"버드 파웰이네요."

"아네?"

내 말에 삼촌이 반가운 듯 반응했다.

"일하면서 들었어요. 한번 들은 음악은 정리해 두거든요."

나는 바 한쪽에 놓아둔 메모지를 보여 주었다. 벌써 한 묶음을 다 썼다.

"재밌네."

삼촌이 메모지를 들춰 보며 웃었다. 곡이 다음 트랙으로 넘어갔다. 그는 메모지를 돌려준 후 은미 이모를 향해 말했다.

"아, 근데 누나. 현아 누나 연락 왔다."

잔을 닦던 이모의 손이 주춤했다. 나도 시선을 들어 삼촌을 보았다.

"현아? 걔가 너한테 연락을 왜 해?"

"올해 말에 한국 들어온다고. 공연할 거라고 음향 잡아 달래."

"어, 네가 제일 잘하지."

"아, 그게 중요한 게 아니라 현아 누나가 공연을 한다고."

"누구랑 한대?"

"미국에서 같이하는 사람들 있나 봐."

"잘됐네."

이모가 시큰둥하게 대꾸했다. 현아라는 이름이 나온 순간부터 그녀는 기분이 좋지 않아 보였다. 되도록 이 이야기에는 끼지 말아야겠다고 다짐하기 무섭게 삼촌이 내게 물었다.

"아, 다혜 씨는 현아 누나 모르죠?"

"네."

"우리 누나랑 은미 누나랑 같이 음악했던 피아니스트예요."

"아……. 그러시구나."

나는 눈길을 내리고 열심히 잔을 닦았다. 예전에 위키피디아에서 읽은 기억이 난다. 드러머의 죽음 후 애프터 바이올렛 트리오는 활동 중지 상태라고. 누군가는 그것을 '사실상 해체'라고도 불렀다.

"우리 누나 일 있고 얼마 안 있어서 미국으로 갔어요. 가서 한동안은 솔로 하다가……."

"걔는 건반 치는 게 세상에서 제일 중요한 애였어."

이모가 차갑게 말을 끊었다. 삼촌은 남은 술잔을 비운 후 은미 이모를 빤히 바라보았다.

"그럼 누나는?"

"내가 뭐?"

"누나한테 음악은 안 중요해?"

"뭐래."

"누나는 이제 다시는 연주 안 하는 거야?"

"말했잖아. 경희가 없으면 안 하겠다고."

"그게 영영 안 하겠단 소리지."

이모는 대꾸하지 않았다. 날 선 분위기에 숨을 삼켰다. 당장이라도 무언가 폭발할 것처럼 아슬아슬했다.

"이제 그만 좀 하자. 그만하고 누나 인생 살 때도 됐잖아."

삼촌의 입에서 그 말이 나왔을 때였다. 이모는 잔을 내려놓고 바를 나갔다. 그리고 삼촌에게 다가가 억지로 그의 멱살을 잡고 일으켰다. 내가 말릴 틈도 없었다. 그녀는 그대로 그를 벽으로 밀어붙였다. 그는 반항 하나 없이 그녀의 손에 끌려갔다.

"야, 이 새끼야, 다시 한번 말해 봐. 뭘 그만하라고?"

경후 삼촌의 몸이 벽에 쿵 부딪혔다. 말려야 하는데, 나는 어쩔 줄 모르고 둘 근처로 다가가 입술만 달싹였다.

"저거."

삼촌은 구석의 콘트라베이스를 가리켰다.

"쟤 불쌍하지도 않아? 지하는 악기한테 안 좋아."

그는 쓰게 웃으며 이모를 내려다보았다.

"악기 연주자한테도 안 좋고. 알아?"

"경희가 없는데 내가 왜 다시 연주를 해."

"하, 씨발……."

삼촌은 낮게 욕설을 뱉은 후 멱살을 쥐고 있던 그녀의 손을 떼어 냈다.

"이 손이 아까워서. 내가 너무 아까워서."

그는 세밀한 공예품을 만지듯 조심스럽게 이모의 손가락을 더듬었다.

"우리 누나 일에 누구보다 얽매여 있는 사람, 그거 누나야. 알아? 내가 병이면, 누나도 병이야."

"개새끼가……."

"나 누나 연주 다시 듣는 게 소원이야. 그런데도 안 돼?"

이모는 아무 대답도 하지 않았다.

"하긴. 내 말이 무슨 소용이 있겠어. 어차피 누나는 우리 누나밖에 생각 안 하는데. 내가 무슨 생각을 하든, 어떤 기분을 느끼든, 그게 누나한테 무슨 의미가 있겠어."

삼촌의 언성이 올라갔다. 목소리가 커질수록 분위기는 점점 가라앉아서, 이 작은 술집이 깊은 지하로 빨려 들어가는 느낌이 들었다.

"그날 이후로, 누나 인생에는 우리 누나밖에 없잖아. 그날 이후로 내 인생에도, 나빈이 인생에도 우리 누나밖에……."

격앙되어 가던 음성이 한순간에 툭 꺾었다. 그는 잡고 있던 그녀의 손을 놓았다. 그리고 자리로 돌아와 의자에 걸쳐 뒀던 외투를 집어 들었다.

"나 간다. 다신 안 올 거야."

삼촌은 그 말을 남기고 나가 버렸다. 이모는 그를 잡지 않았다. 도어 벨이 오늘따라 아주 길게 울렸다. 장송 미사를 알리는 성당의 종소리처럼.

정신이 퍼뜩 들었다.

"저 잠시만 나갔다 올게요."

"오늘은 퇴근해. 내일 보자."

"어……."

"가. 괜찮으니까."

이모는 어서 나가 보라는 손짓을 했다.

"내일 올게요."

나는 외투를 챙기고 바로 뛰어나왔다. 이모가 일당을 챙겨 주려 했지만 급한 마음에 내일 받겠다고 했다.

다행히 멀지 않은 곳에 아직 경후 삼촌의 뒷모습이 보였다. 주홍 불빛이 눈 위의 발자국을 비추었다.

"삼촌!"

나는 큰 소리로 그를 불렀다. 경후 삼촌은 뒤를 돌아보더니 내 모습을 보고 좀 놀란 듯했다. 그를 그렇게 불러 본 것은 처음이었던 것이다.

그가 내 쪽으로 다가왔다.

"다혜 씨, 무슨 일이에요? 아직 일하던 거 아니에요?"

"퇴근했어요."

"나한테 할 이야기 있어요?"

그는 희미하게 미소를 띠었다.

"그게, 걱정돼서……."

"그러게. 미안해요. 불편했죠? 우린 어른이 못 되나 봐. 다혜 씨 앞에서 싸우기나 하고."

"아뇨, 사과하실 필요는 없는데……."

"누나랑 난 서로 만나면 안 되나 봐요. 3년째 항상 이래. 서로 자꾸만 나쁜 말을 하게 돼. 자꾸만 상처를 주게 되고. 잘해 보고 싶은데 잘 안 돼."

그의 눈가가 가볍게 젖어 있었다. 나보다 한참 연상의 남자가 우는 모습을 본 건 처음이었다. 원래도 우는 사람을 달래지 못했지만, 지금은 더 어쩔 줄을 몰랐다. 기껏 따라와서 나는 한심하게 우물쭈물 말만 고르고 있었다.

"아, 나빈이 오네. 들어가 봐요. 나 걱정할 거 없으니까."

힐끗 뒤를 돌아봤다. 멀리서 나빈의 모습이 보였다. 시간이 없었다. 나는 서둘러 말을 꺼냈다.

"저기, 오늘 선배 어머니 방 청소를 했어요."

"아……."

삼촌은 물끄러미 나를 내려다보았다.

"그 방문을 열었어요?"

이윽고 그가 갈라진 목소리로 물었다.

"네."

"다혜 씨가 열었겠네요."

그는 어째서인지 그렇게 확신하고 있었다.

"나빈이는 그 문을 못 열어요. 그 애는 열 수가 없어."

"그치만 선배가 열고 싶다고 했어요. 몇 번이나 물었는데 계속 열고 싶다고 해서……. 그러니까 선배의 의지가 없었다면 전절대 열지 않았을 거예요."

"오래전부터 열고 싶어 했겠지."

삼촌이 낮게 중얼거렸다.

"우리 중엔 아무도 그 일을 도와줄 수 있는 사람이 없었고."

그 말은 어쩐지 자책처럼 들렸다.

"그래서 다혜 씨가 와서 다행이라 생각해요."

"저는, 아무것도 모르니까요. 모르니까……."

모르니까 쉬웠던 거라고 생각했다. 삼촌이 입꼬리를 부드럽게 올렸다.

"아무것도 모르는 건 아니지."

"그러니까 삼촌도……."

쉽게 다음 말을 찾지 못해 머뭇거렸다.

"삼촌."

뒤에서 나빈의 목소리가 들렸다. 자연스럽게 우리의 대화는 거기서 끝났다.

"왔으면 나한테도 연락 좀 하지."

나빈이 서운한 듯 말했다.

"다음에 연락할게. 한동안 일 없으니까."

"행사 다 날아간 거예요?"

"어, 그렇게 됐어. 그 자식들 다 무슨 변덕인지 모르겠네."

"삼촌 어디 밉보인 거 아니에요? 싸웠어요?"

"싸우긴 내가 누구랑 싸워. 난 남들이랑 안 싸워."

방금까지 이모랑 싸우고 나온 사람이 하는 말치곤 좀 뻔뻔했
다.

"아무튼 일 잡히면 말해 줄게. 좀 휴가라고 생각하지, 뭐. 다
혜 씨, 다음에 또 봐요."

"네."

"얘기해 준 거 고마웠어요."

삼촌은 짧게 손을 흔들고 먼저 길을 빠져나갔다.

"무슨 일 있었어요?"

나빈은 그가 충분히 멀어진 후 물었다.

"아, 이모랑 싸우셨어요. 좀 격하게 싸우시더라고요."

"너무 신경 쓰지 마세요. 원래 둘이 자주 다투니까."

"다신 안 오신다던데요."

"아, 그 말도 자주 해요."

나빈은 그다지 대수롭지 않다는 태도였다. 정말 괜찮은 건가
싶었다. 삼촌이 했던 말이 머릿속을 맴돌았다.

"그날 이후로 누나 인생에는 우리 누나밖에 없잖아. 그 이후로

내 인생에도, 나빈이 인생에도……."

왜일까.

왜 산 사람은 죽은 사람을 이기지 못할까.

지상에 남은 것은 우리인데, 왜 지상에서 더 큰 자리를 차지하고 있는 것은 떠난 사람들일까.

미련 때문일까. 미안함 때문일까.

그런 종류의 상처는 망각을 허락하지 않는다. 어쩌면 진정으로 한 죽음을 잊을 수 있는 것은 망자 자신뿐일지도 모른다.

"다혜 씨?"

나빈의 목소리에 정신을 차렸다. 우리는 함께 눈길 위를 걷고 있었다. 문득 뒤를 돌아보니 나빈과 내 발자국이 나란히 찍혀 있었다. 그리고 저편으로 멀어져 간 다른 발자국 하나도 보였다.

"죄송해요. 잠시 딴생각했어요."

"아, 이모랑 삼촌이랑 싸운 게 혹시 엄마 때문이냐고 물어봤어요."

정직하게 대답해도 될지 몰라 잠깐 망설였지만, 어차피 나빈은 이미 답을 알고 있으리란 생각이 들었다. 거짓말을 한들 의미가 없었다.

"네."

"또 그랬구나."

나빈이 한숨 섞인 음성으로 중얼거렸다. 우리는 말없이 눈길을 걸었다. 눈이 온 다음이어서인지, 새벽인데도 날이 포근하게 느껴졌다.

이대로 겨울이 가는 걸까, 그런 생각을 했다.

집에 돌아온 후, 곧바로 뜨거운 물로 샤워를 했다. 샤워를 마치고 방으로 돌아가려는데 나빈이 물었다.

"다혜 씨, 바로 주무실 거예요?"

"아뇨. 왜요?"

"그럼 맥주 한 캔 남은 거 나눠 마시고 잘래요?"

"좋아요."

내가 나간 후 나빈은 집 정리를 좀 더 한 모양이었다. 열린 문을 통해 보니 세 번째 방은 아까보다 훨씬 깔끔하게 정리되어 있었다.

아일랜드 식탁에 앉아 맥주를 유리잔에 나눠 따랐다. 우리는 은은한 조명 하나만 켜 두고 서로를 마주 보았다.

"두 사람이 싸워서 놀랐겠어요."

잔을 가볍게 부딪친 후 나빈이 말했다.

"아, 좀 당황하긴 했는데. 그래도 이해 안 가는 건 아니니까요."

"다들 그냥, 아직 그때 기억에서 못 벗어나는 거예요."

나빈이 쓴웃음을 지었다.

"어떻게 잊겠어요. 그런 일은 절대 잊을 수 없어요."

내 말에 그는 시선을 내리고 맥주를 한 모금 마셨다. 그는 입가에 묻은 거품을 살짝 핥았다.

"그런가요? 다들 그러잖아요. 산 사람은 살아야 한다고."

살아야 한다는 게 꼭 망각을 의미하는 것은 아니라고 생각했다. 망각은 인간이 가진 가장 편리한 능력이긴 했지만, 안타깝게도 우리가 자유자재로 운용할 수 있는 것은 아니었다.

"완전히 잊을 수는 없을 거예요. 기억의 방식이 바뀌는 것뿐이지."

"바뀌어요? 어떻게요?"

나빈이 물었다. 이번에는 나도 잠시 뜸을 들였다. 오늘 이모와 삼촌의 대화를 들으며 얼핏얼핏 생각했던 것들이 언어의 형태로 뭉쳐지기까지 시간이 필요했던 것이다.

"필요한 건 망각이 아니라 용서예요. 자기 자신을 용서해야 해요."

기억을 없앨 수는 없었다. 할 수 있는 건 자책을 그만두는 것뿐.

"그런데 용서가 쉽지 않을 거예요."

내가 이어 말했다.

"왜냐면 사실은, 정말로 잘못한 건 없거든요. 그러니 용서도 쉽지 않은 거예요. 대체 뭘 용서해야 할지도 모르니까……. 그래도 용서해야 해요. 그래야 기억이 기억으로 남으니까요."

"내가 그래도 돼요?"

구슬프게까지 들리는 질문에 나는 미소로 답했다.

"당연하죠."

나빈은 그 문을 열었다. 이제 선배는 차츰 자신을 찾아가겠지. 지나친 욕심이 아니라면, 나도 그의 곁에 머물며 나를 찾아가고 싶었다.

"이모랑 그런 이야기를 했어요. 사람이 죽는 거, 살 이유가 없어서가 아니라 살 방법이 없어서라고. 선배, 그런데 나는 이제까지 이유도 방법도 없었어요. 아무것도 없었어."

아늑한 실내등이 둘 사이를 부드럽게 물들였다. 이 순간만큼은 우리는 블루가 아닌 것 같았다. 하지만 선뜻 우리가 무슨 색상이라 이름을 붙일 수도 없었다.

"그래서 방법을 찾아보기로 했어요. 살아갈 방법."

나는 입술을 살짝 깨물었다. 다음 말을 내뱉기 전에 마지막 망설임이 찾아왔다. 하지만 여기서부터 망설인다면 어떤 일도 할 수 없을 거란 생각이 들었다.

"일단은……. 일단은 연극을 다시 해 보려고요. 그게 살아오면서 내가 가장 좋아했던 일이니까."

"잘됐네요."

나빈은 마치 자신의 일처럼 기뻐했다.

"언젠가 제가 연출한 공연을 올려 보고 싶어서요."

"다혜 씨는 분명히 많은 사람들의 마음을 움직일 거예요."

"설마요. 전 제 마음도 어떻게 못 하는데."

"아뇨, 분명 그럴 거예요."

그는 확신에 찬 어조로 말했다. 좀 쑥스러운 기분이 들어 남은 맥주만 홀짝였다.

"제가 꼭 첫날에 갈게요."

나빈이 환하게 웃었다.

"안 돼요. 첫날 말고 며칠 지난 후에 오세요. 첫날은 엉망일 수도 있으니까."

"맨 앞줄에 앉을 거예요."

"그건 그때 가서 생각하세요. 첫 줄이 목 아프고 안 보일 수도 있잖아요."

"꽃다발은 사 가도 되는 거죠?"

"뭐……. 꽃다발보다 먹는 게 더 좋긴 한데."

문득 책상 가장 아래 서랍에 들어 있던 마른 꽃다발이 떠올랐다. 그 꽃다발의 의미는 무엇이었을까. 너는 하루하루 말라 가는 꽃을 보며 무슨 생각을 했을까.

그때 나빈의 말이 들려왔다.

"저 얼마 전에 대표님이 연락 왔어요."

"대표님이요?"

"예전에 회사요."

"아……."

나빈을 스카우트 했었다는 그 사람을 말하는 것 같았다.

"음, 내년이면 우리 팀이……. 그러니까 그 팀이 10주년이 되니까 기념 앨범을 낼 건가 봐요. 곡 하나 만들어 줄 수 있냐고 해서."

"선배한테요?"

"네. 근데 거절했어요."

"왜요?"

안타까운 기분에 물었다.

"뭐, 안쓰러운 마음에 맡기는 거면 그런 건 싫고."

"그건 아니겠죠. 훨씬 냉혹한 곳 아니에요?"

연민 같은 걸로 일을 맡긴다는 건 말이 안 된다고 생각했다.

"뭐, 그건 그렇죠……. 근데 괜히 제가 끼어들었다가 형들에게 피해가 갈까 봐 걱정되기도 하고요."

그는 복잡한 표정으로 잠깐 말을 끊었다.

"그리고 음악에 관련된 건 하고 싶지 않아서요. 이젠 나한테 아무 의미도 없는 일이고, 사실 괴로운 기분이 더 많이 들어요.

그래서 앞으로도 꼭 같은 건 안 만들 거예요."

나빈의 뜻이 그렇다면야 어쩔 수 없는 일이라 생각했다. 지나온 길이 아니라도, 그가 갈 길은 얼마든지 있을 테니까.

"저는 좋다고 생각해요."

내가 말했다.

"선배가 어떤 일을 하든…… 그냥 선배가 원하는 대로 하면 된다고 생각해요."

내 말에 나빈이 싱긋 미소 지었다.

"다혜 씨는 좀 다르네요. 보통은 해 온 게 아깝다고들 하던데. 언제까지 그렇게 헤맬 거냐고 묻기도 하고."

웃고 있는데도 그는 어딘가 우울해 보였다.

"저도 남들이 보기엔 제가 좀 한심한 거 알아요. 그냥 아무 목적도 없고, 뭘 해야 할지도 모르니까……."

이상한 일이었다. 그의 말을 듣고 있으니, 우리가 있는 집이 작은 배처럼 느껴졌다. 망망대해에 떠 있는 배. 항로를 잃어버린 배.

"오디세이아."

생각이 미처 다 정리되기도 전에 단어부터 흘러나왔다.

"기억나요? 선배가 전에 그랬잖아요. 오디세우스는 목적지가 있으니까 돌아갈 수 있었을 거라고."

기억하는 걸까. 나빈은 그저 내 다음 말을 기다리고 있었다.

"그런데 선배는 표류하는 거 같다고 했잖아요."

"그랬죠."

그가 작게 대답했다.

"그런데 제 생각엔……. 딱히 목적지나 갈 곳은 몰라도 둘이서 같이 방황하면, 그건 여행 같지 않을까요? 그러니까……."

나는 말을 더 잇지 못하고 고개를 숙였다. 생각한 말들을 다 하기엔 무언가 부끄러웠던 것이다.

아일랜드에 올려 둔 내 손가락 위로 그의 손가락이 가볍게 올라왔다. 손가락만 조금 겹쳐 둔 것뿐인데도 그에게 무언가를 약속받은 듯한 기분이 들었다.

이 순간에도 우리를 실은 작은 배는 너울대며 2월의 새벽을 헤쳐 가고 있었다.

나는 가만히 그의 체온을 느끼며 속으로 애틋한 무전을 보냈다.

그런데 말이야, 둘이서라면 우리 같은 사람들도 이 별에 오래오래 머물러도 좋지 않을까. 갈 곳이 없어도, 내내 방황해도. 둘이서 하는 방황은 여행이니까. 헤매도 서럽지 않고, 떠돌아도 피로하지 않을 거야.

서로만 있다면.

그러니 당신, 이 별에 오래 머물러. 표류해도 좋으니 난파되지 말아 줘.

05
✦

빛의
잔
해

혹한은 방심하고 있을 때 찾아온다. 계절은 늘 인간과 밀고 당기기를 좋아해서, 어제까지는 겨울이 가나 싶었더니 오늘은 또 갑자기 찬 바람을 몰고 나타났다.

갑작스러운 추위에 덜덜 떨며 가게에 도착했다. 본격적인 오픈 전에 양해를 구하고 밖에 나와 류태연 연출에게 전화를 걸었다. 통화 연결음이 몇 번 울린 후, 그녀가 전화를 받았다.

—다혜 씨, 잘 지냈어? 무슨 일이야?

"연출님, 지금 통화 가능하세요?"

—응. 괜찮아.

"지난번에, 올해 말에 바냐 삼촌 올리신다고 하셨잖아요."

—응.

"혹시 조연출, 정해졌나요?"

조심스럽게 물었다.

―아, 조연출……. 조연출은 이미 할 친구가 있긴 해.

어느 정도 예상했던 바였다.

―그런데 다혜 씨, 다혜 씨는 관심 있는 게 연출이야?

"네."

―그럼 나랑 같이 일하면 좋긴 할 거 같은데. 다른 극단이라도 관심 있으면 내가 다음에 말해 줄 순 있는데, 그 이야기를 할 단계는 아닌 거 같고. 뭐, 자리 하나쯤은 만들기 나름이잖아? 아직 시간 있으니까 어떻게 할지 이번 봄에 같이 생각해 보자고. 아, 나 안 된다고 한 거 아니다? 알지? 된다고 한 거야.

"네."

웃음이 나왔다. 그녀와 몇 마디 안부를 더 주고받은 후 조만간 술 한잔하자는 말로 통화를 마쳤다.

11시 무렵이 되자, 이모는 가게를 먼저 비우겠다고 했다. 오늘 그녀는 무언가 다른 생각에 잠긴 것처럼 내내 멍했다.

"이경후랑 만나야 하지 않을까 싶어서. 그 개자식, 어제 계산도 안 하고 갔잖아."

이모의 말에 웃음이 나왔다.

"네, 잘 화해하시고 오세요."

"화해가 아니라 돈 받으러 가는 거야."

이모가 미간을 잔뜩 찌푸렸다.

"아무튼 혼자 가게 봐도 괜찮겠어? 그냥 닫을까?"

"신경 쓰지 마시고 다녀오세요. 제가 가게 볼게요."

아직 가게를 닫기에는 다소 이른 시간이었다. 손님들도 두 테이블 남아 있었다.

"그럼 나빈이 불러서 오늘 좀 도와 달라 할까?"

"아뇨. 혼자 해도 충분할 거 같아요. 평일이잖아요."

"그럼 무슨 일 생기면 바로 나한테 전화해. 근처에 있을 테니까. 2시 전이라도 손님 없으면 문 잠그고 가고."

"요리는 어떻게 해요?"

"들어왔을 때 어려운 건 안 된다고 미리 양해를 구하고, 되는 메뉴를 알려 줘. 간단한 건 저번에 알려 줬으니 할 수 있지?"

"네."

이모는 나갈 준비를 마치고 내게 가게 열쇠를 맡겼다.

"아, 그리고 어제 일 말인데. 이경후가 이유 없이 나빈이한테 간섭하는 건 아냐. 그냥 걔는 무서운 거야. 조카까지 없어질까 봐."

"알아요."

"우리 그냥 다…… 겁에 질려서 우왕좌왕하는 거야. 나도, 경후도, 이나빈까지. 경희를 잃고 나서 쭉 이래."

그녀가 씁쓸하게 웃었다. 그러더니 내 어깨를 툭 쳤다.

"다혜. 진짜 오늘 혼자 할 수 있겠어?"

"네."

"넌 애가 못 하는 게 없어."

"못 하는 거 많아요."

"그래도 항상 열심히 해 보려고 하잖아."

이모의 말에 순간 멈칫했다.

"왜 그래?"

내 표정이 어지간히 이상했는지 이모가 물었다.

"그냥 그런 말을 처음 들어봐서요."

너는 애착이 없어. 솔직히 네가 노력으로 얻은 게 뭐가 있니?

전부 우리한테 받은 거지.

이런 말만을 이골 나게 들어 왔다. 늦은 새벽까지 러시아어 단어를 외워도 부모님은 그걸 노력이라 생각지 않았다. 그 정도는 그들이 살아온 치열한 시간에 비하면 여흥으로 보였던 것이다.

"난 또. 내가 뭐 잘못 말한 줄 알았잖아. 아무튼 가게 닫고 나서 문자 한 통 주고."

이모는 크게 걱정하지 않는 듯 가게를 떠났다.

처음이었다. 이모 없이 이 가게에 남은 건. 그래도 딱히 걱정되진 않았다. 나도 이제는 평일 몇 시간 정도는 혼자 가게를 볼 정도로 능숙해졌다. 다행히 오늘은 손님들도 무던했다. 계속해서 신청곡을 부탁하는 손님이 있어 레코드판을 찾느라 애를 먹었지만, 그 정도는 별 문제도 아니었다.

처음으로 가게를 맡은 것치고는 꽤 괜찮은 것 같다고 자평했다.

자정이 넘어가는 시각, 불청객 하나가 방문하기 전까지는.

바에 앉아 유리잔을 닦고 있을 때였다. 남은 손님들은 한 테이블이었고, 그나마도 곧 떠날 분위기였다. 그때 도어 벨이 울렸다. 아마 이번이 마지막 손님이겠거니 하고 고개를 들었다.

들어온 남자의 얼굴을 보자마자 저절로 인상이 구겨졌다. 가게에 남은 손님들만 아니었다면 당장 꺼지라고 소리라도 질렀을 것이다.

"오랜만입니다, 서다혜 씨. 뭐 하고 사나 궁금했는데 이런 데서 일하시는군요."

김 변호사가 다가와 인사했다. 나는 바 너머로 그를 노려보았다.

"스토커예요?"

"이런 건 스토킹으로 인정되지 않습니다, 다혜 씨."

"그게 아니면 여긴 어떻게 찾아낸 건데요?"

"질문이 틀린 것 같습니다. 왜 다 알고 있으면서 이제야 찾아왔냐고 물으셔야죠."

뻔뻔한 태도에 기가 찼다. 나는 울컥하는 것을 억누르고 가만히 그를 노려보았다.

"변호사님 같은 사람을 스토커라고 해요. 알아요?"

"제가 뭘 했다고 그러시는지 모르겠네요."

그가 어깨를 으쓱했다.

"그날 주차장에서 저랑 선배 사진 몰래 찍어서 엄마한테 보냈던 거 변호사님이잖아요. 학원 빠졌다고 일러바친 것도."

아무리 생각해도 그런 짓을 할 인간은 이 남자뿐이었다. 김 변호사는 얼굴색 하나 변하지 않고 태연하게 대꾸했다.

"애초에 그 학원에 아는 분이 있어 다혜 씨를 지켜봐 달라 말했던 것뿐이고, 주차장에서 우연히 발견하게 된 모습을 대표님께 보고드렸을 뿐입니다. 제가 뭘 잘못했는지 모르겠군요. 잘못을 한 건 다혜 씨 아닙니까?"

그는 잠시 말을 끊고 자신의 손목시계를 확인했다.

"가게가 2시에 닫는 걸로 알고 있으니 시간은 넉넉하네요. 아무튼 그동안 다혜 씨도 여러 가지 생각을 해 봤을 법한데요."

김 변호사는 코트를 벗은 후 바 앞의 높은 의자에 앉았다. 그는 내 손에 있던 휴대폰을 힘으로 뺏었다.

"지금 뭐 하시는 거예요?"

손님들 때문에 목소리를 억지로 낮췄다.

"쓸데없는 짓 하면 곤란하잖아요. 대화가 끝나면 돌려드릴 테니 걱정 마시죠. 아, 물론 녹음돼선 안 될 정도의 이야기를 할 건 아니지만."

김 변호사는 내 휴대폰을 자신의 양복 재킷 윗주머니에 넣었다.

"여긴 어떻게 찾은 거예요?"

"애초에 못 찾을 거라 생각하는 게 이상한데요. 서다혜 씨가 어디에 있든 저희는 찾아낼 수 있습니다. 소재는 한참 전에 확보해 뒀지만, 그냥 다혜 씨가 혼자 있는 시간을 기다린 겁니다. 누가 우리 대화에 끼어들면 곤란하니까요."

"변호사님과 대화할 생각 없어요."

김 변호사는 내 말을 듣는 것 같지 않았다. 그는 나를 삐딱하게 바라봤다.

"그래서 그동안 엘리랑은 즐겁게 지냈습니까?"

"선배 얘기하지 마세요. 아무 상관없으니까."

"아무 상관없는 여자를 데리고 살진 않겠죠. 그동안 두 사람이 어떻게 지냈을지는 안 봐도 알 것 같은데요."

"뭔가 잘못 생각하시는 것 같은데요. 전에도 말씀드렸지만 선배랑 저는 그런 사이가 아니에요."

"별로 효용 없는 변명을 하시네요. 서다혜 씨가 그런 게 하루이틀 일도 아니고, 이제 와서 저한테는 큰 흠으로 여겨지지도 않습니다. 물론 다른 남자들에게는 흠이겠지만, 저는 신경 쓰지 않거든요."

"제가 뭘 어쨌는데요?"

"알아듣기 쉽게 말하자면, 싸게 놀지 않습니까."

손님들만 없었다면 손에 들고 있던 유리잔을 던져 버렸을 것이다.

　유감스럽게도 아직 가게에는 손님들이 있었다. 이모는 나를 믿고 가게를 맡기고 나갔다. 참아야 했다.

　나는 혼자서도 잘 해내고 싶었다. 부모와 집을 떠나 내 힘으로 세상을 헤쳐 나갈 방법을 차근차근 하나씩 배워 나가고 싶었다.

　그러기 위해서는 우선 홀로 생존할 수 있는 사람이 되어야 했다.

　생존한다는 것은 참는 것이다. 이런 상황에서도 참는 것. 유리잔을 던지고 소리 지르지 않는 것.

　"하기야 아무 능력도 없고 기술도 없는 다혜 씨가 집을 나와서 할 수 있는 일이 뭐가 있겠습니까? 그저 사람들의 호의에 기대어서 근근이 살아가는 것뿐이죠."

　김 변호사가 빈정거림을 이어 갔다.

　"그런데 그 호의가 그 사람들에게 치명타로 돌아온다면, 그때도 그 사람들이 다혜 씨를 감싸 줄까요? 가족도 아니고 친척도 아닌 다혜 씨를?"

　"무슨 짓을 하시려는 거예요?"

　"사실 이딴 가게 부숴 버리는 건 일도 아니지만……. 의원님과 대표님 명성에 누가 되지 않도록 조용하고 합법적으로 대화를 해 볼까 합니다."

　김 변호사는 고개를 들어 천장을 살펴보았다.

　"역시 없네요. 스프링클러. 지하층에는 면적과 상관없이 설치해야 합니다. 소방법 위반이군요. 벌금은 물론이고 영업 정지 처분도 뒤따르겠죠. 들어오는 길에 보니 문도 방화문이 아니던데요. 이것도 소방법 위반입니다. 아, 그리고 부엌은 안 들어가 봤지만 식품 위생 점검에 들어가면 어떻게든 잡아낼 게 있겠죠."

"협박하시는 건가요?"

"저는 법적인 사실들을 알려 드리는 겁니다. 그런 일이 생기면 타격이 클 테니, 조심하라는 의미에서요."

김 변호사는 시종일관 조소를 띠고 말을 이었다.

"이를테면 뭐, 그런 일도 가능하다는 겁니다. 그런데 그게 다 다혜 씨 때문에 일어난 사실이란 걸 알면, 그때도 강은미 씨가 다혜 씨를 지금처럼 대할까요?"

이모의 이름이 나오는 순간 팔뚝에 소름이 돋았다.

"변호사님."

"아 참, 이경후 씨는 난처하게 됐군요. 요즘 일이 많이 끊겼다죠."

"네?"

머리를 한 대 얻어맞은 것 같았다.

"다른 건 몰라도 이경후 씨와 어울리는 건 정말 참아 줄 수 없더군요. 공고나 겨우 나온 양아치가 다혜 씨 근처에 얼쩡거리는 게 불쾌해서요."

김 변호사의 음성에서는 진심 어린 경멸이 묻어났다. 그 말을 듣는 순간 손이 떨렸다.

"그분은 좋은 분이에요. 당신이랑 달리."

"엘리는 그나마 다혜 씨랑 같은 학교이기라도 하지. 수준 떨어집니다. 부모님이 얼마나 마음 아파하시는 줄 압니까?"

"수준……."

헛웃음이 나왔다.

"요즘 일이 많이 한가하신가 봐요. 그런 개소리나 하려고 여기까지 오신 거 보면."

"한가하진 않습니다. 그래서 다혜 씨가 빨리 협조적으로 나왔으면 하는 거죠."

그는 한마디도 지는 법이 없었다.

"사람 마음은 비열합니다, 서다혜 씨. 남은 결국 남이에요. 세상 끝까지 남는 건 핏줄로 연결된 가족밖에 없습니다."

"그렇게 따지면 변호사님과 저도 결국 남인데요. 여기서 왜 시간 낭비를 하시죠?"

"핏줄 다음으로 강력한 것은 이해관계죠. 저와 장 대표님 혹은 저희 아버지와 서 의원님같이 말입니다. 그리고 저와 서다혜 씨도 그런 관계를 맺게 될 겁니다."

"글쎄요. 제가 원하는 걸 변호사님은 주실 수 없을걸요."

"다혜 씨가 원하는 게 뭡니까?"

김 변호사는 무심코 바에 팔을 올리려다 멈칫했다. 그는 손수건을 꺼내 바를 슥 닦은 후 그것을 발 아래 휴지통에 던졌다.

"설마 이런 게 서다혜 씨가 원하던 거였습니까? 이렇게 구질구질한 자유가요?"

그의 입가에 노골적인 비웃음이 번졌다.

"지금부터 서다혜 씨 주변의 사람들을 하나씩 쳐 낼 겁니다. 그럼 서다혜 씨도 진짜 세상이 얼마나 냉혹한 곳인지를 알게 되겠죠. 그리고 돌아올 곳은 가족 품뿐이라는 것도 말입니다."

마지막 말에 숨이 확 막혔다. 정신을 차리려 주먹을 꽉 쥐었다.

"다혜 씨가 지금 누린다고 생각하는 자유, 그건 사실 자유가 아니에요. 제 손을 잡으면 진짜 자유가 뭔지 알게 될 겁니다. 매일같이 일할 필요도 없고, 하고 싶은 일만 하고 살고, 구차하게 지폐 한 장 한 장 세어 가며 쓸 필요 없는 진짜 자유요."

"죄송하지만 전 변호사님과의 거래가 필요 없어요. 제 삶을 시작하게 해 주신다고 하셨는데, 전 이미 제 삶을 시작했거든요."

"이런 밑바닥을 시작점이라 말하고 싶습니까?"

"그쪽 옆이 더 밑바닥이에요. 꺼져요. 지금 같이 있는 것만으로도 정말 시궁창에 처박힌 거 같으니까."

김 변호사는 내 말에 기가 찬 듯 코웃음을 쳤다.

"예, 뭐 어차피 서다혜 씨는 돌아올 수밖에 없을 테니까요. 마지막으로 다혜 씨를 아끼는 마음에서 제가 충고 하나 하죠. 이건 변호사가 아닌 오빠로서 하는 충고이니 새겨들으세요."

오빠라는 단어가 너무 같잖아서 픽 웃어 버렸다.

"엘리를 너무 믿지 마시죠, 서다혜 씨. 다혜 씨를 위해 아무것도 희생하지 않는 남자에게 목매지 말라는 겁니다."

"선배는 절 충분히 많이 도와주고 계세요."

"그거야 다혜 씨 하나 데리고 있는 게 어려운 일도 아니니까요. 그 집에서 다혜 씨가 지내는 게 엘리에게 무슨 부담이나 되겠습니까? 밖에서 여자들이랑 노는 것보다 싸게 들 텐데. 금전적으론 이득이네요."

김 변호사는 표정 하나 변하지 않은 채 모욕적인 말들을 늘어놓았다.

"그래서 두 사람 관계가 뭡니까? 결혼이라도 약속했어요?"

"제가 그걸 대답할 이유는 없는 거 같아요."

"사귀기는 합니까?"

"변호사님."

"아, 보아하니 제대로 된 애인 관계도 아닌 거 같고. 하긴 엘리 같은 남자가 굳이 다혜 씨한테 사귀자고 할 리는 없을 테니. 그냥 섹스 파트너 정도겠네요."

"김 변."

"그렇게 부르니 대표님과 닮아 보이네요."

김 변호사는 재밌다는 듯 피식했다.

"아무튼 엘리가 다혜 씨를 위해 무언갈 해 주고 있다고 생각하면 오산일 겁니다. 오히려 다혜 씨를 이용하고 있다면 모를까."

'이용'이라는 단어에서 저열한 뉘앙스가 풍겼다.

"그런 걸 사랑이라 착각할까 봐, 가엾어서 얘기해 주는 겁니다."

그는 자리에서 일어나 다시 코트를 걸쳤다.

"아무튼 다혜 씨가 돌아오지 않는다면 강은미 씨도 생계가 좀 곤란해지겠군요. 가게를 닫게 될 테니까요. 일단은 소방법부터 해 볼까요?"

일반적인 사람들에게 생계란 곧 생명이다. 김 변호사는 지금 그 사람들의 목숨을 놓고 장난치겠다는 것이나 다름없었다.

"정말 하겠다고요?"

"왜 못 하겠습니까? 제가 범법 행위를 하겠다는 것도 아니고, 오히려 올바른 일 같은데요. 명심하세요, 다혜 씨. 세상은 그렇게 쉬운 곳이 아닙니다."

세상은 그렇게 쉬운 곳이 아니다.

어째서일까. 아빠가 칼을 들이밀던 순간이 눈앞을 스쳤다.

아무것도 없다.

아무것도 없는데도 날카로운 것이 내 목을 찌르고 있는 것처럼 느껴졌다.

아니, 정말로 찌르고 있는 거다. 그날 이후로 난 늘…….

세상이 네 뜻대로 될 것 같니?

세상은 그렇게 호락호락한 곳이 아니야.

그러니까 내 말만 들어. 내 말만.

"다혜 씨가 알아듣기 쉽게 문학적으로 이야기해 볼까요?"

김 변호사는 나를 향해 자신만만한 미소를 띠었다.

"인형의 집을 나온 노라가 어떻게 됐을까요? 비렁뱅이밖에 더 됐겠습니까?"

그는 별안간 바 너머로 손을 뻗더니, 내 티셔츠 목 부분을 확 움켜쥐었다. 티셔츠가 목을 졸랐다. 순간적으로 눈앞이 흐려지고 숨이 차올랐다. 그의 손을 떼어 내려 했지만 소용없었다. 그는 발작적으로 호흡하는 나를 완력으로 가까이 끌어당겼다.

"그러니까 인형이면 인형답게 얌전히 굴어. 엄살떨지 말고."

김 변호사가 손을 탁 놓았다. 그는 아무 일도 없었다는 듯 외투 단추를 잠갔다.

"내일 저녁에 마침 스케줄이 빕니다. 다혜 씨 전화를 받을 수 있다는 뜻이죠. 현명한 판단 기다리겠습니다."

나는 간신히 바를 짚고 서서 숨을 몰아쉬었다. 김 변호사는 내 휴대폰을 바 위에 탁 올려 두곤 돌아섰다. 곧 도어 벨이 경쾌하게 딸랑였다.

그가 나가자마자 가게 화장실로 달려갔다. 변기통을 붙잡고 먹은 것들을 전부 게워 냈다. 갑갑해서 목을 긁었다. 아무리 긁어도 답답한 기분이 사라지지 않았다. 피부가 뜯겼다. 손톱 아래 피가 뱄다. 그래도 여전히 무언가가 목을 꽉 누르고 있었다.

마지막 테이블이 나간 후 바에 엎드렸다. 김 변호사가 남긴 말 때문에 머리가 지끈거렸다. 아직도 누군가 내 목을 조르는 것만 같았다.

시간이 얼마나 지났을까. 도어 벨이 울렸다. 고개를 드니 나빈이었다. 밖에 또 눈이 오는지 코트에 눈송이가 이리저리 묻어 있었다.

"여긴 어쩐 일이에요, 선배?"

"이모가 다혜 씨 혼자 있을 거라고 마무리 도와주라고 하셔서요. 손님 없으면 지금 닫으래요."

시각은 1시였다. 확실히 오늘 손님이 더 올 것 같지는 않았다. 의자에서 일어났다.

"네, 정리해요."

"잠시만요."

나빈의 표정이 굳었다. 뭐가 잘못됐나 싶어 움찔했다. 그는 다가와 내 목덜미를 살폈다.

"목에 왜 이래요? 상처 났어요."

"아, 잘못 긁어서요."

그의 시선을 피하려 고개를 숙였다.

"집에 가서 약 바로 발라 줄게요. 여기도 소독약 정도는 찾아보면 있을 텐데……."

나빈이 걱정스러운 눈길로 상처 부분을 살폈다. 순간 눈물이 날 것 같았다. 아까 화장실에서 실컷 울어 두길 잘했다. 아니면 나빈의 앞에서 눈물을 보였을지도 몰랐다.

"괜찮아요. 심한 것도 아니고. 정리부터 해요."

"네, 빨리 집으로 가요. 소독도 하고 약도 발라야 할 것 같아요."

다행히 그는 무슨 일이 있었는지 더 묻지 않았다. 그저 어서 귀가해야겠다는 생각뿐인 듯, 바쁘게 가게를 정리했다.

가게 불을 모두 끄고 휴대폰 플래시에 의존해서 컴컴한 계단을 올라왔다.

"근데 오늘 혼자 일하는 건 괜찮았어요? 미리 말해 줬으면 내가 와서 도와줬을 텐데."

나빈이 말했다.

"아무 일도 없었어요."

"이상한 손님들 없었어요?"

나는 곧바로 대답하지 못했다. 내 침묵이 이상했는지, 계단을 앞서 오르던 나빈이 뒤를 돌아보았다.

"다혜 씨?"

선배에게 김 변호사와의 일을 말해야 할까? 말하면 어떻게 되는 거지? 너무 갑작스럽게 닥친 상황들이라 판단이 서지 않았다.

"아니에요, 괜찮아요."

이내 고개를 저었다. 머릿속이 좀처럼 정리되지 않았다.

내가 씻고 잘 준비를 하는 동안 나빈은 부산하게 상비약을 찾았다. 샤워를 마치고 나오니 아일랜드 위에 소독약과 연고 같은 것들이 올라와 있었다.

나빈은 탈지면에 소독약을 적셔 상처 부위에 댔다. 따끔했다.

이어서 그는 면봉으로 연고를 발라 주었다.

"제가 해도 되는데."

"잘 안 보이잖아요."

김 변호사는 엘리가 아무것도 희생하지 않는다고 했다. 그러나 나는 엘리의 희생 같은 건 원하지 않았다. 오히려 그가 나를 위해 희생한다면 참을 수 없을 거라 생각했다.

이렇게 다정한데. 이렇게 따뜻한데. 내가 더 무언가를 바랄 필요도 없는데.

"선배, 만약에요."

나 때문에 곤란해져도, 계속 내 곁에 있어 줄 거예요?

묻고 싶었지만 삼켜야 했다. 섣불리 던진 질문이 강요처럼 들릴까 봐.

"……아니에요."

"왜요?"

"아니에요, 아무것도."

나는 살짝 고개를 저었다. 면봉이 닿았던 부분이 간질간질했다.

복잡한 기분으로 눈을 떴다. 사실 눈을 떴다는 표현은 부적절했다. 거의 잠을 이루지 못했던 것이다.

김 변호사는 이제 무슨 짓을 벌일까. 내가 막을 수 있는 일일까. 아무리 생각해도 명쾌한 답이 나오지 않았다. 괴로운 심정으로 부엌에 갔더니, 나빈이 아침을 준비해 두었다. 아침을 먹는 동안 그가 몇 번 말을 붙였지만, 내내 딴생각을 하느라 제대로 대답하지 못했다.

러시아어 수업이 끝난 후, 나빈의 방에서 책을 골랐다. 잠시라도 머리를 식힐 요량으로 책이라도 읽어 볼 생각이었다.

"아, 다혜 씨. 그거 말고."

'반지의 제왕' 1권을 뽑으려는데 나빈이 다시 책을 쓱 밀어 넣었다.

"'실마릴리온' 부터 보세요."

웬 오지랖인가 싶어 눈을 크게 떴다.

"전 '반지의 제왕' 이 읽고 싶은 건데요?"

"그러니까 '실마릴리온' 부터 보세요."

"전 '반지의 제왕' 이 읽고 싶다니까요?"

"그러니까요."

나빈이 '실마릴리온' 1권을 억지로 건네주었다. 작가명이 같은 걸 보니 뭔가 연작 개념인 것 같았다.

"그럼 이거 읽고 '반지의 제왕' 을 읽으면 되는 건가요?"

"아뇨. 그거 읽고 '호빗' 까지 읽은 다음에 읽으면 돼요."

"수업 예습도 이렇게는 안 하는데……."

투덜거리며 거실로 와서 소파를 차지하고 누웠다. 나빈은 유리창에 기대어 '악령' 하권을 펼쳤다.

"별일 없겠지."

책 표지를 넘기며 무심결에 중얼거렸다.

"뭐가요?"

나빈의 목소리를 듣고서야 나는 내가 말실수를 했다는 걸 깨달았다. 내내 김 변호사의 일을 생각하고 있었던 것이다.

"이모랑 삼촌 싸우신 거요."

얼른 둘러댔다.

"아, 이미 화해 다 했을 거예요."

나빈이 가볍게 대답했다. 어차피 이모의 이야기가 나온 김에 마음에 걸리던 것을 물어보기로 했다.

"이모는 어떤 분이에요?"

"네?"

나빈은 질문이 이해가 안 간다는 얼굴이었다. 너무 두루뭉술하게 물었나 싶어 질문을 고쳤다.

"음, 제가 뭔가 가게에 대해 건의를 한다면 기분 나빠하실까요?"

"글쎄요? 이제까지 그런 건의를 한 사람이 없긴 한데, 아마 기분 나빠하시진 않을 거예요."

"들어 주실까요?"

"어떤 내용이냐에 따라서? 왜요? 가게에 무슨 문제라도 있어요?"

"없어요. 그냥 월급이나 올려 달라 할까 생각한 거예요."

농담조로 말하고 책으로 눈길을 돌렸다.

'실마릴리온'은 소설이라기엔 기술 방식이 일반적이지 않았다. 하지만 이미 전공 수업에서 별 거지 같은, 아니, 독특한 작품들을 여럿 접한 터라 읽을 만했다.

책을 읽다 틈틈이 고개를 들어 나빈을 바라봤다. 유리창에 희미하게 그의 뒷모습이 반사되고 있었다.

나빈은 어떤 책이든 한 문장 한 문장을 신중하게 읽는다. 그에게 독서는 탐험이나 발굴에 가까운 것 같다. 하나하나 세밀하게 뜯어보고 곱씹는다. 여러모로 나와는 완전히 반대다.

나는 대강 읽더라도 일단 결말을 봐야 한다. 전체를 조감하고, 이 책이 시간을 투자해도 좋은 책이라는 확신이 들면 그때 다시 세세하게 읽는다. 그렇지 않은 책은 그걸로 작별이다. 나빈처럼 처음부터 열의를 다해 읽는 경우는 거의 없다. 어떤 책인지도 모르는데 마음을 쏟고 싶지 않기 때문이다.

"항상 그렇게 읽으세요?"

"뭘요?"

내 질문에 나빈이 고개를 들었다. 그의 뒤편으로 겨울 햇살이 일렁였다. 창을 넘어온 햇살이 일곱 빛깔로 부서져 마루를 물들였다.

"곱씹어 보면서요."

"보통은요."

"사람을 대할 때도 그래요? 어떤 사람인지 잘 몰라도 처음부터 진지하게……."

그 질문에 나빈은 잠깐 생각하는 듯했다. 그가 집고 있던 페이지 모퉁이가 살짝 구겨졌다.

"느낌이 오는 사람에게는요."

나빈이 모호한 미소를 띠었다.

"그런 사람이 많았어요?"

"이제까지는 한 사람 있었어요."

그는 다시 책장으로 시선을 돌렸다.

"오늘 읽은 책은 어때요?"

나를 바래다주는 길에 나빈이 물었다. 그는 오늘 드디어 악령을 끝까지 보았다. 나도 실마릴리온을 다 읽었다.

"뭐, 빨리 읽고 다음 책으로 넘어가고 싶어요."

재미가 없는 건 아니었지만 역시 난 좀 더 소설다운 소설이 읽고 싶었다.

"그죠? 재밌어서 다음이 궁금하죠?"

나빈은 내 말을 마냥 긍정적으로 받아들인 모양이었다.

"그거 다 읽으면 '어스시의 마법사'도 빌려줄게요."

또 마법사야?

"그건 생각 좀 해 볼게요."

"재밌을 거예요."

나빈은 르 귄의 작품에 대해 한참이나 떠들었다. 나빈이 좋아하는 건 알겠는데, 읽어 보지도 않았고 관심도 없는 책 이야기를 듣고 있으려니 괴로웠다.

"선배는 영문과를 가시지, 왜 노문과를 오셔서 절 괴롭히세요?"

"어차피 대중 문학은 대학에서 거의 강의가 없잖아요. 그리고 도스토옙스키를 좋아했다니까요."

나빈은 철없는 웃음을 흘린 후, 하고 싶은 이야기를 계속했다. 나도 어디 가서 체홉이나 연극 이야기를 하면 저렇게 보이겠구나. 앞으론 절대 하지 말아야겠다고 다짐했다.

우리는 가게 계단 앞에서 헤어졌다. 혹시나 김 변호사나 부모님이 근처에 있지 않나 둘러봤지만 아무도 없었다. 한참 두리번거리고 나서야 나빈이 나를 물끄러미 바라보고 있단 걸 알았다.

"뭐 찾아요?"

"아뇨, 날씨가 좋아서……."

말도 안 되는 변명을 하고 괜히 소리 내어 웃었다.

"빨리 들어가 보세요, 선배. 추운데."

"다혜 씨, 혹시 어디 아픈 건 아니죠? 안색이 안 좋은데."

"네? 전혀 안 아픈데."

"그래요?"

나빈은 이상하다는 듯 미간을 좁혔다.

"아무튼 나중에 데리러 올게요."

"네. 이따 봐요."

그와 서둘러 인사를 나눈 후 건물로 들어왔다.

오늘따라 유독 지하로 내려가는 계단이 깊어 보였다. 계단을
내려가며 심호흡을 했다. 지금 나는 아르바이트 첫날 이후로 가
장 긴장한 상태였다. 문을 열기 전에 오른손으로 내 뺨을 툭툭
때렸다. 찬 바람에 얼어 있던 뺨에 저릿저릿하게 전기가 올랐다.

예전의 나라면 어떻게 했을까. 적당히 도망치고 외면하려고
했을까.

하지만 지금은 그럴 수 없었다. 이 가게가 잘못된다면 그건 내
책임이었다. 어떻게든 그런 일은 막아야 했다.

가게 문을 열었다. 이모는 막 도착한 건지 아직 외투를 벗지
않았다. 가게 안도 좀 냉랭했다.

"다혜, 오늘 일찍 왔네."

그녀가 기분 좋은 미소로 인사했다.

"어제 이야기 잘하셨어요?"

"잘했지. 경후 걔 단순해서 금방 풀어지거든. 실컷 놀아 주고
왔지. 누나 노릇이 쉽지 않아."

이모가 너스레를 떨었다. 어쨌거나 잘 풀렸다고 하니 그건 마

음이 놓였다. 이제 좀 더 중요한 이야기를 꺼낼 차례였다.

"아, 이모, 혹시 말인데요."

머릿속으로 몇 번이나 할 말을 정리해서 왔지만 막상 입 밖으로 내는 건 무게가 달랐다. 나는 최대한 자연스럽게 다음 말을 꺼냈다.

"어제 뉴스 보셨어요?"

"응? 무슨 뉴스?"

이모는 굳이 뉴스를 하나하나 챙겨 보는 타입이 아니었다. 애초에 그걸 알고 꺼낸 말이었다.

"신촌 쪽에서 화재 사고 났다던데."

"언제? 크게 났어? 전혀 몰랐네."

모르는 것도 당연했다. 내가 적당히 지어낸 이야기였으니까.

"새벽에 난리였나 봐요. 지하 업장인데, 화재 설비가 안 되어 있어서 피해가 컸다고 하더라고요. 건물이 노후되기도 했고."

"거기 그런 건물 많지."

나는 한 템포를 쉬고 본론을 꺼냈다.

"그런데 여기는 괜찮아요?"

"여기?"

"스프링클러나, 뭐, 그런 거……."

"아, 스프링클러 말이지."

이모는 힐끗 천장을 올려다보았다.

"혹시나 해서 인터넷 찾아봤는데 지하에 있는 식당 같은 건 소방법이 좀 더 엄격하더라고요. 방화문 같은 것도 필요하다고 하고."

"그래?"

"설마 점검 같은 게 갑자기 나오진 않겠지만…… . 사고가 났으니 또 모르는 거고, 대비해 두면 나쁠 게 없지 않을까 생각도 들어서요."

"그건 그렇지."

이모는 예상외로 불쾌한 기색이 없었다. 불쾌해하진 않더라도 당혹감 정도는 비칠 만도 한데, 너무 차분해서 이상하다는 느낌마저 들었다.

"그거 지금 처음 알았어. 내가 가게 하기 전에도 여긴 쭉 호프였거든. 그래서 내가 추가 설비를 해야 한다고 생각해 본 적이 없었어."

잘은 모르지만 소방법은 점차 강화되어 왔을 거다. 그러니 오래된 호프였다면 예전 법규만 고려했을 것이다. 설령 알았다 하더라도 낡은 건물을 뜯어고치는 건 쉬운 일이 아니었다.

"음, 그러면, 제 생각엔…… ."

"뭐, 어쩔 수 있나. 고쳐야지. 괜히 점검 나오면 골치 아프잖아."

내가 미처 이야기를 꺼내기도 전에 그녀가 시원시원하게 말했다. 좀 놀라긴 했지만, 일단은 다행이었다.

"물론 점검도 그렇지만…… . 이모가 안 다치시는 게 중요하잖아요."

작게 대꾸했다.

"다혜!"

갑자기 이모가 내 이름을 크게 불렀다.

"네?"

내가 뭔가 실수했나 싶어 화들짝 놀랐다.

"감동했어."

그녀는 내 어깨를 와락 안았다.

"오늘 마치고 맛있는 거 먹자. 아니다, 빨리 집에 가서 이나빈이랑 놀아 줘야 하나?"

"아뇨, 굳이 빨리 갈 필요는 없어요."

"그래? 그럼 잘됐고. 음, 근데 그거 공사를 바로 할 수 있는 게 아니야. 일단 건물주랑도 이야기해야 하고, 주변에 업체도 알아봐야 하고."

이모는 팔을 풀고 말했다.

"얼마 정도 걸릴까요?"

"뭐, 일단 주말은 무리지 않을까? 빨라도 다음 주는 되어야겠지? 급한 일은 아니잖아?"

"네, 그건 그런데……."

"하기야 시간 끌어서 좋을 게 없긴 하지. 경후 심심하다니까 부탁해 두지, 뭐."

여기까지는 예상보다 훨씬 순조로웠다. 이제 김 변호사와 이야기를 나눌 차례였다.

"저, 잠깐 친구한테 전화 좀 하고 올게요. 전화해 주기로 한 일이 있어서요."

"응. 아직 여유 있으니까 통화하고 와."

나는 가게 문을 열었다. 도어 벨이 딸랑거렸다. 순간, 위화감이 들었다.

쉬워도 너무 쉽지 않나?

분명 난처해하거나, 최소한 당황하는 모습이라도 보일 거라 생각했다. 그녀를 설득하기 위해 많은 말을 준비했는데 거의 꺼내지 않고 끝났다.

이렇게 쉽게?

"아, 근데 이모."

그녀를 돌아봤다. 휴대폰을 만지고 있던 이모가 고개를 들었다.

"제가 한 이야기요, 누구한테 들으신 거 아니죠?"

"어, 왜?"

"그냥 들어보신 이야기인가 해서요."

"다혜한테 처음 들었는데?"

"통화하고 올게요."

무언가 찜찜한 기분을 느끼며 가게를 나왔다.

길거리 전봇대에 기대어 김 변호사에게 전화를 걸었다. 새들이 전선에 앉아 겨울 하늘을 기웃거리고 있었다. 신호가 한참 가고 나서야 그가 받았다.

—결정은 했습니까?

인사말도 없었다. 나도 그런 걸 주고받고 싶은 마음은 없었던 터라 차라리 이편이 나았다.

"조금만 더 생각할 시간을 주세요."

—오래는 못 드립니다.

"어차피 부모님도 험한 꼴 보고 싶진 않은 거잖아요. 억지로 끌고 간다면 저도 경찰에 신고할 거예요."

김 변호사는 아무 말도 하지 않고 웃었다. 나조차 내 말이 가소로운데, 그에게는 오죽할까.

"일단 며칠만 시간을 주세요."

—며칠이라.

"어려운 일은 아니잖아요."

─생각하기에 따라 어려운 일일 수도 있습니다. 저는 다혜 씨 때문에 며칠간 대표님을 달래야 하니까요.

"그래도 며칠 생각을 정리할 시간이 필요해요."

─시간이 지난다고 달라지는 건 없을 텐데요.

달라지는 건 있다. 가게가 공사에 들어가면, 김 변호사가 이 가게를 붙잡고 협박하는 건 더 먹히지 않게 될 것이다. 최소한 그때까지는 시간을 끌어야 했다. 물론 그걸로 끝이라는 보장도 없는 데다가, 삼촌 일도 남아 있지만.

천국으로 가는 문은 좁은 문이라던데, 이건 좁은 게 아니라 막다른 골목처럼 느껴졌다.

"……일단 다음 주에 다시 이야기해요."

─알겠습니다. 저도 그럼 주말 간 다혜 씨의 판단을 도울 방법을 준비해 두죠.

김 변호사는 그 말을 마치자마자 전화를 끊어 버렸다. 나는 길게 한숨을 내쉬었다. 뿌연 입김이 겨울 대기 속으로 산산이 퍼져 나갔다.

일을 하며 유리잔을 두 개나 깼다. 오늘 온 손님이 시종일관 우울한 블루스를 신청하는 바람에 가게의 분위기는 음울하기까지 했다. 어찌 됐건 급한 불은 껐지만, 그다음에는 어떻게 해야 할지 방법이 떠오르지 않았다.

내가 떠나야 할까.

여기가 아닌 다른 곳으로 가는 거다. 부모님이 찾을 수 없는 곳으로. 하지만 막상 그런 곳이 어디인지, 그곳에서 내가 어떻게 살아가야 할지는 전혀 감이 오지 않았다.

금요일이라 가게는 평소보다 바빴다. 마감을 끝냈을 때는 이미 3시였다. 내가 테이블 정리를 하는 동안 이모는 떡볶이를 만들었다. 나빈에게는 집에 돌아갈 때 연락을 주겠다고 메시지를 보냈다.

[재밌게 놀다 와요 이모가 괴롭히면 얘기하고요] 오전 3:11

볼이 통통한 햄스터가 하트 모양이 그려진 피켓을 들었다. 고작 그림 하나에 입꼬리가 자꾸 올라갔다. 때마침 이모가 부엌에서 나오는 바람에 나는 얼른 표정을 감춰야 했다. 우리는 구석 테이블에 앉아 소주를 깠다.

"삼촌은 괜찮으세요?"

"응. 뭐, 한두 번 있는 일도 아니고……."

그녀는 길게 숨을 내쉬었다.

"서로를 원망하는 게 아냐. 자기 자신을 원망하는 거지. 웃기는 게 이경후도 자기를 책망하고 있으면서, 내가 나를 책망하는 건 견디질 못해. 근데 나도 마찬가지야. 그러니까 서로 진짜 웃기게 엉켜 버린 거지. 그날 이후로 계속……."

그녀의 잔에서 투명한 액체가 넘칠 듯 찰랑였다.

"벌 받는 거지. 우리 다 경희를 그렇게 되게 내버려 뒀잖아."

나는 아무 말 없이 잔을 부딪쳤다. 그게 사실이 아니라고 생각했지만, 아니라는 말조차 그녀를 상처 입힐 것 같았다.

"근데 연주는 이제 안 하시는 거예요?"

조심스럽게 물었다.

"안 하는 게 아니라 못 하는 거야."

그녀가 쓴웃음을 지었다. 그건 좀 안타까웠다. 여기서 계속 음악을 듣다 보니 자연스럽게 깨달았다. 그녀의 연주는 이대로 세상에서 사라지기엔 아까운 것이었다. 삼촌이 왜 그렇게 마음 아파했는지도 알 것 같았다.

"그래도 해 보면……. 못 하는 게 아닌 경우도 있던데요."

망설이다 말했다. 주제넘은 소리일지도 모른다고 생각했는데 이모는 가만히 내 말을 듣고 있었다.

"전 집을 나오기 전까지는 거기서 나올 수 있다는 걸 몰랐거든요."

이모에게 집에 관한 이야기를 꺼낸 건 처음이었다.

"왜 나왔어?"

"거기서는 더 살 수가 없어서요."

부모님과 함께 사는 이상 서너 해 안에 나는 스스로 삶을 정리했을 거다. 이 게임은 도저히 못 하겠다고, 손에 쥔 카드를 다 집어 던지고 판을 떠났을 거란 얘기다.

차마 이모 앞에서 그런 말까지 할 수는 없었다.

"이상하게 들리나요? 스물세 해나 잘 살아 놓고, 이제 와서 못 견디겠다고 하는 게……."

"아니. 사실은 처음부터 견디기 힘들었는데 참은 것뿐이겠지."

그녀가 말했다.

"맞아요. 참았어요. 어릴 때는 참는 것 외엔 방법이 없었고, 커서도 그냥 그거 외엔 방법이 없다고 생각했어요. 그냥 계속……."

꾹꾹 누르고 눌러 마음속에 굳은살이 생길 때까지 참았다. 어지간한 말에는 아프지 않도록. 어떤 일을 당하더라도 너무 괴롭지 않도록.

"그러다 보니 점점 참는 것 외엔 어떤 방법이 있는지 잊게 되더라고요."

"응."

"집을 나온 후로는 참는 법을 잊어 보려고 하고 있어요. 잘 될지는 모르겠지만⋯⋯."

적어도 하나는 확실했다. 설령 다시 그 집으로 돌아가더라도 이전처럼 지내지는 못할 것이다. 그래서 돌아가는 게 더 두려운 것이기도 했다.

"저번에 살 방법에 관한 이야기를 하셨잖아요. 그런데 그 방법이라는 거, 어떤 사람들에겐 너무 어렵게 주어지는 거 같아요. 그래도 어떻게든 찾아보려고는 해요."

내 말을 듣고 그녀는 혼자 생각에 잠긴 듯했다. 나도 입을 다물었다. 지금 우리는 각자의 미로 속을 헤매고 있었다.

잠시 후, 이모가 내 이름을 불렀다.

"다혜."

"네."

"연주 들을래? 잘 될진 모르겠는데."

이모가 나를 빤히 바라보며 물었다.

"네. 어차피 전 잘 모르니까 괜찮아요."

"안심이 되네."

그녀는 씩 웃더니 일어나 콘트라베이스 앞으로 갔다. 먼지는 쌓여 있지 않았다. 내가 매일 닦아 뒀기 때문이었다. 마른 천으로 악기를 닦을 때마다 이모는 나를 물끄러미 바라보곤 했다.

그녀는 줄을 조금씩 튕겨 보며 음을 맞췄다. 몇 분이나 같은 과정을 반복한 후에야 네 현의 조율이 끝났다.

당연히 어딘가 앉을 줄 알았는데 그녀는 서서 악기를 잡았다.

"원래 서서 연주하는 건가요?"

"항상 높이에 맞는 의자가 준비되어 있을 거라 생각하면 안 되지."

그녀는 활을 드는 대신, 기타처럼 손가락으로 현을 튕겼다.

곧 그녀의 손끝에서 재즈풍의 선율이 흘러나왔다. 현을 뜯을 때는 낮게 울리면서도 부드러웠고, 손가락이 미끄러질 때는 예리한 음이 울렸다. 솔로 연주인데도 허전한 느낌은 전혀 들지 않았다. 간혹 들리는 통을 두드리는 소리와 현의 울림이 좁은 실내를 가득 메웠다. 나는 휴대폰을 들고 그녀의 연주를 녹화했다.

3분 정도의 즉흥 연주가 끝났다.

"어땠어?"

이모가 물었다.

"믿으실진 모르겠지만, 살면서 음악을 듣고 감동한 건 이게 처음이에요."

진심을 담아 말했다. 듣기 좋다, 잘 친다, 좋은 음악이다, 그런 감상은 많이 느껴 봤다. 하지만 음악의 감동이란 것을 실감한 것은 처음이었다. 음악의 전율은 귀가 아니라 몸으로 오는 것이었다. 손끝이 저릿하고 온몸이 사로잡히는 압박감. 결국 소리란 공기의 진동이니까, 음악도 조금은 촉각인 것일까.

"그리고 녹화했는데 갖고 있어도 되나요?"

"마음대로 해."

이모는 기분 좋게 대답했다.

"아, 그럼 그거 나도 보내 줘."

"네."

나는 영상을 메시지로 전송했다. 고화질이라 약간 시간이 걸렸다.

"역시 난 잘하네."

이모가 영상을 보며 감탄했다. 나도 모르게 웃어 버렸다.

"그럼 계속하실 거예요?"

"몰라. 사람들 앞에서 하는 건 또 다른 문제야. 공연은 혼자서 할 수 있는 게 아니고. 당분간은 네가 듣고 싶다고 할 때만 할래."

"삼촌도 좋아하실 텐데……."

"아, 안 돼. 절대 안 돼. 걔는 그때부터 공연하자고 지랄할 거야. 그냥 우리끼리 비밀로 하자."

우리끼리 비밀이라는 말이 마음에 들었다. 나 혼자만 듣기엔 좀 아깝다는 생각이 들었지만.

이모는 그날 술자리에서 현아라는 사람에 대해 이야기를 해 주었다. 이제까지는 옛이야기를 해도 마치 칼로 도려낸 듯, 그 사람에 대한 부분만 입에 담지 않았던 그녀였다.

"경희 일 생기고 나서, 현아는 바로 미국으로 갔어. 장례식 끝나기가 무섭게. 너무하지?"

"왜 가신 거예요?"

"자기 살길 찾으러 간 거지. 걔도 여기가 힘들었을 거야."

"원망하셨어요?"

"방금까지는. 이상하게 지금은 그런 생각이 안 드네."

이모가 미소로 대답했다.

"어쩌면 난 경희 때문에 현아를 원망한 게 아닐지도 모르겠어. 난 더 이상 연주할 수가 없는데, 현아는 계속 잘해 나가니까…… . 그게 너무 분하고 질투가 났던 거야. 미웠던 거지. 사람이란 게 참 못난 부분이 있어. 안 그래?"

"저는 그분보다 이모 연주가 더 좋아요."

"고마워. 나도 그렇게 생각하거든."

그녀가 장난스럽게 대답했다.

그날 술자리는 5시 무렵까지 이어졌다. 처음으로 담배를 한 대 얻어 피워 봤다. 딱히 좋진 않았다. 그냥 머리가 좀 아팠고, 어지러움만 배가 됐다.

"별로야?"

"네, 별로예요."

입을 막고 인상을 쓰는 내 표정이 어지간히 웃겼는지, 이모가 킥킥 웃었다.

꾸역꾸역 한 대를 다 피워 가는데 그녀가 뜬금없는 한마디를 툭 내뱉었다.

"개판이지."

희뿌연 연기가 어두운 대기를 물들였다.

"뭐가요?"

"나 말이야. 나빈이가 걸리면 완전히 갈피를 못 잡아. 살면서 뭘 책임져 본 적이 없는데, 이제 와서 사람을 챙기려니 그런가. 그래서 이경후랑도 이걸로 맨날 싸우고."

그녀가 쓰게 웃었다.

"이 나이까지 이렇게 헤매고 있을 줄은 몰랐지."

"이모는 전혀 헤매지 않으시는 것처럼 보이는데."

"응? 아냐. 그렇지 않아. 겉보기에야 그렇겠지. 나이를 먹는다는 게 그래. 말은 점점 번지르르해지고, 뭐라도 아는 것처럼 떠들게 되거든. 근데 실상을 까 보면 젊을 때 한 실수들을 그대로 하고 있다니까."

그녀는 담배 연기를 깊게 빨아들였다.

"우리 셋은 있잖아, 경희가 떠나고 인생의 한 귀퉁이가 어그러져 버린 거야. 다시 펴질 수는 없겠지. 절대로……."

부정하고 싶었지만 쉽지 않았다. 이모는 새 담배를 꺼내 불을 붙이곤 다시 입을 열었다.

"그런데 네가 와서 알게 된 거야. 우리 인생에 아직 한 사람 정도는 더 들어올 자리가 남아 있었다는 걸. 어쩌면 두 사람도, 세 사람도 가능하겠지……."

그녀의 시선이 내게 와서 닿았다. 온기 어린 눈길이었다.

"네가 와서 알게 됐다고. 너 그런 의미야. 너한테 이나빈이 어떤 존재든, 넌 이미 우리한테 그런 의미라고."

나는 대답하지 못하고 시선을 내렸다. 흰 눈 위에 담뱃재가 듬성듬성 흩뿌려져 있었다. 괜히 발을 뻗어 눈을 흐트러뜨렸다.

둘만의 회식이 끝난 후, 이모는 나를 집 앞까지 데려다주었다.

"오늘도 너 술 많이 먹었다고 나빈이한테 혼나겠다."

은미 이모와는 아파트 바로 앞에서 헤어졌다. 그녀의 뒷모습이 멀어지는 것을 잠시 지켜보다 엘리베이터를 탔다.

엘리베이터를 타고 올라오는데 눈물이 울컥 솟구쳤다.

고마웠다. 그리고 미안했다. 나는 이런 사람들을 궁지에 몰아

넣고는, 숨기기에만 급급하구나. 흘러넘친 눈물 때문에 도어 록 비밀번호를 두 번이나 틀렸다.

안에서 문이 덜컥 열렸다. 나빈이었다.

"다혜 씨, 어……."

나빈은 우는 나를 보고 당황해서 내 팔을 잡았다. 그가 나를 안으로 끌어당겼다.

"무슨 일 있었어요?"

"아뇨, 아뇨……."

나는 서둘러 눈물을 닦았다.

"그럼요?"

"그냥 미안해서요. 그냥 다……."

"괜찮아요?"

나빈이 걱정스럽게 물었다. 괜찮냐면, 전혀 괜찮지 않았다. 모든 게 괜찮지 않았다. 부모님은 날 기어코 찾아냈고, 김 변호사는 끈질기게 나를 괴롭힐 태세였다. 나는 주변에 피해를 주고 있었고, 그걸 알면서도 돌아갈 엄두를 내지 못하고 있었다.

또 제자리걸음이었다.

"괜찮아요."

괜찮으냐는 질문에는 항상 거짓 대답을 하게 된다.

"안 괜찮잖아요."

나빈이 나를 품에 안았다. 나도 팔을 그의 허리에 둘렀다. 얇은 티셔츠 뒤로 그의 심장 박동이 느껴졌다. 그 소리가 너무 따뜻해서 더 가까이 귀를 댔다.

계속 이렇게 따뜻하고 싶었다. 하염없이 그의 품에 녹아들고 싶었다. 꽝꽝 언 눈이 봄의 대지에 녹아들듯이.

그는 부드럽게 내 등을 토닥였다. 나는 그대로 한참을 울었다. 눈물이 잦아들 때쯤 나는 그에게서 떨어졌다. 하얀 티셔츠에 번진 눈물 자국을 보니 민망했다.

"선배, 안 주무셨어요?"

"연락해 주면 데리러 간다고 했잖아요. 왜 혼자 왔어요?"

"아, 이모랑 같이 왔어요. 연락한다는 걸 깜빡했어요."

"깜빡했구나."

"죄송해요."

"됐어요. 일단은 자요. 피곤하겠어요."

"응…….."

나는 그의 손에 이끌려 침실로 향했다. 그는 내 외투를 벗겨 준 후 침대에 눕혔다.

"근데 다혜 씨, 진짜 무슨 일 있는 거 아니에요?"

나빈은 침대 맡에 앉아 나를 걱정스럽게 내려다보았다.

"왜요?"

"뭔가 걱정 있어 보여서요."

"선배 때문인데요?"

장난 같은 말에 나빈은 일순 당황했다가 피식 웃었다.

"진짠데. 전 선배 말고는 아무 문제 없어요."

적당히 둘러댄 말이었는데, 말해 놓고 보니 아주 틀린 말도 아닌 것 같았다. 나는 나빈과 그 주위에 무슨 일이 생길까 그게 무서웠다.

"제가 왜요? 뭔가 잘못했어요?"

"글쎄요."

취기가 숨 가쁘게 나를 덮쳐 왔다. 가만히 나빈의 손등에 뺨을 댔다. 어지러웠다. 내가 무슨 말을 지껄이는지 점차 알 수 없어졌다.

체홉의 이야기를 했다. 처음 바냐 삼촌을 봤을 때 울었던 일을 얘기했다. 연극부 아이들 몰래 어둠 속에서 눈물을 닦으며, 나 역시 저런 연극을 만들어 보고 싶다고 남몰래 꿈을 품었던 그 시절을 털어놓았다.

이상하죠. 이런 사람도 바라는 게 있고, 꿈꾸는 게 있다는 게. 인간이란 건 정말 엉망진창이야. 내가 자조적으로 중얼거렸다.

할 수만 있다면 난 다혜 씨의 그 시절에도 살고 싶어요. 다혜 씨의 매 순간, 당신의 밝은 순간, 어두운 순간, 지옥 같은 괴로움과 가냘픈 희망 모든 것을 다 알고 싶어. 제발 알려 줘요.

나빈의 말에 나는 내 과거를 두서없이 쏟아놓았다.

그러다 또 무슨 이야기를 했더라. 그래, 무르만스크의 오로라 이야기를 했다. 뜨거운 차를 마시며 겨울밤 오로라를 기다리자고 했다. 그때도 당신 손은 차갑겠지. 차가운데도 내 가슴은 자꾸만 화상을 입겠지.

그때도 내 안에 뭐가 있는지 궁금할 거 같아요?

이렇게 묻자 나빈은 몸을 숙여 귓가에 바짝 입술을 붙였다. 그가 무언가를 낮게 속삭였지만 제대로 이해할 수 없었다.

그리고, 그러고는 전혀 기억이 나지 않는다. 뺨에 그의 체온이 스며 오던, 아련한 기분이 전부였다.

2.

　창으로 쏟아진 아침 햇살에 눈을 떴다. 휴대폰을 확인하니 아침 9시였다. 무심결에 다시 눈을 감으려는데, 평소와는 조금 다른 풍경이 설핏 보였다.

　벌떡 일어나 옆을 확인했다. 나빈이 침대 옆 바닥에 잠들어 있었다.

　"선배."

　어깨를 흔들었다. 옷차림을 보니 난 어제 들어오자마자 그대로 잠든 것 같았고, 그도 어째선지 여기서 잠든 모양이었다.

　"선배."

　"응……."

　나빈이 하품을 했다. 어렴풋이 잠에서 깬 것 같았지만 눈은 뜨지 못했다.

　"9시인데. 오늘은 운동 안 가세요?"

"하루 쉬죠, 뭐……."

그가 나른하게 대꾸했다.

"불편하게 왜 여기서 자요?"

"괜찮은데……."

나빈은 일어날 생각이 없어 보였다. 나는 찬찬히 잠든 그의 얼굴을 관찰했다.

이렇게 있으니 평소보다 더 어려 보이는 것 같다. 고작해야 스무 살 정도. 살짝 벌어진 입술도 눈에 들어왔다. 나도 모르게 손을 뻗었다가 얼른 거뒀다.

소파에 누워 '실마릴리온'을 펼쳤다. 나빈은 바로 옆 바닥에 앉아 '죄와 벌' 상권을 뒤적였다. 한 시간 정도 읽었지만 고작 10페이지 정도밖에 보지 못했다. 책에 집중하기엔 생각할 거리가 너무 많았다.

어떻게 하면 돌아가지 않을 수 있을까.

사실 그 답은 간단했다. 내가 돌아가지 않기로 마음먹으면 되는 것이다. 내겐 그럴 자유가 있었다.

문제는 그다음이었다.

계속 이렇게 버티면 정말 부모님이 어느 순간 나를 놓아 줄까? 또 다른 방식으로 불쑥 나를 괴롭히진 않을까?

"다혜 씨."

갑작스럽게 나빈이 부르는 바람에 소스라치게 놀랐다.

"저 오늘도 아르바이트 없어요."

"아, 네."

"저녁에 혼자 쇼핑이라도 갈까 싶은데, 다혜 씨는 필요한 거 없어요?"

"딱히 생각나는 게 없어요."

"먹고 싶은 건요?"

"지금은 없어요."

"그럼 제가 알아서 뭐라도 사 올게요."

나빈은 생각에 잠긴 얼굴로 책장을 넘겼다. 나도 다시 실마릴리온으로 눈을 돌렸지만 역시나 집중이 잘 되지 않았다. 나는 책을 읽는 중간중간 그의 옆모습을 훔쳐봤다.

아무리 맛있는 음식이라도 계속 먹으면 입에 물리고, 경이로운 비경도 집 앞 마당이 되면 감동이 사라진다. 사람의 아름다움이라는 것도 그것과 비슷해서 3개월쯤 계속 보면 감흥이 사라진다는데, 이나빈은 도저히 그렇지가 않다.

아, 아직 3개월이 안 지나서 그런가? 다리 위에서 마주친 날부터 셈해 보니, 이제 겨우 두 달 반을 넘겼다.

"왜요?"

나빈이 슬쩍 시선을 돌렸다.

"아, 그냥 선배랑 안 지 사실 몇 달 안 됐는데……. 너무 빨리 친해진 것 같다는 생각이 들어서요."

"그래요? 난 너무 오래 걸린 것 같은데."

나빈이 읽던 책을 내렸다.

"요즘 그런 생각이 들어요. 그날 공연을 마치고 다혜 씨한테 말을 걸어 봤으면 어땠을까."

3년 전의 나빈이 내게 말을 거는 장면을 잠시 상상해 봤다.

공연 너무 좋았어요, 감동받았어요. 아니지, 이런 평범한 멘트로 끝날 리가 없다. 서다혜 씨 안이 궁금해요. 아, 이건 듣자마자 피했겠네. 미친놈인 줄 알고.

"이상한 사람인 줄 알고 피했겠죠."

"지금 무슨 상상한 거예요?"

나빈이 미간을 좁혔다.

"아, 근데 그때 다혜 씨는 남자 친구 있었겠죠?"

"네, 있었죠."

"그래도 저랑 더 친했겠죠? 만약 저랑 아는 사이였다면요."

나는 책에서 눈길을 떼고 나빈을 바라봤다. 그의 눈동자가 알지 못할 기대감으로 빛나고 있었다.

"아무 의미 없는 가정 아닌가요?"

"아무튼요."

나빈은 오늘따라 끈질겼다.

"아마 아닐걸요."

기대감이 순식간에 실망으로 변했다.

"왜요? 내가 훨씬 더 다혜 씨랑 잘 지낼 수 있는데."

"뭐, 일단은 걔가 남자 친구였으니까……. 남자 친구보다 다른 남자랑 친하게 지내긴 쉽지 않죠."

"그럼 남자 친구가 생기면 나랑 이렇게 안 지낼 거예요?"

어째서인지 나빈은 내 말에 충격을 받은 것 같았다.

"그래야겠죠? 근데 생길 일 없어요."

"만약 생기면요."

"생길 일 없어요. 연애 안 할 거라서."

내 말에 나빈은 아무런 대꾸도 하지 않았다. 그저 시큰둥한 얼굴로 한참이나 같은 페이지를 들여다보는 게 다였다.

오늘 포스드 랜딩의 첫 손님은 경후 삼촌이었다. 그는 다시는 안 온다는 말이 무색하게 오픈 무렵부터 가게를 찾아왔다.

"다혜 씨, 잘 지냈어요?"

"네."

"누나는 잘 지냈어?"

"잘 지내긴 지랄. 어제도 봤으면서. 이 시각부터 뭐야?"

"일이 없어서 왔어."

삼촌의 말에 속이 쓰렸다.

"아, 그 공사 업체 알아봤는데 조만간 견적 내러 온대."

그가 말했다.

"잘됐네. 그건 그렇고, 너 진짜 일은 어떻게 할 거냐?"

"뭐, 다음 주말에 지방 스케줄 잡혀 있어."

"이제 지방 가려고?"

"원래 다녔잖아. 그리고 나빈이도 다혜 씨랑 지내면 별문제 없을 거고."

"철들었네."

다른 손님들이 오는 바람에 이모와 삼촌의 대화는 거기서 끝났다. 이모가 요리를 하러 들어간 사이, 그에게 살짝 물었다.

"괜찮으세요?"

"응? 뭐가요?"

"행사 많이 취소됐다고 들어서……."

"아, 뭐 이 일을 20년 정도 했는데. 일 펑크 난 게 한두 번도 아니고. 별일 아니야. 다혜 씨까지 걱정할 필요는 없어요. 지방 쪽 행사도 잡아 뒀고."

"다행이네요."

"다혜 씨 덕분이지, 뭐."

"네?"

"아, 다혜 씨가 있으니까 나빈이 두고 내려갈 수 있잖아요. 안 그럼 불안해서 힘들었을 거예요."

어떻게 대답해야 할지 몰라 시선을 내렸다.

"그러니까 걱정하지 마. 왜 그렇게 계속 걱정하는 얼굴이에요?"

삼촌의 말이 정곡을 찔렀다. 내가 보기에도 지금 나는 좀 이상했다. 모든 게 그럭저럭 풀려 가고 있었다. 완벽하지는 않아도 이 정도면 괜찮아 보였다.

그런데도 내 마음은 한없이 불안했다. 일이 잘 풀려 갈수록 오히려 불안하다니 이상한 일이었다.

9시가 좀 넘었을 무렵, 나빈이 가게로 왔다. 아르바이트를 시작한 후로 그가 가게에 온 건 처음이었다.

"뭐야, 삼촌도 있네."

나빈은 삼촌을 보고 반갑게 인사한 후 그의 옆 의자에 앉았다.

"어쩐 일이에요?"

조금 신기해서 물었다.

"아, 쇼핑도 끝났고 다혜 씨나 보러 왔죠."

"집에 가면 보잖아?"

내가 하고 싶은 말을 삼촌이 대신 했다.

"지금 보고 싶어서요."

나빈이 생글거리는 낯으로 말했다.

"어지간히 심심하셨나 보네요."

"오늘 왜 이렇게 차가워요?"

"전 늘 차가웠는데요."

"나한테만."

나빈이 작게 투덜거렸다.

경후 삼촌은 내게 잔 하나를 더 부탁했다. 그는 막 뚜껑을 딴 위스키를 얼음 잔에 가득 따라 나빈에게 건넸다.

"근데 삼촌은 행사 계속 펑크예요?"

나빈이 잔을 받은 후 물었다.

"아니, 다음 주말에 지방 내려가."

"지방이요? 너무 먼 곳이면 전 못 갈 거 같은데……."

나빈이 곤란한 듯 말끝을 흐렸다.

"오라고도 안 했는데?"

삼촌이 피식했다. 곧 요리가 끝난 이모도 우리 쪽으로 합류했다.

"아, 나빈이 너한테 이야기하는 거 깜빡했네. 현아 누나 연말에 귀국한대."

삼촌의 말에 나빈은 은미 이모의 표정을 슬쩍 살폈다.

"이나빈."

이모가 눈살을 팍 찌푸렸다.

"네?"

"너 뭔데 내 눈치를 봐?"

"눈치 안 봤어요."

나빈이 찔끔한 얼굴로 고개를 저었다.

"봤잖아, 방금."

"안 봤거든요."

"아무튼 현아, 연말에 한국 와서 공연한대. 난 가 볼 거니까 너도 시간 맞으면 같이 가든가."

"현아 이모 이야기 싫어하시는 거 아니었어요?"

나빈이 조심스럽게 물었다. 이모는 대답 대신 코웃음을 한 번 쳤다.

"그러고 보니 현아 이모랑은 미국 간 뒤에 한 번도 못 만났네요."

"너한테도 연락 한 통 없었어? 하여간 걘 아주 맞아야 돼."

이모가 짜증 난 듯 말했다.

"아, 그건 아니고요. 제 생일이랑 명절 때마다 연락 와요. 미국에서 선물도 보내 주시고."

나빈이 다급하게 손을 내저었다.

"아무튼 걘 맞아야 된다고."

어쩐지 이모는 더 짜증 난 목소리로 말했다.

그 뒤로 손님 몇 테이블이 오가는 바람에 이모와 나는 바쁘게 움직였다. 대강 설거지를 끝내고 다시 바 앞으로 갔다. 나빈과 삼촌이 뭔가를 즐겁게 이야기하고 있던 참이었다.

"무슨 얘기하고 계셨어요?"

"아, 누나 방 청소하면서 나빈이가 재밌는 걸 많이 발견했다길래 그 이야기했어요."

내 질문에 삼촌이 웃으며 대답했다. 그는 내게 쳇 베이커의 'born to be blue'를 틀어달라고 부탁했다. 나는 엘피판을 올려 두고 자리로 왔다.

"이거 우리 누나가 좋아했던 곡인데. 그땐 왜 이렇게 우울한 걸 좋아하나 했죠. 요즘은 내가 좋아해. 왜 좋아했는지 알 거 같아서. 사람이 떠난 후에 그 사람을 이해하게 된다는 거, 좀 쓸쓸한 일이야."

삼촌은 잔을 들고 손목을 작게 돌렸다. 얼음이 유리잔에 부딪히며 청명한 소리를 냈다.

"사실 우리 누나랑 나, 어릴 때는 되게 친했어요. 친하다는 말로 표현하기엔 뭔가 부족하지. 부모님이 일찍 돌아가셔서 누나가 내 보호자 노릇을 했으니까."

그는 위스키를 한 모금 마신 후 잔을 내려놓았다. 막 손님과 대화를 마친 은미 이모가 이쪽으로 다가왔다.

"근데 나이 들고 나서는 예전처럼 못 지냈어. 싸우기도 하고. 내가 나쁜 새끼지. 누나한테 그러면 안 되는 걸 알면서……. 난 그냥 참을 수가 없었던 거야. 그런 쓰레기 같은 새끼들이랑 누나가 어울리는 게 너무 싫어서, 적당히 넘어가질 못했어. 누나는 누나대로 나를 이해 못했지. 그냥 우린 서로 사는 방식을 이해하지 못했던 거야."

그의 입가에 쓸쓸한 미소가 번졌다.

"그래서 나는 누나를 생각하면…… 그냥 죄스러운 거야. 다혜 씨, 혹시 그런 거 알아요? 길을 우연히 지나가다가, 식당 안을 봐. 근데 식당에 앉아서 밥을 먹고 있는 뒷모습이 누나랑 너무 비슷한 거야. 그럼 난 정말 미쳐 버릴 거 같거든. 종일 아무것도 못 해. 그 뒷모습만 생각하는 거야……."

삼촌은 갑자기 자리에서 일어나 턴테이블로 갔다. 음악이 뚝 끊겼다. 그는 옆에 놓여 있던 찰리 파커의 음반을 올려놓았다.

"나머지는 집에 가서 듣게."

그는 농담조로 말하고 다시 의자에 앉았다.

"훨씬 낫네."

이모가 혼잣말처럼 중얼거렸다. 네 사람은 각자 생각에 잠겨 가만히 음악을 들었다. 침묵을 깬 것은 이모였다.

"아, 분위기 되게 칙칙하네. 재밌는 이야기라도 해 줄까?"

그녀는 분위기를 전환시키려는 듯 밝은 목소리로 옛날이야기를 꺼냈다. 이모가 20대 중반에 만났던 남자에 대한 이야기였다. 듣기만 해도 한숨이 나오는 에피소드들이었지만, 그녀가 워낙 유머러스하게 이야기한 덕분에 나는 정신없이 웃었다. 삼촌도 중간 중간 어처구니없다는 듯 피식했다. 하지만 나빈은 어쩐지 처음부터 끝까지 심각한 얼굴이었다.

"근데요, 이모."

이야기가 끝난 후 나빈이 뭔가 불만 어린 눈빛으로 입을 열었다.

"연애 같은 건 대체 왜 하는 거예요? 어차피 그렇게 헤어져서 남남이 될 거면."

나빈이 정말 이해가 안 된다는 듯이 물었다.

"네가 해 보면 알겠지."

이모가 웃으며 대꾸했다.

"전 잘 이해가 안 돼요. 삼촌은 알겠어요?"

"아는데, 알려 주긴 싫어. 네가 해 봐."

나빈은 무슨 생각을 하는지 잠깐 조용하다가 단호한 목소리로 다시 말했다.

"아뇨. 전 평생 연애 같은 거 안 할 거예요."

나는 나빈의 말에 관심이 없는 척 시선을 내리고 유리잔만 열심히 닦았다. 역시 선배는 연애 같은 건 별로 관심이 없구나. 하긴 관심이 있었으면 벌써 애인이 있고도 남았겠지.

차라리 다행인가. 애인이 생기면 선배 집에서 계속 지낼 수도 없을 테니. 나한테는 잘된 일인가.

복잡한 심정으로 다음 유리잔을 집는데, 나빈의 목소리가 다시 들려왔다.

"전 그런 거 없이 바로 결혼할 거예요. 사귀면 중간에 헤어질 수도 있잖아요. 헤어지는 건 싫으니까."

바닥에 떨어진 유리잔이 요란한 소리를 내며 굴렀다. 순간적으로 손에 힘이 빠진 탓이었다. 다행히 깨지지는 않았다. 이모와 삼촌은 나빈의 발언 탓에 이쪽은 신경도 쓰지 못하는 것 같았다.

"아, 죄송해요."

나는 웅얼거리며 바닥에 쭈그려 앉았다. 잔을 집고 바로 일어날 수도 있었지만 그러지 못했다.

나빈이 결혼이라는 단어를 꺼낸 순간 내 눈앞에 너무도 선명한 영상 하나가 스쳤던 것이다.

새하얀 꽃으로 장식된 결혼식장, 평소보다 훨씬 행복해 보이는 너, 그리고 네 옆에 드레스를 입은 누군가.

절대 내가 상상하려던 게 아니었다. 그냥 떠올랐다. 한번 머릿속을 차지한 생각을 몰아내기란 불가능했다.

가슴이 아팠다. 처음에는 살짝 아릿하던 것이 곧 찢기는 듯한 아픔으로 번졌다.

아냐, 그냥 가볍게 한 말이잖아. 아무것도 아니잖아.

달래 봐도 눈앞의 영상은 사라지지 않았다. 그저 상상일 뿐인데 눈물이 날 거 같았다.

"야, 이나빈! 너 무슨 소리를 하는 거야? 내가 널 그렇게 가르쳤어?"

이모가 기가 찬 듯 언성을 높였다.

"나빈아. 삼촌은 네가 자랑스럽다."

"경후, 넌 왜 이런 걸 격려하고 있어?"

"왜? 아주 좋은 태도 같은데. 이 정도 각오는 되어야지."

"되긴 뭐가 돼?"

둘이 티격태격하는 사이, 나는 조심스럽게 자리에서 일어났다. 살짝만 나빈의 얼굴을 확인한다는 게 바로 눈이 마주쳤다.

"저기, 저 설거지⋯⋯."

그를 외면하고 얼른 그 자리를 빠져나왔다.

정신을 차리려고 일부러 맨손에 찬물로 설거지를 했다. 나도 모르게 한숨이 새어 나왔다.

결혼 행진곡, 사람들의 축복, 낯선 손가락에 반지를 끼워 주는 너.

상상은 꼬리에 꼬리를 물고 점점 구체적으로 변해 갔다. 괴로웠다. 상상 속 그 사람이 내가 아니라는 게.

하지만 막상 나를 대입해서는 그런 상상을 할 수가 없었다. 여전히 우린 너무 어울리지 않아서. 상상조차 창피할 정도로 어울리지 않아서.

어떤 사람일까. 그날 선배를 행복하게 해 줄 사람은.

참았던 눈물이 뚝뚝 떨어졌다.

이젠 스스로도 인정할 수밖에 없었다. 자각이 아니라 인정이었다. 내 감정은 한순간 충동도 아니었고, 사소한 설렘도 아니었다. 그 사실을 인정하는 게 무서워서 온 힘을 다해 자신을 기만해 왔을 뿐이었다.

널 좋아해. 사실은 오래되었지.

단순히 선배의 사랑스러운 면들을 좋아하는 게 아니었다.

나는 그의 가장 삐뚤어지고 부족한 면까지 갈망했다.

절대로 이렇게 되지 않으려고 노력하고, 또 노력했는데도.

그러니까 왜 멋대로 들어와서 다정하게 바라봐 준 거야.

처음부터 난 네게 저항할 힘이 없었어. 네가 웃어 주기만 하면 속수무책이었어. 사람을 좋아하는 건 정말 지긋지긋했는데…….

다행히 설거지를 마치고 나갔을 때는 화제가 바뀌어 있었다. 어느덧 찰리 파커의 음반도 끝났다. 시각은 자정을 향해 가고 있었다.

"아, 다혜 씨. 오늘 마감은 내가 대신 도와줄게. 다혜 씨는 일찍 들어가 봐요."

삼촌이 나를 향해 말했다.

"지금요?"

토요일 밤이라 아직 손님들이 많았다.

"누구 마음대로 퇴근이야?"

이모가 황당하다는 듯 끼어들었다.

"누나."

"응?"

"그거."

"아."

그녀가 고개를 끄덕끄덕했다.

"그래, 다혜. 오늘 일찍 가 봐."

"아직 12시도 안 됐는데…….."

"어제 늦게까지 있었잖아. 피곤하겠다."

몇 시간 못 자서 피곤하긴 했다. 정말 그래도 되는 건가 싶어 머뭇거리는데 이모가 내 등을 떠밀었다.

"둘이 들어가. 내일 봐, 다혜."

"아, 네."

뭔가 쫓겨나는 기분이었다. 외투를 입고 나빈과 함께 가게를 나섰다.

"좀 기분 이상한데요."

"빨리 마치면 좋은 거 아니에요?"

나빈이 대꾸했다.

하긴 내가 너무 예민한 걸지도 모른다. 최근에 김 변호사를 만나고 나서부터 줄곧 이랬다. 별것 아닌 행동들에서도 자꾸만 걱정할 거리를 찾는다.

"다혜 씨?"

"네?"

"불안한 거 있어요?"

나도 모르게 손끝을 얼얼할 정도로 물어뜯고 있었다.

"아니에요."

"맨날 아니라고만 하네."

나빈이 서운한 듯 중얼거렸다.

문을 열자 현관에 자동으로 불이 들어왔다. 나빈은 바로 들어가지 않고 현관에 서서 내 어깨를 가볍게 짚었다.

"다혜 씨, 잠깐만요."

나빈은 나와 마주 서더니 손가락 끝으로 가볍게 내 턱을 들어올렸다.

"밝은 데서 보고 싶어서요."

"네?"

"상처요. 확인하려고."

아, 상처.

나빈은 내 목을 살펴보더니 눈살을 구겼다.

"약 한 번 더 발라야겠어요. 씻고 나와요."

괜찮은데. 괜히 목을 문질렀다.

욕실에 들어가니 못 보던 물건이 보였다. 펭귄 모양의 칫솔꽂이였다. 그전까지는 칫솔을 그냥 컵에 꽂아 뒀는데, 오늘은 칫솔꽂이에 다소곳이 꽂혀 있었다.

저녁에 쇼핑 다녀온다더니 거기서 사 온 모양이었다.

"꼭 사도 자기 같은 걸……."

중얼거리며 펭귄의 부리를 톡톡 건드렸다. 어쩔 수 없이 입꼬리가 올라갔다.

곤란했다. 이런 식이면 계속 너를 좋아하게 될 텐데. 웃고 있는데도 가슴 한구석이 욱신거렸다.

샤워를 마친 후 옷을 갈아입고 나가니 나빈이 지난번처럼 아일랜드 위에 약통을 꺼내 두었다. 그는 면봉에 연고를 묻혀 상처 부위를 부드럽게 문질렀다. 내가 발라도 된다고 했는데, 오늘도 굳이 자신이 해 주겠다고 고집이었다.

고마운데, 순수하게 고맙지만은 않았다. 나빈을 이 이상 좋아하고 싶지 않기 때문이었다. 그가 내게 조금은 덜 자상했으면 했다.

"요즘 무슨 일 있죠?"

나빈이 물었다. 대답 대신 나는 그를 물끄러미 바라보았다.

"고민 있는 거 같은데."

내 뇌리엔 아직 결혼식의 영상이 남아 있었다. 상상 속 행복해 보이던 모습, 내 것이 아닌 모습. 고작 상상에도 괴로워하는 내가 초라했다.

욕심이 생겨 버린 거다. 절대 가지면 안 되는 욕심이.

이래서 이 감정을 인정하고 싶지 않았다. 네 얼굴을 보기만 해도 눈물 나게 될 걸 알아서.

이런 기분은 싫었다. 어떻게든 즐거운 생각을 하고 싶었다. 일어나지 않은 일로 괴로워하기보단, 나를 기다릴 행복들을 떠올리고 싶었다.

이를테면, 우리 두 사람이 볼 오로라 같은.

"선배, 우리 무르만스크 갈 거예요?"

엉뚱한 질문을 던졌는데도 나빈은 당황하지 않고 미소로 답했다.

"당연하죠. 약속했잖아요."

"근데 그전에 선배가…… 다른 사람이 생기면 못 가겠죠?"

바보 같은 말이 생각을 거치지 않고 튀어나왔다. 내 말에 내가 놀라서 입을 꽉 다물어 버렸다. 뱉은 말은 주울 수가 없었다.

이런 건 내가 좋아하는 방식이 아니었다. 이렇게 찔끔찔끔 마음을 흘리는 건.

"다른 사람이요?"

"여자 친구……. 아, 연애는 안 하신댔으니까, 결혼 상대……."

"듣고 있었네요."

나빈의 입가에 미묘한 미소가 걸렸다. 얼굴이 확 달아올랐다.

"그렇게 가까운데 어떻게 안 들어요."

"안 듣는 줄 알았죠. 눈길도 안 주길래."

"들으려고 한 게 아니라 들린 거예요."

"아무튼 그거야 뭐, 제가 좋아하는 사람이 절 좋아할 때의 이야기잖아요."

그가 가볍게 말했다.

"만약 언젠가는 생긴다고 하면, 저랑 여행 가긴 힘들겠죠?"

어째서일까, 그가 조금 더 입꼬리를 올린 것도 같았다.

"그래도 가야죠."

나빈이 태연히 대답했다.

아냐. 그건 내가 바라던 대답이 아니었다.

엘리는 약속을 지키겠다고 한 것뿐이다. 그런데도 나는 그가 미웠다.

이런 감정은 이상하다. 어딘가 삐뚤어져 있다. 억눌러 보려고 해도 잘 되지 않았다. 이렇게 어린애처럼 군다고 해서 엘리가 내가 원하는 말을 해 주지 않을 걸 잘 알면서도.

"그분이 싫어할 텐데요."

"아직 없잖아요."

"언젠가는 생기겠죠."

"그래도 다혜 씨랑 약속한 건데 지켜야죠."

어쩌면 이 남자는 이렇게 틀린 답만 할까.

하긴, 나빈이 내게 정답을 말해 줘야 할 이유는 어디에도 없었다. 그와 나는 그저 선후배 사이, 그뿐.

"있잖아요, 선배. 앞으론 저한테 조금 덜 친절하시면 안 돼요?"

그는 약을 마저 바르고 면봉을 내렸다. 볼일은 끝났지만 우리는 여전히 서로를 가까이 마주 보고 서 있었다.

"자꾸 그러시면 제가 착각해요."

"착각?"

"웃기다고 생각하시겠지만, 저 원래 그래요. 주제 같은 거 잘 모르니까……."

나빈은 내가 무슨 말을 하는지 모르겠다는 눈빛이었다.

"어차피 저랑 그런…… 연애 감정을 갖거나, 그런 관계가 아니잖아요. 그러니까…… 너무 친절하게 대하지 마세요."

말하고 나니 비참함이 몰려왔다. 나빈을 밀치고 나가려는데 그가 나를 막아섰다.

"그거야 다혜 씨한테는 그런 관계가 필요한 게 아니니까요."

"무슨 소리예요?"

"다혜 씨가 바라는 건 연애가 아니잖아요. 다혜 씨한테 지금 필요한 건 그냥 사람인 거 같은데. 아닌가요?"

"사람이요?"

"네. 남자가 아니라 그냥 사람이요."

나빈의 말이 아주 틀렸다고 할 수는 없었다. 그가 고백했다면 분명 나는 겁이 나서 거절했을 것이다. 아마 아주 저 멀리 뒷걸음질 쳤겠지.

그가 싫어서가 아니다. 내 마음이 무서워서 도망치는 거다. 내 감정이 깊어질 게 무서워서.

사랑을 몰랐더라면 달랐겠지.

그랬다면 아마 나는 지금 당장 그에게 고백했을 것이다. 아니, 어쩌면 그가 나를 이곳으로 데려왔을 때, 어쩌면 함께 오로라

를 보러 가자고 했을 때, 어쩌면 함께 새해를 맞던 바로 그 순간
에…….

그러나 나는 그때마다 내 속에 찬물을 부었다. 이런 열기는 우
리에게 어울리지 않는다고 선을 그었다.

사랑을 알기에, 사랑 같은 것은 하고 싶지 않았다.

선배와 나는 그런 관계가 되면 안 돼.

틈만 나면 자신에게 되뇌곤 했다.

우리는 그저 블루여야 해. 블루는 식어 버리지도 않고, 열상을
입히지도 않으니까.

사실은 조금 비겁한 짓거리였다. 온기는 누리고 싶고, 화상은
입고 싶지 않았던 내 이기심이 정한 거리.

"다혜 씨가 늘 나한테 그랬잖아요. 연애, 사랑, 이런 거 원하
지 않는다고."

"저는…….."

난 대체 뭘 원할까. 선배랑 대체 어떻게 하고 싶은 거야. 머뭇
거리는 사이 나빈이 계속 말을 이었다.

"난 그냥 다혜 씨가 원하는 게 되어 주고 싶어요. 다혜 씨가
머물 곳이 있었으면 좋겠고. 다혜 씨에게도 그런 사람 하나는 필
요하잖아요. 어떤 일이 있어도 기댈 수 있는 인생의 안전 장치
같은 사람."

"선배는 그게 전부예요? 선배가 바라는 건 없어요?"

"네. 지금은요."

"지금은?"

"지금은 다혜 씨에게 필요한 게 그런 거니까."

나빈이 차분히 대답했다. 이럴 때마다 나는 그가 겨울 강을 닮

았다는 생각이 든다. 안으로는 설령 폭류가 흐르고 있더라도 표면은 단아하게 얼어붙어 있는 것이다.

한 번쯤은 그 얼음을 깨 보고도 싶었고, 혹은 온기로 녹여 보고도 싶었다. 그 안에 흐르고 있을 것이 끔찍할지, 아름다울지, 혹은 둘 다일지 확인하고 싶었다.

"그럼 제가 만약 다른 걸 바라면요?"

"다른 거요?"

숨을 크게 들이쉬고 나빈을 올려다보았다.

"제가 좋은 사람이 아니라 남자……. 남자를 바라면, 그땐 어떻게 하실 거예요?"

어설픈 도발이었다. 그도 나도 입을 다물었다.

침묵이 1초, 2초, 길어질수록 나는 침착함을 잃어 갔다.

나빈은 눈을 내리깔고 나를 응시했다. 나는 본능적으로 뒤로 한 걸음 물러섰다. 아일랜드 식탁의 모서리가 허리 부근을 툭 쳤다. 더는 떨어질 수도 없었다.

새삼 그가 나보다 한참 크다는 걸 실감했다.

"그런 걸 바라요?"

그가 낮게 물었다. 평소보다 한 톤 가라앉은 목소리에 저절로 어깨가 움츠러들었다. 대답을 머뭇거리는 사이, 나빈이 천천히 내 안경을 벗었다. 시야가 흐려졌다. 바로 앞에 선 그의 얼굴조차 제대로 보이지 않았다.

"근데 내가 다혜 씨를 남자로서 대하면……."

그가 천천히 속삭였다. 숨이 차올라서 한마디도 할 수가 없다.

"지금처럼 좋은 사람은 못 될 수도 있는데."

나직한 음성이 내 몸을 옭아매는 것 같았다. 그의 손이 내 얼굴로 다가오는 것이 어렴풋이 보였다.

눈을 꾹 감았다. 너무 갑작스럽다고 생각하면서도 그를 밀어내지는 못했다. 어쩌면 오래전부터 이런 순간을 기대했던 걸지도 몰랐다. 그의 손끝이 뺨 위를 가볍게 스치자, 어깨가 흠칫 떨렸다. 그가 잠깐 닿았던 부분에 열이 몰리고 온몸의 신경이 쏠렸다.

심장 소리가 너무 크게 울려.

이대로 죽을 거 같아.

어느새 나는 숨도 멈추고 있었다.

키스를 하면 그다음에는?

나는 손을 더듬어 아일랜드 모퉁이를 움켜쥐었다. 손에 바짝 힘이 들어갔다.

그다음에는…….

오늘 밤 그가 무슨 요구를 하든 절대로 거절하지 못할 거다.

절대로…….

그때 내 콧대에 손끝이 톡 닿았다. 안경의 코 받침이 누르는 그 자리였다.

"다혜 씨, 여기 또 눌린 자국 남았어요."

나빈은 그 자리를 조심스럽게 문질렀다. 아까의 긴장감은 어디 가고 평소의 음성 그대로였다. 순간 아일랜드를 잡고 있던 손에 힘이 빠졌다.

"아, 안경이 조금 무거워서……."

나는 다시 눈을 떴다. 얼굴에 열이 확 몰렸다.

아, 무슨 착각을 한 거야. 혼자서.

방금 상황이 창피해서 견딜 수가 없었다.

"안경이 너무 무거운 거 아닐까요? 다혜 씨한테."

"아, 그게 근시랑 난시가 둘 다 심해서요. 렌즈를 압축해도 어쩔 수 없이 안경 무게가 나가거든요. 그러니까 익숙해서 별로 아프거나 하지 않으니까……."

나는 흐리멍덩한 나빈의 얼굴을 올려다보며 허둥지둥 말했다. 혹시나 내 착각을 눈치챘을까 무서웠다. 엉뚱한 기대를 했다는 사실을 절대 들키고 싶지 않았다. 그의 표정이 하나도 보이지 않아서 나빈이 어떤 생각을 하고 있는지 짐작할 수도 없었다.

"진짜 아무렇지도 않거든요. 아무 느낌도 없고, 그러니까……."

말을 하면 할수록 얼굴이 점점 더 달아오르는 게 느껴졌다.

"그러니까 선배, 이런 거 진짜 신경 안 쓰셔도 괜찮……."

입술 위에 그의 입술이 닿았다. 눈을 감을 틈도 없었다. 부드럽고 따뜻한 것이 폭 뭉개졌다. 나빈의 입술은 그대로 내 입술에 잠시 머물다 떨어졌다. 짧고 간지러운 베이비키스였다.

그는 내게 다시 안경을 씌워 주며 물었다.

"다혜 씨가 남자를 바란다는 의미는 이런 건가요?"

짓궂은 미소가 보이자마자 눈물이 핑 돌았다. 순간 나빈의 얼굴에 당혹감이 스쳤다.

"다혜 씨, 미안해요. 울어요?"

"우는 게 아니라 짜증 난 거예요! 선배가 놀리니까……."

"미안해요. 다신 안 할게요."

"그런 게 아니라, 괜히 놀린 게 싫다고요! 아까 그냥 바로 해도 되잖아요, 진짜……."

너무 당황해서 내가 무슨 말을 하는지도 모른 채 마구 쏘아붙였다. 혼자서 긴장했다가 창피했다가 난리를 친 생각을 하면 머리에 열이 뻗쳤다.

나는 정말 화가 났는데 나빈은 웃음을 터트렸다.

"지금 웃음이 나와요?"

"네, 나와요."

미안하다는 사람이 한마디도 져 주질 않았다.

"다혜 씨."

나빈은 엄지로 내 눈가에 남아 있던 눈물을 닦아 주었다.

"2월까지는 오로라가 보인대요."

갑자기 무슨 소린지 몰라 눈을 깜빡였다.

"그러니까 그냥 이번 달에 가요. 무르만스크."

"네?"

"아직 방학도 좀 남았잖아요. 지금부터 준비하면 충분히 다녀올 거 같은데. 싫어요?"

"싫은 건 아니지만……."

"그냥 둘이서 다녀와요. 다혜 씨가 원하면 오래 머물러도 되고."

"아, 안 돼요, 선배."

"왜요?"

나빈의 표정이 살짝 어두워졌다.

"여권이 없어서요."

진지한 대답이었는데 그는 웃어 버렸다.

"진짜예요. 집에 두고 와서."

"그럼 분실 신고하고 새로 받으면 되죠. 내일 아르바이트 가기 전에 여권 사진부터 찍어요. 다음 주에 신청하면 일주일 내로 나올 거예요. 그럼 바로 출발해요."

그의 눈동자에 내 모습이 언뜻 비쳤다. 이 사람과 함께 오로라를 본다면, 나도 무언가 달라질 수 있을 거라는 기묘한 확신이 들었다.

"싫어요?"

"······가요. 가고 싶어요."

대답을 듣자 그는 나를 가볍게 끌어안았다. 그의 손이 머리칼을 쓸어내리는 게 느껴졌다.

"근데 저 진짜 화났어요. 아직 안 풀렸다고요."

그의 품에 대고 웅얼거렸다.

"그럼 제가 어떻게 하면 화가 풀리겠어요? 내일 아침은 다혜 씨가 좋아하는 걸로 준비해 둘까요?"

"그걸로 안 돼요."

"그럼요?"

다정한 음성이 귓가 바로 옆에서 울렸다.

"······아침 말고 브런치 해 주세요. 내일 늦잠 자고 싶으니까."

짜증 섞인 목소리로 대꾸했다. 심장이 너무 뛰어서 입술까지 떨렸다. 그는 대답 대신 나를 좀 더 강하게 끌어안았다.

오늘은 정말 이상한 밤이야.

눈을 감고 생각했다.

태어나서 처음으로 남자에게 안긴 것 같아.

평소보다 이른 시각에 잠에서 깼다. 자연스레 어제 일이 떠올라 손가락으로 입술을 더듬었다. 아무리 만지작거려도 그의 입술이 닿았던 그 느낌은 나지 않았다.

너무 잠깐이었어. 장난 같기도 하고, 진심 같기도 한 이상한 키스였다. 그 안에 담긴 감정이 정확히 무엇인지 알기도 전에 입맞춤은 스쳐 가 버렸다.

무언가 변한 걸까, 아닌 걸까.

늦잠을 자겠다고 해 두길 잘했다. 나는 침대에서 뒹굴며 계속 어제 일들을 곱씹었다.

이런 기세로 공부를 했으면 벌써 졸업 논문도 완성했겠네.

스스로가 우스워서 헛웃음이 나왔다.

슬슬 배가 고파질 무렵 방을 나갔다. 나빈은 부엌에서 식사를 준비하는 중인 듯했다. 벌써부터 맛있는 냄새가 나고 있었다.

"잘 잤어요?"

나빈이 내게 인사를 건넸다. 평소와 하나도 다를 게 없는 태도였다. 괜히 나만 아침 내내 고민한 것 같아 분했다.

"씻고 올게요."

나도 일부러 최대한 태연하게 대꾸했다. 욕실로 들어와 곧바로 샤워를 했다.

한 걸음도 아니다. 반 걸음. 딱 그만큼만 내딛으면 우리 관계는 완전히 달라질 것이다.

정말 괜찮을까. 시작되고 나면 돌이킬 수 없을 텐데. 너와 서로 싸우고 상처 주진 않을까.

우리가 서로를 잃으면 기댈 곳도 없을 텐데.

샤워를 하고 나오니 식탁에는 약속한 브런치가 준비되어 있었다. 크루아상에 치즈 오믈렛, 블루베리 잼과 청포도였다. 크루아상은 운동을 다녀오는 길에 사 왔다고 했다. 어디서 사 온 건지 몰라도 버터의 풍미와 적당한 바삭함이 먹어 본 것 중에 가장 맛있었다.

블루베리 잼이 살짝 느끼할 뻔한 크루아상에 상큼하게 어울렸다. 치즈 오믈렛은 모양은 별로였지만 한 입 먹어 보니 고개가 절로 끄덕여지는 맛이었다. 거기에 입가심으로 청포도까지. 흠잡을 데 없는 밸런스였다.

"합격."

내 말에 나빈이 와, 하고 혼자 환호했다. 너무 기뻐하는 걸 보니 좀 심술을 부리고 싶어졌다.

"그치만 아직 점수는 B 정도예요. 더 노력하세요."

"네……."

나빈이 시들시들하게 대답했다.

두 사람 다 접시를 깨끗이 비웠다. 나빈은 식사 후에 커피 메이커와 그라인더를 찬장에서 꺼냈다.

"커피 내리실 거예요?"

"네. 아침에 카페에서 원두도 사 왔거든요."

나빈은 싱크대에 올려 두었던 봉투를 뜯었다. 내가 설거지를 하는 동안 그는 커피를 내렸다. 느릿느릿하게 부엌에 커피 향이 퍼져 갔다.

"커피 향 좋다, 그죠?"

나빈이 머그잔에 커피를 따르며 말했다. 우리는 싱크대에 나란히 서서 첫 모금을 맛보았다.

"네, 좋네요."

부드럽고 은은한 향이 좋았다. 혀에 감도는 맛도 인스턴트와는 비교가 되지 않았다. 아침마다 부엌에 이런 커피 향이 가득하면 좋겠다고 생각했다.

"앞으로 커피는 내려 마셔야겠어요."

나빈 역시 비슷한 생각을 한 모양이었다.

일요일이라 나빈은 평소처럼 집 청소를 했다. 오늘은 나도 청소를 조금 도왔다. 돕는다 해도 정리 정돈 수준이었지만 말이다. 어째선지 나빈의 청소는 내가 처음 왔던 때보다 느슨해졌다.

"전보다 대충하시는 거 같은데요?"

"그래도 깨끗하잖아요?"

틀린 말은 아니라 할 말이 없었다.

아무 생각 없이 청소를 하고 있으니 머릿속이 좀 정리되는 기분이 들기도 했다. 그의 어머니 방에서 짐을 뒤적이다 오래된 앨범도 발견했다. 청소를 하다 말고 한참이나 나빈의 어린 시절 사진을 구경하며 수다를 떨었다.

"선배, 이때는 엄청 귀여웠네요."

"지금은요?"

"아, 네……. 뭐, 지금도 귀엽다고 해 둘까요……."

마지못해 대답하는 시늉을 했더니, 나빈은 불퉁한 얼굴로 앨범을 닫아 버렸다.

"뭐예요, 아직 보고 있었는데."

"됐어요. 다혜 씨는 사진 보고만 귀엽다고 하고."

"아니, 선배 사진이잖아요? 지금 자기 사진한테 질투하는 거예요?"

어처구니가 없어서 물었더니 나빈이 뜨끔한 듯 얼굴을 붉혔다.

청소를 마치고, 늦은 오후 나빈과 집을 나섰다. 지하철역 근처의 사진관은 일요일인데도 영업 중이었다.

여권용 양식에 맞춰 사진을 찍었다. 한 장만 제출하면 되는데 여덟 장씩이나 뽑아 줬다. 나머진 대체 뭐에 써야 하나 고민하고 있는데 나빈이 손을 내밀었다.

"다혜 씨, 나머지 일곱 장 쓸 곳 없죠?"

"네."

"그럼 제가 다 가져도 돼요?"

"가져가서 뭐 하시게요?"

"음, 일단 지갑에도 한 장 넣어 두고."

"그럼 한 장이면 되잖아요."

"다른 사람한테 주면 안 되니까 제가 다 가질래요."

"제 사진 같은 거 아무도 안 갖고 싶을 텐데요."

"예쁘니까 다들 갖고 싶어 할 거예요."

이건 빈말이라도 심했다. 여권 사진을 찍어 본 사람이라면 누구나 알겠지만, 애초에 이런 사진은 보기 좋게 나올 수가 없다. 한 입 먹고 던져진 찐빵같이 안 나오면 다행이다. 이나빈 같은 극악무도한 예외를 제외한다면 말이다.

"마음대로 하세요."

여권 서류에 쓸 한 장을 빼 두고 사진을 봉투째 나빈에게 넘겼다. 나빈의 얼굴에 만족스러운 미소가 번졌다.

"다혜 씨는 제 사진 필요 없어요?"

"네. 필요 없어요."

"많은데."

"부담스러워요."

"왜 맨날 부담스럽다는 거야."

나빈이 투덜거렸다.

"그거야 선배는……."

멈칫했다. 잘생겨서? 예뻐서? 잘생겼다고 말하기엔 너무 예쁘고, 마냥 예쁘다고 하기엔 너무 잘생겨서, 내 빈곤한 어휘들로는 도저히 축약할 수 없는 얼굴이다. 어지간한 형용사도 이 남자에게 갖다 대면 단숨에 초라해지고 만다.

"선배는 그냥 선배라서요."

결국 나는 애매모호한 말로 얼버무리고 말았다. 그런데 나빈은 뜻밖에도 그 말이 좋았는지 웃었다. 정말 알다가도 모를 사람이라 생각했다.

"바로 아르바이트 갈 거예요?"

나빈이 물었다.

"네, 그래야 할 거 같네요. 시간이 애매해서."

어느덧 노을이 먼 하늘을 물들이고 있었다.

"내일은 쉬는 날이죠?"

"네."

"그럼 어디 놀러갈까요?"

"어디요?"

"그냥 다혜 씨가 가고 싶은 곳."

힐끗 나빈을 올려다보았다.

"화요일 아르바이트 시간까지만 돌아오면 되잖아요. 좀 멀리가도 되고요."

그가 가볍게 덧붙인 말에 나는 멈칫했다. 내일 출발해서 화요일에 돌아오자는 건 1박 여행을 가자는 뜻인가?

보통 그런 건…….

"일단 생각해 볼게요."

바로 마음을 정할 수 없어 모호하게 대답했다. 마지막 반걸음을 내딛기엔 망설여졌다. 발치에 걸리는 돌부리처럼 무언가가 마음에 걸리는 기분이었다.

"네, 생각해 보고 말해 주세요."

나빈이 흔쾌히 고개를 끄덕였다.

나빈과는 가게 앞에서 헤어졌다. 오늘도 공연은 취소라 집에서 내가 마칠 시간을 기다리겠다고 했다.

일하면서 많은 생각들을 정리했다. 김 변호사와의 일, 다음 학기 등록, 그리고 나빈과의 관계.

그중 가장 빨리 정리된 것은 의외로 김 변호사의 일이었다.

11시 무렵, 이모가 갑작스러운 말을 꺼냈다.

"다혜. 이야기 좀 할까?"

한 테이블 있던 손님들이 떠나고, 막 설거지를 마무리하던 참이었다.

고무장갑을 벗고 나갔다. 이모와 나는 가게 구석 테이블에 앉았다.

"어제 경후랑 이야기를 좀 해 봤는데."

"네."

나도 모르게 마른침을 삼켰다.

"어디서부터 얘기를 해야 하나……. 아, 그 며칠 전에 내가 일찍 갔던 날 기억나?"

"네."

"그 다음날 점심때 전화 한 통이 왔어."

불길한 예감은 늘 틀리지 않는다. 누구의 전화일지 듣지 않아도 알 것 같았다.

"처음 듣는 이름이었는데, 자기가 변호사라고 하더라고."

역시 그렇겠지. 통화 내용도 쉽게 짐작할 수 있었다.

"다혜 이야기를 하더라?"

"네."

나는 아까부터 테이블만 바라보고 있었다.

"사실 이런 걸 굳이 너한테 이야기해야 하나 싶어서 그냥 넘어가려고 했어. 근데 어제 경후가 그러더라고. 다혜가 불안해하는 것 같으니 차라리 이야기를 해 두는 게 낫겠다고."

"그 변호사가 무슨 이야기를 했길래요?"

"뭐, 길게 말했는데 결국 너 집에 돌려보내라는 얘기였지."

"그래서 뭐라고 말씀하셨어요?"

"개새끼가 뭐라는 거야, 하고 그냥 끊었지."

그 순간 김 변호사의 표정을 상상하니 나도 모르게 웃음이 나왔다.

"아니, 굉장한 협박이라도 하는 것처럼 말하길래 나는 가게에 불이라도 지를 줄 알았지. 조폭들 데려와서 다 부수거나. 다혜 이야기 듣고 나니 맥 빠지더라? 생각보다 시시해서."

"그치만 이모한테 피해가 가잖아요."

"걱정하지 마, 그런 건 짜증 나는 거지 무서운 일이 아냐. 아무튼 너 그거 때문에 집에 들어갈 생각은 하지 마. 그럴까 봐 어제 경후랑 이야기 나눠 보고 너한테도 이 일 말해 주기로 한 거야. 알겠어?"

"혹시 부모님이 더한 짓을 할 수도 있어요. 이건 그냥 시작일 텐데……."

"상관없어. 그런 거 신경 쓰는 거 내 스타일 아냐. 너도 마음 쓰지 마."

이모의 말이 끝나고 나는 한참 입을 열지 못했다. 미안했고, 괴로웠고, 창피했다. 속이 울렁거리는 것을 간신히 가라앉힌 후 물었다.

"나빈 선배 때문에, 저한테 이렇게까지 해 주시는 건가요?"

그런 거라면 무리하시지 않아도 된다고 말해 주고 싶었다. 나빈의 후배라는 이유만으로 이렇게까지 민폐를 끼칠 수는 없었다.

이모는 오히려 나를 이상하다는 듯 바라보았다.

"우리가 너한테 뭘 해 줬는데?"

"어……."

"우린 너한테 해 준 게 없어."

"여기서 아르바이트도 시켜 주셨잖아요."

"그건 시켜 준 게 아니야. 내가 필요해서 구한 거지."

"삼촌이 요리도 가르쳐 주셨는데."

"걘 심심한 애라서 그런 거 부탁하면 좋아해. 그냥 우린 하고 싶은 대로 한 거야. 누가 희생하고 헌신하고 그런 거 없어. 난 그런 위선은 완전 질색이고. 아, 오늘은 손님도 없을 테니 마감하자."

이모는 먼저 자리에서 일어났다.

"……죄송해요."

"뭐가?"

"처음에 숨기고 거짓말한 거요."

"뭐 어때. 나쁜 의도로 숨긴 것도 아니고. 거짓말할 자유도 있는 거지."

이모는 대수롭지 않다는 듯 대꾸했다.

"선배한텐 이야기하셨어요?"

"아니. 굳이? 둘 일은 둘 알아서 해. 아무튼 너 그 이상한 새끼한테 제대로 말해. 그런 식으로는 서다혜 못 휘두른다고. 그쪽이 뭘 들이대든 버텨. 알았어?"

그녀는 먼저 일어나 내 어깨를 툭툭 쳤다.

"오늘은 더 손님도 없겠네. 퇴근해."

"네."

얼떨떨한 기분이 지나가고 이내 웃으며 대답할 수 있었다.

돌아오는 길은 여느 때보다 발걸음이 가벼웠다. 평소보다 이른 귀가라, 아직 나빈은 마중 나오기 전이었다. 굳이 그에게 연락하지 않고 혼자 집까지 걸어가기로 했다.

나는 곧바로 김 변호사에게 전화를 걸었다.

―결정하신 겁니까?

"나 안 돌아가. 그렇게 아세요."

―후회하실 겁니다.

"그런 협박들이 통할 거라 생각하세요? 쓸데없이 서로 힘 빼지 말죠. 끊어요."

그가 다음 말을 하기 전에 전화를 끊어 버렸다.

신기하게도 김 변호사와의 일이 해결됐다고 생각하자, 다른 고민들도 풀려 버렸다. 그 일이 내 마음을 꽁꽁 묶어 두고 있었던 모양이었다.

우선 학교는 다녀야지. 학자금은 대출해도 되고.

생활비는 아르바이트를 계속 할 거니까 어떻게든 될 거야. 부모님이 좀 귀찮게 군다 해도, 날 억지로 끌고 갈 순 없는 거니까.

선배는…….

나는 선배를 좋아하니까…….

항상 들리곤 하던 편의점 앞에서 걸음을 멈췄다. 야외 선반에는 발렌타인 초콜릿들이 전시되어 있었다. 초콜릿을 안고 있는 곰 인형이 눈에 들어왔다.

며칠 지나면 발렌타인이구나.

"이거 좋아할 거 같은데…….”

한참이나 곰 인형을 살펴보다 내려놓았다.

"그날 사 가야겠다.”

자연스럽게 입가에 미소가 맺혔다.

나는 선배를 좋아하니까, 아무래도 그냥 계속 좋아하는 수밖에 없을 것 같다.

쉬운 결론을 내느라 오래 걸렸다. 마음 한편으로는 김 변호사와의 일이 계속 신경 쓰였던 거다. 괜히 나 때문에 나빈까지 곤란해질까 봐, 언제든 도망칠 태세를 갖추려 했다.

이제는 아니니까.

어떤 상황이 와도 걷어차 버릴 테니까.

그냥 멍청하게 계속 좋아해야지. 사랑은 한번 시작하면 언제나 첫사랑처럼 사람을 흐리멍텅하게 만드니까.

나빈을 생각하면 난 단 한 번도 사랑을 해 본 적이 없는 사람처럼 바보가 되어 버린다. 아무것도 생각할 수 없고, 그냥 지금의 감정이 전부인 것 같다.

집에 돌아왔을 때 나빈은 헤드폰을 끼고 전자 피아노를 치고 있었다. 꽤 집중했는지 내가 온 것도 모르는 것 같았다. 뒤로 살금살금 다가가서 어깨를 살짝 건드렸다.

"어?"

나빈은 고개를 돌려 나를 보고는 벽시계를 확인했다.

"일찍 왔네요? 혼자 왔어요? 괜찮아요?"

나빈이 놀란 듯 물었다.

"이제 괜찮아요. 혼자 다녀도 될 것 같아요. 어차피 마주친다 해도 부모님이 날 억지로 끌고 갈 수는 없잖아요."

더 겁먹고 도망치는 것은 싫었다. 그럴 필요도 없는 거였다.

지금은 나를 지지해 주는 사람들이 있다. 그리고 나도 이전과 똑같은 나로 살고 싶지 않다.

나빈은 무슨 생각을 하는지 나를 멍하니 올려다보았다.

"다혜 씨, 지금 되게……."

"네?"

"예쁘네요."

나빈의 엉뚱한 말에 눈만 깜빡였다.

"아니, 지금 되게 예뻐서요."

"어……."

이런 말엔 어떻게 대답해야 할지 모르겠다. 작업이라기엔 너무 이상한 타이밍이었고, 아부라기에도 미묘했다. 결국 그냥 웃어 버렸다.

"아, 선배. 우리 내일 놀러 가요."

나는 생각해 온 말을 꺼냈다. 나빈의 표정이 확 밝아졌다.

"좋아요. 재밌겠다. 몇 시에 출발할까요?"

그가 물었다.

"음, 일어나서 아침 겸 점심 먹고 가면 되지 않을까요?"

"가고 싶은 곳 있어요?"

"동해안은 너무 멀까요?"

"아뇨. 좋죠. 어차피 평일이라 차도 없을 거고. 그럼 이모한테 차 빌려 둬야겠네요."

나빈은 곧바로 이모에게 메시지를 보냈다. 우리는 새벽이 깊을 때까지 거실 테이블에 마주 앉아 한참이나 여행 계획을 세웠다. 나는 바다가 보고 싶다고 했고, 나빈은 양이 보고 싶다고 했다. 정말 오랜만에 아무 걱정 없이 웃었다.

우린 어디든 갈 수 있어. 겨울 바다도, 극지방의 백야도. 보고 싶으면 볼 수 있고, 닿고 싶으면 닿을 수 있어. 내일은 바다와 양을 찾아 떠나고, 머지않아 무르만스크의 오로라도 보게 되겠지.

"선배는 초콜릿 같은 건 잘 안 먹죠?"

"왜요?"

"그냥 제가 주면……. 먹을 건가 해서."

"당연히 먹어야죠, 남김없이."

나빈이 씩 입꼬리를 올렸다. 그러더니 내 양옆를 기웃거렸다.

"근데 어딨어요? 초콜릿."

"지금 사 왔다는 건 아니었어요."

"뭐야."

나빈이 실망한 듯 투덜거렸다. 여행 계획을 짠 후 침대로 돌아왔다. 오랜만에 편한 기분으로 눈을 감았다.

　내일이 기대돼.

　문득 그런 생각을 했다.

　처음이었다. 진심으로 내일이 있길 바랐다.

3.

불쾌한 진동에 눈을 떴다. 머리맡에 두고 잤던 휴대폰이 울린 것이었다. 보통 이 정도에는 깨지 않는데 이상하게 눈이 뜨였다. 본능적으로 몸이 무언가를 감지한 것일지도 몰랐다.

화면을 켰다. 김 변호사의 메시지였다.

[현명한 결정을 도와드리죠.] 오전 7:00

곧 첨부 파일 하나가 도착했다.

[이나빈.pdf] 오전 7:00

"이게 뭐야⋯⋯."

한숨을 푹 내쉬고 파일을 클릭했다. 첫 장을 보자마자 싸늘한

한기가 척추를 타고 올라왔다. 침대에서 벌떡 일어났다. 나는 옷을 갈아입지도 못한 채 방을 나섰다.

나빈은 운동을 나간 듯했다. 그대로 건물 옥상으로 향했다. 옥상에는 아무도 없었다. 매서운 바람에 몸이 덜덜 떨렸다. 정신이 없어 반팔에 반바지 차림으로 나왔던 것이다. 하지만 추위보다 충격이 더 컸다.

전화를 걸자마자 김 변호사는 기다렸다는 듯 바로 받았다.

"너 뭐야, 개새끼야."

—다혜 씨, 거기서 그런 사람들이랑 어울리다 보니 입이 험해지셨네요.

"너 뭔데 이런 걸 갖고 있어? 이걸 나한테 왜 보내는 거야?"

—누가 들으면 엘리의 개인사가 대단한 국가 기밀이라도 되는 줄 알겠습니다. 별로 어렵게 구한 것도 아닙니다.

"이걸 어쩌자고 나한테 보낸 건데?"

—이미 말씀드렸는데요. 현명한 판단을 도와드리려고 보낸 겁니다.

"판단?"

—보아하니 강은미 씨나 이경후 씨 정도로는 다혜 씨가 정신을 못 차리는 거 같아서요. 저도 굳이 이 자료를 쓰고 싶지 않았는데 어쩔 수 없었습니다.

"이거 진짜야?"

—설마 모르셨던 겁니까? 하긴 뭐, 모를 것 같았습니다. 엘리가 말했을 리가 없으니.

"이걸 어떻게 하려고?"

—뭐, 사실 엘리는 은퇴한 지도 오래됐고……. 터트려도 뭐,

대단한 난리야 나겠습니까? 기껏해야 학교생활이나 좀 더 힘들어지겠지. 아, 나름 윗세대에서는 유명한 사건이라 널리 알려지면 취업도 약간은 더 힘들어지겠네요. 그래도 대한민국은 다행히 법으로 엘리 같은 사람들이 불이익을 당하지 않게 보호하고 있습니다.

"법으로나 그렇겠지."

—맞습니다. 법으로나 그렇죠. 뭐, 이참에 성문법과 사람들의 인식이 얼마나 동떨어져 있는지 연구해 보는 것도 재밌겠죠.

"그래서 이걸 퍼트리겠다고?"

—음, 엘리 말인데, 최근에는 참 열심히도 숨어서 살아왔던데요. 하기야……. 사람들 입에 이런 걸로 오르내리면, 거둬 준 사람들한테도 민폐 아닙니까? 주변도 피곤해질 거고.

"그래서 이걸 퍼트리겠다는 거냐고."

—그거야 다혜 씨한테 달렸죠. 제가 무슨 권한이 있겠습니까? 다혜 씨 결정에 달린 거지.

돌아가지 않아도 될 거라 믿었다. 어떻게든 막아 냈다고 생각했다.

착각이었다. 그 사람들 앞에서 나는 여전히 무력했다. 턱이 덜덜 떨렸다.

"이건 선배가 잘못한 게 아냐. 선배는 아무 잘못 없는 거잖아."

—그래요? 아무 문제 없다 생각하시면 다혜 씨도 그냥 넘어가시면 될 일 아닙니까? 굳이 저한테 전화를 하신 걸 보면, 이미 다혜 씨도 동요하시는 것 같은데.

"어떻게 아무 잘못 없는 사람에게……."

257

—그런 과거를 알면서 계속 얼굴 파는 일을 한 것도 잘못이라면 잘못이죠. 저라면 무서워서라도 대중 앞에 못 나섰을 텐데.

　"선배는 이 사실을 몰랐잖아."

　—모른다고요? 엘리가 그렇게 말했습니까?

　나빈은 자신의 친부모가 두세 살 때 그를 떠났다고 했다. 나는 자세히 묻지 않았고, 그도 말해 주지 않았다. 알 리가 없었다. 알아서는 안 되는 사실이었다.

　—서다혜 씨.

　"선배가 이걸 어떻게 알아……."

　—엘리는 알고 있었습니다. 성인이 됐을 때 보육원을 통해 친부모 확인을 한 적이 있으니까요.

　"뭐……?"

　—알면서 다혜 씨에게 거짓말을 한 거죠. 인간이란 게 다 그렇죠. 자기 동정 받을 이야기나 잔뜩 했겠지.

　휴대폰을 쥐고 있는 손에 힘이 들어갔다. 모서리에 눌린 손가락 부분이 저려 왔다.

　—우리 다혜 씨, 불쌍해서 어떡합니까. 그러니까 제가 엘리를 너무 믿지 말라고 했었는데.

　김 변호사의 목소리에는 비웃음이 가득했다.

　엘리는 나를 배신하지 않았다. 내게 거짓말을 했지만 그건 그럴 수밖에 없는 일이었다.

　그런 말은 속으로만 했다. 어떤 말을 해도 전부 바보같이 들릴 뿐이란 걸 알고 있었던 것이다.

　—엘리는 은퇴한 지 오래됐지만 윌로 더 위스프는 아직 활동 중이죠. 심지어 국내외적으로 입지도 좋습니다. 윌로의 전 멤버

라는 이유만으로 꽤 많은 언론이 이 기사를 실어 날라 줄 겁니다.

"아무 상관없는 남의 사생활을? 이게 무슨 기삿감이 되는데?"

―아, 아무 상관없는 남의 사생활. 그게 바로 대중들이 알고 싶어 하는 거거든요.

다리에 힘이 빠졌다. 나는 간신히 난간에 기대어 섰다. 그의 말에 반박할 수가 없었다.

"그래도, 사람들이…… 그런 걸로 선배를 탓할 리가 없잖아. 다들 선배가 아무 잘못 없단 거 알잖아……."

―사실 관계가 뭐가 중요합니까? 프레임이 중요하지. 인간은 그렇게 이성적이지 않습니다. 아니, 오히려 정의를 핑계 삼아 이성을 잃는 걸 내심 즐기죠.

김 변호사의 말이 귓가에서 웅웅 울렸다.

―무엇보다 안다는 건 불가역적입니다. 그래서 무서운 겁니다. 한 번 알려진 사실을 사람들의 머릿속에서 지울 방법은 없습니다. 잘 지나갈 수도 있고, 문제가 커질 수도 있고. 결과야 모르지만, 그때 가서 다혜 씨가 후회한들 돌이킬 수는 없다는 거죠.

그는 숨 쉴 틈도 주지 않고 계속해서 이야기를 이어 갔다.

―10명 중 하나라도, 아니 100명 중 하나라도 엘리에게 악의를 품는다면, 그것만으로도 엘리는 죽을 만큼 괴로울 겁니다. 그리고 세상에는 화풀이 대상을 찾고 있는 사람들이 얼마든지 있고요. 사람이란 게 얼마나 잔인해질 수 있는지 다혜 씨는 아직 잘 모를 겁니다.

눈을 질끈 감아 버렸다. 멀리서 밝아 오는 여명이 끔찍했다. 그 희고 여린 빛은 어딘가 나빈을 닮았다.

너무 다정하고, 너무 소중해서, 움켜쥐기도 겁이 나던 사람.

설령 운이 좋아 작게 지나간다 해도 선배가 그걸 견딜 수 있을까?

아니, 애초에 선배가 왜 나 때문에 그런 일을 견뎌야만 해?

선배는 그런 일을 견뎌야 할 이유가 없어······.

—그러니 다혜 씨는 저한테 고맙게 생각하셔야 될 겁니다. 그냥 터트릴 수도 있는데, 다혜 씨가 너무 마음 아플까 봐 엘리를 도와줄 기회를 드린 거니까요.

"도와줄 기회?"

—이 기회를 날려 버리시더라도 전 상관없죠. 다혜 씨가 엘리를 비참하게 하고, 엘리는 다혜 씨를 미워하게 되고. 그럼 어차피 집으로 돌아오게 될 테니까.

"비참해진다고."

다른 말은 들리지도 않았다.

—당연히 그렇지 않겠습니까? 얼마나 숨기고 싶었으면, 다혜 씨한테도 거짓말을 했을까. 생각해 보세요.

말을 마치고 김 변호사가 낮게 웃었다. 그는 이미 승리를 확신하고 있었다.

—이번 기회에 다혜 씨가 들어오든, 들어오지 않든 자유입니다. 들어오지 않는다면, 다음번에는 또 다른 방법을 찾으면 되죠. 다혜 씨를 설득할 수단은 얼마든지 있을 테니까요.

설령 이 일을 넘긴다 해도, 어떤 방식으로든 우리를 괴롭히겠다는 선언이었다.

—제가 다혜 씨라면 차라리 빨리 돌아오겠습니다. 뭐, 엘리가 어디까지 만신창이가 될 수 있나 궁금하시다면 앞으로도 쭉 거

기 계시고요.

김 변호사의 말 한마디 한마디가 내 목을 죄어 오는 것 같았다. 나는 눈을 감고 괴롭게 숨을 들이쉬었다. 입술 틈으로 힘겹게, 정말 하고 싶지 않던 말이 흘러나왔다.

"……들어갈게."

—생각보다 더 쉽군요. 다혜 씨가 그 사람을 사랑하긴 했나 봅니다.

김 변호사 빈정대는 소리도 귀에 들어오지 않았다. 어떻게든 막아야겠다는 생각뿐이었다.

"이 파일……. 절대로 퍼트리지 마세요. 들어갈게요."

—지금 당장 들어오시겠습니까? 모시러 갈까요?

"아뇨, 제가 알아서, 내일……. 내일 들어갈게요. 여기서 짐 정리도 해야 하고. 부모님께 전해 주세요. 제가 잘못했다고, 내일 저녁에 들어간다고."

선배와 약속했다. 오늘 바다를 보러 가자고.

그 마지막 여행만큼은 다녀오고 싶었다. 이번이 아니면, 영영 그런 여행은 내 삶에 없을 테니까.

—인사를 나누는 데는 10분이면 충분할 텐데요.

"하루라도 더 시간이 필요한 것뿐이에요. 인사 같은 게 아니라…… 다른 생각 하는 게 아니니까 그냥…… 그렇게 말해 주세요."

수화기 너머 실소가 들려왔다. 곧 김 변호사의 경멸 어린 음성이 이어졌다.

—하, 참. 너무하네. 그렇게 엘리랑 하룻밤 더 자고 싶어요?

"그런 거 아니에요."

―제가 그렇게 해 드리기 싫다면요?

"변호사님. 하루잖아요. 정리할 시간이 필요한 거예요."

―정 그러면 저한테 빌어 보세요.

"네?"

잠깐 귀를 의심했다.

"어떻게…… 빌어요?"

―왜, 다혜 씨가 부모님한테 잘하는 거 있잖아요. 그렇게 하면 되겠네요.

"무슨……."

―제가 모를 거라 생각했습니까?

머릿속이 핑핑 돌았다.

이 남자는 뭘 어디까지 알고 있는 걸까. 엄마가 무슨 이야기라도 한 건가. 아니, 그냥 봐도 티가 날 정도로 내가 우리 부모 앞에서 비굴했던 걸까.

―못 하겠으면 그냥 오늘 돌아오시고요.

"아, 아니에요! 빌게요!"

다급하게 외쳤다. 나는 휴대폰을 양손으로 쥐고 심호흡을 했다.

"제발, 하루만……. 하루만 더 시간을 주세요, 변호사님. 죄송해요, 정말 하루만……."

내 목소리는 내가 듣기에도 비참했다. 처음에는 비교적 차분하던 음성이 곧 울음 섞인 애원으로 변했다. 스스로 무슨 말을 하는지도 모른 채 빌고 또 빌었다.

―진짜 미치겠네. 서다혜 씨, 최소한의 자존심도 없어요? 고작 하루 때문에 이렇게까지 합니까?

김 변호사가 빈정거렸다. 나도 내가 이해가 가지 않았다. 그저 이 하루가 너무 절박했다. 적어도 지금 이순간은, 하루라도 그 사람과 더 있을 수 있다면 이보다 더한 일도 할 것 같았다.

—서다혜 씨가 이런 사람이란 건 알고 있었지만, 정말 상상을 초월하네요. 알겠습니다. 하룻밤 더 즐기다 오세요. 대신 엘리에 관해선 깔끔하게 정리하고 오세요. 알겠습니까?

힘없는 웃음만 새어 나왔다.

—대표님과 의원님께는 제가 잘 말씀드려 두겠습니다. 다혜 씨의 입장을 충분히 전달해 드리죠. 아마 크게 혼내시지 않을 겁니다.

그는 마치 내게 고맙다는 말이라도 기대하는 듯했다.

"……끊을게요."

—서다혜 씨.

김 변호사가 다시 나를 불렀다.

—예약 메일 걸어 두겠습니다. 내일 저녁으로요. 아는 기자분께 보내는 메일인데, 서다혜 씨가 돌아오지 않으면 그대로 발송될 겁니다. 다혜 씨가 알고 계셔야 할 것 같아서 말씀드리는 겁니다.

친절을 가장한 협박을 마친 김 변호사는 먼저 전화를 끊어 버렸다.

통화가 끝난 후 난간에 몸을 기댔다. 시멘트 벽이 얼음장 같았지만 여기에라도 기대지 않으면 곧바로 주저앉을 것 같았다. 닮아 내도 눈물은 자꾸만 차올랐다. 결국 소리 내서 울어 버렸다.

나빈이 돌아온 것인지 전화가 왔다. 받으면 운 걸 들킬 것 같아 받지 않았다.

[산책]
오전 7:22 [금방갈게요]

메시지를 보냈다. 실컷 울고 내려가자고 생각했다. 엘리의 앞에서 울 수는 없으니까. 그의 앞에서 울만큼 나는 뻔뻔하지 못했다.

[오늘 날씨 많이 풀렸죠!]
[최저 기온도 영상이래요]
[저도 뛰는데 기분 좋았어요]
[기다리고 있을게요 들어오면 같이 아침 먹어요] 오전 7:22
오전 7:23 [네]

메시지 창을 닫고 다시 파일을 켰다.
파일은 총 다섯 장이었다. 첫 장은 기사 형식으로 작성되어 있었다. 언제든 언론에 보낼 수 있다는 사인이었다. 두 번째 장은 속칭 증권가 찌라시 형태였다. 세 번째와 네 번째 장은 증거 자료였고, 마지막 다섯 번째 장은 23년 전 기사였다. 나는 떨리는 손으로 기사를 다시 읽어내려 갔다.
한 범죄자에 관한 기사였다. 그는 여러 여성에게 접근해 연쇄적인 살인 행각을 벌였다. 체포되었을 때 그 남자가 고위 공무원인 게 밝혀져 파장이 일었다. 그가 밝힌 살해 동기는 그저 삐뚤어진 욕구를 채우기 위한 게 다였다. 분노한 유가족들은 사형을 요구했다.

앞 페이지로 돌아와 증거 자료를 확인했다. 미처 기사화되지 않은 부분까지 모두 담긴 자료였다. 이 남자는 사형을 선고받았지만 복역 중 3년 만에 병으로 사망한다.

남자가 체포당한 직후, 그의 아내는 도저히 그 남자와 닮은 혈육을 키울 수 없다며 아들을 버리고 홀로 해외로 떠난다. 그녀는 해외에서 정신 병원을 전전하다 행적이 묘연해진다. 그리고 몇 년 후 겨울, 거리에서 동사한 시신으로 발견된다.

한편 둘 사이의 아이는 보육원으로 보내졌다. 보육원에서는 친부모 때문에 아이가 입양되지 않을 거라 판단했지만, 그 아이는 기적적으로 일곱 살 때 입양되었다. '정말 아무도 데려가지 않을 것 같은 아이'를 입양하고 싶다는 한 부부 덕분이었다. 그들이 정확히 어떤 생각을 했기에 나빈을 데려갔는지는 자료에 남아 있지 않았다.

가여웠는지, 사랑스러웠는지.

그저 나빈의 양모도 어린 시절 부모를 잃고 동생과 둘이서 자랐다는 것에서, 어렴풋이 그 기분을 짐작해 보는 게 다였다.

어찌됐거나 나빈은 일련의 끔찍한 사건들에 대해 어떤 책임도 없었다. 심지어 그 남자와는 일찌감치 떨어졌다. 하지만 세상은 그에게 마냥 너그럽지만은 않을 것이었다.

이해는 어렵고, 오해는 쉬우니까.

얼어 버린 손으로 파일을 몇 번이나 확인했다. 달라지는 것은 없었다. 낡은 사진 속 남자는 나빈과…….

"아냐, 안 닮았어……."

아니, 닮았다. 분위기도 다르고 빼닮았다기엔 무리가 있었지만, 냉정하게 말해 혈연임을 짐작할 정도는 되었다.

다시 첫 페이지로 돌아와 기사를 읽었다. 아직 보도된 적이 없는 기사. 사람들을 자극하게끔 악의적 논조로 쓰여진 악질적인 기사였다. 이 기사가 배포되면……. 이후의 일들은 상상도 하고 싶지 않았다.

이모나 삼촌은 이 사실을 알까?

나는 휴대폰 주소록에서 이모의 번호를 찾았다. 몇 번이고 망설였지만 결국 통화 버튼을 누를 수는 없었다.

나빈의 부모님은 이 일을 굳이 다른 사람들에겐 발설하지 않았을지도 모른다.

무엇보다 나빈이 숨기고 싶어 하는 사실을 내가 떠들어 댈 수는 없었다. 내게도 거짓말을 해야 했던 부분이 있었으니까.

어떤 기분이었을까. 네가 처음 이 사실을 알았을 때.

차마 물어볼 수는 없겠지. 중요한 건 이 사실을 내가 덮을 수 있다는 것, 그것뿐이야.

너를 지켜 주지 못한다면, 네 거짓말이라도 지켜 주고 싶었다.

나는 일어나 난간 너머 여의도를 보았다. 역풍이 불어 눈물이 흩날렸다. 멀리서 태양이 새벽 어스름을 걷어 내는데, 어째서일까, 내겐 여전히 사위가 캄캄한 것 같았다.

눈물을 닦고 들어왔는데도, 나빈은 내 얼굴을 보자마자 눈빛이 변했다.

"다혜 씨, 왜 그래요? 옷은 또 왜……."

"아무 일 없어요."

"눈이 빨간데."

"너무 추워서 그래요."

"왜 그런 차림으로 나갔어요?"

"그냥 이 앞이라……."

아무리 둘러대도 한겨울에 반팔, 반바지 차림이 정상으로 보일 리 없었다.

"게다가 이 문자 봐요. 다혜 씨가 띄어쓰기도 안 하고, 구두점도 안 찍고. 무슨 일 있는 게 틀림없어요."

나빈이 휴대폰 화면을 들이밀며 진지하게 말하는 바람에 피식해 버렸다.

"아니거든요."

"운 거 같은데."

"추워서 눈물 난 거라니까요."

"다혜 씨."

나빈이 내 팔을 가볍게 잡았다.

"이유 없이 우울할 때 있잖아요. 그런 거예요."

그의 시선을 피하며 말했다.

"진짜 그것뿐이에요?"

"네, 그냥 그런 날이 있어요. 누구나 그런 날이 있잖아요."

"그럼 옷은 왜 그렇게 입고 나갔어요?"

"그냥 너무 우울해서 찬 바람 쐬고 정신 차리려고 했어요. 추우면 정신이 좀 들잖아요."

말도 안 되는 변명을 하고 나빈의 표정을 살폈다. 그는 불안한 얼굴로 나를 내려다보고 있었다.

"전 다혜 씨가 나쁜 생각으로 나간 줄 알았잖아요……."

그렇게 생각했구나. 옷차림새와 눈물 때문에 충분히 오해했을 만했다.

"무슨 소리예요. 그런 거 아니에요. 조금 우울한 건데. 오늘 바다 보면 다 괜찮아질 거 같아요. 준비 다 됐어요?"

나는 할 수 있는 한 가장 환하게 웃었다.

"준비는 다 해 뒀어요. 차도 빌려 뒀고요."

"그럼 아침 겸 점심 먹고 가요. 오늘은 제가 만들게요."

마지막이다. 내일 여행에서 돌아오는 길에 바로 집으로 돌아 갈 거다.

나빈을 위해 식사를 만들어 줄 수 있는 마지막 기회였다. 마지막이라는 생각을 하자 입맛이 썼다. 내일이면 그와 헤어져야 한다는 사실이 실감나지 않았다.

정말 마지막일까. 언젠가 돌아올 수 있지 않을까.

아니, 그 사람들이 그 자료를 쥐고 있는 이상 쉽지 않을 거다. 내가 조금이라도 도망가려 하면, 너를 올가미로 나를 묶겠지.

"선배, 뭐 먹고 싶어요? 오늘은 선배가 좋아하는 걸로 만들래요. 늘 제가 만들고 싶은 거 만들었잖아요."

"케이크?"

"제가 만들 수 있는 걸 부탁하셔야죠. 그리고 케이크는 밥이 아니에요, 선배."

"그럼 오므라이스 어때요? 재료도 다 있으니까."

"그거면 되겠어요?"

"네."

"이따 준비할게요."

샤워를 하고 나와 방에서 짐부터 챙겼다. 큰 쇼핑백에 옷들을 차곡차곡 개어서 넣었더니 쇼핑백 하나가 꽉 찼다.

짐을 다 챙긴 후 휴대폰으로 일기 예보를 확인했다. 비 소식이 있었다.

어차피 일기 예보는 자주 틀리잖아.

화면을 꺼 버렸다.

쇼핑백을 들고 밖으로 나갔더니 나빈이 피식했다.

"짐이 너무 많은 거 아니에요?"

"많아져 버렸네요."

현관 앞에 쇼핑백을 두고 요리를 하기 위해 부엌으로 갔다. 나빈이 도와주겠다는 것을 거절했다.

"단어 외우세요. 문법도 복습하고요."

"오늘도 공부해요?"

"되도록 매일 하세요."

"네……."

나빈은 아일랜드 앞에 앉아 몸을 틀었다. 그는 문법책을 펼쳐 노트에 문장들을 끼적이기 시작했다.

"매일 그렇게만 하시면, 아마 한두 학기만 지나면 수업 듣는 데는 별문제 없을 거예요. 센스가 있으시잖아요."

"다혜 씨 덕분이죠, 뭐."

"계속 그렇게 하시면 될 거예요."

"모르는 거 있으면 물어봐도 되죠?"

나빈이 너무 환하게 웃으며 물어서 가슴 한편이 저릿했다.

"도움 될 만한 사이트도 알려 드릴게요."

달걀 네 개를 까서 젓가락으로 노른자를 풀었다. 처음 오므라이스를 배웠던 날이 떠올라서 눈물이 날 것 같았다.

"아, 그리고 선배. 우울할 때는 거실 창 바라보지 마세요."

달걀을 휘저으며 말했다. 달걀은 점점 고운 노란색으로 변해 갔다.

"왜요?"

"더 우울해진대요. 강이나 바다를 보면."

"음, 그럼 다혜 씨랑 있을 때만 봐야겠어요. 바다도 다혜 씨랑만 보러 가야지."

"왜 저랑요?"

"다혜 씨랑 있으면 기분이 밝아지잖아요."

"전 그런 사람이 아닌데요."

달걀을 밀어 두고 야채를 썰었다. 일정한 간격으로 썰려 나가는 당근을 보고 있으니 마음이 차분하게 가라앉았다.

아무 일도 아니다. 처음부터 여긴 내 자리가 아니었어.

돌아갈 곳으로 돌아가는 거야.

양파를 썰 때는 눈이 매워서 또 물로 눈가를 헹궈야 했다.

오므라이스가 완성되자 나빈은 굳이 자신이 케첩을 뿌리겠다고 고집을 피웠다. 뭔가 불길하다 싶더라니 참사가 일어났다.

"선배! 지금 뭐 하시는 거예요? 케첩 범벅이잖아요!"

"아, 고양이 그려 주려고 했거든요. 이상하네요. 저번엔 잘됐는데……."

"고양이고 뭐고, 이게 뭐야……."

나는 접시를 내려다보며 한숨을 푹 내쉬었다. 고양이와 전혀 닮지 않은 무언가를 어떻게든 고양이로 만들어 보려 한 탓에 달걀 위는 온통 케첩 범벅이었다.

"죄송해요. 그거 제가 먹을게요."

잘못한 건 아는지 나빈이 풀이 죽어 말했다.

"됐어요. 좀 덜어 내고 먹으면 돼요. 선배가 아니면 누가 이런 짓을 하겠어요."

나빈의 손에서 케첩을 뺏어 그의 오므라이스 위에 별표를 그려 주었다. 시험 공부를 하며 수만 번 그려 본 도형이라 익숙했다.

"선배는 이거 드세요."

"다혜 씨, 너무 착한 것 같아요……."

쓸데없는 데에 감동하는 나빈을 보고도 평소처럼 웃을 수가 없었다.

아일랜드에 마주 앉아 아침 겸 점심을 먹었다. 나빈은 굳이 또 오므라이스 사진을 찍었다. 식사를 하면서도 되도록 평소처럼 웃으며 대화하려 최선을 다했다.

식사가 끝나고 나빈은 커피를 내렸다. 부엌에 은은한 커피 향이 가득 찼다.

"커피는 계속 내려 드시는 게 좋겠어요. 인스턴트보다 훨씬 낫네요."

"그럼 한 잔 더 드실래요?"

"아, 네."

나빈이 다시 커피 한 잔을 따라 주었다. 커피 향은 오늘따라 감미로웠다. 그가 아침마다 이런 향을 맡았으면 했다. 그땐 이 의자에 다른 누군가가 앉아도 좋겠지.

"그럼 가는 길에 구청 들려서 여권 신청도 할까요?"

나빈이 물었다.

"아뇨. 그건…… 다녀온 다음에 해요."

이제 여권은 필요 없으니까. 쓴웃음을 감추려 커피를 한 모금 더 마셨다.

"아참, 선배. 저 어제 찍은 사진 한 장만 줄 수 있어요?"

"다혜 씨 사진이요?"

"아뇨, 선배 사진이요."

"당연히 줄 수 있죠."

그는 곧 증명사진 한 장을 가져왔다.

"생각해 보니 전 일곱 장이나 드렸는데 한 장은 받아야 공평한 것 같아서요."

남들은 찾기 힘들 쇼핑백 깊숙한 곳에 사진을 꼭꼭 숨겨 두었다.

잘 간직해야지.

내게 허락된 유일한 너의 파편. 먼 훗날 이 시간이 그리워 죽을 것 같을 때, 우리의 추억을 펼칠 책갈피가 되어 줄 테니까.

주차장에 내려가자 저번에 탔던 SUV가 주차되어 있었다. 월요일 낮이라 주차장에는 차도 거의 없었다. 보조석에 앉아 안전벨트를 맸다.

주차장 밖으로 나가는데 하늘이 벌써 흐렸다.

"아, 날씨가 좀 꿉꿉하네요. 아까만 해도 괜찮았는데. 일기 예보 확인할 걸 그랬나?"

나빈이 창밖을 보고 말했다.

"확인했어요, 제가."

"뭐래요?"

"흐리긴 한데 비는 안 온댔어요."

그건 그저 내 소망이었다. 오늘은 맑았으면. 무슨 일이 있어도 맑았으면. 그렇게 속으로 기도했다.

하지만 오늘의 예보는 틀리지 않았다.

경기 지역의 고속도로를 달리고 있을 때 비가 한두 방울씩 떨어지기 시작했다. 하늘에는 이미 먹구름이 가득했다. 비를 잔뜩 머금은 것 같은 진회색의 먹구름이었다. 맨날 틀리면서 하필 이런 날만.

"라디오 틀어 볼까요?"

나빈이 와이퍼를 작동시키며 말했다. 나는 음악을 끄고 라디오를 켰다. 주파수를 몇 번 돌렸더니 일기 예보가 나왔다.

— ……오늘 오후부터 시작되어 밤사이 전국적으로 천둥 번개를 동반한 많은 양의 비를 뿌릴 것으로 예상됩니다. 예상 강우량은 서울 경기 50~100ml…….

"많이 올 거 같은데요?"

나빈이 미간을 살짝 찌푸렸다.

— 특히 강원 지역은 100~200ml가 예상되어, 산사태에 각별히 주의하셔야겠습니다. 동해안에서는 높은 파도도 일겠습니다.

나는 아무 말도 하지 않았다.

이렇게 될 지도 모른다고 생각은 했다. 가느다란 요행에 기대고 싶었을 뿐.

빗방울은 순식간에 굵어졌다. 와이퍼 속도를 최대로 올렸는데도 앞이 제대로 보이지 않을 정도였다. 앞서가던 차들이 하나둘 비상등을 깜빡이기 시작했다.

우리도 비상등을 켰다. 와이퍼는 부지런히 물을 닦아 내고 있었지만, 쏟아지는 비가 너무 많아 아무 소용이 없었다. 와이퍼가 올라가면 넘쳐나는 물이 앞 유리를 타고 올랐다.

"일단 휴게소 좀 들러요."

나빈이 핸들을 틀며 말했다.

갑작스러운 폭우에 우리처럼 휴게소로 들어온 사람들이 많은 건지 주차장에는 제법 차가 있었다. 어떻게든 건물 가까이 주차해 보려 했지만 10m는 떨어진 곳이 최선이었다.

다행히 차 안에서 우산 하나를 발견했다. 우리는 작은 우산을 같이 쓰고 휴게소 건물로 걸어갔다. 나빈은 우산을 점점 더 내 쪽으로 기울였다. 그의 왼쪽 어깨가 무방비하게 젖어 갔다.

화장실을 사용하고 따뜻한 커피를 한 잔씩 샀다. 커피를 다 비웠지만 빗줄기는 좀처럼 약해질 기미가 없었다. 나는 커피 잔에 시선을 고정한 채 그의 젖은 어깨만 훔쳐보았다.

나빈은 휴대폰으로 기상 예보를 다시 확인한 모양이었다.

"내일 오후나 되어야 그친대요. 어떡할까요?"

지금 두세 시간을 더 달려 동해안까지 가는 건 너무 위험했다. 거기다 바다에 간다고 한들 제대로 볼 수도 없을 거다.

"가 봤자죠. 가기도 힘들 거고."

"그렇다고 여기서 돌아가기도 힘들 거 같은데."

그의 말대로였다. 서울로 돌아가는 길도 만만치 않을 것 같았다.

"차로 가요. 점점 많이 올 거래요."

나빈이 말했다. 그는 종이컵을 쓰레기통에 던진 후 다시 우산을 펼쳤다. 몇 걸음 가기도 전에 거친 바람에 우산이 확 뒤집혔다. 그가 다시 우산을 펴 보려고 했지만 소용없었다. 순간적인 힘에 우산살이 부러져 거의 누더기가 되어 버렸다.

"선배, 그냥 뛰어요."

내 말에 나빈이 고개를 끄덕였다. 우리는 우산을 접고 빗속을 달렸다. 물웅덩이가 철벅거리면서 불쾌하게 신발 안으로 물이 스며들었다. 안경에 빗물이 튀겨 시야도 흐렸다.

역시 무리다. 이런 빗속에서는 앞으로 나가지도 뒤로 돌아가지도 못한다. 한 치 앞도 제대로 보이지 않는데 어딘가로 갈 수 있을 리가 없다.

그때 신발 밑창에 무언가 미끌미끌한 게 달라붙었다. 엉겨 있던 진흙 덩어리를 밟은 모양이었다. 그대로 물웅덩이 위로 쭉 미끄러졌다. 바닥에 고인 더러운 물이 온몸에 튀었다. 왼편에서 고속버스가 들어오는 게 보였다.

일어나야 하는데 다리에 힘이 들어가지 않았다. 마치 몸이 도망치길 거부하는 것 같았다. 버스는 나를 보지 못한 것인지 점점 이쪽으로 다가오고 있었다.

나는 멍하니 주저앉은 채로 버스를 응시했다.

내일이면 집으로 돌아가야 한다. 돌아가면 또 부모님과 얼굴을 마주해야 한다. 내가 견딜 수 없는 많은 것들이 나를 기다리고 있다. 견딜 수 없어도 견뎌야 하고, 참을 수 없어도 참아야 하는 일들이.

하지만 지금 여기서 죽으면 전부 괜찮아져…….

헤드라이트가 눈부셔 눈을 감았다.

밝다.

죽음이 이렇게 밝은 거였구나.

"다혜 씨!"

나빈이 나를 확 잡아 일으켰다. 억지로 당기는 바람에 팔이 빠질 듯 아팠다.

"미쳤어? 죽고 싶어?"

나빈이 외쳤다. 빗소리를 뚫고도 똑똑히 들릴 정도로 큰 목소리였다. 안경이 물방울투성이인데도 그의 화난 얼굴은 제대로 보였다.

처음이었다. 나빈이 내게 이렇게 화를 낸 것은.

아무것도 모르면서.

내가 얼마나 괴로운지, 죽고 싶은지 모르면서.

말하지 않았으니 나빈이 모르는 게 당연했다. 나빈은 아무 잘못이 없었다. 그런데도 나는 그냥 그를 원망하고 싶었다. 아니, 나는 그저 누구라도 원망하고 싶었던 거다.

"다혜 씨, 그러니까……."

"네, 죽고 싶어요! 죽게 내버려 두지 그랬어요?"

나빈이 무언가를 설명하려던 차에 울컥해서 외쳤다. 한숨인지 웃음인지 모를 것이 나빈의 입에서 새어 나왔다. 그는 물이 뚝뚝 떨어지는 앞머리를 신경질적으로 넘겼다.

"씨발, 진짜……."

그는 내 손목을 놓았다. 가슴이 덜컥 내려앉았다. 그가 내뱉은 거친 욕설 때문인지, 싸늘한 눈빛 때문인지, 아니면 내 손목을 놓아 버렸기 때문인지.

그가 나를 내동댕이치기라도 한 것처럼 서러움이 몰려왔다.

화가 났겠지. 당연히 화가 났을 거다. 이나빈이 제일 싫어할 말, 제일 용서할 수 없을 말을 했으니까.

차로 가던 나빈이 걸음을 멈췄다. 무슨 생각을 했을까. 그는 다시 돌아서 내게로 다가왔다. 그리고 나를 그 자리에서 끌어안았다. 그의 젖은 몸에서 열기가 올라왔다.

"화낸 거 미안해요."

그의 목소리가 빗소리를 뚫고 귓가에 닿았다.

"대체 왜 그런 거예요? 내가 다혜 씨 잃는 걸 제일 무서워하는 거 알잖아……."

등에 닿은 나빈의 손이 떨리고 있었다.

"일단 타요. 타서 이야기해요, 다혜 씨."

나는 대답하지 않았다. 그의 차에 타지 않으려 했다. 정말로 타지 않을 생각이었다. 그냥 어딘가로 혼자 도망가 세상에서 영영 사라지고 싶었다.

부서진 우산이 눈에 들어오지만 않았다면.

바닥에 떨어진 우산은 처참하게 부서져 있었다. 아까 나를 일으키기 전 나빈이 내던진 것 같았다. 언제였을까, 그를 보고 강풍에 찢겨 나간 우산 같다고 생각했던 적이 있었다.

우리 두 사람은 살이 부서지고 찢겨 나가 누더기가 된 우산. 그런데도 서로를 빗속에서 감싸 주고 싶어 어쩔 줄 몰랐지.

"빨리 들어가요. 감기 걸리겠어."

나빈은 팔을 풀고 내 손을 잡아끌었다.

말없이 차에 올라타자, 그가 문을 닫아 주었다. 차 시트에 물이 번져 갔다.

곧 그가 운전석에 앉았다. 그는 시동을 거는 대신 운전대를 잡고 거기 이마를 박았다. 괴로운 한숨 소리가 울렸다.

모든 게 엉망이었다.

둘 다 물에 빠진 생쥐 꼴이었다. 나빈은 화가 잔뜩 났고, 나는 해선 안 될 말을 해 버렸다.

이미 돌이킬 수 없을 거란 생각이 들었다.

선배는 모른다. 이 여행이 내게 어떤 의미인지. 당신과의 하루를 얻기 위해 내가 어떻게 해야 했는지. 그가 알 필요도 없고, 알아서도 안 되는 거지만. 그래도 서러워서 눈물이 나는 건 어쩔 수 없었다.

그렇게 빌었는데. 이 하루를 내가 어떻게 구걸했는데. 남은 건 만신창이가 된 두 사람이라니.

그래, 어쩌면 한 관계의 끝은 이런 게 어울릴지 모른다.

반짝이는 파도와 낭만적인 밤보다는.

"춥겠네요."

나빈은 뒤늦게 시동을 걸더니 히터를 틀었다. 그는 말없이 휴대폰을 만지작거리다 한마디를 툭 던졌다.

"호우 경보래요."

나는 대꾸하지 않았다. 잠시 후 그는 휴대폰을 내리고 나를 바라보았다. 이제야 그의 눈빛이 똑바로 보였다. 그는 화가 난 게 아니라, 슬퍼하고 있었다.

"다혜 씨까지 없어지면 난 어떻게 해요."

상실만을 거듭하고 살아온 사람. 부디 내가 그의 마지막 상실이길 바랐다.

"언제까지나 같이 있을 수 있는 사람은 없어요, 선배. 저도 선배를 언젠간 떠날 거고요. 익숙해져야 해요."

일부러 더 차갑게 말했다. 내일이면 나는 이제 나빈과 함께 있을 수 없었다.

상실을 두려워하는 사람들의 특징이 있다. 잃는 것이 너무 두려운 나머지 상대가 떠날 것 같으면 자신이 먼저 떠나 버리는 것이다.

나는 그래서 나빈이 이제 나를 먼저 버릴 거라 생각했다.

"미안해요, 다혜 씨. 아깐 진짜 너무 화가 났어요. 순간적으로 자제할 수가 없었어. 그래도 다혜 씨한테 그러면 안 되는 거였는데. 미안해요."

나빈이 차분해진 음성으로 말했다.

"같이 있으면 계속 이럴 거예요. 전 선배를 화나게 하고 상처 주겠죠."

"화나게 해도 괜찮고, 상처 줘도 괜찮으니까, 사라지지만 말아요."

나는 나빈의 젖은 얼굴을 바라보았다. 언제나 단정하고 차분하던 얼굴이 지금은 위태로워 보였다. 마치 그의 안에서 무언가가 무너져 내리기 직전인 것 같았다.

잠시 무슨 생각을 했던 걸까.

죽고 끝내겠다니. 혼자 도망치겠다니.

이 사람의 거짓말을 지켜 주기로 다짐해 놓고.

"아뇨, 선배. 제가 잠깐 어떻게 됐었나 봐요. 제가 잘못 생각했어요."

지금 죽을 수는 없었다.

돌아가야 했다. 여기서 내가 죽는다면 김 변호사는 예약 메일을 취소하지 않을 거다. 그럼 선배에게 무슨 일이 일어날지는 뻔하지. 그러니 우선은 돌아간 다음에 생각하자.

죽는 건 언제든 할 수 있다. 서두를 필요 없다. 나빈을 위해 조금 더 버텨야 한다.

"그런데 이제 어떻게 하죠? 동해까지 가긴 좀 힘들 거 같은데."

내 물음에 나빈은 생각해 둔 게 있는지 바로 말을 꺼냈다.

"여기서 한 30분 정도만 가면 꽤 괜찮은 곳이 있어요. 30분 정도는 어떻게든 운전할 수 있을 테니까, 조심해서 거기까지만 가요. 다혜 씨 마음에 들지는 모르겠는데."

"괜찮은 곳이요?"

"바다는 아니지만요."

나빈이 히터를 세게 틀었다. 덕분에 안경에 뿌옇게 김이 서렸다. 안경을 벗었다. 나빈이 뭐라 하기 전에 콧잔등부터 문질렀다. 나빈은 내 행동을 본 것인지 작게 웃었다. 그가 웃자, 이상하게 나도 따라 웃게 됐다. 방금까지 싸운 게 전부 거짓말 같았다.

한동안은 안경을 벗을 때마다 나빈이 생각날 것 같다.

한동안? 어쩌면 아주 오래.

나빈은 편의점 주차장에 차를 세웠다. 외진 곳에 덩그러니 위치한 편의점이었다. 몇 분 동안 아무것도 없는 허허벌판을 달려온 탓에 불빛이 반가웠다. 하늘은 먹구름 때문에 이미 밤처럼 캄캄했다.

"여기가 마지막 편의점이에요. 5분 정도 더 가면 목적지인데, 여기를 지나면 뭘 살 수 있는 곳이 없어요. 필요한 건 다 사 가요."

나빈이 말했다. 우산은 망가졌기에 그냥 비를 맞고 편의점으로 들어갔다. 어차피 옷도 다 젖어서 조금 더 맞는다고 달라질 것도 없었다.

컵라면 두 개와 생수, 스낵, 초콜릿, 식빵, 버터, 요거트 같은
것을 우선 장바구니에 집어넣었다. 혹시 몰라 큰 우산도 두 개
샀다. 거기에 밤에 마실 캔 맥주와 아침에 먹을 사과 주스까지
담으니 장바구니가 가득 찼다.

마지막으로 계산대로 향하는데 콘돔 상자가 진열된 선반이 눈
에 들어왔다.

"이것도 사요."

장바구니 위에 콘돔 상자를 툭 던졌다.

"이거 뭐예요?"

나빈이 물었다.

"보면 몰라요?"

"네?"

나빈은 바구니 안의 상자를 집었다. 그는 상자를 앞뒤로 살펴
보고는 내게 의아한 시선을 던졌다.

"어, 이거 왜요?"

"필요 없어요?"

"당연히 필요 없죠!"

나빈의 언성이 올라갔다.

"왜요? 그냥 해요? 생각보다 좀 이기적인 스타일이신가."

"아니, 오늘 안 할 거예요."

나빈이 다급하게 대꾸했다.

"피임을 안 해요?"

"서다혜 씨."

나빈은 이름을 불러 놓고서는 한참 말이 없었다. 이윽고 그는

한숨을 푹 내쉰 후에 입을 열었다.

"도대체 다혜 씨는……. 오늘 그럴 일 없을 거예요. 이거 당장 돌려놔요. 아니다, 제가 돌려놓을게요. 아, 근데 어디야, 대체……."

그는 바로 눈앞에 있는 콘돔 선반을 못 찾고 방황했다.

"저도 꼭 하겠다는 건 아닌데. 그냥 미연의 사태를 방지하면 좋잖아요."

"무슨 미연의 사태가 있어요?"

"없어요?"

"없죠. 우리 결혼한 것도 아니잖아요?"

나빈은 나를 외계 생물 보듯 바라보고 있었다. 아마 내 눈빛도 꼭 저것과 같을 것이었다.

보통 남녀 사이에 1박 여행을 간다는 건 이런 의미가 아니었나? 나빈이 원한다면 난 거절할 수 없을 테니 준비하려 한 건데.

당연히 그럴 거라 생각해서 나도 이 상황이 당혹스러웠다.

"선배, 혹시 뭐, 혼후 관계 주의 이런 거예요?"

"음……. 네, 그거예요."

"아, 그렇구나."

나는 나빈의 손에서 콘돔 상자를 뺏고 먼저 계산대로 걸어갔다. 경험에 비추어 볼 때, 이런 건 대비해서 나쁠 게 없었다.

"이건 그럼 제가 살게요. 언젠가 쓸 일이 있겠죠."

나는 계산한 콘돔을 외투 주머니에 넣었다. 나빈을 돌아보니 그는 전원이 꺼진 로봇처럼 나를 멍하니 바라보고 있었다.

차는 비포장도로를 달렸다. 비탈길 군데군데 웅덩이가 파여 있어 차체가 덜컹거렸다.

마침내 도착한 곳은 호텔이나 모텔이 아닌 상록수로 둘러싸인 산 중턱의 공터였다. 숲속에 작은 카라반들이 넓은 간격으로 주차되어 있었고, 샤워장도 설치되어 있었다. 푹 젖은 지금으로서는 샤워장이 제일 반가웠다.

파스텔 색조로 도색된 카라반들은 작은 상자처럼 보였다. 우리가 배정받은 곳은 샤워장과 가까운 파란색 카라반이었다. 오늘 손님은 우리뿐이라고 했다.

차를 주차하고 우선 샤워장으로 향했다. 이럴 의도는 아니었지만, 옷을 많이 챙겨 온 게 다행이었다. 입고 온 옷들은 외투부터 속옷까지 다 젖어 있었다. 아까 편의점에서 받아 온 비닐봉지에 젖은 옷들을 넣고 반팔 티와 편한 반바지로 갈아입었다.

카라반 안은 난방이 들어오고 있었다. 나빈은 아직 오지 않아서 혼자 정리를 시작했다. 우선은 테이블 위에 아무렇게나 올려놓은 식료품들을 싱크대 아래 냉장고 안에 넣었다.

냉장고 문을 닫고 몸을 일으키니 작은 싱크대와 전기 스토브, 그리고 전기 포트가 보였다. 전기 포트 옆에는 녹차와 홍차 티백도 준비되어 있었다. 찬장 안에는 식기들도 여럿이었다.

포트와 컵을 씻고 물을 끓였다. 물이 끓는 동안 카라반 안 여기저기를 살펴봤다.

침대와 수납장, 식탁과 좁은 화장실, 간단한 부엌을 오밀조밀 밀어 넣은 공간은 두 사람이 사용하기에 딱 맞았다.

창밖으로 보이는 비가 그렇게 싫진 않았다. 수납장에서 드라이기를 찾아내 머리를 말렸다. 침대는 딱 더블 사이즈였다. 식탁 의자도 소파처럼 되어 있긴 했지만 저기서 자기엔 좀 불편할 것 같았다.

　드라이기를 끄고 침대에 털썩 누웠다. 차체를 두드리는 빗소리가 좋았다.

　여긴 선배가 고른 건데.

　누구랑 왔을까.

　애인은 없었다고 했는데.

　묘한 호기심이 피어오를 때쯤 문이 열리고 나빈이 들어왔다.

　"드라이기 쓰실래요?"

　"네."

　나는 나빈에게 드라이기를 넘겨주고 다시 침대에 누웠다.

　"여긴 어떻게 알아요? 누구랑 왔었어요?"

　"아, 삼촌이랑요. 휴가 나오면 가끔 둘이나 셋이서 여행했거든요. 그때까지만 해도 제가 사람 많은 곳은 잘 못 가서, 인적 드문 곳만 찾아다녔어요."

　"왜요? 누가 선배 알아볼까 봐요?"

　"저를 싫어하는 사람들을 만날까 봐요. 유난이라 생각하겠지만 그땐 정말 그게 무서웠어요. 책임감 없이 도망쳤다고 생각할 테니까. 다들 날 미워하거나 비웃을 것 같더라고요. 지금 생각하면 그것도 착각이지만."

　드라이기의 소음 너머로 나빈의 목소리가 들렸다.

　마음이 무거웠다. 나는 괜히 몸을 뒤척였다.

　"근데 남자 둘이 오기엔 좁을 거 같은데요."

　"그러게요. 제 기억보다 더 작네요."

　나빈은 무심하게 대답하고는 뒤늦게 나를 힐끔거렸다. 어쩐지 나빈이 하려는 말을 알 것 같았다.

"선배랑 여기 있는 거 하나도 안 불편해요. 물 끓여 뒀으니까 홍차나 한 잔 주세요."

내가 선수를 쳤다.

"아, 네."

곧 컵에 물 따르는 소리가 들렸다. 평소와 별로 다를 것도 없는데, 유독 그가 의식됐다. 좁은 공간에 함께 있는 탓일지도 몰랐다.

머그잔을 받고 테이블로 가서 앉았다. 옆으로 앉아 다리를 쭉 뻗으니 발끝이 반대쪽 벽면에 닿았다.

나빈도 머그잔을 들고 이쪽으로 왔다. 그는 바로 앉는 대신 천장으로 손을 뻗었다.

"사실은 이거 때문에 왔어요."

천장의 블라인드가 걷히고 희미한 빛이 들어왔다. 테이블 위로 큰 창이 나 있었던 것이다. 굳게 닫힌 유리창 덕분에 비는 새어 들어오지 않았지만, 비가 내리는 건 그대로 볼 수 있었다. 빗소리도 아까보다 한층 선명해졌다.

"그때도 비가 왔는데, 느낌이 좋더라고요. 비 오는 하늘은 보통 올려다보기 힘들잖아요."

"비 오는 거 좋아해요?"

"3박 4일도 계속 볼 수 있을 정도로요."

나는 나빈의 말에 다시 천장을 올려다보았다. 오후인데도 하늘은 벌써 어둑어둑했다. 쉴 새 없이 떨어지는 빗방울을 아래에서 보고 있으니 취한 것처럼 발밑이 붕 뜨는 것 같았다.

"좋긴 하네요."

나빈의 말에 수긍할 수밖에 없었다.

"나중에 전 차에서 잘게요. 넓어서 편해요. 따뜻하기도 하고."

그가 맞은편에 앉으며 말했다. 그의 잔에는 녹차가 담겨 있었다.

"네, 알았어요."

나는 머그잔을 들어 홍차를 한 모금 마셨다. 겨울비에 얼어붙었던 속이 녹아내렸다.

컵라면으로 이른 저녁을 먹고 캔 맥주를 깠다. 과자와 초콜릿을 테이블에 펼쳐놓았다. 나는 테이블 바로 위 조명을 켰다. 차 안으로 스며들어 오던 어둠을 주홍빛 조명이 힘겹게 몰아냈다.

맥주 여섯 캔을 다 비울 때까지 우리는 한참 이야기를 나눴다. 나빈은 휴대폰으로 스티비 원더의 앨범을 틀었다. 빗소리와 음악이 어우러졌다.

우리는 죄와 벌의 주인공인 살인자 라스콜리니코프에 관해서, 언젠가 함께 봤던 오래된 영화에 관해서, 그 톨스토이마저 다른 작가를 질투했다는 일화에 관해서, 해리포터의 인물들이 엔딩 이후 어떻게 살아가고 있을지에 관해서 하염없이 이야기했다.

편의점에서 사 온 초콜릿은 나빈이 거의 다 먹었다.

좋아하는구나.

역시 발렌타인 초콜릿, 주면 좋았을 텐데.

아니야. 차라리 잘된 거지. 이 편이 더 깔끔하니까.

"아, 너무 제가 다 먹었네요."

나빈은 마지막 남은 초콜릿 한 조각을 내 입에 넣어 주었다. 분명 달아야 하는데, 쓰게만 느껴졌다.

이야기는 흐르고 흘러 체홉의 바냐 삼촌으로 돌아왔다. 우리는 장면과, 대사와, 숨겨진 장치에 대해 즐겁게 대화를 나눴다.

둘 다 눈을 감고도 떠올릴 정도로 수없이 읽은 텍스트였기에 대화는 막힘이 없었다. 체홉이 만든 비밀의 정원에 초대받은 어린 아이들처럼, 그와 나는 함께 작품 속의 세계를 여행했다.

"이상하죠, 지금? 다시 바냐 이야기를 하니까, 먼 길을 돌아서 종착지로 온 것 같아요."

나빈이 문득 말했다.

"네, 종착지 같네요."

작게 고개를 끄덕였다. 그가 생각하는 종착지와 내가 생각하는 종착지는 결코 같은 의미가 아니겠지만.

마지막 캔을 비우고 침대에 누웠다. 나빈은 불을 모두 껐다. 남은 불빛은 침대맡을 비추는 작은 등 하나뿐이었다.

테이블 위에 있던 것과 비슷한 창이 침대 위에도 나 있었다. 나빈이 창을 가리고 있던 블라인드를 밀었다. 그러자 큰 유리창으로 비가 토독토독 떨어지는 모습이 보였다.

좋았다.

"선배."

"네?"

"나가지 마요."

나는 더 벽 쪽으로 파고들었다.

"비 내리는 거 보고 가요. 여기서 올려다보면 기분 좋잖아요. 이런 거 좋아한다면서요."

나빈은 머뭇거리더니 침대로 올라와 누웠다. 좁다고 생각했는데 막상 누워 보니 우리 사이엔 충분한 거리가 있었다. 팔을 뻗으면 닿겠지만.

"그럼 조금만 있다가 나갈게요."

그가 말했다.

"편한 대로 하세요."

나는 멍하니 유리창 너머 밤하늘만 올려다보았다. 맑은 날이었으면 별이 보였을 텐데, 오늘은 암흑과 비가 전부였다.

어둠과 물이 아늑할 수도 있구나. 내가 항상 보았던 어둠과 물은, 어둠을 부지런히 실어 나르던 강물뿐이었다. 항상 그 강물이 내게 손짓한다 생각했지. 몸을 맡기면 나를 슬픔도 수치도 없는 곳으로 데려가 줄 거라 믿었어.

오늘 어둠을 녹이는 겨울비는 아득하지도 서글프지도 않았다. 그저 두 사람이 든 작은 상자를 다정하게 감싸 안고 있었다.

"아까는 비의 감옥에 갇힌 것 같았는데, 지금은……."

너무 행복해요.

뒷말을 억지로 삼켰다. 이상한 일이었다. 내일이면 나는 나빈을 떠나야 한다. 살면서 이렇게 슬픈 밤은 처음이었다. 첫 애인과 헤어졌던 밤도 분명 이것만큼 슬프지는 않았다.

그런데도 동시에 너무 행복했다. 행복과 슬픔이 이렇게 동시에 올 수도 있는 걸까.

"지금은요?"

나빈이 조용히 물었다.

"편하네요."

짤막하게 대답했다. 내일 떠날 내가 행복이라는 말을 입에 올려도 좋을지 자신이 없었던 것이다.

돌아가면 내가 여기서 잠깐 쥐었던 걸 모두 놓아야 하는 걸까?

서툰 피아노 연주, 재즈 음반들, 영미 판타지, 다큐멘터리, 그리고 너에 대한 기억까지도.

모두 지워야 하는 걸까?

우리의 관계가 깨지고 나면 그 파편들이 내 속을 아프게 찌를 텐데.

조금씩, 몰래, 훔치듯 사랑하면 안 될까. 학교 복도에서 우연히 널 보면 종일 혼자 설레고, 강의실 구석에서 죄수처럼 네 모습을 힐끔거리다 돌아서고. 그렇게 도망치는 사랑이라도 좋으니까. 널 내 영혼 어딘가에 묻어 두면 안 되는 걸까. 네가 묻힌 자리에 싹이 트고 꽃이 피어, 너의 부재를 아련한 향기로 가득 메우도록.

그런 생각을 하며 무심결에 그의 쪽으로 돌아누웠다.

가깝다.

다리를 살짝 뻗어 보니 발끝에 그의 다리가 걸렸다. 그대로 몸을 더 내리자 서로 맨발이 맞닿았다. 나는 그에게 가까이 몸을 기울였다. 이마가 그의 어깨 아래에 툭 부딪쳤다.

팔뚝에 코끝을 묻고 숨을 들이켰다. 나빈이 긴장하는 것이 느껴졌다.

이 이상 하면 안 된다는 생각을 어렴풋이 했다.

나는 내일이면 돌아갈 거니까.

부모님은 엘리와 내가 만나는 걸 용서하지 않을 테니까.

김 변호사는 여전히 네 약점을 쥐고 있으니까.

무력한 나는 너 하나도 지킬 수가 없으니까.

그래서……. 그래서 나는 네 거짓말을 지키는 사람이 되기로 겨울바람에 맹세했으니까.

너의 행복을 지켜 줄 사람, 너의 마지막을 지켜 줄 사람, 그건 내가 아니니까.

내가 지켜 줄 수 있는 것은 오직 네 거짓말뿐.

그런데도 맨발끼리 툭툭 건드리는 느낌이 너무 좋아 떨어질 수가 없었다. 맞닿은 발은 따뜻하고 부드러웠다. 내가 닿지 못할 곳들은 더 부드럽겠지.

언젠가 스쳤던 그의 입술이 떠올랐다. 너무 짧아 안타깝던 키스였다.

다시 입 맞추고 싶었다.

키스하고, 네 안을 열고 싶었다.

"선배."

선배 안에 뭐가 있는지 궁금해요.

몸을 일으켜 그의 위에 올라탔다. 배개 옆을 짚은 양손에 저절로 힘이 들어갔다. 침대 시트가 구겨졌다. 나는 나빈의 얼굴을 내려다보았다. 미처 닿기도 전에 서로의 열기가 전해졌다.

나빈이 아래에서 나를 가만히 올려다보고 있었다. 은은한 조명을 너머 내게 닿는 눈길이 황홀했다. 영원히 그 눈빛을 내 것으로 할 수 없다면, 하룻밤이라도 갖고 싶었다.

조금만 몸을 내리면 그를 온전히 느낄 수 있을 거리였다. 어렴풋한 그의 체온이 나를 끌어당기는 것만 같았다.

서로 열기가 뒤섞이면 자제력이나 이성 같은 건 곧바로 녹아 버리겠지. 본능만 남고, 그 순간부터 내일 일 같은 건 생각나지도 않을 것이다.

내가 너를 원하는 만큼, 네가 나를 원하기만 한다면.

"다혜 씨."

그는 그 어느 때보다 부드럽게 나를 불렀다.

만약 그가 하고 싶다고, 나를 원한다고 한마디만 했다면, 아니, 아무 말 없이 내 몸을 건드리기라도 했다면, 나는 그 기분을 이겨 내지 못했을 것이다.

그런데 나빈은 손조차 뻗지 않은 채, 다만 꿈꾸는 듯한 얼굴로 속삭였다.

"다혜 씨 뒤로 비가 내려요."

어렴풋한 미소가 번진 그의 얼굴은 마치 동화 속 삽화 같아서, 나는 감히 그에게 입맞춤조차 할 수 없었다. 내가 건드려선 안 될 성스러운 것이 그의 안에 깃들어 있는 것 같았다.

수많은 밤을 남자들과 보내 왔다. 스스로를 경멸하기 위해서, 남자들을 비웃기 위해서, 하룻밤의 쾌락으로 현실을 잊기 위해서, 그걸 사랑이라고 믿어서.

그러나 단 한 번도 남자를 앞에 두고 이런 기분을 느껴 본 적은 없었다.

숨을 죽이고 네 눈동자를 바라보았다.

잘못 본 것이 아니었다. 네 눈 속에는 빛이 담겨 있었다. 새벽녘 첫 빛처럼 밝고, 유리구슬처럼 깨질 것 같은 빛이. 그것은 어쩌면 내가 평생 가져 보지 못한 유년기의 투명함일 수도, 혹은 이나빈이라는 사람이 태생적으로 갖고 있는 순수함일 수도 있었다.

차마 그 위에 내 혼탁한 지문을 남기고 싶지 않았다.

작지만 너무도 분명하고, 부드러우면서도 환한 빛. 그건 분명 천상에 어울리는 빛이겠지. 내 지옥 따위를 비추기엔 처음부터 지나치게 과분했어.

사랑일지도 모른다 생각해 왔다. 아니, 이건 아마 사랑이 아닐 것이다. 이건 이제까지 내가 남자들을 사랑할 때 느낀 감정과는 전혀 달랐다. 겁이 날 정도로 애틋했고, 함부로 바랄 수가 없었다.

영혼이 열기로 타오르는 것이 아니라, 저 빙하 아래, 남극의 차가운 심해로 가라앉는 듯이 얼얼했다. 살면서 처음 느껴 보는 이 감정을 나는 대체 뭐라 불러야 할지 몰랐다.

그러나 하나는 확실했다.

앞으로 어떤 남자와 밤을 보내도 이런 기분을 느낄 수는 없을 것이다.

나는 그대로 그의 몸에서 내려와 침대 구석에 털썩 누웠다. 잠깐 묘한 침묵이 흘렀다. 나빈이 이쪽으로 돌아눕는 게 느껴졌다.

"더 안 해요?"

나빈이 우물쭈물 물었다.

"왜요?"

"더 할 줄 알았는데……."

상기된 뺨과 흐린 시선이 눈에 들어왔다.

"뭘 더 해요?"

나는 일부러 짓궂게 물었다. 나빈은 정말 어쩔 줄 모르며 눈을 내리깔았다.

"그거 아까 사 왔으면서……."

"뭘요?"

"그거, 미연, 방지……."

나빈이 떠듬떠듬 말했다. 웃을 기분이 아닌데 웃어 버렸다.

"선배는 순진한 거예요, 아니면 순진한 척하는 거예요?"

"둘 다 아닌데요."

나빈은 정말 억울한 듯이 말했다.

"저 하나도 안 순진해요. 그냥 다혜 씨니까 어려운 것뿐이에요."

"하긴 순진할 나이는 지났죠."

"그럼 그거 혹시……."

나빈은 무언가를 말하려다 입술만 우물거렸다.

"혹시 뭐요?"

"혹시 다른 사람이랑 쓰려고 산 거예요? 난 나랑 쓸 줄 알았는데……."

그가 말꼬리를 흐렸다.

"선배는 혼후 관계 주의라고 했잖아요."

"5분 전까지는요."

나빈이 들릴 듯 말 듯 대꾸했다.

그걸 살 때만 해도 우리 사이에 무슨 일이 일어나든 괜찮다고 생각했다. 마지막 밤이니까. 하지만 그건 어디까지나 내 얘기였다. 나는 괜찮겠지. 그는 괜찮지 않을 거다.

마지막 밤이니까. 더욱 선을 넘어서는 안 되는 거였다.

"선배. 해 본 적은 있어요?"

나는 그를 향해 옆으로 돌아누웠다. 그와 시선이 마주쳤다. 눈동자를 보는 순간 다시 한번 확신했다. 네 눈 속에 담긴 빛을 내가 흠집 내선 안 된다고.

난 네게 깊은 흔적을 남기고 싶지 않아. 파도가 한 번 치면 모래에 적은 글씨가 금방 씻겨 나가듯, 그래, 그 정도의 상흔이 좋겠어.

"그게 중요해요?"

나빈이 볼멘소리를 냈다.

"대답이나 해요."

그는 머뭇거리다 작게 고개를 저었다. 예상한 바라 별로 놀랍지는 않았다.

"그럼 그냥 기분 따라 하지는 마세요."

나빈은 입을 다문 채 내 말을 들었다.

"전 항상 그랬고, 그래서 후회했으니까. 자꾸 그런 식으로 관계를 반복하다 보면 결국 관계에서 절망만 찾게 돼요. 그러니 선배는 정말 좋아하는 사람이랑 하세요."

"근데 내가 정말 좋아하는 사람⋯⋯."

나빈이 이불을 끌어안고 중얼거렸다. 희미한 등불이 그의 붉어진 얼굴을 비추었다.

"선배."

나는 나빈의 말을 끊었다. 다음 말을 들으면 하염없이 슬퍼질 것 같았던 것이다.

"선배, 제 말은, 그 사람이 선배를 진심으로 좋아해 줄 때 하란 거예요. 나 같은 사람 말고요."

"다혜 씨 같은 사람이 뭔데요?"

나빈의 목소리가 다소 가라앉았다. 그가 이미 상처 받을 준비가 되어 있다는 걸 알 수 있었다. 정말 원치 않았지만, 지금은 상처를 줘야만 했다. 더 큰 상처를 주지 않기 위해 작은 상처를 입혀야 하는 순간이었다.

"전 선배를 안 좋아하잖아요."

너무 매몰찼다는 생각도 들었지만 이게 최선이기도 했다. 나빈은 눈을 내리깔았다. 침대 조명 때문일까, 그의 속눈썹이 유독 짙고 긴 그림자를 드리웠다.

나빈이 화를 낼 수도 있다고 생각했다. 그럼 이제까지 그건 뭐였냐고, 왜 사람을 헷갈리게 했냐고, 그냥 장난친 거였냐고. 나는 그 비난을 다 감수할 각오가 되어 있었다.

"제가, 싫어요?"

나빈이 머뭇머뭇 물었다.

"친구로서는 좋아해요. 그것뿐이지만."

"그럼 됐어요."

나빈은 연기가 서툴다. 지금 미소가 억지라는 건 누가 봐도 알 거다.

"전 그냥…… 다혜 씨가 사라지지만 않았으면 좋겠어요. 오늘 같은 일은 싫으니까. 그거면 돼요."

그의 말에 아무 대답도 하지 못했다. 나는 그 부탁조차 들어줄 수 없었던 것이다.

"내가 여기까지 온 거, 전부 다혜 씨 덕분이니까. 그날 공연에서 다혜 씨를 못 봤더라면 아마 전 지금 없었을 거예요."

"전 해 드린 게 없는데."

"그래서 더, 다혜 씨가 이 사실을 기억했으면 좋겠어요. 다혜 씨는 존재만으로도 누군가를 살게 했다는 거. 몇 년이나 숨 쉬게 했다는 거."

울지 않으려고 아랫입술을 꽉 깨물었다.

"신기하죠? 나도 항상 다혜 씨를 생각하면 신기했어."

"미안……"

목이 메어 말을 다 맺지 못했다. 나빈은 조심스럽게 손을 뻗더니 오히려 나를 달래듯 어깨를 어루만졌다.

"뭐가 미안해요?"

"아니, 아니에요. 아무것도."

나는 침대맡을 비추던 등불마저 꺼 버렸다. 서로의 얼굴도 제대로 보이지 않는 어둠 속, 비는 한층 더 세게 퍼붓기 시작했다.

드디어 울 수 있었다. 나는 소리 나지 않게 눈물을 훔쳤다.

"빗소리 너무 좋다. 그죠?"

나빈이 물었다.

"네."

어떻게든 태연하게 대답하려 했지만 목소리가 떨렸다. 어쩌면 그도 내가 운다는 걸 눈치챘을지도 몰랐다.

"다혜 씨."

어둠 속에서 나빈이 나지막이 나를 불렀다.

"내가 찾고 싶은 이야기가 있다고 했던 거, 혹시 기억해요?"

"기억해요."

내 음성은 아까보다 더 심하게 흔들렸다.

"그 이야기 해 줄까요?"

"네."

"진짜 어릴 때 읽은 이야기였는데. 옛날 인도 사람들은 세상이 하얀 코끼리 등 위에 올라가 있다고 믿었대요."

나는 울음소리를 삼키느라 대답하지 못했다.

"너무 힘들고 아무것도 나아지지 않는 것 같을 때마다 난 그 이야기를 생각했어요. 눈과 비를 맞으며, 세상을 싣고 계속해서 어딘가로 걸어가는 코끼리를요."

어린 나빈을 상상했다. 홀로 어둠 속에 앉아 이야기 속에서 위안을 찾는 소년. 기댈 거라곤 낡은 기부 서적 한쪽의 설화가 전부인 그 소년을 오래오래 기억하고 싶었다.

"그냥 그걸 생각하면 다 괜찮다는 생각이 드는 거예요. 이상하게도, 그냥 다 괜찮다고. 이렇게 괴로워도, 세상은 또 어딘가로 가고 있다고."

다 괜찮아.

눈을 감았다. 고여 있던 눈물이 한 번에 흘러내리며 머리맡을 적셨다.

빗소리의 선율, 어둠의 회화.

길을 잃은 나.

내 곁에 누워 있는, 한 번 입 맞췄던 나의 친구.

"그러니까 다혜 씨도 괜찮을 거예요. 지금도 세상은 어디론가 가고 있거든."

손이 닿았다. 내가 먼저 그의 손을 잡았고, 그도 내 손을 마주 잡았다.

손바닥에 전해져 오는 체온을 느끼며, 이 빗속을 걸어가는 새하얀 코끼리를 그려 보았다.

어째서일까.

나의 코끼리는 우두커니 서서 비만 맞을 뿐, 한 걸음도 나아가지 못하고 있었다.

4.

　토스트 냄새에 눈을 떴다. 고개를 돌리니 나빈이 스토브 앞에 서서 무언가를 만들고 있었다. 천장의 유리창에는 여전히 빗방울이 톡톡 튀었다. 빗줄기가 어제보다는 약간 얇아졌다.

　"일어났어요?"

　그가 내 기척을 느꼈는지 고개를 돌렸다. 앞머리가 살짝 젖은 것을 보니 이미 샤워까지 끝낸 것 같았다.

　"몇 시예요?"

　"10시 정도 됐어요. 좀 늦게 나가도 된다고 하니까 천천히 준비해요."

　"그거 다 되면 깨워 주세요."

　다시 이불을 머리끝까지 뒤집어썼다.

　오늘 저녁이면 집으로 돌아가야 한다. 일어나고 싶지 않았다. 벌써부터 몸살처럼 온몸이 욱신거리기 시작했다. 돌아가지 말자고 몸이 떼를 쓰는 것 같았다. 아픈 배를 부여잡고 이불 속으로 좀 더 파고들었다.

"다혜 씨."

나빈이 부드럽게 어깨를 토닥였다. 그 느낌이 좋아 일부러 잠든 척 눈을 감고 있었다.

"피곤하죠?"

그는 가볍게 내 머리를 쓸어올렸다. 손가락의 온기가 잔상처럼 남았다. 자연스레 오늘 새벽의 일이 떠올랐다.

새벽에 잠깐 눈을 떴을 때, 나빈은 여전히 내 곁에 있었다. 내가 먼저 잠든 다음 그도 여기서 잠들어 버린 모양이었다. 조심스럽게 그의 품으로 파고들어 가슴께에 이마를 댔다.

잠결인지 그가 나를 그대로 끌어안았다. 나는 그 온기에 몸을 묻었다. 다시 잠이 들 때까지 나는 내내 그의 품에 안겨 있었다.

따뜻해.

이건 어쩌면 연애 감정은 아니지.

연인은 이런 식으로 고요하게 밤을 보내지 않을 테니까.

이것 봐. 우리 사이는 도무지 사랑과는 닮은 구석이 없잖아.

그저 네 곁을 맴돌며 온기를 쬐고 싶었어.

점심시간이 지나자 날이 조금씩 개기 시작했다. 옷은 처음 집을 나올 때와 똑같이 입었다. 어설프게 꿰매 둔 바지 단추를 보니 쓴웃음이 나왔다. 나빈과 나는 짐을 챙겨 숙소를 떠났다.

서울로 돌아오는 내내 나빈은 일방적으로 이야기를 주도했다. 오늘따라 그는 틈을 주지 않고 새로운 화제들을 늘어놓았다. 오래전에 읽은 책, 비슈누 신의 이야기, 요즘 연습하고 있는 피아노곡, 모스크바 여행 정보, 그리고 그가 좀처럼 이야기하지 않던 연습생 시절의 일화들까지.

집으로 돌아가야겠다고 말해야 하는데 나는 그의 이야기에 떠밀려 타이밍을 잡지 못했다. 그러는 사이에도 차는 점점 마포에 가까워지고 있었다.

나빈의 이야기를 끊은 것은 내가 아니라 그의 전화벨 소리였다. 나빈은 스피커폰을 켰다. 이모의 목소리가 들렸다.

—다혜랑 있지?

"네."

—오늘부터 공사 들어가기로 했거든. 다혜한테 당분간은 휴업이라고 좀 전해 줘.

"그럼 오늘 아르바이트 없는 거네요?"

—응.

"조금만 일찍 말씀해 주시지. 서울 들어왔는데."

—나중에 밤에 경후랑 술 마시기로 했는데 너네도 올래?

"그건 다혜 씨한테 한번 물어볼게요."

—오케이. 연락 줘.

전화가 끊어졌다.

"아쉽다, 그죠? 조금만 일찍 알았으면 동해안으로 가는 건데. 어떻게 할까요? 술자리 갈래요?"

나빈이 이쪽으로 살짝 고개를 돌렸다. 지금이 타이밍이란 느낌이 왔다.

"저 집으로 갈게요, 선배."

"좀 피곤하죠?"

나빈은 내 말을 잘못 이해한 듯했다.

"아뇨. 그게 아니라 저 여의도로 가겠다고요. 내려 주세요. 가야 돼요."

"어디요?"

"여의도. 저희 집이요."

"거길 왜요?"

"집으로 돌아가기로 했어요."

차 안에 침묵이 흘렀다. 나는 나빈의 다음 말이 두려웠다. 이윽고 그가 무거운 목소리로 입을 열었다.

"저 때문인가요?"

"네?"

나빈의 말이 이해 가지 않아 되물었다.

"제 태도가 부담이 됐어요?"

"아니……."

"어제 일 때문인가요?"

느리게 가던 앞 차가 멈춰 섰다. 정체 구간이었다.

"그냥 가기로 한 거예요, 선배."

"이렇게 갑자기요?"

"계속 생각해 온 거예요."

"이유가 뭐예요?"

"제가 이유를 들어가며 선배를 설득해야 하나요?"

"이 상황이 이해가 안 되잖아요."

"제가 어디로 갈지는 제 마음이잖아요, 선배."

나빈은 순간 말문이 막힌 것 같다. 잠시 후 그가 단호한 음성으로 말했다.

"다혜 씨는 거기로 돌아가면 안 돼요."

"선배가 뭐라 하든 갈 거예요."

"돌아가면 안 돼요, 다혜 씨."

"왜 돌아가면 안 되는데요?"

"왜냐니……."

나빈은 괴롭게 숨을 내쉬었다. 그는 갑갑한지 히터를 껐다. 히터 소리가 사라지자 차 안에는 일순 정적이 찾아왔다.

"왜 돌아가면 안 되는지는 다혜 씨가 더 잘 알잖아요."

"……어쨌든 전 돌아갈 거예요."

"말도 안 되는 소리 하지 마세요."

"선배가 간섭하실 일 아니에요."

차창 밖을 보며 말했다. 차들은 주차장처럼 가만히 늘어서 있었다.

"저 그날 다 들었어요."

나는 그가 무슨 말을 하는지 몰랐다.

"뭘 들어요?"

그는 바로 대답하는 대신 손가락으로 핸들을 두드렸다.

"뭘 들었단 거예요?"

그의 답을 기다리지 못하고 추궁했다. 나빈은 망설이다 입을 열었다.

"다혜 씨가 집에서 나왔던 날 기억나요? 그날 다혜 씨가 저한 테 전화했잖아요."

그에게 전화를 걸었던 일이 떠올랐다. 그날 분명 통화는 계속 연결되어 있었지. 그때도, 그 뒤로도, 너무 정신이 없어 미처 그 상황을 차분히 되짚어 보지 못했다.

나빈 역시 그날 일을 단 한 번도 구체적으로 입에 올리지 않았다. 그래서 마음 편할 대로 믿어 버린 것이다.

그날 상황을 나빈이 속속들이 아는 건 아닐 거라고. 아마 휴대폰이 멀리 떨어져 들리지 않았을 거라고.

"들었어요?"

"……네."

"아……."

그랬구나. 나빈은 수화기를 통해 그 소리를 다 듣고 있었던 것이다. 맞는 소리와 살려 달라는 애원, 바지를 내리라는 명령까지도.

여태 아무 말도 하지 않았던 건 그저 그의 배려였다.

죽고 싶었다.

누군가에게 가장 들키고 싶지 않던 부분이었다.

특히 내가 좋아하는 사람에게는.

멀리 창밖으로 시선을 던졌다.

"제가 불쌍했겠네요."

"다혜 씨."

"근데 선배, 저 불쌍한 사람 아니에요. 저 남들은 평생 노력해도 못 가질 것들을 그냥 태어나면서부터 가졌어요. 원한다면 안정적인 가정도 꾸릴 수 있겠죠. 집안에 어울릴 만한 남자랑 결혼도 하고."

"서다혜 씨."

"그동안 신세 많았어요."

"대체 왜 이러는 거예요?"

"말리셔도 소용없어요. 전 갈 거니까."

"아뇨, 다혜 씨는 거기 가면 안 돼요."

"갈 거예요."

"안 돼요, 절대 안 돼."

"갈 거라고요! 선배가 뭔데 절 막아요?"

언성이 올라갔다.

"저 더 이상은 선배의 호의에 기대고 싶지 않아요. 집으로 돌아가고 싶어요. 부모님도 이젠 안 그러겠다고 하셨고…….'"

"그 말을 믿어요?"

"네, 믿어요. 적어도 선배 집에 계속 있는 것보단 낫겠죠. 어쨌든 가족이니까."

"그럼 저는요?"

나빈의 질문이 가슴을 아프게 들쑤셨다.

"선배는…….'"

얼마나 소중한지, 얼마나 바랐는지.

영영 고백할 수 없겠지.

"아무 사이도 아니죠."

냉랭하게 내뱉었다.

"그리고 선배도 원래라면 저한테 눈길도 안 줬을 거잖아요."

그 말은 어느 정도 진심이었다. 내 마음속에는 항상 그런 의심이 있었던 것 같다.

엘리가 나를 좋아하더라도 그게 정말 서다혜라는 인간을 좋아하는 것일 리가 없다는 생각. 그저 그의 결핍 때문에 누군가가 애타게 필요했던 것뿐이리란 불신.

"원래라는 게 뭔데요?"

"선배한테 그런 일들만 없었어도, 저 같은 사람한테 관심이나 갔겠어요?"

"그런 일은 또 뭔데요?"

나빈이 신경질적으로 물었다.

"선배 가족들에게, 아무 일도 없었다면요."

"아……."

단번에 차 안의 분위기가 무겁게 가라앉았다.

"그럼 선배는 바나 공연을 볼 일도 없었을 테고, 어쩌면 학교에 복학도 안 했을 테고, 그 다리 위에서……. 내게 하찮은 연민도 느끼지 않았겠죠."

"그렇게 생각했구나."

예상과 달리 나빈은 화를 내거나 언성을 높이지 않았다. 그저 굳은 표정으로 내 말을 듣고 있었다.

"선배는 그냥 가족의 빈자리를 채울 누군가가 필요했던 거예요. 그것뿐이에요. 누군가 비슷한 사람을 찾은 거라고요. 저였어야 했던 게 아니라."

무례할 정도로 쏘아붙인 후 시선을 내렸다.

"아니에요, 다혜 씨. 그건 정말 아니에요. 다혜 씨는 누군가를 대신하는 사람이 아니에요. 다혜 씨는 그냥 다혜 씨예요."

나는 대꾸하지 않았다. 다정한 말, 고마운 말들이 지금은 다 아플 뿐이었다. 나빈은 길게 한숨을 내쉬었다.

"어제 집에서 나올 때부터 이럴 생각이었어요?"

"훨씬 이전부터요. 이 기회에 나가면 될 테니 잘됐다고 생각했죠. 어쨌든 전 선배에게 해 드릴 만큼 해 드렸어요. 어리광도 받아 줄 만큼 받아 줬고요. 마음의 빚은 갚았다고 생각해요."

"그래서요?"

"선배랑 더는 엮이고 싶지 않아요."

차갑게 말했다.

"선배 말대로예요. 저 선배 때문에 돌아가는 거예요."

울지 않으려고 심호흡을 했다.

"선배가 저 대하는 태도, 솔직히 부담스럽고 힘들어요. 선배도 잘 아시겠지만. 그러니까 이쯤에서 서로 정리하는 게 좋을 거 같아요."

나빈은 아무 말도 하지 않았다.

"어제 말했잖아요. 전 선배 좋아하지 않는다고."

"알아요, 나 안 좋아하는 거 잘 안다고."

그는 입술을 꽉 깨물었다.

"그렇다고 집으로 돌아갈 필요는 없잖아요."

"당장 떠나고 싶을 정도로 싫어서요."

"제가요?"

"네, 선배가요."

"그럼 대체 왜……."

그는 뒷말을 흐리고 나를 응시했다. 그가 차마 마치지 못한 말이 무엇일지 알 것 같았다.

그럼 대체 왜 헷갈리게 한 거예요, 왜 안겨서 울고, 왜 희망을 준 거야. 그런 원망 어린 말들이 들려오는 듯했다.

"그냥…… 연예인이었잖아요. 신기하니까 호기심이 들어서. 근데 거기까지였어요. 선배가 나한테 뭔가 바라니까 부담됐어. 너무 힘들고, 싫었어."

나빈은 입을 꾹 다물고 있었다. 속이 갑갑해 창문을 열었지만, 들어오는 건 매캐한 매연 냄새뿐이었다. 다시 창을 닫아 버렸다.

"정말…… 다 싫었어요?"

한참의 침묵 후 그가 물었다.

"네, 다 싫었어요. 좋아하지도 않는 남자랑 스킨십하는 것도 싫고, 기대에 맞춰 주는 것도 싫고, 그날 키스한 것도…… 싫었어."

"거짓말이잖아."

"봐요, 선배는 또 자기 멋대로 생각하잖아. 애초에 내가 선배를 좋아해야 할 이유라도 있어요? 그거, 강요일 수 있다고 생각 안 해요?"

"그건……."

"선배가 나가라면 당장 나가야 되는데, 그 상황에서 어떻게 거절을 해요?"

나빈은 말문이 막힌 듯했다. 그는 고개를 돌려 나를 외면했다. 차는 움직이지 않았고, 차 안에는 숨 막히는 정적만 가득했다.

"……미안."

그의 목소리가 조금 갈라졌다.

"그러게. 내가 너무 부담스럽게 했네. 다혜 씨랑 지내면서 너무 즐거워서 실수했었나 봐요. 실수라는 말로 납득이 될지 모르겠지만……."

눈앞에서 그가 무너져 내리는 것이 보이는데, 나는 아무것도 할 수 없었다. 아니, 오히려 내 손으로 그를 더 무너뜨려야 했다.

"미안. 정말 싫었겠어요. 그런 게 강요로 느껴질 수 있단 거 사실 잘 알고 있었어요. 그래서 항상 조심하려고 했는데…… 잘 안 되긴 했지……. 미안해요. 제가 다 잘못한 거예요."

"그런 사과하긴 늦은 것 같아요, 선배."

나빈은 라디오를 켰다. 대중가요가 흘러나왔다. MC가 밝은 목소리로 곡을 소개했다.

다음 곡은 윌로 더 위스프의······.

그의 입가가 괴롭게 비틀렸다. 빠른 비트와 일렉 사운드가 스피커에서 흥겹게 흘러나왔다. 차라리 나빈이 라디오를 껐으면. 하다못해 욕이라도 했으면.

그러나 그는 음악이 나오는 동안 운전대를 잡고 계속 창밖만 보고 있었다. 차는 멈춰 있었고, 곡은 유독 길었다. 머릿속으로는 몇 번이나 그에게 매달리고 사과했지만, 현실에선 그저 주먹을 꽉 쥐고 있는 게 다였다.

그에게도 아주 긴 음악이었을 것이다.

곡이 끝난 후, 치약 광고와 침대 광고가 연달아 흘러 나왔다. 광고가 끝날 때쯤 나빈의 목소리가 들려왔다.

"생각해 보니 저도 서다혜 씨, 좋아하지 않아요."

그는 저 먼 어딘가를 응시하며 말했다.

"여자로 생각하지도 않고, 사랑하지도 않고. 그냥 가벼운 관심? 여자랑 별로 만나 본 적이 없으니까."

그는 그렇게 말하고 가소롭다는 듯 픽 웃었다. 나빈의 말이 하나하나 칼에 찔리듯 아팠지만 참을 수 있었다. 이건 내가 그를 상처 입힌 대가였다.

"제가 왜, 다혜 씨를 그런 식으로 생각하겠어요? 그냥 후배잖아. 나한테 그 이상이었던 적 없었고, 앞으로도 없을 텐데."

나빈은 천천히 내게 시선을 돌렸다.

"서다혜 씨, 내 말뜻 확실히 알겠어요?"

"네, 알겠어요."

"정말 확실히 이해한 거예요? 나 서다혜 씨 안 좋아한다고."

"알아요, 이해했어요."

"그럼 가지 마세요."

"선배."

"정 부담스러우면 제 곁에 있을 필요도 없어요. 다른 지낼 곳 알아봐 줄게요. 그냥 거기로만 돌아가지 마요."

안다. 돌아가면 내게 미래는 없다는 걸.

나는 어느 날 모든 걸 포기하겠지. 이 삶은 너무 싫어. 그냥 잊고 싶어. 그런 생각만으로 난간을 잡은 손을 놓겠지.

하지만 돌아가지 않으면, 그때 가장 나쁜 일이 일어날 것이다.

내게 가장 나쁜 일은 나 때문에 네 삶이 망가지는 것.

"전 집으로 돌아가고 싶어요."

네가 행복했으면 좋겠어.

내가 네 행복을 내 것이라 착각하며 살아갈 수 있게.

"내릴게요."

나는 차 문을 열려고 했다. 어차피 아까부터 차는 꽉 막혀 움직일 줄을 몰랐다.

"다혜 씨!"

나빈이 다급하게 내 손목을 낚아챘다.

"내리지 마세요. 태워다 줄게요. 다혜 씨가 원하는 곳으로 가 줄 테니까."

그에게 잡힌 부분이 끊어질 듯 아팠다. 내가 인상을 구기자 그는 멈칫하더니 손에서 힘을 풀었다.

"미안, 지금 너무 정신이……."

나빈이 손을 내리며 사과했다. 핏기가 가신 입술이 미세하게 떨리는 것이 보였다.

"여기서 지하철역도 멀잖아요. 선배로서 호의라고 생각해요."

"……그렇게 하세요."

나지막이 대답하고 입을 다물었다. 우리는 이후로 어떤 말도 내뱉지 않았다. 당연한 거지만, 눈물 역시 비치지 않았다.

이별의 순간마다 난 항상 울었다. 자존심도 모두 잊고 울며 매달리거나, 울며 저주했다. 너무 괴롭고 아파서 다른 생각은 할 수도 없었다.

그래서 지금에야 알았다. 눈물 없는 이별이 훨씬 슬프다는 걸.

차는 여의도에 도착했다.

그는 아파트 단지 앞에 차를 세웠다.

"다혜 씨."

내리려는 나를 나빈이 붙잡았다. 아까처럼 손목을 잡았지만, 이번에는 어린아이의 손을 쥐듯 부드러웠다.

"언제라도 괜찮아요. 언제라도 연락 주면 제가 데리러 올게요."

"그럴 일 없어요."

"저 여기 있을 테니까 무슨 일 있으면……."

"싫다고 했잖아요!"

내 손목을 잡고 있던 나빈의 손이 떨어졌다.

"구질구질하게 굴 거예요?"

도망치듯 차 문을 열고 나왔다. 문을 닫기 전 나는 다시 나빈을 향해 말했다.

"그냥 가세요. 신경 쓰이게 하지 말고. 저 다시는 선배한테 돌아올 일 없으니까."

거기까지 쏘아붙이고 나는 잠깐 마지막 말을 미뤘다.

"선배를 안 만났으면 좋았을걸."

우리가 만나지 않았다면, 나빈은 상처받지 않았을 텐데. 미처 사랑을 제대로 알기도 전에 배신과 이별부터 배우진 않았을 텐데.

내가 이런 사람이 아니었다면 얼마나 좋았을까. 이렇게 상처 주고 도망치는 사람이 아니라, 네게 더 다정하고 따뜻한 사람이었다면.

"다혜 씨."

차 문을 닫으려는데 나빈의 목소리가 들렸다.

"무르만스크의 오로라요."

나빈은 무표정한 얼굴로 나를 올려다보며 말을 이었다.

"그 약속, 없던 걸로 해요."

그의 말이 끝나자마자 차 문을 닫고 곧바로 돌아섰다. 눈물이 흐르는 걸 들킬 수는 없었다. 펑펑 울고 있으면서도 눈물을 닦을 생각도 하지 못했다.

가까워지는 게 서툴러서, 멀어지는 것도 서툴렀다.

엘리베이터에 타자마자 몸이 덜덜 떨렸다. 검지가 11층 버튼 위에서 방황했다. 그 버튼을 누르기까지 한참이 걸렸다.

아니, 어쩌면 내 생각보다 짧은 순간이었는지도 모른다. 그저 숨이 잘 쉬어지지 않아 길게 느낀 것일 수도 있었다.

엘리베이터가 11층에 멈췄다.

우리 집 현관문이 보였다. 이곳에서 도망친 지 고작 한 달이 지났을 뿐인데도, 모든 것이 낯설게 보였다.

사람이 변하기에 한 달은 충분한 시간이었다.

하지만 그 변화는 내가 이 문을 여는 순간 말라비틀어진 낙엽처럼 바스러져 버릴 것이다.

나는 지문 인식 장치에 손가락을 댔다. 밝은 알람음과 함께 문이 열렸다.

현관문을 당기자 고기 냄새가 제일 먼저 나를 맞았다.

"이제 왔니?"

엄마의 목소리가 들렸다. 곧 그녀가 모습을 드러냈다. 내가 기억하던 그대로였다.

"밥 먹어야지."

엄마가 다정한 미소를 띠고 말했다.

"네."

"짐 두고 바로 나와."

"네."

방에 들어가 짐을 던져 놓은 후 곧바로 김 변호사에게 전화를 걸었다.

—예, 서다혜 씨.

"집에 들어왔어요. 메일 취소하시는 거 잊지 마세요."

—안 그래도 방금 대표님께 문자 받았습니다. 잠시만요.

마우스가 딸깍이는 소리가 들렸다. 역시 진짜 예약을 걸어 뒀었구나. 등줄기가 서늘했다.

ー취소했습니다. 안심하시고 모처럼의 가족 식사 즐겁게 하세요.

태연한 인사에 기가 막혔다.

"다시는 연락하지 마세요. 꼴도 보기 싫으니까."

김 변호사가 뭐라고 더 말을 하려는 것 같았지만 통화를 끊어 버렸다.

식탁에 가서 앉아 있으니 막 샤워를 끝낸 아빠가 나를 발견했다.

"어, 왔니? 저녁 먹자."

마치 아무 일도 없었다는 태도였다. 그동안의 일이 모두 내 착각이었다는 것처럼.

막 끓여 낸 불고기에서 김이 모락모락 올라왔다. 접시도 엄마가 가장 아끼는 프랑스제 접시였다. 평소에는 아깝다고 전시만 해 두던 그릇에 지금은 반찬들이 소담하게 담겨 있었다. 물론 그녀가 한 요리는 아닐 테지만, 접시나 메뉴 선정에서 최대한 신경 쓴 것이 느껴졌다.

"우리 딸이 올 거라 해서 저녁 준비를 해 뒀지. 어서 먹어."

엄마가 옆에서 내 접시에 고기를 덜어 주었다. 나는 바로 밥을 뜨는 대신 밥그릇에 잠시 손을 댔다. 손바닥에 열기가 전해졌다.

가정의 온기였다.

아빠는 내 맞은편에 앉았다.

"먼저 먹고 있어. 금방 정리하고 올 테니까."

엄마가 자연스럽게 자리에서 일어났다. 아빠는 고개를 까딱하고 숟가락을 들었다.

나빈은 아직도 주차장에서 날 기다리고 있을까. 아냐, 이미 갔겠지. 가슴 아프지만 잘한 일이야. 이게 그 사람에겐 좋은 일이야. 사랑스러운 사람이니까, 금방 선배를 사랑해 줄 사람이 나타날 거야. 그런 생각을 하자 목이 메었다.

내가 간신히 첫 숟갈을 떠서 입에 넣었을 때였다.

"밥은 넘어가냐?"

아빠가 피식하며 물었다. 그는 어처구니없다는 듯 나를 바라보고 있었다.

억지로 삼켰다.

"넘어가나 보네."

묵묵히 다음 숟갈을 떴다.

"대체 어딜 싸돌아다니다 온 거야?"

다 알고 있잖아요.

"내가 너한테 돈을 안 줬니? 우리가 너한테 뭘 부족하게 해 줬어? 도대체 뭐가 그렇게 불만이었어? 넌 매를 벌어."

"애 밥은 먹이고 혼내."

엄마의 목소리가 들렸다. 그녀는 비닐봉지를 들고 식탁 쪽으로 걸어왔다. 내 젖은 옷이 담긴 비닐이었다. 다용도실에 내놓을 모양이었다. 그녀는 비닐 안을 뒤적이며 살펴보고 있었다.

비닐이 요란하게 바스락거렸다.

"하여간 옷도 꼭 이런 걸……."

엄마가 혼잣말처럼 중얼거린 소리가 귀에 박혔다. 당연히 마음에 들지 않을 거다. 그건 내가 나빈과 함께 쇼핑몰에 가서 샀던 옷들이니까.

"주말에 엄마랑 백화점 갈까?"

엄마가 다정하게 물었다. 그건 질문이 아니었기에 굳이 대답할 필요도 없었다.

"깨작거리지 좀 말고."

아까부터 젓가락으로 밥만 뒤적거리고 있는 내게 아빠가 한소리를 했다.

이런 말들 쯤이야 아무렇지도 않았다. 이게 원래 내 삶이니까. 나는 이렇게 살아왔고, 살아갈 테니까. 잠깐 좋은 꿈을 꾼 거야. 한 번이라도 그런 꿈을 꿀 수 있었으니 된 거야.

사실은 벌써부터 나빈이 그리웠지만, 애써 그 그리움을 외면해야 했다. 되도록 빨리 비참함에 익숙해지는 게 편할 테니까.

마지막 헤어질 때 나빈의 차가운 음성을 떠올렸다. 뭘 기대했던 거야. 그런 말들을 해 놓고 선배가 끝까지 다정하기라도 바랐던 거야? 스스로가 우스워서 눈물이 날 것 같았다.

이제 선배랑은 다시 이전처럼 지낼 수 없겠지. 지내서도 안 되겠지. 그렇게 상처 줬으니, 이제 내겐 지나가듯 웃어 줄 일조차 없겠지.

눈시울이 뜨거워지는 걸 감추려 애를 썼다.

보고 싶어도 볼 수 없을 거고, 말도 걸어 볼 수 없겠지. 어쩌면 나 아닌 누군가와 웃으며 캠퍼스를 지나가는 걸 지켜봐야 할 수도 있겠지.

그나마 나빈에게 받은 사진 한 장이 미약한 위안이 되었다. 너무 보고 싶어 죽을 것 같으면 그 사진이라도 볼 수 있을 테니까. 그마저도 닳을까 아끼고 아끼겠지만.

내게 그 사진은 하나의 증표였다. 우리의 시절이 아주 잠깐 반짝였다는 증표. 내 삶에 온기가 머물다 간, 쓰라린 황홀. 오래 간직하다, 이 별을 떠나는 날에도 주머니 깊은 곳에 넣어 두고 싶었다.

그때였다.

"서다혜!"

엄마의 목소리가 쩌렁쩌렁 울렸다. 곧 화난 얼굴의 그녀가 모습을 드러냈다. 손에는 무언가를 꽉 쥐고 있었다.

그녀는 그걸 내 앞에 내동댕이치듯 던졌다. 하얀 종이 상자가 국그릇에 빠졌다.

"뭐야?"

아빠가 엉망으로 구겨진 상자를 보았다. 곧 그는 그게 뭔지 알아챘는지 인상을 확 찌푸렸다.

어제 샀던 콘돔 상자였다.

"서다혜, 너 그거 뭐야?"

엄마의 고성이 귓가를 찢었다. 그녀는 어떻게든 진정해 보려는 듯 심호흡을 했다.

"너 엄마한테 유세하는 거니? 어떻게…….."

뭐가 잘못인지 이해가 가지 않았다. 왜? 어차피 알잖아? 오히려 칭찬받아야 하는 거 아니야?

속에서 차오른 말을 억누르고 숟가락을 내려놓았다.

"잘 먹었습니다."

일어나는 순간, 아빠도 동시에 일어났다.

"보자 보자 하니까…….."

그가 내 머리채를 휘어잡았다. 버텨 보려 했지만 힘을 이겨 내지 못하고 이마가 식탁에 쿵 박혔다. 그는 그대로 나를 옆으로 확 끌었다. 온갖 식기들이 다 식탁 밖으로 쏟아졌다.

"저 그릇 이제 나오지도 않는 건데."

엄마의 안타까워하는 목소리가 들렸다.

나빈의 말이 맞다. 나는 여기로 돌아오면 안 됐다.

아빠는 나를 내 방으로 끌고 갔다. 그는 방문을 닫고 벨트 버클을 풀었다. 그리고 내게 엎드리란 말도 없이 그대로 벨트를 휘둘렀다. 가죽이 뺨을 쳐올렸다. 뒤로 피하려다 다리가 엉켜 방바닥에 주저앉았다.

아팠지만 신음을 참았다. 이 정도는 내가 각오한 수준이었다. 머릿속으로 몇 번이나 비슷한 장면을 상상했기에 침착할 수 있었다.

그때 방문이 확 열렸다.

처음이었다. 엄마가 이럴 때 방문을 열고 들어온 것은. 나도 모르게 멍하니 그녀를 바라보았다. 아빠도 그 순간만큼은 손을 멈췄다.

이건 내 예상 밖의 상황이었다.

"얼굴 안 다치게 조심해. 곧 결혼식 올려야 하니까."

엄마가 말했다. 순간 귀를 의심했다.

"무슨, 결혼……?"

떠듬떠듬 물었다.

"정욱 씨, 다혜랑 이야기 계속 해. 나 애 짐 좀 정리할 테니까."

엄마는 내 질문엔 대답하지 않았다. 그녀는 방구석에 놓인 내 쇼핑백에서 옷들을 마구잡이로 꺼냈다.

"이런 건 좀 버리고 오지. 이건 또 뭐야. 당장 버려야지."

엄마가 혀를 찼다.

"그러니까 무슨 결혼?"

이번에도 엄마는 내 쪽에 눈길도 주지 않았다. 그녀는 옷들을 뒤적이며 혼잣말처럼 말했다.

"김 변은 우리 다혜한테는 좀 과분하지. 부모덕에 그런 남자도 만날 수 있는 줄 알아."

"네⋯⋯?"

머릿속이 멍해졌다. 엄마가 무슨 말을 하는지 이해가 가지 않았다.

"봄에 식 올릴 거야. 학교도 필요 없어. 자퇴 처리하기로 했어. 로스쿨이 싫다고 뛰쳐나갔으니 억지로 보내지도 않을 거야. 우리도 너한텐 더 기대하는 게 없다."

엄마는 차분하게 말을 이었다.

봄, 결혼, 자퇴, 이런 단어들이 머릿속을 빙빙 돌았다.

"이미 그쪽 집이랑은 이야기 끝났어. 결혼식하고 김 변이랑 외국 다녀와라. 네 머릿속에 쓸데없는 생각도 뺄 겸. 그 엘리인가 뭔가 하는 자식도 잊고."

아빠가 말을 보탰다.

"딸애가 저 모양이니 사위라도 사람 구실해야지."

엄마가 한숨 섞인 목소리로 중얼거렸다.

"왜 하필⋯⋯."

"서다혜, 너 이건 또 뭐야?"

내가 무언가를 묻기도 전에, 엄마가 신경질적으로 외쳤다. 그녀는 자리에서 벌떡 일어났다. 그녀의 손에는 작은 종잇조각이 들려 있었다. 선배의 사진이었다.

머릿속이 새하얘졌다.

분명 찾기 힘든 곳에 숨겨 놨는데 어떻게…….

"그거, 아무것도……."

"너 걔 다 정리하고 들어온다고 네 입으로 약속했잖아. 그런데 이거 뭐야?"

"그러니까 그건 그냥 사진이니까……."

사진이잖아. 그냥 사진 한 장일뿐이잖아. 목구멍 아래에서 말들이 일렁이는데, 혀가 굳어 버린 것 같았다.

"찢어 버린다."

엄마는 정말 찢을 듯 사진 귀퉁이를 잡았다.

아, 안 돼. 생각할 겨를도 없었다.

"안 돼요!"

자리에서 일어나 엄마에게 달려들었다. 나는 팔을 뻗어 사진을 뺏으려 했다. 엄마의 눈에서 분노가 일었다.

"지금 너 이까짓 종잇조각 때문에 엄마한테……."

그녀가 나를 세게 밀쳤다. 나는 버텼다. 사진을 되찾아야 한다는 생각뿐이었다.

"너 어디서 엄마한테 폭력을 써!"

아빠가 나를 확 떠밀었다. 비틀거리며 서너 걸음을 밀려났다. 그가 밀친 쇄골 부분이 멍이 든 듯 아팠다.

"제발요. 찢지 마세요. 그거…… 나한텐 그거밖에 안 남았단 말이야……."

"너 제정신 아니구나. 정욱 씨, 얘 좀 봐. 얘 이것 때문에 비는 거야?"

엄마는 기가 차다는 듯 코웃음을 쳤다. 사진은 여전히 그녀의 손에 있었다.

"뭐든 다 할게요. 결혼이든 뭐든……. 엄마 아빠 말 다 들으면 되잖아요. 그러니까 그건 제발 주세요, 그냥 사진 한 장이잖아……."

눈물이 뺨을 타고 흘렀다.

"정말 뭐든, 뭐든 할게……."

"서다혜, 너 뭐 착각하는구나?"

아빠가 피식했다.

"뭐든 한다고? 네가 우리 말 안 들으면 어쩔 건데?"

순간 머리를 세게 얻어맞은 것 같았다. 엄마는 내 눈앞에서 사진을 가차 없이 찢기 시작했다.

두 조각, 네 조각, 여덟 조각. 붙일 수도 없게 완전히 갈기갈기 찢긴 사진이 바닥으로 떨어졌다.

시야가 깜깜해졌다. 미쳐 버릴 것 같았다.

그냥 사진 한 장이었잖아. 당신들 말대로 그냥 종잇조각. 내가 빌었잖아. 그거 한 장만 남겨 달라고. 그냥 그거 하나였는데.

주저앉아 찢어진 조각들을 쓸어 모았다. 아무리 모아도 사진은 돌아오지 않았다. 눈물이 찢어진 종잇조각 위로 후두둑 떨어졌다.

"뭘 잘했다고 울어? 보기 싫으니까 당장 그쳐!"

아빠가 소리쳤다. 나는 찢겨진 사진을 바라보며 계속 울었다.

싫어.

마음속에서 파도가 친다. 격랑이 일면서, 그동안 억눌러 왔던 것들이 수면으로 언뜻언뜻 떠올랐다.

자퇴, 결혼, 엘리라는 자식도 잊고, 이깟 사진, 너 같은 걸 걸

레라고, 서다혜, 바지 내려, 서다혜, 세상이 네 뜻대로 될 거 같
냐, 서다혜, 아빠한테 빌어, 엄마한테 빌어, 너 같은 게 어디서,
서다혜, 야, 서다혜······.

싫어.

"싫어······."

쌓이고 쌓인 말들이 끝내 목구멍을 찢고 올라왔다.

"뭐?"

아빠가 인상을 확 찌푸렸다.

"싫다고!"

선배 말이 맞아. 돌아오는 게 아니었어.

그냥 어딘가로 도망갈걸. 다른 지역, 다른 나라, 너무나도 추
워서 서로 떨어질 수 없는 곳. 아냐, 그랬으면 김 변호사는 그걸
퍼트렸겠지.

그냥 아주 아주 멀리 갈걸 그랬어. 둘이서 먼 곳으로, 저기 다
른 별로 가 버릴걸 그랬어. 이런 세상에선 떠나 버릴걸 그랬어.

누구도 우릴 불행하게 만들 수 없는 곳으로. 슬픔도, 눈물도,
고함도, 폭력도 없는.

"싫다고, 전부······!"

"미쳤어?"

아빠가 내 가슴팍을 걷어찼다. 숨이 멎을 것 같은 고통과 함
께 뒤로 몸이 완전히 무너졌다. 어깨가 딱딱한 바닥에 퍽 부딪쳤
다.

바닥에 나뒹굴어 보지 않은 사람은 모른다. 두 발로 설 의지
를 빼앗긴다는 게 어떤 의미인지. 폭력 속에서 자신의 바닥을 발
견한다는 것이 어떤 의미인지.

"서다혜, 정신 못 차려?"

가죽 벨트는 평소보다 훨씬 강하게 나를 내려쳤다.

"어디 은혜도 모르고, 천박하게 몸이나 굴리고 다니고······."

그 와중에도 아빠는 내 얼굴은 손대지 않았다. 이제 확실히 알았다. 매번 이럴 때마다 나는 아빠가 너무 화가 나 자제력을 잃었다고 생각했다. 아빠는 자제력을 잃은 게 아니었다. 그는 지극히 이성적이었다.

고매하고 이지적인 그들의 판단 안에서 이건 그냥 괜찮은 일이었던 거다. 나는 이래도 되는 존재였던 거다.

이건 폭력이 아니라 교육이니까.

이건 잘못된 일이 아니라 반드시 필요한 일이니까.

화목한 가정을 위해.

그들의 딸을 위해.

"우리가 너 때문에 얼마나 고생했는데, 고마운 것도 모르고."

아빠의 목소리에서는 진심 어린 배신감이 묻어났다.

"그까짓 남자 하나 때문에 부모한테 대들어?"

그는 내 가슴 부분을 다시 한번 세게 걷어찼다. 숨이 넘어갈 것 같았다.

"너같이 덜 떨어진 게, 부모덕 아니었으면 제대로 살 수나 있었을 것 같냐?"

"······부모덕?"

거칠게 숨을 몰아쉬었다. 웃음 같기도 하고 울음 같기도 한 기이한 음성이 내 입에서 멋대로 터져 나왔다.

"지금 부모덕이라고?"

"어디서 말대꾸야!"

"웃기고들 있네."

"야! 서다혜!"

"아빠가 나 칼로 찌르려고 한 건 기억 안 나?"

생각지 못한 말이 툭 튀어 나갔다.

"뭐?"

"그 뒤로 난······."

그 뒤로 난 목도리도 못하는데. 한겨울에도 찬 바람을 맞는데.

"무슨 소리야?"

아빠는 정말 의아한 듯 엄마를 돌아보았다. 엄마도 어깨를 으쓱했다.

"무슨 헛소리를 하고 있어?"

"다혜, 너 걔랑 약이라도 했니? 하여간 음악하는 애들은 그런 거 많이 한다던데."

엄마가 질색하는 표정으로 나를 바라보았다.

"기억 안 난다고?"

미안하다는 말은 안 해도 기억은 할 줄 알았다.

어떻게 그걸 잊어버릴 수 있어? 나는 아직도 이렇게 생생한데.

"기억이 안 난다고?"

나는 거의 절규하듯 외쳤다. 아빠는 못 들어 주겠다는 듯 다시 벨트를 쥔 손을 높이 들었다.

그 순간 기이한 힘이 울컥 솟구쳤다. 나는 팔을 뻗어 그의 다리를 양팔로 확 잡았다. 순간적으로 아빠가 중심을 잃고 침대 쪽으로 쓰러졌다.

일어나 달렸다. 엄마가 문가에서 나를 막아서려 했지만 온힘으로 확 밀쳤다.

엘리.

염치없게도 나는 그를 가장 먼저 떠올렸다.

넌 아직 그 자리에 있을까? 이미 떠났을까? 아무래도 좋아. 내가 네게 가면 되니까.

지금이라면 도망칠 수 있어.

지금, 달려가면.

달려가서 네게 모든 것을 털어놓으면.

나 때문에 당신은 괴로워질 거라고, 그래도 날 버리지 말아 달라고, 가끔이라도 좋으니 사랑해 달라고, 내 모든 걸 주겠다고, 제발 이런 날 용서만 해 달라고.

그럼 착한 너는 날 용서하고 우리는 함께 이 세상에서 도망치는 거야.

그리고 영원히 돌아오지 않는 거야.

영원히.

신기한 일이었다. 현관으로 달려가야 한다고 생각하면서도 내 몸은 부엌으로 향하고 있었다. 분명 벽에 가로막혀 있는데도 내 눈앞에는 부엌의 풍경이 생생하게 펼쳐졌다. 마치 벽을 투과해서 그 안을 보고 있는 것 같았다.

정확히는 부엌 싱크대 위의 식칼이 보였다. 나머지는 아무것도 보이지 않고 오직 칼, 칼만이 보였다.

눈 깜빡할 새에 나는 부엌에 달려가 그 칼을 뽑았다. 저녁마다 식칼을 잡던 딱 그 느낌이었다.

도망가야지. 내 방으로 가는 게 아니라 도망가야지.

엘리가 기다리잖아…….

하지만 나는 다시 내 방으로 돌아왔다.

아빠는 막 침대를 짚고 일어나 앉아 있었다.

"서다혜! 그거 내려놔!"

그가 내 손에 잡힌 것을 발견했는지 다급하게 외쳤다.

"다혜야!"

엄마의 비명 같은 외침도 들렸다.

이 순간마저도 아빠는 내가 자신을 이길 수 있으리라 생각지는 못하는 것 같았다.

"당장!"

그가 고함을 질렀다.

나는 웃었다.

"이제 기억나?"

칼날이 있었다. 언제나 내 목에 겨누어져 있던 칼날이 있었다.

무대에 서서 다른 사람이 된 순간에도, 누군가를 사랑해서 안기던 순간에도, 칼날은 언제나 내 목을 찌르고 있었다.

"기억나냐고 물었잖아!"

몰랐겠지. 그날 당신이 내 목에 갖다 댔던 그 칼날이 스무 해 가까운 세월 동안 내내 나를 찌르고 있었다는 걸.

한 걸음만 나아가도 그 칼이 내 목을 꿰뚫을 것 같아 평생 제자리걸음만 했다는 걸.

그 칼날은 어느새 방향을 바꾸어 그의 목으로 향하고 있었다.

"그런 일 없었어! 수영 씨, 애 당장 정신과 보내!"

아빠의 외침을 듣는 순간 사방의 소리가 뚝 끊겼다. 아무것도 보이지 않고, 들리지도 않았다. 거실 벽시계의 초침 소리만 들렸다. 내 맥박도 거기에 맞춰 뛰었다.

똑

딱

똑

딱

이상한 일이지. 벽시계는 없는데 왜 항상 초침 소리가 들렸을까.

나는 그게 내가 견뎌야 할 시간을 알려 준다고만 생각했어.

똑, 딱, 똑, 딱,

초침 소리가 점점 빨라졌다.

똑, 딱똑, 딱, 딱똑딱똑딱똑딱, 딱, 딱, 딱, 똑,

아니, 이건 카운트다운이었다. 바로 이 순간이 오기까지의 카운트다운.

나는 손을 높이 들었다.

아, 더는 이렇게는 못 살겠어. 이젠 앞으로 나아가고 싶어.

여기가 아니라 어딘가로, 어쩌면 아주 먼 곳으로.

딱.

초침소리가 멈췄다.

정적 속에서 칼날이 묵직한 무언가를 뚫는 느낌이 났다. 그 순간 깜깜하던 시야가 돌아왔다. 내가 쥐고 있던 식칼이 아빠의 가슴에 박혀 있었다.

심장에 닿았을까? 나는 칼을 더 깊숙이 찔렀다. 그의 눈이 튀어나올 듯 커지더니 몸이 툭 뒤로 쓰러졌다.

피가 셔츠 위로 번져 나왔다.

"이제 기억나?"

아, 이래도 대답을 안 하는구나. 이래도 기억이 안 나나 봐. 정말 당신들은.

엄마의 비명이 집 안을 쩌렁쩌렁 울렸다. 그녀는 무엇 때문에 비명을 지르고 있는 걸까? 남편이 쓰러져서? 딸이 사람을 죽여서?

연극의 한 장면 같다고 생각했다. 무대 위에 칼을 맞고 쓰러진 남자. 번져 나오는 피. 자신이 한 일이 무엇인지 아직 잘 모르는 살인자. 끝없이 비명만 내지르는 연기가 미숙한 중년 배우.

내가 연출이라면 저런 연기 톤을 지시하지 않을 텐데. 저기요, 배우가 소리만 지르면 관객은 아무것도 느끼지 못해요.

이 무대에서 나는 주인공이었고 관객이었다.

라스콜리니코프는 노파를 죽이기 위해 한참을 서성였는데 나는 너무 빨리 죽였네.

아냐, 아니지. 사실은 이 순간을 위해 20년 가까운 세월을 서성이기만 한 거지.

나는 아빠가 나를 죽일까 봐 무서워서 도망쳤다고 생각했다.

아니었다. 나는 사실 내가 아빠를 죽일 것이 두려웠던 것이다. 실은 오래전부터 이러고 싶었지.

무대 위 인물이라고 해서 언제나 살인에 성공하진 못한다.

하지만 나는 해냈다.

희열과 공포가 동시에 몰려왔다.

이제 어떻게 하지?

귓가에서 통화 연결음이 울렸다. 나도 모르게 어딘가로 전화를 걸고 있었던 것이다.

—다혜 씨.

　어이없게도 그 다정한 음성을 듣는 순간 나는 현실로 곤두박질쳤다.

　여기는 무대 위가 아니다. 현실이다.

　—다혜 씨?

　"선배⋯⋯."

　—기다려요. 지금 바로 갈게요.

　내 목소리를 듣자마자 나빈이 다급하게 말했다. 지금 나빈을 불러서는 안 된다. 본능적으로 그런 생각을 했지만 내 입은 전혀 다른 말을 하고 있었다.

　"문, 열어 둘게요."

　—가고 있어요.

　나빈은 이 상황을 이상하다고 생각하지 못하는 것 같았다. 어쩌면 마음이 너무 급해서 깊게 생각할 여력이 없을지도 몰랐다. 선배의 귀에는 우리 엄마의 비명이 들리지 않는 걸까. 듣고도 오겠다고 하는 걸까.

　급하게 달리는지 잠시 말소리가 끊겼다. 곧 익숙한 버튼음이 들렸다. 엘리베이터 소리였다.

　아직 우리 집 밑에 있었구나.

　"선배."

　—네. 저 금방 도착해요.

　"정말 제 지옥에서 살고 싶어요?"

　언젠가 그가 했던 말이었다. 수화기 너머로 엘리베이터 문이 열리는 소리가 들렸다.

　11층. 여자의 음성은 여전히 친절했다.

—네.

나빈이 짧게 대답했다. 문이 닫히는 소리가 났다.

나는 휴대폰을 귀에 댄 채 현관으로 걸어갔다. 아빠는 죽었고, 엄마는 정신을 놓았다. 이제 나를 막을 수 있는 사람은 아무도 없었다.

다혜 씨의 지옥에서 내가 살게 해 줘요.

그 말은 수화기에서 울린 것 같기도, 내 기억 속에서 울린 것 같기도 했다.

문을 열었다. 엘리베이터 문이 열리고 나빈이 걸어 나왔다. 나빈의 시선이 내게 멎었다. 내 옷과 손에 번진 피도 그의 시야에 들어왔을 것이다.

"들어와요, 선배."

휴대폰을 내리며 말했다. 나빈은 도망가지 않았다. 그는 현관문을 닫고 들어와 깊게 숨을 들이쉬었다.

옅은 피 냄새는 여기까지 그를 마중 나왔다.

"어디예요?"

나빈이 물었다.

나는 대답 대신 아빠가 있는 방으로 앞장서서 걸어갔다. 대체 무엇을 하자는 건지 몰랐다. 이제 와서 나빈이 해 줄 수 있는 일은 없었다.

어쩌면 그저 묻고 싶었던 것일지도 모른다. 이제 나는 어떻게 해야 하는지. 어디로 가야 하는지. 세상의 절벽에 매달렸을 때 본능적으로 찾게 되는 그 한 사람이 내겐 나빈이었던 것이다.

방 안에선 비릿한 냄새가 진동했다. 엄마는 이제 비명을 멈췄다. 대신 하얗게 질려 주저앉아 있었다. 나빈은 인상을 찌푸린 채 쓰러진 아빠에게로 다가갔다.

그는 아빠의 목덜미에 손을 얹었다. 그리고 잠시 무언가를 생각하는 듯 입술을 깨물었다.

"119에 신고하세요."

나빈의 목소리는 무서울 정도로 침착했다. 그러고 보니 이 집에서 도망쳤던 날도 그랬다.

다혜 씨, 똑바로 봐요. 저 사람은 다혜 씨를 해칠 수 없어요.

그 음성이 다시금 떠올랐다.

그때 내 어깨를 안아 주던 네 손은 참 따뜻했는데. 단단하고, 오래토록 기대고 싶은 품이었는데.

선배, 미안. 이제 다시는 돌아갈 수 없겠지.

"다혜 씨, 일단 신고부터 해요."

나빈이 나를 돌아보며 말했다.

"뭐라고 신고를……."

"그냥 사람이 쓰러졌다고만 해요."

나는 119에 전화를 걸었다. 그의 말대로 사람이 쓰러졌다고만 하고 주소를 불렀다. 그동안 나빈은 창백한 아빠의 안색을 물끄러미 내려다보고 있었다.

통화가 끝난 후, 나빈은 내 옷차림을 훑어봤다.

"괜찮아요. 이 정도면 증거가 못 돼. 다혜 씨, 가서 손부터 씻어요."

"손, 왜요?"

"사람들 오기 전에 빨리."

칼은 여전히 아빠의 가슴에 박혀 있었다. 나빈은 옷소매로 칼 손잡이를 거칠게 문질렀다. 그는 칼 손잡이를 몇 번이나 꽉 잡은 후 피가 흘러나오고 있는 상처 부위를 가볍게 더듬었다. 그의 손이 아빠의 피로 젖었다. 그는 이어 자신의 셔츠에도 피를 묻혔다.

"선배, 지금 뭐 하는 거예요?"

"빨리 가서 손 씻어요, 다혜 씨."

나빈이 나를 돌아보며 미소를 보였다.

"걱정하지 말고 손부터 씻어요. 그리고, 혹시 모르니 세면대도 잘 씻고요."

"왜요?"

멍하니 물었다. 나빈의 이야기가 잘 이해 가지 않았다.

"다혜 씨, 잘 들어요. 이건 제가 한 거예요."

"네?"

나빈이 뭘 했다는 건지 몰라 되물었다.

"제가 찌른 거라고 해요. 그럼 굳이 다혜 씨를 의심하는 사람 없을 거예요."

"선배?"

"제가 자수할게요. 다혜 씨는 지금 가서 손만 씻으면 돼요. 그럼 아무 일 없을 거예요. 아무 일도……."

나빈이 어서 가라는 듯 손등으로 나를 가볍게 밀었다.

"무슨 소리를 하는 거예요, 선배. 지금 대체 무슨 말을 하는지……."

"이렇게 해요. 제가 다혜 씨를 좋아해서, 그런데 부모님은 저를 싫어하시니까. 그래서 이런 짓을 벌인 걸로 해요. 여기 있는 사람들만 잘 얘기하면 돼요. 다들 믿어 줄 거야. 그럼 다혜 씨한텐 아무 일도 없는 거예요."

"그럼 선배는요?"

"전 괜찮아요. 걱정할 거 없어요."

"그래, 다혜야! 그렇게 하면 되겠어, 저 남자가 한 걸로 하자!"

뒤에서 엄마가 갑자기 외쳤다.

"그러면 돼, 다혜야. 아무 문제 없어."

"좀 닥치고 있어!"

참지 못하고 버럭 소리를 질렀다. 엄마는 입을 다물지 않았다.

"다혜야, 응? 그 말대로 하자. 다혜야, 우리 딸……."

"엄마, 그거 사랑 아냐."

지긋지긋했다.

"그거 사랑 아니라고!"

"다혜야, 엄마는……."

"엄마도 죽고 싶어?"

흑, 하고 숨을 삼키는 소리가 들리더니 곧 엄마가 흐느끼기 시작했다.

"시간 없어요, 다혜 씨."

나빈이 초조한 눈빛으로 말했다.

"손부터 씻어요. 아니, 그냥 제가 했다고 말만 해요. 방금 엘리베이터를 타고 와서 제가 바로 찔렀다고 해요. 그래서 다혜 씨가 119에 신고를 한 거고. 시간은 대강 맞을 테니, 제가 자수하면 잘 해결될 거예요."

"무슨 소리야……."

"난 다혜 씨가 잘못한 게 없다고 생각해요. 다혜 씨는 아무것도 잘못하지 않았어. 죄가 없는 사람이 벌을 받는 건 이상한 거잖아요, 안 그래요?"

나빈은 내 손을 잡았다. 뜨겁고 축축한 피가 손등에 묻었다. 그의 손이 미세하게 떨리고 있었다.

"그러니까 내가 한 걸로 하면 돼요. 그럼 다혜 씨는 아무 일도 없어요. 그냥 제가 했다고 한마디만 하면 돼요. 나머진 제가 다 알아서 할 테니까."

"저는, 못 해요……. 그런 거짓말……. 그런 거짓말을 어떻게 해……."

"해야 해요, 다혜 씨."

"못 해요."

"저를 위해 해 줘요, 제발."

"그게 왜, 어떻게…… 선배를 위한 거예요?"

"내가 원하는 거니까요."

"못 해요, 선배, 저 진짜 못 해요……."

밖에서 사이렌 소리가 들렸다. 그 순간, 견고해 보이던 나빈의 침착함이 균열을 보인다 싶더니 한순간에 무너져 내렸다. 그는 내 앞에 무릎을 꿇었다. 그의 청바지가 바닥에 튄 핏물에 젖었다.

"제발요, 다혜 씨."

"선배, 일어나요……."

"제발 한 번만 내 말 들어요. 한 번 정도는 들어줄 수도 있잖아!"

"일어나라고요!"

사람들이 오기 전에 어떻게든 그를 일으키려 잡아당겼다. 경찰이 이 상황을 보고 정말로 그를 오해할까 봐 겁이 났다. 나빈의 셔츠 단추가 뜯겨 나갔다.

외투도 못 입고 왔구나. 정말 바로 달려왔어.

그게 이제야 눈에 보였다.

현관문을 쾅쾅 두드리는 소리가 들렸다. 멍하니 앉아 있던 엄마가 현관 쪽으로 달려갔다.

"선배."

"알겠죠?"

"그렇겐 못 해요. 어떻게……."

"제가 한 거잖아요!"

"선배!"

구급 대원들이 방으로 들이닥쳤다. 그들은 다급하게 아빠를 싣고 나갔다. 엄마는 울면서 아빠를 따라 내려갔다.

텅 빈 집에 우리만 남았다. 병원이든, 구급 대원이든 경찰에 신고할 테니 머지않아 경찰들이 올 것이었다.

나빈은 바닥의 핏자국을 더듬었다. 손바닥도, 흰 셔츠도, 붉게 물들어 있었다.

"내가 배신할까 봐 그래요? 내가 나중에 말을 바꿔서 더 곤란해질까 봐? 나 절대 다혜 씨 배신하지 않아요. 죽을 때까지 묻고 갈게요. 맹세할게요, 다혜 씨. 맹세해요……."

그는 떨리는 손으로 내 바지 자락을 잡았다. 칼에 찔린 남자를 보고도 냉정하던 모습은 이미 사라진 지 오래였다.

"아니면 거짓말하는 게 힘들어서 그래요? 그럼 거짓말 아닌 걸로 해요. 정말로 내가 찌른 거야. 정말로 내가 한 거야. 다혜 씨는 가서 그냥 사실을 말하는 거야. 다혜 씨가 한 게 아냐. 내가 한 거야. 알겠어요?"

나는 고개만 저었다.

"그리고 그냥 다혜 씨는 아무 일도 없었다는 듯 살면 돼. 그냥, 나 같은 건 완전히 잊어버리면 돼. 아무것도 요구하지 않을게. 눈앞에 나타나지도 않을게. 날 잊고 살면 돼요. 정말 내가 미친 새끼라고, 살인자라고 생각하고 살면 돼요."

"왜……."

목소리가 떨렸다.

"선배가 왜……."

나는 나빈의 얼굴을 더듬었다. 내 손에 묻어 있던 피가 그의 창백한 뺨에 번졌다.

"다혜 씨, 어차피 날 사랑하지 않는다고 했죠. 지겁다고 했죠. 나, 제발 다혜 씨가 날 계속 그렇게 생각해 주면 좋겠어. 사랑하지도 말고, 연민 갖지도 말고, 그냥 하찮게……. 발에 채는 돌처럼……."

어제 그의 눈동자에 깃들어 있던 빛은 이미 사라졌다. 산산조각이 났다. 빛이 사라진 눈동자에 투명한 것이 고여 반짝였다.

빛의 잔해였다. 내가 끝내 깨트리고 부숴 버린 빛의 잔해.

우습게도 이 순간, 비로소 그가 내 지옥에서 살 수 있으리란 생각이 들었다.

그래, 이런 끔찍한 지옥에 어울리는 건 순수하고 밝은 빛이 아니야. 지옥에 허락된 빛, 그건 망가지고 부서진 빛의 잔해지.

유리알 같은 빛의 잔해가 그의 뺨을 타고 흘러내렸다.

"그거 알아요? 언제부턴가 난 다혜 씨를 보고 있으면 너무 마음이 아팠어. 행복해야 하는데, 너무 아팠어. 이런 건 이상한 거 아니야? 아니면, 사람을 좋아하는 게 원래 이렇게 아프고, 이상

하고, 어지러운 거야? 너무 괴로운데, 죽을 거 같은데, 어떻게
해야 할지를 몰랐어. 다혜 씨, 다혜 씨는 알죠? 이럴 때 어떻게
해야 하는지."

나빈은 한꺼번에 너무 많은 질문을 쏟아 냈다. 질문이 아니었
다. 물음표로 끝나는 고백들이었다.

선배는 문장 부호를 정확하게 쓰지 못한다. 느낌표만 헤픈 게
아니라 물음표도 헤프다.

어문학 전공자이기 이전에 남자로서 실격이다.

바보 같아.

물음표로 고백하는 사람.

하지만 나는 그런 네가 좋아.

"그러니까 다혜 씨, 제발……. 내 부탁 한 번만 들어줘요. 내
가 바라는 거 이거밖에 없어……. 내가 할 수 있는 거, 이거밖에
없어. 제발 한 번만……."

나빈은 내 아랫배에 이마를 기댔다. 그의 어깨가 간헐적으로
떨렸다. 어디선가 사이렌 소리가 들리는 듯했다. 우리에게 시간
이 얼마 남지 않았으리란 예감이 스쳤다.

"선배, 일단 일어나요. 공기가 너무 갑갑해."

피 냄새 때문에 속이 메스꺼웠다. 나는 나빈을 일으킨 후 창
문을 활짝 열었다. 차가운 바람이 안으로 몰아쳤다.

아직도 겨울이다. 아직도 겨울.

책상에 걸터앉았다. 책상 위에는 바냐 삼촌의 대본이 놓여 있
었다. 학회 전날 밤 읽었었지. 그 일이 까마득하게 느껴졌다.

나는 아빠를 죽였다.

선배는 내 죄를 대신하겠다고 한다.

"여기서 선배 집이 보여요."

내 말에 나빈도 물끄러미 창밖을 보았다.

"먼 불빛…… 나는 왜 항상 저 불빛 속 누군가가 궁금했을까."

"다혜 씨, 일단은 손부터 씻어요."

"잠깐이었지만 저 건너편이 우리 집이어서 행복했어요."

나는 나빈에게 미소를 보였다.

"우리 집이요. 선배랑 나. 두 사람의 집. 무슨 의미인지 알죠?"

"알아요, 그러니까……"

"그러니까 난 거짓말 안 할 거예요. 제가 했다고 있는 그대로 말할 거예요."

"안 돼요!"

나빈이 내 양어깨를 확 틀어쥐었다. 너무 힘이 들어가 아플 정도였다.

"제가……. 제가 한 거잖아요."

"아니잖아요, 선배."

"아뇨, 그건 제가 한 거예요……"

나빈의 눈동자가 흔들렸다. 가엾고, 사랑스럽게.

"선배, 이건 선배를 위해서가 아니에요. 제가 찔렀다고, 아빠를 죽여야만 했다고, 제 입으로 세상에 얘기하고 싶어요."

처음이었다. 내가 무엇을 해야 할지 이토록 확신한 적은.

"그래야 제가 앞으로 나아갈 수 있어요. 이 제자리걸음을 끝낼 수 있어요. 선배는 이해해 줄 수 있죠?"

나빈은 고개를 저었다.

"나 이해 못 해요. 대체 다혜 씨가 왜……."

"선배. 정말 나를 위한다면……."

나는 그의 젖은 뺨을 어루만졌다.

"내가 내 길을 가게 해 줘요. 그게 어떤 길이든요."

"다혜 씨가 사라지는 거 싫다고 했잖아……."

"사라지는 게 아니에요."

그의 목을 그러안았다.

"돌아올게요. 하지만 떠나도 원망하지 않을게요. 너무 긴 시간이 될 수도 있으니까……. 선배, 정말…… 상처 줘서 미안해요. 사실은 항상 행복하게 해 주고 싶었어."

마지막 말을 하며 나는 결국 울어 버렸다.

어느새 밖에는 해가 졌다. 어두침침한 방 안에서 나빈은 나를 안았다.

"난 지금도 행복해."

어둠 속에서 그가 나직이 속삭였다. 목소리도 체온도 너무 따뜻해서 지금 그의 품에서 죽어 버리고 싶었다. 그럼 이 온기를 관 속까지 품고 갈 수 있을 테니.

이렇게 따뜻한 줄 알았으면 더 자주 안길 걸 그랬어.

너무 늦은 후회를 했다.

"아니, 지금이 태어나 가장 행복해."

그의 몸이 내 위로 무너졌다. 그는 나를 책상에 눕히고 몸을 겹쳤다. 책상 위에 쌓여 있던 종이들이 흩어졌다. 서로의 숨결이 느껴질 정도로 입술이 가까웠다.

"드디어 네 지옥에서 살게 됐잖아."

그의 입술이 내 입술을 덮었다. 우리는 주저할 시간이 없었다. 멀리서 또 사이렌 소리가 들렸다. 경관에 쫓기는 비참한 사람들처럼 우리의 몸짓은 다급했다. 애타게 서로를 갈구했고, 한 몸으로 뒤엉켜 버릴 듯 강하게 서로를 끌어안았다.

두 번째 입맞춤이었다. 어쩌면 마지막 입맞춤이었다.

나빈의 손이 옷 안을 파고들었다. 그의 손에는 아직 아빠의 피가 묻어 있을 거다. 그런 것은 아무래도 좋았다. 나도 피가 굳은 손바닥으로 그의 몸을 쓸었다. 그것만으로도 황홀해서 아무 생각도 들지 않았다. 내 셔츠에서 떨어져 나간 단추 하나가 바닥을 구르는 소리가 들렸다.

"사랑해. 이제 거짓말은 안 할게."

나빈이 입술을 떼고 속삭였다. 눈물이 날 것 같아 아랫입술을 깨물었다. 그는 세게 내 몸을 움켜쥐었다.

"선배……."

"아파요?"

어둡고 짙은 눈동자가 나를 가만히 응시했다. 나는 고개를 저었다.

"아니, 더 세게……."

더 세게, 할 수만 있다면 그의 손끝이 내 피부를 뚫어 버렸으면 했다. 안으로 들어와 영영 엉겨 버린다면 얼마나 좋을까.

상처 줘도 좋아. 멍 자국으로라도 남아 줘.

"선배, 조금 더……."

그는 어쩐지 괴로운 듯 웃더니, 내 목덜미에 이를 박아 넣었다. 나는 눈을 꾹 감고 그의 뒷머리를 쓸었다. 알싸한 아픔이 가시고, 잠긴 목소리가 귓가에서 울렸다.

"지금 당장 할 수만 있으면 무슨 짓이든 할 거야."

야속하게도 사이렌 소리는 점점 가까워지고 있었다.

그는 다시 입술을 붙였다. 몸이 겹쳐졌다. 거추장스러운 옷감 뒤로 열이 오른 그의 몸이 느껴졌다. 우리는 서로를 강하게 빨아들이고, 또 서로의 안으로 빨려 들어갔다.

우리는 특별했어. 우리는 서로를 알기 전부터 특별했어. 우리는 언제나 서로에게 먼 불빛이었으니까. 누군지 알기 전부터 어둠 속에서 서로를 보고 있었으니까.

당신이 혼자 집에서 책을 읽고 있었을 때, 내가 아빠를 피해 방구석에서 숨어 떨고 있었을 때. 언젠가 한 번쯤은 함께 창밖을 보았겠지. 먼 불빛을 보며 강 건너 누군가를 상상했겠지. 결코 잇닿을 수 없을 것 같은 그 불빛은 차라리 별빛에 가까웠을지도 몰라.

나는 온 힘을 다해 그를 꽉 끌어안았다. 그러면서도 더 깊게 파고들지 못해 안타까워 어쩔 줄을 몰랐다.

괜찮아, 다시 만날 거야. 이게 마지막 입맞춤은 아닐 거야.

손끝에 내가 하고 싶은 모든 이야기를 담아 그의 목덜미를 쓸었다. 나빈의 손이 내 심장 부근을 문질렀다.

"다혜 씨."

그는 기도하듯 간절하게 나를 불렀다.

"나 살고 싶어요. 다혜 씨도 이렇게 살고 싶은 적이 있었어요?"

조금의 망설임도 없이 내 입술 사이로 답이 흘러나왔다.

"지금 이 순간이요."

그는 몸을 일으켜 나를 높이 안아 들었다. 커튼을 치고 들어온 겨울바람이 내 머리칼을 흐트러뜨렸다. 체온과 중력을 찾아

그에게 매달렸다. 서로의 몸이 완전히 맞붙었다. 나는 서럽고 다급하게 그와 입술을 맞댔다.

이 순간은 그가 나의 작은 행성이었다.

괜찮아, 이렇게 헤어져도 괜찮아.

설령 아주 오래 떨어진다 해도 괜찮아.

내 궤도의 끝에는 반드시 네가 있을 거란 확신이 들어.

왜냐면…….

왜냐면, 우리는 블루가 아니니까.

우리는……. 우리는 아직 내가 본 적 없는 색깔, 무르만스크의 오로라, 갓 태어난 시원의 태양, 처음 육지로 올라온 생명체가 보았을 하늘, 어두운 숲 저 먼 곳의 불빛.

언젠가 마지막 눈 감을 때 내 눈앞을 스칠 단 하나의 빛깔이니까.

06

✦

내
일
은
화
성
의
심
해
에
서
만
나

우리는 만질 수 없는 것들을 사랑한다. 봄, 자유, 리듬, 노을. 이런 것들 말이다. 그래서 외로운 거다.

여기에 와서 내가 사무치게 외로운 것은, 아마 만질 수 없는 한 사람을 지독하게 원하고 있기 때문일 것이다.

어리석게도 나는 그 사람 곁에서는 항상 그의 마음을 믿지 않았다. 사랑이 그토록 갑작스럽게, 과분하게, 그리고 조금은 엇박으로 온다는 것을 알지 못했던 것이다.

이곳에서의 생활은 단조로웠고, 그만큼 시간은 느리게 흘렀다. 내가 일으킨 사건으로 밖은 소란스러울 테지만 나는 아무렇지도 않았다. 나는 하루 종일 가 본 적 없는 별을 상상하며 시간을 보냈다.

검찰은 나를 존속 살해 미수 같은 죄명으로 기소했다.

미수.

그래, 미수였다.

나빈은 평일이면 매일 찾아와 10분 동안 얼굴을 보고 돌아갔
다. 어차피 내 면회객이라 해 봤자 나빈이 전부였기에 문제 될
것은 없었다. 엄마도 한 번 찾아오긴 했지만 내가 거절했다.

구치소에서 만난 첫날은 선배도 나도 둘 다 어쩔 줄을 몰랐다.
하고 싶은 이야기가 너무 많은데, 우리에게 주어진 시간은 너무
짧았다. 닿고 싶은데, 더 보고 싶은데, 서로 마음만 넘쳐흘러 제
대로 이야기를 하지 못했다.

가장 괴로운 날은 금요일이었다. 평일 면회객은 주말 동안은
면회가 불가능하기 때문이었다. 나빈은 요즘도 주말에는 집 청소
를 한다고 했다.

"요즘도 집이 죽어요?"

하고 내가 물었더니 그가 고개를 저었다.

"요즘은 안 죽어요. 항상 살아 있어요. 다혜 씨가 돌아올 거니
까요."

차마 그 믿음에 비수를 꽂지 못하고 들릴 듯 말 듯 간신히 네,
하고 대답했다.

방학 동안은 항상 이른 시각에 왔지만, 얼마 안 가 3월이 되었
다. 개강을 하자 그가 면회 오는 시간도 조금 들쑥날쑥해졌다.

"개강했는데 뭐 하러 와요?"

퉁명스럽게 물었다.

"다혜 씨가 없어서 심심하거든요."

나빈이 장난스럽게 투정을 부렸다.

적응은 빨랐다. 우리는 며칠 만에 10분간 미소로 서로를 마주

하는 법을 배웠다. 서로 더 마음 아프지 않도록, 눈물은 혼자만의 것으로 묻어 두도록.

"여기까지 올 시간에 공부나 더 하세요."

나빈은 이곳까지 운전을 해서 온다고 했다. 정확히는 모르지만 왕복 한 시간은 족히 넘을 거리였다.

"안 그래도 열심히 하고 있어요. 우리 러시아 여행 가야죠."

그가 해맑게 말했다. 그렇게 미래를 약속할 때 나빈의 얼굴에는 밝은 빛이 깃들어 있었다. 오로라의 빛도 저보다 황홀하지는 않을 것 같았다.

오지 않을지도 모르는 미래를 말하며 그는 늘 천진난만했다. 그래서 나도 그의 꿈을 믿을 수 있었다.

어쩌면 아주 오랜 세월 나오지 못할 수도 있다는 사실을 알면서도 말이다.

"학교는 괜찮아요?"

"네, 수업 재밌어요."

"그런 거 묻는 게 아니잖아요. 사람들은요?"

학교에도 이미 내 사건이 알려졌겠지. 나빈도 함께 이름이 오르내릴 거다.

"전 원래 사람들이 뭐라 하든 신경 안 써요. 어떻게 보든 뭐, 상관없잖아요?"

나빈이 천연덕스럽게 말했다. 그게 그렇게 간단할 리가 없는데도.

"그래도 힘들잖아요, 선배."

"다혜 씨가 없어서 힘들긴 하죠. 그거 외엔 괜찮아요. 그리고 그런 것 때문에 쉴 수는 없어요. 다혜 씨가 나왔을 때를 생각하면 어떻게든 학교는 다녀야죠. 나중에 다혜 씨랑 결혼해야 하니까……."

나빈은 자기가 말해 놓고도 어색한지 웃었다.

"무슨 청혼을 구치소에서 해요?"

나는 짜증 난 투로 나빈의 말을 받아쳤다. 짜증 내지 않으면 울어 버릴 것 같았던 것이다.

"드라마틱하지 않아요?"

"그전에 사귀지도 않잖아요."

내 말에 나빈은 잠시 난처한 얼굴이 되었다가 머뭇머뭇 말을 꺼냈다.

"음, 그럼 다혜 씨, 우리……."

"무슨 고백을 구치소 면회실에서 하죠?"

"알았어요. 이건 나중에 할게요."

나빈이 시무룩하게 입을 내밀었다.

하루 중 지금의 10분이 가장 빠르게 지나간다. 신이 나를 벌주려고 시간을 가지고 장난치는 게 아닐까 싶을 정도다.

면회 시간이 1분 정도 남았을 때 우리는 잠깐 대화를 멈추고 서로를 바라보았다.

항상 이 시간이 되면 나는 겁에 질리고 만다. 혹시 이게 마지막 만남일까 봐. 오늘 밤 돌아가 네 마음이 변해 버릴까 봐. 내일 당장이라도 나보다 훨씬 사랑스러운 사람이 네 마음을 빼앗을까 봐. 그럼 나는 도저히 너를 되찾을 자신이 없는데.

나는 괜찮았다. 내 마음이 변할 일은 없었다. 이곳에 있으면서 내 세계의 유일한 타자는 이나빈이 되어 버렸으니까. 하지만 나빈은 다를 것이다.

기약도 없는 상대를 네가 언제까지 기다릴 수 있을까.

이런 만남만 반복된다면 언젠가는 네 감정도 식어 버리겠지. 그걸 알기에 더 매달리고 싶었다. 추해져서 너를 묶어 둘 수 있다면 얼마든 추해져도 좋아.

"선배, 아까 한 말 거짓말이에요."

"어떤 거요?"

"여기까지 오는 시간에 공부나 하라는 거요. 선배가 오는 거 좋아요. 매일 보고 싶어요."

유죄 선고를 받고 교도소로 이감되면 그때부터는 이렇게 자주 면회를 할 수도 없다. 그러니 볼 수 있을 때 그를 더 많이 봐 두고 싶었다. 그때까지라도, 매일매일 네 마음을 확인해야 살 것 같았다.

내 말에 나빈은 뺨을 붉히며 수줍은 듯 웃었다. 마치 내가 대단한 고백이라도 한 것처럼 내리깐 시선에서 행복감이 묻어났다.

어떻게 이토록 이기적인 말에도 너는 행복할 수 있었을까.

"저도요. 저도 매일 보고 싶어요. 내일도 올게요."

나빈이 환한 얼굴로 말했다.

그날은 네가 나의 봄빛이었다. 아름다움이었다. 네 미소 안에 모든 계절이 담겨 있었다.

닿고 싶어. 손을 뻗어 차단벽만 문질렀다.

어느 날 엘리는 비를 맞고 왔다. 비가 오면 차가 막힐 것 같아 대중교통을 이용했다고 했다.

왜 비를 맞았냐고 물어봤더니 그는 엉뚱한 소리를 했다.

"빗방울이 별보다는 낮은 곳에서 떨어진단 거, 생각해 본 적 있어요?"

나빈은 자신의 생활을 정직하게 말하지 않았다. 내가 듣고 안심할 만한 이야기만 했다. 학교 수업이 재밌다거나, 이모의 가게가 다시 열었다거나 하는 이야기들. 어서 내가 돌아와서 이전처럼 지내고 싶다고도 했다.

그렇게 잘 지낼 리가 없다는 걸 알면서도 이제까지 그의 거짓말을 모른 척했다. 그것이 내가 이곳에서 그에게 해 줄 수 있는 유일한 배려라 생각했던 것이다.

하지만 비에 흠뻑 젖은 모습을 보고는 도저히 그냥 넘어갈 수가 없었다.

"우산 안 들고 나온 거예요? 아침부터 비 왔는데."

"아, 오는 길에 부서져서⋯⋯. 바람이 많이 불었거든요."

"거짓말하지 마세요."

"진짠데."

나빈은 난처한 듯 웃었다. 물기를 머금은 뺨이 창백했다.

"선배, 연기 못하는 거 알죠?"

"아니에요, 그런 거."

"저도 짐작하는 거 있어요. 거짓말하지 마세요."

우리 부모가 그를 가만둘 리 없으리란 것쯤은 너무 잘 알고 있었다. 나빈은 처음에는 내 눈을 피하다가 이내 괴롭게 입을 열었다.

"여기까지 이모 차로 오는 건 알죠?"

"네. 얘기했어요."

"오늘 차가 고장 났어요. 어제까진 멀쩡했는데. 이유는 모르겠지만⋯⋯. 누가 손댄 것 같은데 못 찾았어요. 늦기 전에 지하철을 타려고 했는데."

그런데 지하철역 근처 골목에서 사람들이 그를 기다리고 있었다고 했다. 엄마가 보낸 사람들. 나와 더는 만나지 말라는 말을 전하러 왔다고 했다.

작은 실랑이가 있었다고, 나빈이 말했다.

"자주 오죠? 그런 사람들."

내 질문에 나빈은 답을 주저했다.

눈에 선했다. 아는 기자, 밑의 사람들, 가능한 수단은 다 동원하고 있겠지.

"다친 데는 없어요?"

"우산만 부서졌어요."

"또 거짓말하지 말고요."

"팔 조금……."

"보여 줘요."

"다혜 씨."

"빨리요."

나빈은 마지못해 소매를 걷었다. 어두운 셔츠 아래 가려 있던 상처가 드러났다. 팔꿈치 부근부터 반 뼘 정도가 쭉 찢겨 있었다. 깊게 파인 피부 틈 사이로 피가 흥건히 배어 나왔다.

"왜…… 병원 안 가고 여기로 왔어요?"

스스로가 알아챌 정도로 음성이 떨렸다.

"늦으면 안 되잖아요. 다혜 씨랑 만나야 하는데."

나빈이 안심시키려는 듯 미소를 보였다. 그는 소매를 다시 내렸다. 지금 보니 셔츠도 찢어져 있었다.

"빨리 빠져나오려다 벽으로 밀렸는데, 튀어나온 못이 있어서…… 살짝 긁혔어요."

거기까지 말하고 그는 슬쩍 내 표정을 살폈다.

"심각한 건 아니에요."

"어쨌든 병원부터 갔어야죠."

"다혜 씨 보러 와야 하잖아요."

나빈의 눈꼬리가 서운한 듯 내려갔다.

"다혜 씨, 나 지금 아픈데. 아파도 보고 싶어서 왔는데. 계속 그렇게 화난 눈으로 볼 거예요?"

하지만 나는 도저히 미소가 나오지 않았다.

"그동안 이런 거 왜 숨겼어요? 말해 봤자 내가 해 줄 수 있는 게 없으니까?"

괴로웠다. 눈앞에서 네가 피를 흘리는데 지켜만 봐야 한다는 게. 너를 전혀 도울 수 없다는 게.

그래서 이게 형벌이구나.

"말하면 다혜 씨가 나보고 오지 말라고 할까 봐."

"선배."

"그럴까 봐 무서워서."

나빈은 시선을 내리깔았다. 물기 맺힌 속눈썹이 불안하게 떨렸다. 당장이라도 내가 자신을 내치기라도 할 것처럼.

"난 그래도 선배가 날 만나러 왔으면 좋겠어요."

넘어져도, 비에 젖어도, 피부가 찢겨 나가도.

"다행이다. 계속 와도 된다는 거죠?"

나빈의 표정이 밝아졌다. 행복했다. 칼로 가슴을 쑤시듯이 아픈 행복이었다.

"대신 나가서 바로 병원 가요. 앞으로 다치지 말고요. 선배한테 무슨 일 생기면, 난 살 이유 없어요."

말을 내뱉고 나서 후회했다. 너무 날것의 진심을 보여 버린 것 같았다. 그런데 나빈은 그 말에 더 활짝 웃었다.

"그 말에 기뻐하면 제가 좀 나쁜 사람인 거죠?"

그의 물음에 나는 고개를 저었다. 네가 기뻐해서, 나도 기뻤기 때문에.

어쩌면 우리의 사랑은 서로 조금씩은 해로워지는 것. 가시 많은 선인장들끼리 서로 안아 주는 것.

조금 울고 싶어져서 억지로 눈물을 삼켰다.

그가 돌아가고 나면 마음속에 구멍이 휑하게 뚫린 것 같았다. 못이 뽑힌 자리처럼 문질러도 좀처럼 메워지지 않았다.

여기서는 봄도 봄이 아니었다. 시간이 어떻게 흐르는지 느껴지지 않았다.

매일같이 나를 찾아오는 엘리의 옷만이 계절감을 느끼게 해 주었다. 하루하루 면회 시간이 없었더라면 시간이 멈춘 것처럼 여겨졌을 것이다. 엘리만이 내게 달력이었고, 시계였다.

이렇게 살아가도 되는 거 아닐까.

그런 생각을 했다.

내가 여기에 있든, 혹은 밖으로 나가든.

너를 나의 부표이자 지표로 삼고.

공소장을 받고 얼마 후, 내 변호인으로부터 김 변호사의 전언을 들었다.

"예약 메일은 아직 남아 있다고 전해 달라던데, 무슨 의미인가요?"

그녀가 의아한 듯 물었다.

"만나겠다고 전해 주세요."

"제 생각엔 굳이 만나지 않는 편이 좋을 것 같은데요."

"만날 수밖에 없어요. 나빈 선배랑 관련된 일이라서요."

그녀도 더는 나를 만류하지 못했다.

며칠 뒤 늦은 오후 김 변호사가 왔다. 진회색 정장에 말끔한 넥타이를 매고 있었다. 그의 얼굴은 그 어느 때보다 피곤해 보였다. 일반 접견이 아닌 변호인 접견이었기에, 차단막이 없는 접견실에서 책상 하나를 두고 마주 앉았다.

"오랜만입니다."

그는 명함 한 장을 내밀었다.

변호사 김세한. 처음으로 그의 이름을 알았다.

"변호인을 바꿀 마음이 드셨습니까?"

그가 물었다. 대답하지 않았다.

"공판 기일이 다가오고 있습니다. 너무 오래 고민할 시간은 없다는 거죠. 지금 다혜 씨 변호인의 장점이라면 성실하다는 게 전부입니다. 저는 유능하고요."

처음부터 엄마는 자신이 변호인을 정해 주고 싶어 했다. 나는 거부하고 다른 사람을 찾았다. 최대한 부모님과 관계가 없을 사람으로. 판검사 출신도 아니고 명문대 출신도 아닌 변호사. 그거면 충분했다.

변호인을 바꿀 마음은 없었다. 변호인을 바꾸는 순간, 부모님은 자신이 원하는 방식대로 재판을 끌고 테니까.

나는 단지 김 변호사가 가지고 있는 파일 때문에 그를 만나겠다 한 것뿐이었다. 바로 선배의 이야기를 꺼내는 대신 김 변호사가 원하는 만큼 떠들게 내버려 뒀다.

그는 내 사건 이후로 우리 가족이 모두 힘든 시간을 보내고 있으며, 엄마가 자주 눈물을 보인다는 이야기를 했다. 친가와 외가의 친척들도 전부 괴로움 속에서 하루하루를 보내고 있다고도 했다. 마지막으로 그는 아빠의 근황을 꺼냈다.

"마침 오늘 의원님께서 퇴원하셨습니다. 다혜 씨를 만난다고 하니 영치금도 넣어 주라고 하셨고요."

"필요 없어요."

"선처를 바라는 탄원서도 당연히 써 주실 거라 했습니다."

"웃기고 있네."

"도대체 다혜 씨는 왜 이런 부모님의 마음을 몰라주는 겁니까?"

김 변호사는 정말로 화가 난 듯이 따졌다.

아, 그렇구나. 이제 아빠는 피해자 행세를 하기 시작한 것이다.

"역시 진짜 죽여 버렸어야 했는데."

몇 번이고 상상했다. 그날로 돌아간다면, 칼을 뽑아 다시 그를 찌르는 거다. 심장이 멎을 때까지, 몇 번이고, 확실하게.

나는 그러지 못했다. 너무 흥분했고, 즉흥적이었다. 어설픈 코미디의 주인공처럼 말이다.

"변호사로서 충고하는 건데, 그런 말은 절대 하시지 않는 게 좋을 겁니다."

김 변호사가 딱딱하게 대꾸했다.

"오빠로서도 충고하시고, 변호사로서도 충고하시고. 변호사님은 참 맡은 역할이 많네요."

코웃음을 치면서 비꼬았지만, 그의 말이 틀리진 않았다고 생각했다. 나라고 이런 곳에서 오래 머무는 게 좋을 리가 없었다. 죄는 저질러 버렸지만 벌은 적게 받고 싶은 게 사람의 본능이었다.

여기를 나가고 싶다. 다시 나빈과 함께 저녁을 먹고, 거실에서 책을 읽고 피아노를 쳤으면 좋겠다. 잠들기 전에는 네가 좋아하는 신화 이야기를 들으며 우리만의 신화를 조금씩 만들어 갔으면 좋겠다.

그럴 수만 있다면.

하루라도 빨리 네 곁으로 돌아갈 수만 있다면.

김 변호사는 잠깐 말이 없다가 다른 이야기를 꺼냈다.

"솔직하게 말씀드리자면 저는 다혜 씨 지금 변호인의 실력이 의심스럽습니다."

"변호사님이 의심하시든 말든 우린 이야기가 잘되고 있어요."

"국민 참여 재판을 신청했다고 들었습니다. 그건 대체 누구 아이디어입니까? 다혜 씨 변호인 아이디어예요?"

"한 사람이라도 제 이야기를 더 들었으면 해서요."

"서다혜 씨, 이건 수임과 별개로 안타까워서 해 주는 이야기인데, 배심원들의 판단은 다혜 씨에게 불리하게 작용할 겁니다."

"왜요?"

"다혜 씨의 죄목은 존속 살해 미수입니다. 사람들은 혈연 관계에 민감합니다. 부모 자식 관계에는 더더욱 그렇죠. 어떤 이유가 됐건, 부모를 찌른 패륜을 저지른 사람을 이 사회가 용서할 것 같습니까? 다혜 씨는 지금 남들의 눈에 자신이 어떻게 보이는 지 모를 겁니다. 여기 안에만 있으니까요. 밖에 나가면요? 그냥 패륜아죠. 재판을 통해 그 사실을 확인하고 싶은 건 아니잖습니까."

대답하지 않았다. 김 변호사는 혀를 한번 찬 후 다시 입을 열었다.

"제가 다혜 씨를 빼내 드리죠. 집행 유예 정도는 받겠지만, 깔끔하게 정리될 겁니다."

"어떻게요?"

내 질문에 김 변호사는 자세를 고쳐 앉았다.

"일단은 특수 폭행으로 주장해야죠. 다혜 씨가 살해의 고의가 없었다는 점을 강조해야 할 거고. 뭐, 거기다가 부모님의 눈물 어린 탄원서, 초범이라는 점, 어리고 전도유망한……."

김 변호사는 피식 조소를 흘렸다.

"아, 죄송합니다. 웃겨서. 아무튼 전도유망한 재원이고, 이대로 인생을 끝내기엔 아깝다. 뭐, 대충 이렇게 어필해야죠. 제게 맡기신다면 스무스하게 처리해 드리죠. 거의 90% 이상 보장해 드릴 수 있습니다. 한 가지만 다혜 씨가 따라 주면 됩니다."

"한 가지가 뭔데요?"

"경찰과 검찰에서 진술한 내용 중에 다혜 씨가 가정 폭력에 대해 진술한 게 있다고 들었습니다."

"변호사님이 어떻게 그걸 아시죠?"

"어떻게 모를 수가 있겠습니까?"

김 변호사가 태연하게 대꾸했다. 그는 다리를 꼬고 면회실 의자 등받이에 몸을 기댔다.

"그 진술을 번복해 달라는 거군요."

"맞습니다. 그게 제가 다혜 씨를 돕기 위한 조건입니다. 다혜 씨가 여기서 나가기 위해서는 꼭 필요한 과정이기도 하고요."

"날 도우러 온 게 아니라, 자기들 곤란해서 찾아온 거네. 거래를 하자는 거잖아요, 지금."

"부모 자식 간에 거래라는 단어는 듣기 좋지 않군요."

"그럼 협박이라 할까요?"

"선의라고 합시다."

김 변호사는 피식, 웃어 보이곤 본론으로 돌아갔다.

"어쨌거나 다혜 씨도 아시겠지만, 그런 주장은 누구나 할 수 있습니다. 그런데 폭행에 대한 증거가 아무것도 없잖아요. 오히려 반성의 태도를 보여 주지 않는다는 인상을 주면 불리하게 작용할 수도 있습니다."

"적어도, 진술도 일관되고 진단서도 있으니까……."

"미치겠네."

내 말이 끝나기도 전에 김 변호사는 웃음을 터트렸다. 우스워 죽겠다는 듯한 얼굴이었다.

"그거 설마 변호인이 해 준 이야기예요?"

그는 웃음을 멈추지 못하고 큭큭거렸다.

"하, 그런 소리를 믿을 정도로 순진해서야……. 하긴 다혜 씨 같은 사람들도 있어야 변호사들이 먹고 살지."

그는 길게 숨을 내쉰 후 안경을 살짝 올려 썼다.

"사건 이후 다혜 씨가 경미한 상처로 진단서를 떼기는 하셨죠. 하지만 그것도 결코 누가 그런 상처를 냈냐는 것까지 증명해 주진 못합니다."

"무슨 뜻이에요?"

"장 대표님께서 그 상처는 의원님이 아닌 이나빈의 짓이라고 진술하셨습니다. 사람들이 듣기에 누구의 말이 더 신빙성 있을지는 굳이 설명드릴 필요도 없겠죠."

"아, 엄마가요."

말도 안 되는 헛소리를 해 뒀구나. 속에서 화가 치솟는 걸 억눌렀다.

"뭐, 이나빈 씨가 그런 질 떨어지는 인간이어서 다혜 씨의 부모님이 내내 반대했고, 그 갈등이 심해져서 이런 비극적인 일이 일어났다. 이런 식으로 이야기하고 의원님의 탄원서와 몇 가지 유리한 정황들을 첨부할 겁니다. 정신적으로 악영향을 준 남자 하나 때문에 어린 나이에 인생을 망치긴 아깝다고 말이죠."

"잘난 머리에서 나온 게 고작 그건가요? 그건 전혀 사실이 아니잖아요."

"사실은 법정에서 인정되는 게 사실인 겁니다."

김 변호사는 눈 하나 깜짝하지 않고 대꾸했다.

"그런 식으로 제가 빠져나가면, 선배는요?"

"적어도 이 부분에 관해서 이나빈 씨가 받을 처벌은 없습니다. 여자를 홀린 건 죄는 아니니까요."

"법적 처벌이 문제가 아니에요."

엘리는 유명하다. 학과에 친구 하나 없는데도 학과 사람들은 모두 그를 안다. 학교 커뮤니티 게시판에도 가끔 그의 이야기가 오르내린다. 너무 많은 익명의 사람들이 엘리의 이야기를 한다. 부정적인 이야기일수록 더 열을 올린다.

나는 이곳에서 나가겠지만, 나빈은 평생 실체 없는 감옥 속에 갇혀 살아야 할 거다.

"다혜 씨는 자기가 받을 형벌보다 그 사람의 불명예가 더 중요합니까?"

"절대 그런 식으로는 못 해요."

"본인이 감옥에서 썩어 가더라도 말입니까?"

"그렇다고 아무 죄 없는 다른 사람 인생을 망칠 수는 없어요."

"죄 없는 다른 사람의 인생이라……. 서다혜 씨한텐 그런 게 중요한 거군요. 도덕심, 양심, 이런 거 말입니다."

"그게 중요하지 않은 사람도 있나요?"

"그럼 내일 다시 오겠습니다. 내일은 손님 한 명을 데려오죠. 다혜 씨가 꼭 만나 줬으면 하는 사람입니다."

이틀 연속이나 김 변호사를 만날 생각을 하니 멀미가 났다.

"제가 왜 만나야 하죠?"

"엘리가 매일 찾아온다면서요? 오늘도 다녀간 걸로 알고 있는데."

당연히 알 거라고 생각해서 놀라진 않았다. 나빈은 내 약점이었다. 누구에게나 약점은 숨기고 싶은 것인데, 내 약점은 너무 찬란하고 눈부셨다. 내가 아무리 해도 숨길 수 없었다.

이런 약점을 갖고 살아가려면 많은 것들을 손해 봐야 한다. 내가 나빈을 좋아하지 않으면 끝날 일이지만, 그러기에 우리는 너무 멀리 왔다.

"아는 기자 중에 취재를 따고 싶어 하는 친구가 있는데, 여기서 기다리라고 귀띔이라도 해 줄까요? 아, 제가 아는 친구들은 다혜 씨 부모님이 아는 기자들처럼 부드러운 타입이 아니라서요. 아주 끈질기거든요."

"김세한 씨, 원래 그렇게 협박을 잘하시나요?"

"다혜 씨의 의향을 물어본 것뿐입니다. 아, 요즘 기자들이 저한테도 연락이 많이 옵니다. 정말 엘리가 범인은 아닌 거냐고요."

그는 내 표정을 살피며 느긋이 말을 이었다.

"그런 일들이 많지 않습니까? 좋아하던 여자의 집에 찾아가서 그 가족들을 해쳤다든가 하는 사건들. 엘리가 그랬다면 꽤 재밌는 기사거리였을 테니 기자들은 아쉬울 만도 하죠."

"말도 안 되는······."

"그런데 기자들이 엘리의 친부에 대해서는 전혀 모르는 것 같더라고요. 그 사실을 흘리면, 정황을 조합해서 꽤 재밌는 기사가 나올 것 같은데 말입니다."

"김세한 씨!"

관절이 희게 질릴 정도로 주먹을 꽉 쥐었다. 비에 젖은 나빈의 모습이 뇌리를 스쳤다. 미안한 얼굴로 팔의 상처를 보여 주던 모습도 떠올랐다.

김 변호사가 나빈의 약점을 잡고 있는 한, 나는 영영 패배할 수밖에 없겠지. 내가 지저분하고 일차원적인 술수에 당하고 있단 것쯤은 잘 알았다. 하지만 나빈의 문제가 걸린 이상 내게는 선택지가 없었다.

"다혜 씨가 하기에 따라, 제가 그런 의혹은 아니라고 단호하게 말해 둘 수도 있는데."

"······일단 내일 봬요. 그리고 선배 이야기는, 제대로 해 두세요. 그 사람에겐 아무 잘못도 없으니까 호기심으로 괴롭히지 말라고."

"예, 좋습니다. 아는 기자들에게 말해 두죠. 엘리가 어떤 인간인지는 몰라도, 대한민국 사법 체계가 그렇게 허술하진 않으니그건 헛소문이라고. 그럼 다혜 씨, 부디 내일도 도덕적이길 바라겠습니다."

김 변호사가 의뭉스러운 웃음을 던졌다.

김 변호사는 다음 날 오전에 나를 찾아왔다. 동행인이 있었기에 오늘은 변호인 접견이 아닌 일반 면회였다. 구치소 수감자에게 허용된 면회는 하루 한 번.

이걸 김 변호사가 써 버렸으니 오늘 나빈은 만날 수 없을 거다. 미리 이야기해 줄 수 있더라면 좋았을 텐데. 먼 길을 헛걸음하게 할 것이 못내 신경 쓰였다. 그렇다고 김 변호사를 통해 나빈에게 말을 전하기는 죽기보다 싫었다.

김 변호사가 데려온 사람은 초면의 여자였다. 나이는 나와 비슷하거나 약간 많을 것 같았다. 어깨 정도 길이의 머리를 하나로묶었는데, 혈색이 좋지 않아 조금 아파 보이는 인상이었다.

"두 분이 이야기 나누시죠."

김 변호사가 등받이에 몸을 기대며 말했다.

여자는 자신을 우리 엄마의 지인이라고 소개했다. 정확히 말하면 엄마가 계속 도와 오던 단체의 소속이었다. 그녀 자신도 사연이 있어 쉼터에 들어왔고, 그 인연으로 지금은 해당 단체에서일하고 있다는 것이었다.

"장 대표님은 제게 은인 같은 분이세요."

여자의 검고 큰 눈망울에 내 모습이 비쳤다. 그녀의 블라우스칼라에는 물망초 배지가 꽂혀 있었다.

"우리 목소리를 제대로 들어 주는 몇 안 되는 분이시고요. 이 단체에 있으면서 여러 사람을 만나 봤어요. 여성 문제에 진심이시고, 대안을 갖고 계신 분은 장 대표님뿐이었어요. 사실 저희 단체는 장 대표님 덕분에 여기까지 온 거예요."

나도 알고 있었다. 엄마의 헌신은 진짜였다. 사회의 약자들을 위해 법조인이 되고 싶다고 꿈을 키운 엄마였고, 아빠도 그런 면에 반해 청혼했다고 했다. 나도 그래서 엄마를 존경했다. 비록 집에 와서는 법전으로 내 머리를 후려치는 엄마였지만 존경했다.

"장 대표님도 사람이니까요, 완벽할 수 있다고 생각 안 해요. 서다혜 씨한테 무언가 잘못하셨을 수도 있다고도 생각하고요. 하지만 저는 대표님이 아니었다면, 이 자리에 없었을 거예요."

여자는 자신의 어린 시절을 이야기했다. 아버지는 그녀에게 폭력과 성범죄를 일삼았고, 어머니는 아버지에게 맞고 살면서도 도망치지 못했다고 했다. 그러면서 딸을 원망해 괴롭혔다는 이야기였다.

김 변호사는 의기양양한 눈빛으로 나를 바라보고 있었다.

이것 봐라. 이런 게 가정 폭력이다. 네가 당한 건 폭력이 아니라 훈육이다. 엄살 피우지 마라.

왜.

왜 고통은 무게를 달 수 있을까.

왜 나는 아프다고 말하는데도 누군가의 눈치를 봐야 할까.

아픔은 쉽게 연대하지 못한다. 어쩌면 우리는 연대할 수도 있었을 텐데, 김 변호사가 고통 앞에 저울을 들이대는 순간 다 끝났다.

"대표님의 도움이 아니었다면 전 아직도 그렇게 살고 있었겠죠. 하지만 단지 제 은인이라 도와달라 하는 게 아니에요."

나는 고개를 숙인 채 그녀의 말을 듣고 있었다.

"지금껏 우리 센터가 지속되어 온 건 장 대표님과 서 의원님의 힘이 컸어요. 다들 장 대표님의 비전과 인맥으로 후원을 해 주셨으니까요. 다혜 씨의 주장이 알려진다면, 센터에도 후원이 많이 끊기겠죠."

여자의 목소리가 괴롭게 떨렸다.

"우리에겐 그 돈이 필요해요, 다혜 씨……. 저희에겐 목숨이 걸린 일이에요. 만약 후원이 끊긴다면, 저희가 관리하는 시설들을 닫아야 할 거예요. 지금도 힘들게 유지되고 있으니까……. 시설을 닫으면 당장 갈 곳도 없어지는 사람들이 많아요. 당장 삶을 포기해야 하는 사람들도 있고요."

여자는 차분하게 여러 사람들의 사연을 더 이야기했다. 갓난아기를 데리고 들어온 10대 소녀와 남편의 학대를 피해 도망친 몸이 불편한 중년 여성, 나와 또래이지만 가늠할 수 없는 고통 속에서 살아온 누군가…….

또 그녀는 쉼터가 사라지면 그들이 겪게 될 고통에 대해서도 이야기했다. 그들은 살고 싶어 한다고 했다. 조금이라도 제대로 살아 보려 한다고 했다. 만약 쉼터가 사라진다면 그 사람들은 갈 곳을 잃고 어느 시장 쪽방에서 근근이 목숨을 잇거나, 심지어는 폭력적인 남편 곁으로 돌아가야 할 지도 모른다고 했다.

"저희 다 너무 오래 참고 살아왔어요. 다시는 이전으로 돌아가고 싶지 않아요."

여자가 울먹이며 말했다. 나도 스물네 해, 내 전 생애를 참았다고 말하고 싶었다. 그러나 그들의 아픔 앞에서 내 개인사는 이미 초라해진 뒤였다.

"그 진술을 하지 않는다고 해서, 다혜 씨가 잃는 건 아무것도 없어요. 하지만 다혜 씨가 진술을 한다면……. 다혜 씨, 고개를 들어서 저를 좀 봐 주세요. 제발요."

나는 시선을 들었다. 여자와 눈이 마주쳤다. 크고 검은 눈동자에는 물이 맺혀 있었다. 어린 사슴처럼 눈이 맑은 사람이었다.

"다혜 씨가 법정에서 그 진술을 하면요, 다혜 씨 부모님은 분명히 상처는 받게 되시겠죠. 하지만요, 그분들은 그게 끝이에요. 정말로 살 길이 끊기고, 길바닥에 내몰리는 건 우리 같은 사람들이에요."

여자의 뺨에 끝내 맑은 물줄기가 흘러내렸다.

"한 번만 부탁드릴게요. 이런 말씀드리는 거 정말 죄송해요. 정말, 너무 죄송해요."

여자는 끝내 울음을 터트렸다.

"다혜 씨에 대한 고마운 마음, 저희 다 잊지 않을 거예요."

나는 끝내 어떤 대답도 주지 않았다.

김 변호사는 여자를 먼저 내보냈다.

"그러니까 저분들을 위해서라도 제 진술을 번복하라는 거죠."

여자가 나간 후에 나는 첫마디를 꺼냈다.

"어차피 법정에서 제대로 인정도 받지 못할 이야기입니다. 괜히 그런 이야기를 꺼내서 얻을 게 없어요. 서다혜 씨도 못 풀려나고, 더 많은 사람들만 고통스럽게 할 뿐입니다. 우리 실리적으로 나갑시다."

김 변호사는 쥐고 있던 만년필 뚜껑을 만지작거렸다.

"한 번만 양보하세요. 다혜 씨도 나쁜 사람은 아닌 거 압니다.

이런 식으로 아무 죄 없는 사람들 힘들게 하고 편하게 살 수 있는, 그런 인간은 아니잖아요. 그러니 다혜 씨 자신을 위해서라도 한 번 양보하세요."

양보해라. 가난하고 약한 사람들을 위해, 정의를 위해.

"다혜 씨가 원하는 대로 된다고 한들, 그 사람들을 생각하면 편하게 살 수 있을 것 같습니까?"

김 변호사의 말은 옳았다. 나는 가끔, 아니 자주 그 여자와의 대화를 생각하겠지. 나 때문에 절망에 내몰린 사람들을 잊을 수가 없겠지.

"그 부분만 진술하지 않는다면, 제가 책임지고 다혜 씨가 집유를 받으실 수 있도록 하겠습니다. 저희 회사의 모든 역량을 다해서 말입니다."

"어제 말한 시나리오대로 말인가요?"

"정 엘리가 마음에 걸린다면, 좋습니다. 제가 다른 프레임을 찾아보죠. 엘리는 건드리지 않는 방법. 쉽지는 않습니다만, 그게 다혜 씨의 유일한 요구 사항이라면야. 서다혜 씨에게 이 이상의 좋은 방책은 없을 겁니다."

나는 김 변호사를 물끄러미 바라보았다.

"모두가 좋은 방법을 제시한 겁니다. 어쨌거나 의원님과 대표님은 어떻게든 딸이 형사 처벌 받지 않길 바라고 계시니까요."

김 변호사의 제안은 흠잡을 곳이 없었다.

"이제 변호인을 바꿀 마음이 드십니까? 제가 정 껄끄럽다면 저희 회사에 다른 유능한 변호사들도 많으니 그쪽으로 맡겨도 됩니다."

나는 대꾸하지 않고 시선을 돌렸다. 면회 시간은 얼마 남지 않았다.

"저도 어제 이후로 생각을 해 봤어요. 그런데 변호사님의 제안은 좀 이상해요."

"뭐가 이상합니까?"

"가정 폭력에 대한 부분은 저한테 유리한 거잖아요. 오히려 그 부분이 참작되면 형량이 내려간다고 알고 있어요. 그 진술을 번복해서 더 좋은 결과가 나올 수가 있나요? 부모님의 선처 탄원이요? 그건 어차피 제가 말을 안 들어도 써 줄 거잖아요? 본인들 이미지 때문이라도."

김 변호사는 내 말에 한숨을 내쉬었다.

"이건 대입 값에 따라 결과가 나오는 수학 문제가 아니니까요. 그게 사람들이 비싼 변호사를 사는 이유입니다."

"어쨌거나 생각할 시간을 주세요."

"시간이 많지 않습니다. 어차피 답은 정해진 거 아닙니까?"

"어차피 답이 정해진 거라면 며칠 정도는 주셔도 상관없잖아요. 원하는 답을 듣고 싶으면 기다리세요. 제가 먼저 변호인을 통해 연락드릴 테니까."

원하는 답이라는 말에 그의 입꼬리가 올라갔다.

"알겠습니다. 다혜 씨가 부디 본인이 말했던 대로 정의로운 사람이면 좋겠군요."

김 변호사는 일어나 재킷 단추를 잠갔다.

"잠깐만요."

나가려는 김 변호사를 불러 세웠다.

"말씀하시죠."

"나빈 선배한테…… 메시지 한 통만 보내 주세요. 오늘 오지 않아도 된다고. 와도 못 만나니까."

김 변호사에게 이런 부탁을 하기는 정말 싫었지만, 나빈의 시간을 낭비하게 할 수도 없었다.

"알겠습니다. 아, 연락처는 이미 확보하고 있으니 알려 주시지 않아도 됩니다. 그다지 연락하고 싶은 상대는 아니지만, 다혜 씨 부탁이니 들어드려야죠."

김 변호사가 흔쾌히 대답했다. 기분이 좋지는 않았지만 별수 없었다.

다음 날 오후, 나빈이 왔다.

"어제 연락받았어요."

나빈이 자리에 앉자마자 말했다.

"메시지 갔어요?"

"아뇨. 전화가 왔던데요."

"전화요?"

"네. 변호사라고 하시던데. 그분이 동행인과 함께 면회를 하셨다고. 누구예요?"

"엄마 밑에서 일하는 변호사예요. 어제는 동행인도 데리고 왔고요. 뭐, 나쁜 이야기를 하려고 온 건 아니었어요. 저희 부모님에 대한 진술만 정정하면, 집유로 끝나게 해 주겠다고요."

나는 김 변호사의 이야기를 간략하게 전했다. 하지만 나빈에 관한 이야기는 빼 버렸다.

"저야 다혜 씨가 무사히 나오기만 하면 정말 좋지만……."

나빈은 그 이상은 아무 말도 하지 않았다. 그런데도 나는 그의 눈을 마주 볼 수가 없었다. 아빠를 찔렀던 날, 나는 그의 앞에서 다짐했다. 여기서 내 삶을 스스로 시작할 거라고. 그러기 위해서는 내가 한 짓에 대해 처벌받고, 또 나도 세상에 내 입으로 이 사람들을 고발해야 한다고.

지금 내가 하는 말은 그때의 다짐을 구겨 버리는 것이었다.

그렇지만 김 변호사의 제안은 분명 모두가 행복해지는 길이었다. 나와 나빈, 어제 만났던 여자, 그리고 엄마와 아빠까지.

"엄마가 돕는 봉사 단체가 있어요. 주로 갈 곳 없는 미혼모나 가정 폭력 피해자들을 위해 쉼터를 운영해요. 오갈 곳 없는 사람들이 거기서 보호도 받고, 또 사회로 나갈 준비도 하고. 여러 가지로 필요한 일을 하는 곳이에요."

"그런데요?"

나빈은 갑자기 무슨 소리를 하는지 모르겠다는 듯 되물었다.

"엄마는, 좋은 일을 많이 해요. 사실 아빠도 그렇고요. 다른 힘든 사람들을 위한 일을 많이 하는데…… 제가 부모님에 대해 나쁜 이야기를 하면 아마 거기도 후원금이 많이 끊기겠죠? 그럼 결국 많은 사람들이 피해를 보게 되니까……."

"그 사람들이 다혜 씨 때문에 힘들어진 건가요?"

나는 나빈의 물음에 대답하지 못했다.

"애초에 다혜 씨는 아무 상관없는 일이잖아요. 왜 그런 생각을 하는 거예요?"

"그 단체 분을 오늘 같이 만났어요."

차마 그 여자의 눈을 보면서 나는 당신들의 말을 들어줄 수 없다고 받아칠 수 없었다.

"엄마의 도움이 필요하다고…… 꼭 필요하다고 그랬어요. 저희 부모님 일이 세상에 알려지면, 엄마를 보고 들어온 후원이 끊길 테니까…… 갈 곳 없는 분들이 난처해질 거라고."

"잘못한 건 다혜 씨 부모님인데, 왜 다혜 씨가 죄책감을 느끼려는지 모르겠어요."

나빈은 정말로 의아한 듯 말했다.

"선배, 제 인생이 그 정도 가치가 있나요?"

눈물을 보일 수는 없으니 웃었다.

"다른 사람들을 그렇게 힘들게 하면서까지…… 제가 그럴 가치가 있을까요?"

밤새 생각했지만 나는 결국 그 질문에 대답을 찾지 못했다. 이곳에 온 뒤 한 번도 내가 죄인이라 생각해 본 적 없었는데, 지금은 죄인이었다.

"누구도 좋아지지 않는다면, 제 선택이 옳은 걸까요?"

나빈은 대답을 주지 않았다. 그도 알고 있는 것이다. 이 질문에 대한 대답은 스스로 할 수밖에 없다는 걸. 그리고 나의 대답을 찾아낼 때까지 그는 인내심 있게 나를 기다려 줄 것이었다.

"제가 빨리 못 나가는 거……. 그건 문제가 아니에요. 선배한테는 미안한 이야기지만, 사실 그건 각오한 거니까."

"알아요."

"그런데 이런 일은 생각해 본 적이 없었어요."

"만약 그 사람들에게 문제가 생기면, 다혜 씨도 괴로울 거 같아서 그래요?"

나는 작게 고개를 끄덕였다.

"선배, 솔직히 저 너무 괴로워요. 지금도 너무 괴로워서……."

나빈의 눈을 마주 볼 수가 없었다.

"그럼 제가 다혜 씨 어머니랑 한번 만나 볼게요."

"선배!"

나도 모르게 목소리를 높였다.

"왜 그렇게 놀라요?"

"안 돼요. 엄마가 선배한테 안 좋게 대할 거예요."

"좋게 대할 리 없긴 하죠. 그래도 이 문제에 관해 이야기는 나눌 수 있지 않겠어요? 어머니도 진심으로 그분들을 위하신다면 생각이 있으시겠죠."

"엄마는……."

나는 고개만 절레절레 저었다. 단 한 번도 나는 그녀와 대화다운 대화를 나눠 본 적이 없었다.

"다혜 씨 부모님은 저한테 별로 무서운 존재가 아니에요. 가서 막무가내로 싸우려는 것도 아니고요. 걱정 마세요."

그는 나를 안심시키려는 듯 말했지만, 도저히 마음이 놓이지 않았다.

나빈이 돌아간 후 수감실로 돌아왔다. 8인실의 수감실. 여기서도 무리가 생겼고, 나는 또 어디에도 속하지 못했다.

구석에 박혀 책을 뒤적거렸다. 반지의 제왕 마지막 권이었다. 책 이야기도 나누고 싶었지만, 지금은 그럴 여유가 없었다.

생각해 보면 나빈과 나는 비슷한 이유로 책을 좋아했던 것 같다. 이 세상에는 도저히 속할 곳이 없기에, 책 속 세상에 속하려고 했던 것 같다. 비록 우리가 읽어 온 책들은 다르지만 말이다.

이 일이 다 끝나면 그와 같은 책을 읽고 싶었다.

어떻게든 독서에 집중하려 했지만 쉽지 않았다.

오늘 만났던 여자의 이야기가 머릿속을 어지럽혔다. 마지막

챕터를 남겨 두고 책장을 덮어 버렸다.

현실에도 악에 대항하는 원정대가 있다면 좋을 텐데. 함께 운명의 산을 오를 동료가 있다면 좋을 텐데.

그런 건 순진한 꿈에 불과했다. 세상의 약자들은 모두 각자 떨고 있고, 우리는 서로에게 악이었다.

오늘 밤은 지독하게 두렵고 외로웠다.

이튿날인 목요일, 나빈은 처음으로 면회를 오지 않았다.

금요일이 되자 더욱 초조해졌다. 오늘 만나지 못한다면 다음은 월요일이었다. 아니, 어쩌면 월요일이 되어도 나빈은 오지 않을 수도 있다.

엄마에게서 심한 말을 들었을지도 몰라. 아니, 분명 들었겠지. 그래서 내가 싫어졌을 수도 있지. 나랑은 더 이어 갈 수 없다고 생각한 거야.

고작 하루의 부재에 온갖 부정적 생각이 넘쳐흘렀다. 빈 산소통을 끌어안고 심해로 가라앉는 것처럼 숨이 막혔다. 시시각각 내가 얼마나 나약한 사람인지 확인받는 느낌이었다.

네가 정말 나를 떠난 거면 나는 어떡하지? 그럼 나는 이대로 실낱같은 희망도, 의지도 잃고…….

다행히도 늦은 오후에 나빈이 찾아왔고, 최악의 상상은 거기서 끝났다.

"어제 회사로 찾아갔어요."

면회실 의자에 앉은 나빈이 첫마디를 꺼냈다.

"다혜 씨 어머니를 만났어요."

"무슨 이야길 했어요?"

나는 나빈의 표정을 살폈다. 특별히 기분이 상해 보이지는 않았다.

"좋은 일을 하시는 건 알겠지만, 그 사람들을 이 재판에 이용하지 않았으면 좋겠다고 말씀드렸죠."

"그 말을 듣던가요?"

"동의하시는 것 같진 않았어요."

예상했던 바였다. 엄마 같은 사람이 그런 순진한 원론에 넘어갈 리가 없었다.

"엄마가 선배에게 나쁘게 대하진 않았어요?"

"원망을 많이 들었죠."

나빈은 가볍게 웃어넘겼다.

"그리고 어제는 거기도 찾아가 봤어요. 다혜 씨 어머니가 돕는다는 단체 있잖아요. 거기선 다행히 문전박대 당하진 않았어요."

"거긴 왜……."

"그쪽이랑도 얘기할 게 있어서요. 근데 그 이야기 전에, 다혜 씨한테 물어봐야 할 게 있어요."

나빈의 입가에서 미소가 가셨다.

"다혜 씨, 왜 저한테 숨겼어요?"

나빈의 목소리에는 평소와 같은 온기가 없었다.

"제가 뭘 숨겨요?"

"저 다 들었어요. 그날 왜 다혜 씨가 집으로 돌아가야 했는지."

심장이 쿵 내려앉는 것 같았다.

"저번에 저한테 전화 줬던 분 있잖아요? 김세한 변호사요. 혹시나 해서 연락해 봤더니, 제가 갔을 때 마침 회사에 있더라고요."

"선배가 그 사람한테 연락했다고요? 왜?"

"사실 나 그날 다혜 씨가 집에 간 거, 계속 이해가 안 됐거든요. 다혜 씨는 자꾸 그 이야기를 피하고. 근데 지난번에 김세한 변호사가 통화에서 뭘 아는 것처럼 얘기하길래 만나서 물어봤죠. 그래서 이야기를 들었어요. 전부 다."

"왜 하필 그 사람한테……."

덫이다. 애초에 김 변호사가 나빈에게 뉘앙스를 흘렸겠지. 그와 내 사이를 갈라놓고 나를 고립시키기 위해서? 아니면 나빈을 자극해서 내가 진술을 포기하게 하려고? 어느 쪽이든 좋은 의도일 리 없었다.

"저 때문에 돌아간 거였어요?"

"아니에요, 선배. 그 사람 말 믿지 마세요."

"그날 저 때문에 집으로 돌아간 거 맞잖아요."

"아뇨, 그건……."

"그러니까 그때 절 원망했어야죠. 저 때문에 일이 이렇게 됐다고……. 다 나 때문인 거잖아요. 다혜 씨 자리에 내가 있어야 하는 건데……."

"선배!"

견디지 못하고 언성을 높였다.

"선배 때문이 아니잖아요!"

"그럼요?"

"저 그때 그냥 집에서 도망칠 수도 있었어요. 그런데 그런 일까지 벌인 건……. 그래야 정말로 벗어날 수 있다고, 무의식적으로 믿어 왔기 때문이에요. 그건 전부 제 문제였고, 제 선택이었어요."

"그럼 돌아간 건요? 대체 왜 그랬어요? 여의도로 돌아가기 싫었잖아요!"

나빈의 음성은 조금씩 침착함을 잃어 갔다.

"전부 다 나 때문이잖아."

"아니에요, 선배."

"그게 아니면 다혜 씨가 돌아갈 이유 없었잖아요."

나는 그 말을 제대로 부정하지 못했다. 그건 사실이었으니까.

"배신감 느꼈겠네요."

나빈의 눈동자가 어둡게 가라앉았다.

"내가 숨겼으니까. 다혜 씨를 속인 거니까."

"그렇게 생각해 본 적 없어요."

"솔직히 말해서 그 말 듣고……. 나 다혜 씨 얼굴 볼 자신이 없었어요. 나타나는 게 염치없는 거 같아서."

그는 눈을 내리깔았다.

"그러니까 나 때문에 다혜 씨가, 내가 속이지만 않았어도……."

나빈은 두서없이 말을 늘어놓았다. 길을 잃은 단어들 사이로 그가 느낀 고통들이 어렴풋이 새어 나왔다.

"선배."

"그런데 아무리 미안해도 올 수밖에 없었어요. 고작 하루 못 본 걸로도 죽을 거 같아서. 그래서 차라리 용서를 빌려고 했어요."

"무슨 용서를 빌어요? 선배가 잘못한 게 없는데."

"나 원망하지 않아요?"

"나 그걸로 선배 한 번도 원망한 적 없어요."

"내가 다혜 씨 속인 거잖아."

"김 변호사가 선배한테 그런 식으로 말하던가요?"

나빈이 멈칫했다.

"누구라도 그렇게 생각할 거예요."

그가 이내 작게 대꾸했다.

"선배에게 중요한 건 내 생각 아니에요? 선배, 여기 좀 봐요."

내 말에 나빈이 미적미적 고개를 들었다. 그제야 그의 얼굴에
남은 피로감이 엿보였다.

"그 이야기 듣고 못 잤어요?"

나빈은 작게 고개를 끄덕였다.

"선배가 나한테 거짓말을 좀 했더라도 상관없어요. 선배가 누
구 아들이든 그것도 나한텐 의미 없고요. 내가 그 거짓말을 지켜
줄 수 있다는 사실만 중요했어요."

"대체 왜요? 그게 뭐가 중요해서? 왜 고작 그런 거 때문에 돌
아간 거예요? 그딴 거 알려져도 다혜 씨는 아무 상관없잖아."

나빈이 붉어진 눈으로 나를 직시했다. 어제 그 사실을 알게 된
순간부터 지금까지 내내 자책했겠지. 한 번만 네 손을 잡아 줄
수 있다면, 지금 널 안아 줄 수 있다면, 아마 네 그 쓸데없는 자
책을 곧바로 녹여 낼 수 있을 텐데. 이건 전부 네 잘못이 아니라
고 설명할 수 있을 텐데.

체온을 대신할 수 있는 단어, 그건 내가 아는 한 오로지 하나
뿐이었다.

"사랑해서요."

사랑이라는 말.

"선배를 너무 사랑해서……. 선배의 미소도 사랑하고, 선배의 행복도 사랑하고……. 그러다가 선배의 거짓말까지 사랑했나 봐요."

내 말에 나빈은 홀린 듯 나를 바라보았다.

"다혜 씨……."

나빈의 목소리가 갈라졌다. 울어야 할지 웃어야 할지 모르는 듯한 모호한 표정이 그의 얼굴 위를 스쳤다.

손을 뻗었다. 투명한 차단벽에 손끝이 툭 부딪쳤다. 냉기 너머로 신기하게도 너를 어루만지는 듯한 느낌이 들었다.

닿지 않는데도 닿아 있었다.

2.

며칠 후, 나는 김 변호사를 불렀다.

"생각이 좀 바뀌었습니까?"

그가 물었다.

"저를 내보내 주실 수 있다고 했죠."

"예."

"부모님에 대한 진술을 번복하고, 변호인을 교체하는 조건으로요."

"그렇습니다."

"제 진술에는 어차피 증거가 없잖아요. 그런데도 파괴력이 있다고 생각하시나요?"

김 변호사는 잠시 속내를 파악하려는 듯 내 눈빛을 살폈다.

"법정에서야 별 의미 없는 이야기가 되겠죠. 법정에서는 증거가 필요하니까."

"적어도 이미지에는 타격이 올 거라는 말씀이네요. 저희 부모님의 가장 큰 재산은 이미지니까."

김 변호사는 아예 대꾸하지 않았다.

"근데 어차피 이번 사건으로도 이미지가 많이 실추되지 않았나요?"

"진상은 밝혀진 게 없으니까요. 다혜 씨가 집유로 풀려나면, 조용히 묻고 지나가면 됩니다."

"그러니까 김 변호사님의 말은 제가 생각을 바꾸지 않으면, 저는 아마 실형을 받게 될 거고, 부모님에게도 문제가 생길 거라는 거죠?"

"거기다가 선량하고 죄 없는 사람들이 피해를 보고, 엘리도 곤란해질 거라 덧붙여 봅시다."

김 변호사의 말에 이상하게 웃음이 나왔다. 그가 내뱉는 단어 하나하나가 피로했다. 더 시간을 끌 필요도 없겠다는 판단이 섰다.

"난 김세한 씨가 참 재밌어."

말이 떨어지기 무섭게 김 변호사가 미간을 좁혔다. 나를 미친 사람 보듯 하는 눈빛이었다.

"자기가 곤란하다는 말은 끝까지 안 하네. 지금 제일 입장 난처해진 사람들 중 하나가 김세한 씨 아니에요? 우리 부모님이랑 제대로 엮여 있잖아."

"전 다른 회사로 가면 끝입니다."

"아, 그럼 김세한 씨처럼 이해관계에 철저한 인간이 의리 때문에 이러고 있다는 건가요?"

"제가 충분히 제어할 수 있는 상황이니까 굳이……."

"지금 이게 제어하고 있는 걸로 보이나 봐요."

김 변호사는 곧바로 반박하지 못하고 멈칫했다.

"뭐, 그쪽 아버지까지 우리 아빠가 필요한 상황이었고. 김세한 씨도 솔직히 이만한 끈 또 잡을 수 있으리란 보장도 없고. 그것 말고도 우리 부모님이랑 물밑으로 여러 가지 엮여 있겠네. 지저 분한 걸 공유 안 했으면 우리 엄마가 당신을 그렇게 믿었을 리가 없으니까."

마지막 말은 그냥 던져 본 추측이었다. 하지만 김 변호사의 표 정을 보니 아주 틀린 소리는 아닌 모양이었다.

"그리고 이번 일에서도 김세한 씨가 저지른 짓이 많아서……. 사실 내가 적으로 남아 있으면 찜찜하고 곤란한 거 아니에요? 아 무리 생각해도 당신, 우리랑 너무 얽혔어."

그는 입을 다물고 나를 노려보았다.

"뭐, 잘은 몰라도 이 사건으로 김세한 씨의 인생도 꽤 재밌어 질 거 같은데. 안 그래요?"

나는 의자 등받이에 몸을 기댔다.

"제가 진술을 번복해 주길 바란다고 했죠?"

"예."

입꼬리가 저절로 올라갔다.

"그럼 나한테 빌어 봐."

"예?"

"빌어 봐. 네 그 같잖은 인생 좀 구해 달라고. 무릎 꿇고 빌어. 그럼 생각해 볼 수도 있고."

"미쳤군요."

"아, 역시 못 할 줄 알았어. 실리적이니 어쩌니 하지만 누구보다 자존심을 챙기지. 집안 빼곤 잘난 거 하나 없는 평범한 여자한테 어떻게 무릎을 꿇겠어."

김 변호사의 얼굴이 차츰 일그러져 갔다.

"우리 부모가 자기들이 추락하는데 당신은 잘 살게 내버려 둘 자비로운 사람들 같아? 당신도 같이 끝장나게 될 거야. 아니, 분풀이로 더 비참하게 만들겠지. 그러니 그 알량한 배지라도 지키려면 지금 나한테 빌어."

그는 끝내 침묵을 지켰다.

"아마 지나고 나면 후회할 거야. 지금 나한테 안 빈 걸."

말을 마치고 피식 웃었다. 김 변호사는 나를 미친 사람처럼 쳐다보고 있었다.

"그래서 굳이 그 증거도 없고, 자신에게도 유리하지 않을 진술을 유지하시겠단 겁니까?"

고개를 까딱했다.

"난 서다혜 씨가 도덕적인 사람인 줄 알았는데."

김 변호사가 가볍게 빈정댔다.

"그런 사람이 되고는 싶었지."

정의롭고 싶었다.

엄마처럼.

처음에는 닮고 싶어서, 나중에는 이기고 싶어서.

이곳에 와서 알았다. 가끔은 정의도, 도덕도 특권이라는 걸.

"다혜 씨의 선택 때문에 여러 사람이 괴로워진다고 해도 상관없는 겁니까? 다혜 씨는 그 사람들한테 미안하지도 않고, 창피하지도 않습니까?"

미안했고, 괴로웠고, 창피했다. 하지만 그런 감정을 이 남자

앞에서 구태여 드러낼 필요는 없었다.

"내 선택 때문에 무관한 사람 몇이 죽는데도 변하는 건 없어."

"서다혜 씨, 정말 끔찍한 인간이군요."

김 변호사가 진절머리 난다는 듯 말했다.

"설마 엘리의 파일을 제가 들고 있단 걸 잊으신 건 아니겠죠?"

"어떻게 잊겠어."

"제가 그 파일을 퍼트려도 상관없습니까?"

"마음대로 해."

김 변호사는 내 대답을 도저히 못 믿겠다는 듯 몇 번이나 다시 물어봤다.

"이것 봐요, 서다혜 씨. 서다혜 씨가 여기 있는 거 결국은 그 파일 하나 지키려고 했던 거 아닙니까? 그걸 이제 와서 포기하면 이제까지 다혜 씨 행동이 다 뭐가 되는지 압니까?"

"이제까지 일이 물거품이 되는 게 싫어서, 앞으로도 계속 바보짓을 하면서 살라고?"

그는 내 선택으로 인해 나빈에게 일어날 괴로운 일들을 늘어놓았다. 학교 사람들이 알게 될 거고, 피해자들의 유가족들이 그를 미워할 거고, 과거의 팬들 중 좋아했던 만큼 실망할 사람들도 있을 거라고 했다.

그래도 나는 대답을 바꿀 생각이 없었다.

"이런 복수는 아무것도 남지 않아요. 다혜 씨 자신마저 파괴하는 겁니다."

김 변호사가 답답하다는 투로 말했다.

"복수……."

나는 복수를 하고 싶던 거였을까.

"서다혜 씨, 이게 저희가 제시하는 마지막 카드입니다."

김 변호사가 길게 한숨을 내쉬었다.

"집행 유예로 풀려나면 엘리와 결혼하세요. 원한다면 두 사람을 외국으로 보내 주고, 지원도 전적으로 해 주겠다고 대표님께서 전해 달라 하셨습니다."

"……결혼."

엘리와, 평생.

머릿속에서 어떤 장면 하나가 스쳤다. 이국의 바닷가, 낯설고 평화로운 바람, 나를 돌아보는 그 사람.

"이게 다혜 씨가 바라는 모든 것 아닙니까? 대표님이 양보할 수 있는 모든 거기도 합니다. 아무도 상처받지 않고, 누구도 곤란해지지 않는 결말이죠."

김 변호사의 말이 옳았다. 어쩌면 그건 내가 원하는 거의 모든 것일지도 몰랐다.

당신, 그리고 당신의 행복. 그 외엔 무엇도 필요 없지.

"엄마가 직접 그렇게 말씀하신 건가요? 저를 선배랑 결혼시켜 주시겠다고?"

조용히 물었다. 김 변호사의 입가에 회심의 미소가 맺혔다.

"정확히 그렇게 말씀하셨습니다."

"그럼 엄마한테 전해 주세요."

다음 말을 하기 전에 잠깐 숨을 돌렸다.

"아직도 정신 못 차리셨네요. 결혼은 엄마가 시켜 주는 게 아니라 내가 하는 거예요. 그러니까 그런 걸로 제가 넘어갈 일은 없을 거예요."

말을 마치기도 전에 김 변호사의 얼굴이 무섭게 구겨졌다.

"서다혜 씨!"

"소리 지를 거면 가세요. 시끄럽고 피곤하니까."

"도대체 이렇게까지 해서 다혜 씨에게 남는 게 뭡니까?"

그는 분에 찬 듯 물었다.

"모르죠, 그거야."

"네?"

"이렇게까지 해 본 적이 없으니까."

김 변호사는 황당하다는 듯 나를 보았다. 말문을 잃은 표정을 보자 다소 통쾌하기도 했다.

한 번도 제대로 맞서 본 적이 없으니, 이다음에 뭐가 올지도 예측할 수 없었다.

내 선택이 현명하지 않다는 것은 나도 알고 있었다. 하지만 삶은 현명한 방식으로는 좀처럼 구원되지 않는 것이다.

오후 무렵 나빈이 찾아왔다. 날이 많이 풀린 모양인지 그의 옷차림도 가벼워졌다.

"어땠어요? 오늘 어머니 쪽 사람 만난다던 거."

나빈이 의자에 앉으며 물었다.

"이야기는 잘 했어요."

접견실에서 나가자마자 온몸이 떨리고 다리에 힘이 풀리긴 했지만 말이다. 나는 김 변호사와 나눴던 이야기를 대강 나빈에게 전했다.

"예상대로 선배 이야기도 했어요."

나빈의 표정을 볼 자신이 없어 시선을 내렸다. 미안했다. 몇 초의 침묵 후 나는 다시 입을 열었다.

"지금이라도 선배가 이 선택을 후회하신다면, 저는 언제든 마음을 바꿀 수 있어요."

나빈은 아무 말이 없었다.

"선배가 그 사실이 알려지길 바라지 않는다면, 난 언제든 그 사람들한테 협조할 거니까……."

"다혜 씨, 한 번 더 그런 이야기하면 나 화날 거 같아요."

나빈이 쓴웃음을 지었다. 내가 고개를 끄덕이자 그는 이야기를 돌렸다.

"저 지난번에 이야기 못한 거 있잖아요. 다혜 씨 어머니가 돕는 단체 찾아가서 얘기 나눴다는 거."

"거기서 무슨 일 있었어요?"

"그날 이야기 나눴고, 오늘 상황 정리도 끝났어요."

"뭐가 끝났다는 거예요?"

"그날 찾아가 보니……. 꼭 필요한 일 맞더라고요. 솔직히 난 그 일이 좀 별로이길 바랐어요. 그래야 다혜 씨 마음이 가벼울 테니까."

나빈은 시계를 확인하고는 말을 잠시 끊었다. 곧 그는 진지한 얼굴로 입을 열었다.

"보험금이 있어요."

뜬금없는 단어에 순간 뭔가를 잘못 들었나 했다.

"엄마가 제 앞으로 남긴 보험금이요. 남들이 생각하는 것보다 훨씬 큰돈이라서. 대체 엄마는 왜 그렇게까지……."

나빈이 쓰게 웃었다. 나는 그 이유를 알 수 있었다. 언젠가 혼자 남을 그를 위해 준비한 것이다.

"그게 왜요?"

"그 돈은 아직 그대로 있어요. 그걸 어머니가 돕는다는 그 단체에 기부하기로 했어요. 그럼 아마 꽤 오랫동안 시설 운영비로 충분할 거예요. 이 일로 피해 보는 사람도 없을 거고, 그사이에 후원도 다시 구할 수 있을 거고. 괜찮은 생각 같지 않아요?"

말도 안 되는 소리였다.

"그건 안 돼요, 선배. 절대 안 돼요."

"왜요?"

"그건 선배 어머니가, 선배를 위해 남겨 두신 거잖아요. 그걸 어떻게……."

"엄마라면 이렇게 써도 된다고 했을 거예요. 벌써 삼촌이랑도 얘기했고요."

"선배."

"다혜 씨가 괴로워했잖아요."

"그렇다고 이런 걸 바란 건 아니었어요."

"다혜 씨가 원해서 하는 일이 아니에요. 제가 원해서 하는 거지."

나빈은 이미 마음을 굳힌 듯이 말했다.

"말 안 했나요? 나 다혜 씨가 우는 거 싫다고."

"그래도 이건 아니에요, 선배."

"난 솔직히 다른 사람들이야 어떻게 되든 상관없다고 생각했어요. 그런데 그 사람들 때문에 다혜 씨가 힘들어한다면, 그건 이미 나한텐 남 일이 아닌 거니까. 안 그래요?"

"그럼 선배한텐 남는 게 없잖아요."

"아니, 나도…… 해방되는 거죠."

그는 이것으로 이야기가 되었다고 생각한 모양이었지만, 나는 아니었다.

"선배, 다시 생각해 보세요."

"왜요?"

"일이 잘된다는 보장이 없어요. 어쩌면 나 선배 생각보다 오래…… 못 나올 수도 있어요."

엘리가 나를 얼마나 기다려 줄 수 있을까? 1년? 2년? 그도 나이를 먹어 가겠지. 나도 여기서 나이를 먹어 갈 거고. 우리 사이엔 단단한 벽이 놓이게 되고, 너와 나는 점점 서로를 이해하지 못하게 될지도 몰라.

긴 세월은 사랑을 후회로 바꿔 놓기에 충분하지.

"그럼 그때 가서 저 때문에 그런 결정을 내린 걸 후회하실지도 모르잖아요."

"그럴 일은 없어요."

나빈이 곧장 반박했다.

"모르죠. 이런 시간이 길어지면……. 나보다 훨씬 좋은 조건의 사람들이 선배 앞에 나타날 거예요. 훨씬 나은 사람들이요. 선배랑 더 오래 있어 줄 수 있고, 더……."

차마 말을 못 잇고 머뭇거리는 사이 면회 시간이 끝나 버렸다. 마이크의 빨간불이 꺼졌다. 그러나 나빈도 나도 곧바로 일어나지 않았다.

들리지 않을 것을 알면서도 나빈은 나를 똑바로 바라보며 무언가를 열심히 말했다.

이나빈이 지키고 싶었던 것들, 내가 이나빈에게서 지켜 주고 싶었던 것들.

이제는 서로 외엔 아무것도 남지 않았다.

나는 그날 처음으로 면회실에서 울었다.

공판 기일 전날, 나빈은 면회 마감 시간에 아슬아슬하게 도착했다.

"다혜 씨, 내일 괜찮겠어요?"

나보다 그가 더 초조해 보였다.

"전 선배 말고는 아무 문제 없어요."

언젠가 했던 말을 다시 했다. 내 문제는 모두 나빈이었고, 역설적이지만 해답도 그였다. 그가 아니었다면 우리 집에서 도망치지 못했겠지만, 또다시 들어가지도 않았겠지.

사랑은 불가능한 모든 일을 가능하게 하지만, 동시에 가능한 모든 일을 불가능하게도 하는 것이다.

"선배, 내일 재판이 끝나면, 엄마와 김 변호사가 선배에 대한 그 파일, 어떤 방식으로든 퍼트리려 할 거예요."

"아직까진 아무 일 없었는걸요."

"그건 마지막까지 제 마음을 돌릴 수 있을까 해서죠. 그걸 잡고 있어야, 최소한 거래의 가능성이라도 남아 있는 거니까. 제 마음이 약해져서 마지막에 결심을 바꿀 수도 있다고 생각하는 거죠."

"그럼 공판이 끝난 후에는 굳이 그걸 터트릴 이유도 없는 거 아닌가요?"

"아뇨. 그렇게 보복할 거예요."

"하긴 그 사람들이 그냥 지나갈 리는 없겠죠."

자기 일인데도 나빈은 너무 태연했다.

"지금이라도…… 선배가 힘드실 거 같으면, 내일이라도 제가 이야기를 뒤집을 수 있어요."

"그럼 이번엔 무사히 넘어가겠죠. 하지만 그다음은요? 그다음에도 다혜 씨 부모님은 제 출생을 빌미로 다혜 씨를 좌지우지하려고 하겠죠."

나는 반박하지 못했다.

"그런 일이 반복되면 언젠가는 다혜 씨가 날 미워하게 될 수도 있고."

"아니에요."

나빈의 말이 나를 조금 슬프게 했다. 설령 그런 미래가 오더라도 그를 미워할 리가 없는데.

"그리고 내가 저번에 얘기하지 않았어요? 한 번 더 그런 얘기하면 화날 거 같다고."

나빈이 눈살을 구겼다.

"미안……."

"다혜 씨 때문이 아니라, 나 때문에요. 나 때문에 화가 나는 거예요."

그가 옅게 한숨을 내쉬었다.

"선배, 이제 이 일로는 서로 자책하지 않았으면 좋겠어요. 우리 충분히 괴로웠잖아."

"그래요."

그는 쓴웃음을 거두고, 곧 밝은 음성으로 다음 말을 꺼냈다.

"아무튼 그것보다 중요한 게 있어요."

"뭔데요?"

"다혜 씨한테 줄 선물을 준비해 왔어요."

"선물이요?"

여기 뭘 들고 들어올 순 없었을 텐데. 전혀 짐작이 가지 않았다.

"웃으면 안 돼요."

나빈이 대뜸 말했다.

"네?"

"다 끝나고는 웃어도 돼요."

"웃긴 거 하려고요?"

"조금, 웃길 수도 있어서……."

여기서 콩트라도 하려고? 나빈의 연기 실력으로 콩트를 한다면 그건 다른 의미로 굉장히 웃길 거 같긴 했다.

"해 봐요."

"잠시만요."

나빈은 목을 몇 번 가다듬더니 눈을 감았다. 그의 입술 사이에서 낯선 노래가 흘러나왔다. 조용한 음성이 귀를 통해 마음을 열고 들어왔다.

어린아이가 태어나 처음 들은 음악처럼.

어제는 너에게 초대장을 보냈어
내 꿈에 들어와 여기 기다릴게
노래에 묻어 둔 내 열쇠를 들고 찾아와
우리 내일은 화성의 심해에서 만나

그곳에 널 위한 성을 지어 뒀어
가장 예쁜 산호가 보이는 방을 네게 줄게
별빛이 들지 않는 이곳에는
돌멩이가 별처럼 반짝이며 밤을 밝혀
바다의 별들을 모두 모아 네게 줄게
우리 내일은 화성의 심해에서 만나

노래가 끝나고 나빈이 눈을 떴다.
"괜찮았……, 다혜 씨? 울어요?"
"……웃긴 거라면서요."
나는 소매로 눈물을 훔쳐 냈다. 소매는 이미 축축했다.
"멜로디가 너무 슬퍼요? 좀 더 밝게 만들 걸 그랬나."
"슬퍼서 우는 거 아니에요."
억지로 울음을 그치려고 입안을 씹었다.
"노래가 좋아서 운 거예요."
"좋다고 해 주니까 다행이에요."
나빈이 수줍은 듯 미소 지었다. 나는 두어 번 심호흡을 했다.
"있잖아요, 선배."
"네."
"방금 노래를 들으면서 생각한 건데, 저 선배한테 선물 받고
싶은 게 있어요."
"뭔데요?"
나빈이 궁금한 듯 물었다.
나는 대답하기 전, 크게 심호흡을 했다.
"목도리 선물 받고 싶어요."

"목도리요?"

그는 조금 놀란 듯 나를 바라보았다.

"선배, 예전에 첫눈 오던 날 기억나요? 우리 도서관 갔던 날이요."

"아, 외서실 갔던 날. 기억나요."

그날을 떠올리는지 나빈의 입가에 희미한 미소가 번졌다.

"그때 제가 선배 손 쳐 낸 것도요?"

그는 대답 대신 고개를 끄덕였다. 고작 해야 몇 개월 전 일이 까마득한 옛날처럼 느껴졌다. 그때의 내가 지금의 나를 본다면 아마 믿지 못하겠지.

"좀 늦었지만, 그때 그 호의 다시 받고 싶어요. 괜찮을까요?"

"무슨 색이 좋아요?"

"선배가 골라 주세요."

"생각해 둘게요."

나빈이 환하게 웃었다. 내가 이곳에 온 후, 그가 이렇게 행복해한 건 처음인 것 같았다.

넌 모를 거야. 내가 그 얼굴을 얼마나 보고 싶었는지.

내일에 대한 걱정과 격려를 주고받는 동안, 면회 시간이 거의 지나 버렸다. 시간이 얼마 남지 않았을 때, 나빈이 갑작스러운 말을 꺼냈다.

"아, 다혜 씨. 그리고 내일 놀랄까 봐 미리 이야기해 둘게요."

"네?"

"미리 말 못 해 준 건 미안해요. 내일 법정에서……."

나빈은 목소리를 낮춰 예상치 못한 말을 속삭였다.

"선배, 갑자기 무슨 소리예요?"

"미안. 이미 결정했어요."

"잠깐만요, 선배!"

마이크의 빨간불이 툭 꺼졌다.

"선배!"

뒤늦은 외침이 공허하게 울렸다. 차단벽 너머 나빈이 희미한 미소를 보였다.

오전의 배심원 선정 절차가 끝나고, 오후가 되어 본격적인 공판이 시작되었다. 세 사람의 판사가 들어왔다. 가운데 앉은 재판장이 내 인적 사항을 확인했다. 낯선 재판정에 울리는 내 이름이 새삼스러웠다.

공판 절차에 관해서는 변호사에게 자세하게 들었다. 벌써부터 손바닥에 땀이 차서 몇 번이나 허벅지에 문질렀다. 인적 확인이 끝나고 검사의 모두 발언이 진행됐다.

"……피고인은 피해자의 흉부를 식칼로 한 번 찌른 사실이 있습니다. 이에 검사 측은 형법 제 250조 2항, 제254조에 의거 피해자를 존속 살해 미수로 기소합니다."

"변호인, 공소 사실을 인정합니까?"

판사가 물었다.

"공소 사실과 같은 행위가 있었음은 인정합니다만, 존속 살해 미수로 처벌받는 것은 부당하다고 보입니다. 피고인에게는 살해의 고의성이 결여되었던 바, 오히려 특수 상해에 해당된다고 할 수 있습니다. 또한 피고인의 동기에는 주요하게 참작할 만한 사

안이 있어 최대한의 선처를 받을 여지가 있다고 여겨집니다."

"피고인도 같은 의견인가요?"

"네."

이어서 증거를 제출할 차례였다.

검찰 측이 제출한 증거 목록에 특별한 것은 없었다. 이미 변호인과 검토가 끝난 사항들이기도 했다. 몇 가지 증거의 확인 절차가 지나가고, 가장 문제가 되는 부분이 나왔다.

"피고인의 범행 동기에 대해 피고인의 모친인 장수영 씨가 진술한 부분은 사실과 다릅니다."

변호인의 발언이 끝나기 무섭게 검사가 입을 열었다.

"이 부분을 입증하기 위해 장수영 씨를 증인으로 신청합니다."

나도 모르게 방청석으로 시선이 향했다. 방청석에는 내가 아는 얼굴이 셋 앉아 있었다. 엄마와 아빠, 그리고 그들과 멀찍이 떨어져 앉은 나빈.

아주 잠깐, 법정을 나간 후 저 사람들과 나빈이 마주치는 상상을 해 보았다. 저 사람들이라면 선배에게 말도 안 되는 폭언을 퍼붓고도 남지. 그럼 선배는 분명 상처받을 텐데. 상상만으로도 끔찍했다.

엄마가 앞으로 나와 증인석에 앉았다. 검사는 사실 관계에 대한 몇 가지 질문을 한 후 본론으로 넘어갔다.

검사와 엄마가 나눈 질의의 요지는 간단했다. 이 모든 게 나빈 때문에 일어난 일이라는 거였다. 나를 여기까지 몰아넣은 건 이나빈이고, 내 몸에 상처도 그가 만든 거였고, 지금도 내가 거짓말을 하는 건 그 남자를 감싸 주기 위해서라고.

말도 안 되는 소리를 엄마는 애타게 호소했다.

"변호인 측, 반대 심문 하세요."

판사의 목소리가 들렸다.

"그러니까 증인은 피고인이 사실과 다른 이야기를 하고 있다고 주장하시는 건가요?"

"네."

"증인은 정말 피해자가 피고인에게 폭언과 폭행을 가하는 장면을 본 적도 없고, 방관한 적도 없으며, 가담하지도 않았습니까?"

"당연하죠. 다혜는…… 저희한테 하나밖에 없는 딸이에요. 저희가 왜……."

엄마는 당장이라도 눈물을 떨어뜨릴 듯했다.

"증인, 법조인이시니 아시겠지만 위증은 무거운 죄입니다."

변호인의 말에 엄마의 표정이 굳었다. 자신은 잘 숨겼다고 생각하겠지만, 나는 알 수 있었다. 엄마는 지금 굉장히 화가 나고 자존심이 상했을 거다. 지방대 출신의 한참 후배에게 법조인 운운하며 지적을 당한 셈이니.

"재판장님, 지금 변호인은 유도 심문을 하고 있습니다."

검사의 항의에 재판장은 변호인을 향해 시선을 던졌다.

"변호인, 유도 심문은 주의해 주세요."

판사가 말했다. 변호인은 알겠다고 한 후 다시 엄마에게 질문했다.

"여기에서 한 증언에 책임을 지실 수 있습니까?"

"예."

"감사합니다. 더 여쭤볼 건 없습니다."

증인 심문은 그렇게 끝났다. 이제 중요한 건 우리가 제출할 증거였다.

"힘들 거예요."

그날은 사건이 일어난 이틀 뒤였다. 나는 나빈을 만나자마자 괴로운 목소리로 말했다. 아직 내가 유치장에서 조사를 받던 시기였다.

"뭐가요?"

나빈이 눈을 깜빡였다.

"해 보겠다고는 했지만, 힘들 거라고요."

수사를 받으며 느꼈다. 내게는 뾰족한 수가 없었다. 강력한 증인도 없었고, 증거도 없었다. 오로지 내 증언만으로 지난날들을 어떻게 인정받을 수 있을까.

아마 기껏해야 내 외침은 공허한 메아리로 끝나고 말 것이다.

그럼 대체 몇 년 형을 받게 될까? 그동안 나빈은?

"그러니까 선배, 선배를 위해 하는 말이에요. 너무 저한테 마음 쏟지 마세요. 선배는 선배 인생 살아야죠."

"그렇게 못하겠다면요?"

"저 오래 있을 수도 있어요. 선배 생각보다 훨씬 오래……."

그때 아빠는 아직 의식이 없었다. 그대로 죽는다면 살인, 아니어도 살인 미수. 어느 쪽이든 하염없는 세월을 감옥에서 보내게 될 것이라 생각했다.

그럼 나빈과 나는 어떻게 되는 걸까? 내가 그에게 이런 희생을 강요해도 되는 걸까.

"아무래도 이건 아닌 거 같아. 선배를 여기 묶어 둘 수가 없어요."

나빈의 표정이 어두워졌다. 그와 떨어지는 게 괴로웠지만 이게 맞는 판단이라 생각했다.

잠시 후, 그가 입을 열었다.

"지금도 안 늦었어요, 다혜 씨."

"네?"

"제가 한 거라고 밝혀요. 다혜 씨 지금 무섭고 힘들잖아."

나빈이 목소리를 바싹 낮춰 말했다.

"전 평생 거기 있어도 괜찮으니까."

"말도 안 되는 소리 좀 그만해요."

세차게 고개를 저었다.

"저 선배 더 못 잡아 두겠어요. 제발 저 더 괴롭게 하지 마세요……."

"제가 오는 게 괴로워요?"

나빈의 음성이 살짝 떨렸다고 생각했다.

"네, 괴로워요. 선배 얼굴 볼 때마다 괴로워서 미칠 거 같아."

무거운 침묵이 흘렀다.

"그렇구나. 제가 여기 오는 게 다혜 씨한테 괴로운 일이네요. 도와주려는 것도, 얼굴이라도 보고 싶은 것도."

"그러니까 제발 오지 마세요. 그냥 선배는……."

나와는 상관없는 삶을 살아가 주길 바랐다. 가능하다면 나를 잊었으면 했다. 그는 잠시 바닥을 내려다보다 시선을 들었다.

"미안. 근데 내가 다혜 씨 못 놔줘요."

그는 나와 똑바로 눈을 마주쳤다.

"괴롭게 해서 미안해요. 그래도 못 놔줘요. 다혜 씨가 나 때문에 죽을 듯이 괴롭다고 해도, 난 못 놔줘."

그 말을 듣고 나는 기뻤다. 미안해. 사실은 나도 그걸 바랐어. 서로 불행해져도 떨어지지 말자는 지독한 맹세를 원했어.

"그런데 사람 마음은 그렇게 강하지가 않아요, 선배. 시간이 흐르면 선배도 지치고, 나랑 이렇게 된 걸 후회할 거예요."

"사람 마음은 그렇게 약하지 않아요, 다혜 씨."

나빈이 조곤히 대꾸했다. 나는 울듯한데, 그는 차분했다.

"선배는, 20년도 기다릴 수 있어요?"

"네. 그날 제가 마중 나갈게요."

"영영 못 나오면?"

"그럴 일은 없어요, 다혜 씨. 알잖아요."

내게 향하는 나빈의 시선이 유독 따뜻하다고 느꼈다. 불길처럼 번지던 불안이 차츰 잠잠해졌다.

"근데 왜 그런 이야기를 하는 거예요? 왜 결과가 나쁠 거라고 생각해요?"

내가 조금 진정된 후 나빈이 물었다.

"제 진술을 뒷받침해 줄 증거가 없으니까요."

그 서 의원과 그 장 대표가?

경찰들도 내 말을 그다지 믿어 주지 않는 눈치였다.

"그러니까 다혜 씨는 증거가 필요하다는 거죠?"

"네."

"그럼 증거가 있어요."

"네?"

"그 증거, 제가 갖고 있어요."

나빈이 쓴웃음을 지었다.

"변호인이 재생을 신청한 녹음 파일이 있네요. 지금 준비되어
있나요?"

"네."

변호인은 준비해 온 파일을 재생시켰다.

재판정에 그날의 음성이 울려 퍼졌다.

—다혜 씨?

당황한 듯한 나빈의 음성. 먼 곳에서 들리는 내 목소리.

—이렇게는 못 산다고.

너무 소리가 작다고 생각했는지 변호인은 볼륨을 최대로 높였
다.

—그다음에!

아빠의 목소리. 그리고 타격음. 조악한 음질이지만 누군가를
때리는 소리라는 것은 짐작이 가능했다.

—얌전히 지내면 되는데 꼭…….

들릴 듯 말 듯 이어지는 엄마의 목소리.

나는 눈을 감아 버렸다. 귀도 막고 싶었지만 차마 그러지는 못했다. 몸이 덜덜 떨리기 시작했다. 숨이 막혀 왔다. 호흡이 제대로 되지 않았다. 억지로 숨을 쉬어 보려고 목 아래를 문질렀다.

"다혜 씨, 괜찮아요?"

변호인이 다가와서 물었다. 배심원들의 시선이 이쪽으로 향했다. 억지로 고개를 끄덕였다. 이런 걸로 재생을 중단시키고 싶지 않았다. 나는 무언가를 찾듯 방청석으로 고개를 돌렸다.

나빈이 보였다. 그는 괴로운 얼굴로 나를 지켜보고 있었다. 당장이라도 달려오고 싶은 듯이.

선배가 보고 있는데. 어떻게든 웃어 주고 싶은데. 간신히 끌어올린 입꼬리는 비틀린 채 파르르 떨릴 뿐이었다.

"이건 말도 안 되는 조작이야!"

격분한 목소리가 들려왔다. 아빠였다. 그는 이 파일이 조작된 거라고도 했고, 도청이라고도 했다. 나보고는 쇼를 한다고 손가락질도 했다. 그리고 이 파일이 거짓인 걸 어떻게든 증명하겠다고 했다. 스피커를 통해 흘러나오는 남자의 목소리와 아빠의 목소리가 겹쳐졌다.

재생이 잠깐 중단됐다. 법원 경비가 그를 끌어낸 후에야, 변호인이 다시 파일을 틀었다.

—선배…….

한참 이어지던 파일이 드디어 끝났다. 나는 허벅지 위에서 손을 뗐다. 구겨진 수형복 바지에 흥건히 땀이 묻어 있었다.

재판정에 짧은 정적이 흘렀다.

"해당 녹음 파일은 올해 1월, 그러니까 사건일로부터 약 한 달 전에 녹음된 통화입니다. 해당 파일의 증거 능력을 증명해 줄 증인을 신청합니다."

변호인이 말했다. 재판장이 고개를 끄떡했다.

"변호인 측 증인 준비되어 있습니까?"

나는 심호흡을 하고 고개를 들었다. 나빈이 들어오는 모습이 보였다. 그는 증인석에 섰다. 눈이 마주치자 나빈이 작게 미소를 보냈다. 긴장감은 느껴지지 않았다.

그러니까, 마치 지난 학기 발표자로 단상에 올라갔을 때처럼 침착했다.

재판장이 그의 인적 사항을 확인했다.

오로지 진실만을 말하겠다는 선언과 함께, 증언이 시작되었다.

나빈이 증인석에 앉았다.

"해당 파일은 증인이 녹음한 게 맞습니까?"

변호인이 첫 질문을 던졌다.

"네."

"어떤 경위로 녹음하게 되었죠?"

"그날 서다혜 씨가 저한테 전화를 걸었습니다. 반가운 마음에 받았는데 어떤 남자가 윽박지르는 소리랑 신음 같은 게 들려서……."

"녹음 버튼을 눌렀군요."

"네. 녹음하며 서다혜 씨 집으로 갔습니다. 녹음해야 하는 상황이라는 판단이 들었습니다."

"왜 경찰에 신고를 안 하고 직접 가셨죠?"

"신고를 하려면 전화를 끊어야 하니까요. 무슨 일이 일어나도 이상하지 않을 상황 같아서, 빨리 가야겠다는 생각이 들었습니다."

"이후에는 어떤 일이 있었습니까?"

"엘리베이터를 타고 올라갔더니 복도에 다혜 씨가 쓰러져 있고, 한 남자가 다혜 씨를 붙잡고 있었습니다."

"어느 부분을 붙잡고 있었는지 기억나시나요?"

"머리카락이었습니다."

"붙잡고 있던 사람은 확실히 보셨습니까?"

"네. 확실히 기억합니다. 다혜 씨의 아버지, 그러니까 피해자였습니다."

"그래서 어떻게 하셨죠?"

"그래서 제가 다혜 씨를 데리고 나왔습니다. 통화를 녹음한 1월 11일부터 사건이 일어난 날까지 서다혜 씨는 약 한 달 정도를 저희 집에서 지냈습니다. 부모님의 폭력을 피하려고요."

"하지만 사건 당일, 서다혜 씨는 스스로 집으로 돌아간 걸로 알고 있는데요. 이 부분에 관해서도 증인이 아는 바가 있습니까?"

"재판장님, 지금 변호인의 심문은 증거 능력의 입증과는 무관합니다."

검사가 끼어들었다.

"사건이 일어난 날의 일이니 듣도록 하겠습니다. 계속하세요,

변호인."

재판장이 말했다.

"증인, 대답 부탁드립니다."

"그날 서다혜 씨가 돌아가게 된 것은 협박에 의한 것이었습니다. 집으로 돌아오지 않으면 저와 관련된 파일을 세상에 공개하겠다고 했습니다."

"누가 그런 협박을 한 겁니까?"

변호인이 빠르게 질문을 던졌다.

"김세한 변호사입니다. 서다혜 씨의 어머니인 장수영 변호사님의 부하 직원입니다. 아마 김세한 씨가 서다혜 씨에게 보낸 메시지들이 남아 있을 테니 확인해 보시면 될 것 같습니다."

나빈이 차분하게 대답했다.

"하지만 피고인은 이런 사정을 밝히지 않았는데, 증인은 그 이유가 뭐라고 생각합니까?"

"이 부분을 밝히면 저와 관련된 파일에 대해서도 말해야 했을 테니까요."

"대체 그 파일의 내용이 뭐였기에 피고인이 돌아갈 수밖에 없었고, 또 감추려고 했던 거죠?"

"재판장님, 지금 변호인의 심문은 본 사건과 무관합니다."

검사가 다시 끼어들었다.

"무관하지 않습니다. 지금 증인은 서다혜 씨가 그날 귀가한 것이 자의가 아니었고, 따라서 해당 사건도 우발적이었다는 것을 증언하고 있는 거니까요."

변호사가 받아쳤다.

"네, 인정합니다. 계속하세요."

재판장이 말했다.

"해당 파일은……."

나빈은 잠깐 말을 끊었다. 눈을 감아 버리고 싶었지만 그럴 수는 없었다. 나빈이 견디는 시간을 나도 함께 견뎌 주고 싶었다.

"그 파일은 제 친부에 관한 파일입니다. 세간에 알려진 저희 부모님은 친부모님이 아닙니다. 일곱 살 때 입양됐으니까요."

재판정이 술렁였다.

"정숙하세요."

재판장이 한마디를 했다.

어제 면회실을 나가기 전 나빈이 말했다. 내일 법정에서 내 입으로 밝히려고요. 그 파일 안의 내용.

"제 아버지는 25년 전쯤 세간을 떠들썩하게 했던 연쇄 살인의 범인이었습니다. 젊은 여성들을 유인해 말도 안 되는 범죄를 저질렀죠. 아마 이 말만 들으셔도 사건을 떠올리시는 분들이 계실 겁니다."

이번에는 아까보다 훨씬 큰 웅성거림이 일었다. 재판장이 조용히 하라는 말을 세 번이나 했다.

"서다혜 씨, 이 사실이 세상에 알려지면 한때 연예계 생활을 했던 저에게 큰 피해가 올 거라 생각했던 것 같습니다. 그래서 돌아갈 수밖에 없었던 거고요. 그리고 폭력이 다시 시작되어 궁지에 몰리자, 어쩔 수 없이 극단적인 선택을 하게 되었을 겁니다."

잠깐 정적이 흘렀다. 누군가 무언가를 바쁘게 받아 적는 소리만 울렸다.

"증인이 여기서 직접 힘든 이야기를 밝히시는 이유는 뭐죠?"

변호인이 물었다.

"서다혜 씨가 정말 원치 않는데 돌아가야 했던 이유가 있었다는 걸 말씀드리고 싶어서입니다. 그런 극단적 상황을 누구보다 원하지 않았던 건 다혜 씨일 거라고 생각합니다. 또 하나 더 이유가 있다면, 이 일을 밝히겠다는 협박은 이제 통하지 않을 거라는 걸 누군가에게 말하고 싶어서기도 하고요."

나빈은 고개를 돌려 뒤편의 방청석으로 시선을 던졌다.

증인 심문이 끝난 후 변호인은 내 옆자리로 돌아와 앉았다. 재판장은 무언가를 열심히 끼적이느라 바로 다음 차례를 진행하지 못했다.

이제부터 나빈에게 어떤 일이 일어날까. 우린 어떻게 되는 걸까.

다시 방청석에 앉은 나빈을 바라보았다. 그가 괜찮다는 듯 미소를 보였다.

재판장이 잠시 검사와 변호사를 가까이 불렀다.

"혹시 여기 관련해서……."

"사건과 무관한 부분이라……."

"절대 무관하지 않은……."

"확인해야겠는데……."

세 사람이 이야기를 나누는 소리가 드문드문 들렸다.

이어진 피고인 심문에서 나는 집에서 있었던 일들을 낱낱이 고발했다. 엄마는 중간에 재판정을 나가 버렸다가 끝날 무렵 아빠와 함께 들어왔다.

피고인 심문까지 끝나자, 공판이 거의 마무리되었다. 검사는 반인륜적 범죄라는 점을 들어 징역 10년과 전자 장치 부착 2년을 구형했다.

변호인이 최후 변론을 위해 일어났다.

"존경하는 재판장님, 그리고 배심원 여러분. 본 사건이 부녀간에 일어난, 일어나서는 안 되었을 비극적인 사건임은 틀림없습니다. 그러나 피고인이 범행 사실을 인정하고 있고, 반성도 하고 있으며, 또한 초범이라는 점, 무엇보다 피고인 또한 가정에서 지속적 폭력의 피해를 입어 왔다는 점을 참작해 주십시오. 이 사건은 넓게 보았을 때, 누적된 폭력에 대한 지연된 정당 방위였다고 봐야 할 것입니다. 비록 현행 제도하에서는 피고인과 같은 행위가 완전히 정당하다 인정된 사례가 극히 적습니다만, 기계적으로 법률을 적용하지 않고 별도의 재판 과정을 둔 것은 제도가 다 감싸지 못하는 경우를 예외로 두기 위함이라 믿습니다. 그리고 이 사건 역시 그 예외여야 할 것입니다. 선처를 바랍니다."

최후 변론을 마치고 변호인은 자리로 돌아왔다.

"피고인, 최종 발언하시겠습니까?"

재판장이 물었다.

"네."

대답을 하고도 나는 잠깐 머뭇거렸다.

"어린 시절 이야기를 하겠습니다."

첫마디를 뗐다. 무대가 아닌 곳에서, 다른 사람이 아닌 서다혜로 세상에 전하는 첫 외침이었다.

"저희 아버지는 저를 죽이려고 한 적이 있습니다."

느린 템포로, 누군가에게는 이 말이 와닿길 간절히 바라면서.

"목에 칼을 들이대고 말을 듣지 않으면 찌르겠다고 했습니다. 물론, 대부분의 사람들은 설마 아버지가 정말 자식을 죽이려 했겠냐고 의심할 겁니다."

스스로도 몇 번이나 물었다. 내가 과도한 걸까? 내가 피해 망상일까?

"그런데 어쩌면 그날 밤 아빠의 의도가 뭐였는지는 중요한 게 아닌 것 같아요. 아직 제 목에는 그때 칼날이 살갗을 파고들던 느낌이 선명하거든요."

어설프게 손가락으로 목덜미를 더듬었다. 등줄기를 타고 소름이 돋았다.

"일곱 살인 아이에게, 부모가 나를 죽일 수도 있다는 게 어떤 느낌인지 아시나요?"

좌중은 조용했다. 말도 안 되는 헛소리, 멀리서 엄마가 낮게 중얼거리는 게 똑똑히 들렸다.

그래, 그렇겠지. 당신들에겐 흔적도 없이 사라진 과거니까. 하지만 나는 아니었다.

"그 뒤로 스무 해 가까이 저는 그날의 그늘에서 벗어난 적이 없었습니다."

그리고 그 끔찍한 일을 저지른 순간, 나는 드디어 과거에서 풀려났다고 생각했다.

"별것도 아닌 일, 지나 버린 일을 20년간 기억하고 괴로워한 제가 잘못된 걸까요?"

대답이 돌아오지 않을 질문을 던졌다.

"아마 여러분 중 누군가는 그 정도는 교육적 차원에서 행해질 수 있는 행동이었다고 생각하실 수도 있을 겁니다. 정말 끔찍하게 무서운 짓을 저지르는 부모들도 있는데, 고작 그 정도로 엄살을 피운다고 여기실 수도 있을 거고요."

나 역시 항상 나 자신에게 그런 의심을 품어 왔다.

결국 문제는 내게 있는 게 아닐까. 견디지 못하는 게 사실 이상한 거 아닐까.

"또 이렇게 물어보실 수도 있겠죠. 그렇게 참혹한 짓을 저질러야만 했냐고. 더 버틸 순 없었냐고. 다른 길도 있지 않았겠느냐고."

그러나 내 눈에는 다른 길이 보이지 않았다. 사실 아무것도 보이지 않았다.

"저도 버텨 보려고 했습니다. 차라리 죽으려고도 했어요."

수백 번 그 다리 위를 오가며 오늘만큼은, 오늘만큼은 다짐했지. 내일이 오지 않길 기도하며 매일 밤 잠을 청했다.

"만약 이런 일을 벌이지 않았더라면, 저는 제 자신을 죽였겠죠."

찬찬히 방청석을 돌아봤다. 나빈이 보였다. 오로지 그 사람만 보였다. 우리가 함께한 시간들이 빠르게 눈앞을 스쳐 갔다.

마침내 심호흡을 하고 다시 입을 열었다.

"그런데 그러기엔 너무 살고 싶었어요. 그것뿐입니다."

마지막 말을 마치고 나는 눈을 감았다. 무대의 불이 꺼지듯, 어둠이 시야를 뒤덮었다.

Finita la Comedia.

코미디는 끝났다.

공판이 마무리되었다. 판사와 검사는 먼저 법정을 떠났다. 배심원들의 평의가 끝나면 그 후 선고가 있을 거고, 평의는 얼마가 걸릴지 모른다고 했다.

법정에서 나가기 위해 자리에서 일어났을 때였다.

"너 때문이야."

엄마의 날카로운 음성이 들려왔다. 그녀 곁에는 지친 얼굴의 아빠가 앉아 있었다.

지금 방청석에 남아 있는 사람은 우리 부모님과 나빈뿐이었다. 법정 경비가 세 사람 쪽을 주목했다.

"우리 다혜가 이렇게 된 거 다 너 때문이야. 알아?"

"여보, 내가 얘기할게."

아빠가 일어나 엄마의 어깨를 가볍게 안았다 놓았다.

"아니, 난 못 참겠어. 그리고 의사가 당신 무리하지 말랬잖아."

"괜찮으니까 내가 처리할게."

아빠는 나빈에게 다가갔다. 팔만 뻗으면 나빈을 한 대 칠 수도 있을 거리였다.

안 돼.

몸이 뻣뻣하게 굳는 느낌이었다. 교도관이 나를 데리고 나가려는데 다리가 제대로 움직이지 않았다.

"네가 나타나기 전까지 우리 가족한테는 아무 문제도 없었어. 다혜는 아무 문제 없었다고. 화목하고, 건강하고."

아빠가 윽박지르듯 말했다. 나빈은 그저 그를 마주 보고 있을 뿐이었다. 내가 있는 자리에서는 나빈의 표정이 보이지 않았다.

"너 같은 쓰레기를 만나기 전까지 우리 딸은 행복했다고. 알아들어? 고아 주제에 무슨 목적으로 우리 다혜한테 접근했는지는 몰라도…….”

나빈은 아무런 대꾸도 하지 않았다. 하지만 아빠의 시선을 피하지도 않았다. 무심결에 그쪽으로 다가가려 하자 교도관이 내 팔을 잡아챘다. 나는 나빈을 바라보며 걸음을 옮겼다. 차츰 그의 얼굴이 보였다. 나빈의 얼굴은 무표정했다.

“다혜를 저렇게 만든 건 바로 너야. 너 같은 새끼 때문에 우리 다혜는 인생을 망친 거야!”

아빠는 얼굴이 온통 붉어져 목에 핏대를 세웠다.

“하긴 살인자 자식이니 그게 어디 가겠어. 피는 못 속이지. 피는 절대 못 속여.”

아빠의 목소리에서는 깊은 경멸이 묻어났다.

“제 양부모도 죽인 게 어련하겠어.”

엄마가 쏘아붙였다. 나빈의 표정이 미세하게 변했다.

아니야. 선배 때문에 죽은 게 아니야. 그건 선배 잘못이 아니었어. 선배가 누굴 불행하게 만든 게 아니었어.

내가 미처 외치기도 전에 나빈의 목소리가 먼저 울렸다.

“아니. 그분들은 내가 죽인 게 아니야. 그날 밤은 그냥 사고였어.”

믿을 수 없을 정도로 침착하고 냉정한 음성이었다.

“그리고 서다혜를 저렇게 만든 건 내가 아니라 당신들이야.”

그는 한 걸음 다가가 눈앞의 남자를 똑바로 내려다보았다.

“똑바로 들어. 서다혜가 저렇게 된 거, 전부 당신들 탓이니까.”

“뭐?”

“다시는 우리 인생에 끼어들지 마. 그래야 나도 최소한 예의는

410

지켜 줄 거 같으니까."

나빈은 아빠에게 바짝 다가섰다. 아빠가 주춤거리며 뒤로 물러서는 모습이 보였다. 아빠는 크게 숨을 들이쉬었다.

"네가 이제 제대로 살 수 있을 거 같아? 어차피 넌 네 미친 애미처럼 객사하거나, 니 애비처럼 감방에서 썩을 거야!"

찢어지는 듯한 목소리가 법정 안을 뒤흔들었다. 보다 못한 경비가 일어나는 것이 보였다. 그러나 나빈은 여전히 무표정하게 아빠를 응시하고 있었다.

"그럴 일은 없어. 다혜 씨는 내 옆에 있을 거고, 난 다혜 씨를 행복하게 해 줄 거야. 그게 전부야."

나빈의 목소리가 귓가에 똑똑히 닿았다.

"다혜가 네 옆에 있을 거라고?"

엄마가 툭 내뱉었다. 곧 분노에 찬 그녀의 음성이 법정에 쩌렁쩌렁 울려 퍼졌다.

"살인마의 자식에게 우리가 딸을 뺏길 것 같아? 우리는 다혜를 구해 올 거야! 무슨 수를 써서라도!"

나빈은 한심한 듯 눈살을 찌푸리며 엄마를 바라보았다. 그는 얕게 한숨을 내쉰 후 말했다.

"어머니, 정신 좀 차리세요."

그 순간 엄마의 얼굴이 확 붉어지더니 손이 파르르 떨렸다.

"우리 딸이, 너 같은 놈 옆에서 멀쩡히 잘 살 수 있을 거 같아? 다혜는 너랑 있으면 너 때문에 죽을 거야. 네 자살한 엄마처럼!"

그녀는 손을 높이 들어 나빈의 뺨을 거칠게 후려쳤다.

짝, 있는 힘껏 뺨을 때리는 적나라한 소리가 크게 울렸다.

엄마는 독기 어린 시선으로 나빈을 노려보았다. 나빈은 아무 일도 없었다는 듯 그녀를 물끄러미 바라봤다. 그가 살짝 웃음을 흘렸다.

"역시, 너희들은 이것밖에 안 됐어."

나빈이 차분하게 말했다. 순간적으로 법정에 싸한 침묵이 흘렀다. 교도관마저도 그 순간만큼은 나를 잡아끌지 않았다. 나빈은 말을 이었다.

"남을 불행하게 하는 건 너희 같은 인간들이지. 자기 욕심 때문에 가장 사랑해야 할 사람도 불행하게 만들고, 자기 잘못도 모르는 인간들."

"다혜를 저렇게 만든 건 너야! 다 너 때문에……!"

엄마는 분을 못 이겨 다시 손을 들었다. 경비가 다행히 그녀를 저지했다.

자꾸만 발걸음을 멈추려는 나를 교도관이 슬쩍 잡아당겼다. 나는 나빈의 모습을 확인하려 고개를 최대한 돌렸다. 지금 그는 전혀 분노하지도, 상처받지도 않은 것 같았다. 오히려 어렴풋한 미소를 띠고 있었다. 서글픈 듯하지만 결코 무너지지는 않을 것 같은 미소였다.

"나는 너희와는 달라. 나는 내가 사랑하는 사람들을 불행하게 만들지 않아."

나빈의 마지막 음성이 귓가에 닿았다.

이 순간, 내 눈에 비치는 엘리는 더 이상 어린아이가 아니었다.

문이 닫히며 세 사람의 목소리가 멀어졌다.

엘리.

색조 없는 천장을 올려다보며 입 모양으로 그를 불렀다.

살아가기 위해서는 무언가를 사랑해야 해. 그게 꼭 가족이거나 연인이거나 나 자신일 필요는 없잖아.

우리는 가족도 연인도 아니었지만 서로 사랑했지. 그 사랑 속에서 살아가는 길을 찾았지.

아무것도 아니었던 우리가.

어쩌면 관계의 이름은 그저 이름일 뿐인 거야.

그런데 말야, 이제는 내가 행복해져도 될까?

귓가에서 그의 답이 들리는 것 같았다. 나는 손을 위로 쭉 뻗어 무언가를 움켜쥐듯 주먹을 쥐어 보았다.

1심에서 나는 3년 형을 선고받았다. 다음 날, 면회실에서 다시 나빈을 만났다. 우리는 의식적으로 내 복역 기간에 대한 화제를 피했다. 대신 나는 나빈의 학교생활을 걱정했다.

"전 괜찮아요. 다혜 씨가 걱정이지. 항소할 거죠?"

그는 앞날이 하나도 걱정되지 않는 것처럼 낙천적으로 말했다. 앞으로는 어떻게 살 생각이냐고 물었더니 웃기까지 했다.

"선배."

"네."

"정말 그렇게 생각하는 거죠? 선배 부모님한테 생긴 일들, 선배 탓 아니라고. 그날 밤은 그냥 사고였다고."

"네. 이젠 그렇게 생각해요. 내가 너무 뻔뻔한가?"

나빈이 장난스럽게 웃었다. 웃고 있지만 분명 속 어딘가는 불편하고 아플 거라 생각했다. 어설프게라도 그를 어루만져 주고 싶었다.

"전혀요. 그건 정말 선배 탓이 아니잖아요."

"사람들은 뻔뻔하다 생각하겠죠."

"그런 걸 왜 신경 써요."

"하긴."

그는 잠깐 생각에 잠긴 듯하더니 나를 빤히 바라보았다.

"다혜 씨, 혹시 그런 기분 알아요? 혼자 우주에서 표류하다 실수로 이 별에 불시착한 듯한 느낌."

"알아요."

"난 항상 그랬거든. 내가 이 별에 잘못 왔다고 생각했어. 그런데 이제 보니, 난 그냥 다혜 씨가 있을 곳에 와야 했던 거예요. 제대로 찾아왔던 거야."

어쩐지 울고 싶어져서 입을 꾹 다물었다.

"처음인 거 같아요. 태어나길 잘했다는 생각이 드는 거."

그가 작별 인사 대신 남긴 말이었다.

나도 그래.

면회실을 나가는 네 뒷모습을 돌아보며 말했다.

항소심에서 내 형량은 1년 6개월로 감형되었다. 정황이 적극적으로 참작된 덕분이었다. 검찰과 우리 모두 상고했지만, 기각되었다.

그리고 나는 기결수가 되어 이곳, 교도소로 이감되었다. 구치소와 달리 이곳은 면회가 월 4회 정도밖에 허락되지 않았다.

엘리는 나를 달에 네 번 만나러 왔다. 그때마다 그는 내가 읽을 책을 넣어 주었다. 가끔은 내가 부탁한 책을 가져왔고, 또 가끔은 자신이 좋아하는 책을 가져왔다.

그와는 만나서보다 편지로 더 많은 이야기를 했다. 이상하게 들릴지 모르겠지만, 그와 내가 주고받은 편지에는 어떤 그리움의 말이나 사랑의 언어도 담겨 있지 않았다. 서로의 안부나 건강, 생활도 묻지 않았다.

우리는 오로지 책 이야기만 했다. 내가 이곳에 온 후, 엘리는 항상 같은 책을 두 권 산다고 했다. 같은 책을 읽으면 같은 세계에 있는 거라고, 그는 그렇게 믿는 듯했다.

짧다면 짧고 길다면 긴 이별의 시간 동안, 우리는 함께 많은 책을 읽었다. 체홉과 도스토옙스키, 톨스토이와 고골, 때로는 르 권.

보고 싶어, 엘리.

하지만 너를 못 보는 동안 나는 말라 가는 게 아냐.

너를 못 보는 동안 나는 영원을 향해 가는 거야.

우리라는 영원, 사랑이라는 낙원, 도달하고야 말 어떤 절정을 향해.

그런 말들을 쏟아 내고 싶었지만 쓰지 않았다.

늦은 시각, 책을 덮고 천천히 눈을 감았다. 폭풍이 온다고 했던가, 멀리서 웅성거리는 바람 소리가 파도 소리 같다는 생각이 들었다.

그 소리에 귀를 기울이며, 어제 너와 나누었던 이야기를 떠올렸다.

"선배, 아버지 기일이 이번 달이잖아요."

"아, 기억하네요."

"올해는 같이 못 있어 주겠네요, 그날."

네가 혼자 슬픈 날을 보낸다고 생각하면 무척이나 쓸쓸해진다.

"여기서 나가면, 선배가 슬픈 날은 꼭 옆에 있어 줄게요."

내 작은 약속에 너는 뭐가 불만스러운지 장난스레 인상을 구겼지.

"그런 날만 있지 말고, 매일매일 옆에 있어 줘요."

너는 큰 비밀을 말하는 듯 속삭였다.

"나 사실은 매일 슬프니까."

그렇게 말하는 네 눈동자는 부서진 별이 깃든 듯 반짝였다.

"그럴게요, 매일 옆에 있을게."

내 맹세에 너는 비로소 웃었다.
이제 알아. 천국에 사는 사람들에겐 사랑이 필요 없지. 사랑은 지옥에 꼭 필요한 거야.
점점 우리의 대화가 멀어지는 듯하더니 나는 곧 잠이 들었다.
그리고 꿈을 꿨다.
화성의 심해에서 너를 만나는 꿈이었다. 심해에 네가 지어 둔

성. 그리운 노래를 부르니 성문이 열렸다.

오늘 밤, 너도 반드시 같은 꿈을 꾸고 있으리란 확신이 들었다.

언젠가 네가 불러 준 노래처럼, 내 방 창가에는 가장 예쁜 산호가 반짝이고 있었다.

하얀
코
끼
리

철문이 열렸다. 해가 뜨기도 전인데 공기가 후덥지근했다. 1년 6개월 만의 자유였다. 짐은 책과 노트가 전부였다. 수형복을 벗고 살구색 스타킹과 하얀색 여름 원피스를 입자 저절로 기분이 좋아졌다. 나빈이 골라서 보내 준 옷은 몸에 딱 맞았다.

교도소를 나서자마자 바로 앞에 엄마의 모습이 보였다. 그녀가 몰고 왔을 검은 승용차도 뒤편에 있었다. 아빠의 모습은 보이지 않았다.

"다혜야, 집에 가자."

그녀가 어서 오라는 듯 손짓했다.

그동안 그녀의 삶도 많이 변했다. 엄마는 사회 활동을 정리했고, 아빠는 정계에서 은퇴했다. 김세한 변호사는 협박을 비롯한 불법적인 행위들이 밝혀져 협회의 중징계를 받고, 로펌을 떠났다. 세 사람다 앞날이 순탄치는 않을 거라고 내 변호인은 조심스럽게 추측했다.

그런데도 나를 데리러 이곳까지 온 그녀를, 나는 이해할 수 있었다. 하지만 이해한다는 것이 포용한다는 의미는 아니었다.

"엄마."

나는 그녀와 조금 떨어져서 물끄러미 얼굴을 바라보았다. 이런 얼굴이었나. 실은 그렇게 무서운 얼굴도 아니었구나.

"조심해서 들어가세요."

"다혜야!"

나는 그녀를 지나쳤다. 내 등에 꽂히는 시선이 느껴졌지만, 그녀는 나를 잡지 못했다.

내 시선은 차도 옆 가로등 불 아래 서 있는 남자에게 꽂혀 있었다.

나빈이었다.

나빈은 하얀 차에 비스듬히 기대어, 내가 다가오는 것을 똑바로 바라보고 있었다. 오늘 그는 처음 보는 정장 차림이었다. 넥타이까지 맸지만, 날이 더운 탓인지 재킷 단추는 풀었다. 언뜻 바람이 불어와 그의 옷자락과 머리카락이 나부꼈다.

인사를 나누는 대신 그는 나를 향해 팔을 뻗었다. 나는 그대로 달려가 그에게 안겼다. 우리는 한마디도 나누지 못한 채 그렇게 서로를 한참 동안 안고 있었다.

내가 좋다고 했던 섬유 유연제 냄새가 풍겼다. 얇은 와이셔츠 아래 뛰는 심장이 느껴졌다.

그는 내 턱을 끌어당겨 입술을 포갰다. 그가 조심스럽게 입술 틈을 열고 들어왔다. 너무도 오래 기다린 세 번째 키스였다.

그와 온기를 주고받을수록 몸 깊숙이 잠들어 있던 기쁨과 슬픔이 모두 눈을 떴다. 몰아치는 감정을 버텨 내지 못하고 더 애타게 그를 갈구했다.

조금만, 더 깊이. 나는 천천히 그를 내 안으로 이끌었다. 우리를 훑고 가는 새벽바람도 입맞춤의 열기를 지워 내지 못했다.

입술이 떨어진 후, 나빈은 나와 이마를 맞댔다. 잠시라도 멀어지기 싫은 것처럼.

"일단 여기서 떠나요. 지긋지긋해."

내가 말했다. 그는 느리게 팔을 풀었다.

"타요."

나빈이 보조석 문을 열어 주었다. 4인승의 승용차는 내가 처음 보는 차였다. 새 차인지 가죽 냄새가 났다. 그는 곧바로 운전석에 타는 대신 엄마를 향해 돌아섰다. 그녀 역시 이쪽을 바라보고 있었다.

무슨 생각일까. 나빈은 그녀를 향해 가볍게 허리를 숙여 인사했다.

곧 나빈이 운전석에 앉았다. 안전벨트를 매려는데 그가 몸을 기울여 다시 내게 입을 맞췄다. 이번에는 내가 이끌기도 전에 그가 단숨에 내 안을 침범했다. 방금보다 훨씬 길고 녹진한 키스가 이어졌다. 뜨거운 숨이 입술을 스쳤다. 몸에 열이 올라 허리를 비틀었다. 나빈의 손이 스커트 자락을 걷고 허벅지를 쓸어 올렸다. 안쪽으로 파고드는 손을 탁 때렸다.

"선배."

인상을 쓰자 그는 천연덕스러운 미소로 안전벨트를 매어 주었다.

"일단 출발부터 할까요?"

시동을 걸고 그는 곧바로 차를 출발시켰다. 백미러로 엄마의 모습이 멀어져 갔다.

마음이 전혀 아프지 않았다면, 거짓말이었다.

"바로 고속도로 탈게요."

나빈의 목소리가 내 상념을 끊었다.

"우리 어디로 가는 거예요?"

"바다로 가야죠. 우리 동해안 가려다가 못 갔잖아요."

"좋아요."

생각만으로도 기분이 좋아져 활짝 웃었다.

"그런데 차는 새로 샀어요? 아니면 렌터카?"

"샀죠. 다혜 씨랑 놀러 가려고."

"뭐, 나쁘지 않네요."

다리를 쭉 뻗으며 말했다. 카시트는 푹신하고 편안했다.

"근데 여행 준비는 다 해 오신 거예요?"

"네. 다혜 씨 입을 옷도 챙겼고. 더 필요한 건 거기 가서 사면 되니까요. 그 옷도 잘 어울리는데요."

"저도 마음에 들어요. 선배가 저보다 센스가 좋은 거 같아요."

"아, 이모가 바로 여행 간다고 하니까 서운해하시던데요. 나중에 와서 보재요."

"잘 이야기한 거 맞죠?"

"아마?"

나빈의 눈꼬리가 장난스럽게 휘었다. 이런 얼굴을 보고 있으면 그가 아직 어린아이라는 생각이 든다. 아무리 세월이 흘러도, 그는 역시 조금은 소년일 것 같다.

"그리고 희곡 교수님도 다혜 씨한테 안부 전해 달라고 하셨어요. 지난 학기에 식사 같이했거든요. 말했나?"

"선배가 교수님이랑요? 얘기 안 했는데."

"다혜 씨가 복학하고 싶다고 했잖아요. 여러 가지 말씀드리고 도움도 받을 겸 만났죠."

"근데 막상 돌아가려니 괜찮을지 모르겠어요."

"왜요?"

"학교에 저 소문 다 났을 텐데."

"안 돌아가고 싶어요?"

"돌아가서 졸업하고 싶긴 해요."

"그럼 나랑 같이 다니면 되죠. 다혜 씨 이제 2학기 남았잖아요. 나도 2학기 남았으니까. 올해 복학이 부담스러우면 내년에 같이 다녀도 되고. 같이 도스토옙스키 수업 듣기로 한 거 기억 안 나요? 그래서 저 일부러 아직 안 들었는데."

"저랑 들으려고요?"

"네. 그 수업 조별 발표 있더라고요."

"아, 저한테 무임 승차 하시려고?"

"그런 거 아니거든요?"

길은 잘 뚫렸다. 얼마 가지 않아 고속도로 방향을 가리키는 표지판이 보였다. 슬쩍 백미러로 뒷좌석을 살폈다. 쇼핑백과 가방들이 보였다. 그중 유독 커다란 검은 비닐봉지가 눈에 띄었다.

"저 봉지는 뭐예요?"

"아, 저거요? 편의점에서 과자 좀 샀어요. 다혜 씨 배고프면 드시라고."

"좀 산 정도가 아닌데요?"

나는 팔을 뻗어 봉지를 가져왔다. 무릎에 올려놓으니 한 아름이었다. 얼핏 보기에도 2, 3만 원어치는 될 것 같았다.

"뭘 이렇게 많이……."

무슨 과자가 있나 뒤적이는데, 이질적인 물건이 눈에 띄었다.

"선배, 설마 이거 사려고 과자까지 산 거예요?"

콘돔 상자를 집어 들고 물었다. 나빈은 옆을 힐끗 보더니 변명조로 말했다.

"아니, 뭐, 그것만 사면 좀 이상해 보이잖아요?"

"그건 전혀 안 이상해요, 선배. 이렇게 사는 게 몇백 배는 더 이상해요."

나는 작은 상자를 다시 봉지 안에 넣고 초콜릿을 꺼냈다.

"이왕 살 거면 몇 상자 사지 그랬어요?"

"그러지 마세요. 하나 사기도 힘들었으니까."

편의점에서 한참 서성였을 모습을 생각하니 웃음이 나왔다. 비닐봉지를 다시 뒷좌석에 돌려놓았다.

"그나저나 다혜 씨, 선물 있어요. 발밑에 보세요."

"이거요?"

좌석 아래에 크라프트지로 만든 종이 가방이 다소곳이 놓여 있었다.

"열어 봐요."

나는 종이 가방 안을 확인했다. 흰색 목도리가 들어 있었다. 곧바로 목도리를 꺼내 살펴보았다.

"예쁘다, 마음에 들어요."

"한여름에 어울리는 선물은 아니지만, 오늘에 어울리는 선물이긴 하죠."

나빈이 유쾌하게 말했다.

"아, 그리고 다혜 씨, 내일이 무슨 날인 줄 알아요?"

"우리 결혼하는 날인가요?"

내 말에 나빈은 갑자기 할 말을 잃은 듯했다.

"내일……요?"

잠시 후 그가 조심스럽게 되물었다.

"싫으면 말고요."

"아뇨, 싫은 게 아니라! 아, 그러니까, 내일요?"

"빨리 할수록 좋잖아요."

"그럼……."

나빈은 약간 뜸을 들이더니 곧 화사한 미소로 물었다.

"오늘 할래요? 난 사실 다 준비됐는데."

그렇게 말하는 그의 얼굴은 그 어느 때보다 두근거려서, 나도 모르게 바로 승낙해 버릴 뻔했다.

"오늘은 싫어요."

"왜요?"

"하룻밤은 보내 보고 판단할 거예요. 합격이면 내일 해요."

나빈은 내 말이 끝나기 무섭게 웃었다.

"저 이제 그런 농담도 잘 알아듣죠?"

그가 생글거리며 말했다.

"농담 아니었는데."

"네?"

"농담 아니에요."

"어……."

그의 얼굴에 당혹감이 스치더니, 이내 심각한 표정으로 바뀌었다.

"그러면, 음……."

그의 표정이 사뭇 진지해졌다. 그는 혼자서 무언가를 한참 생각하더니 비장한 눈빛으로 고개를 돌렸다.

"알겠어요."

대답을 듣자마자 나는 참지 못하고 웃음을 터트렸다. 나빈의 큰 눈이 휘둥그레졌다.

"농담 맞아요."

"아, 다혜 씨, 진짜……."

나빈이 짜증 난 듯 미간을 좁혔다. 아무래도 이대로 두면 토라질 기세였다. 나는 웃음을 그치고 슬그머니 이야기를 돌렸다.

"아무튼 내일이 무슨 날인데요?"

"아주 중요한 날이에요."

"그러니까 무슨 날인데요, 그게."

"제가 처음 다혜 씨 공연 봤던 날이죠."

나빈이 웃는 얼굴로 돌아와 대답했다.

"아, 그런 건 좀 까먹지, 진짜."

"왜요, 난 좋아서 팸플릿도 아직 가지고 있는데."

"말 나온 김에 그 팸플릿 어딨어요? 태워 버려야지."

"안 돼요. 거기 다혜 씨 사진도 있다고요."

"어디 뒀어요?"

"일기장에 끼워 뒀죠."

"일기장은 어딨는데요?"

"다혜 씨는 절대 못 찾을 곳에?"

나빈이 얄밉게 생글거렸다.

"꼭 찾아서 없애 버려야지……."

그렇게 중얼거리며 목도리를 둘렀다. 느낌이 좋았다. 편안하고, 부드러웠다.

어째서일까, 나빈의 손과 비슷한 온기가 느껴졌다.

"여름인데 안 더워요?"

"뭐, 여름엔 하면 안 되나요?"

나는 고집스럽게 말하고 차창을 내렸다.

"바람도 시원하잖아요."

저만치에 톨게이트가 보였다. 오늘은 하늘이 무너져도 바다로 가야지, 그런 생각을 했다.

"선배."

"네."

"제가 거기서 제일 자주 떠올린 생각이 뭔지 알아요?"

"제 생각이요?"

"아뇨."

"다혜 씨, 너무 냉정해요……."

나빈이 시무룩하게 중얼거렸다.

"그럼 다혜 씨가 자주 생각한 게 뭐예요? 나 말고 누굴 생각했는데?"

그가 장난스레 눈을 흘기곤 물었다.

"코끼리 생각을 했어요."

"코끼리요?"

"선배가 그랬잖아요. 옛날 인도 사람들은 하얀 코끼리가 세상을 싣고 간다고 믿었다고. 선배 말대로 힘들 때마다 그 이야기를 생각했어요. 신기하게 정말 마음이 좀 나아지던데요."

나빈은 무슨 생각을 하는지 잠깐 머뭇했다. 그러고는 멋쩍은 듯 입꼬리를 슬쩍 올렸다.

"근데, 그 이야기 말인데요. 다혜 씨한테 잘못 알려 준 게 있어요."

"뭘요?"

"얼마 전에 인도 신화를 다시 읽었는데, 드디어 비슷한 부분을 찾았거든요. 근데 제가 기억하던 그 내용이 아니던데요. 세상이 코끼리 네 마리 위에 있고, 또 이 코끼리는 거북이 위에 있대요. 거북이는 코브라 위에 있고."

"음……."

"너무 어릴 때 읽었던 거라 잘못 기억했나. 그러니까 못 찾을 만도 하죠."

나빈의 말을 따라 상상해 보다 너무 복잡해서 관뒀다. 역시 나는 처음 나빈이 들려줬던 코끼리 이야기가 마음에 들었다.

"원래 이야기가 무슨 상관이에요? 전 선배가 해 준 이야기가 더 좋은데."

"그래도……."

"선배가 힘들 때, 외로울 때, 떠올린 그 이야기가 난 좋아요."

당신의 긴 슬픔이 깃든 이야기니까.

"그러니까 그건 지금부터 우리 별의 신화인 걸로 해요."

내 말에 나빈은 나를 향해 환한 미소를 보였다.

"그럼 난 내가 계속 찾아 오던 이야기를 다혜 씨에게서 찾은 거네요."

나빈이 카 오디오를 틀었다. 스피커에서 비틀스의 'Across the universe'가 흘러나왔다.

막 톨게이트를 지난 차가 도로를 질주하기 시작했다. 상쾌한 여름 바람이 목도리를 넘겼다. 대기를 가로지르는 시원한 소리와 함께, 우리는 8월의 풍경을 빠르게 스쳐 갔다.

음악을 흥얼거리며 눈을 감았다. 아득한 어둠이 나를 맞았다. 무한한 우주를 닮은 어둠이었다.

그 어둠 속으로 우리를 기다릴 날들이 하나둘 밤하늘의 별처럼 떠올랐다.

너와 함께 맞을 파도, 너와 올려다볼 극지방의 하늘, 너와 읽어 갈 불멸의 이야기들, 늦지 않게 찾아와 준 나의 낙원, 너라는 이름의 영원한 귓속말.

어느덧 내 밤하늘은 무수한 별들로 총총했다. 나는 그 별들을 이어 세상에서 가장 아름다운 별자리를 그렸다. 환히 빛나고, 영원히 길을 잃지 않을 지도였다.

그 지도 너머로 흐리고 아련한 것이 일렁였다. 천천히 눈을 떴다. 차창 너머 동쪽 산등성이에서 희고 분명한 빛이 번져 오고 있었다.

"선배, 저것 봐요."

나는 태어나 처음 빛을 본 듯 들떠서 그를 불렀다.

"새벽이 오네요."

그의 목소리가 바람결을 타고 내게 닿았다. 이번에는 대답할 수 있었다.

"네, 새벽이 와요."

온 우주에 백야를 선물할 새벽이.

머나먼 하늘을 새하얗게 태우는 빛을 보며 나는 생각했다.

세상은 멈춰 있지 않아.

세상은 하얀 코끼리 위에서 한 걸음 한 걸음씩, 나아가고 있어.

—*fin*

작가 후기

이 글은 세상 어딘가에 있을 한 사람을 위해 쓰였습니다.

그 한 사람이 지금 이 책을 읽고 계신 당신이라면,

더없이 좋겠습니다.

항상 행복할 수는 없겠지만, 자주 따뜻하시길 바랍니다.

감사합니다.

—2o2o년 11월,

현민예 드림.